CU01424945

Matrimonio di Mezzanotte

'Occhialino e penna d'oca, e via nella mia portantina——il 1700 impazza!'

Lucinda Brant scrive romanzi e mistery ambientati nell'era georgiana, famosi per la loro arguzia, l'atmosfera drammatica e il lieto fine. Ha una laurea in storia e scienze politiche ottenuta all'Australian National Universiry e una specializzazione post-laurea in scienza dell'educazione della Bond University, che le ha anche assegnato la medaglia Frank Surman.

Nobile Satiro, il suo primo romanzo, ha ottenuto il premio Random House/Woman's Day Romantic Fiction di 10.000 $ ed è stato per due volte finalista del Romance Writers' of Australia Romantic Book of the Year.

Tutti i suoi libri hanno ottenuto riconoscimenti e premi e sono diventati bestseller mondiali.

Lucinda vive in quella che chiama 'la sua tana di scrittrice' le cui pareti sono ricoperte da libri che coprono tutti gli aspetti del diciottesimo secolo, collezionati in oltre 40 anni... il suo paradiso. È felice quando i lettori la contattano (e risponderà!).

lucindabrant@gmail.com	|	lucindabrant.com
pinterest.com/lucindabrant	|	twitter.com/lucindabrant
facebook.com/lucindabrantbooks	|	youtube.com/lucindabrantauthor

MIRELLA BANFI

Quando non sto leggendo, passo il tempo libero traducendo i libri che mi sono piaciuti, per dare anche ad altri la possibilità di leggerli in italiano. I vostri commenti sono importanti, mandatemi un messaggio a:

mirella.banfi@gmail.com

Matrimonio di Mezzanotte

UN ROMANZO STORICO GEORGIANO

PRIMO VOLUME DELLA SAGA DELLA FAMIGLIA ROXTON

Lucinda Brant

TRADUZIONE DI MIRELLA BANFI

A Sprigleaf Book
Pubblicata da Sprigleaf Pty Ltd

Eccetto brevi citazioni incluse in articoli o recensioni, nessuna parte di
questo libro può essere riprodotta in forma elettronica o a stampa senza la
preventiva autorizzazione dell'editore. Questa è un'opera di fantasia; i
nomi, i personaggi, i luoghi e gli avvenimenti sono il prodotto della
fantasia dell'autore e sono usati in modo fittizio.

Matrimonio di Mezzanotte
Copyright © 2012, 2019 Lucinda Brant
Originale inglese: Midnight Marriage
Traduzione italiana di Mirella Banfi
Revisione a cura di Marina Calcagni
Progettazione artistica e formattazione: Sprigleaf e GM Studio
Modelli di copertina: Emma Fried e Jonathan Cannaux
Gioielli personalizzati: Kimberly Walters, Sign of the Gray Horse
reproduction and historically inspired jewelry
Tutti i diritti riservati

Il disegno della foglia trilobata è un marchio di fabbrica appartenente a
Sprigleaf Pty Ltd. La silhouette della coppia georgiana è un marchio di
fabbrica appartenente a Lucinda Brant

Disponibile come e-book, audiolibri e nelle edizioni in lingua straniera.

ISBN 978-1-925614-47-3

10 9 8 7 6 5 4 3 2 1   (ii) I

per

Georgette, Taylor & Jean

The Comtes de Salvan

Henry Renard Hesham m Elizabeth Strang Leven
4th Duke of Roxton   1652–1710
1645–1726

King Charles II
1630–1685
+
Lady Jane Hervey
1649–1704

Philip Hyacinthe m Sophie de Rohan
Comte de Salvan   1679–1745
1671–1735

Madeleine-Julie Salvan m Julian Henry
1689–1734   Marquis of Alston
                                          1669–1719

Harriet Rachel m Charles Theophilus Fredericks
1670–1721   Earl of Gresham
                          1660–1707

Augusta Mary m James Fitzstuart
Countess of Strathsay   1st Earl of Strathsay
b. 1695   1671–1745

Theophilus James
b.1717

Elizabeth Rachel
1692–1725

Lord Ely   lovers
Earl of Ely Streatham
b. 1689

Jean-Honore Gabriel m Claudine-Alexandre   lovers   Renard Julian
Comte de Salvan   d. 1738   Hesham
b.1705   5th Duke of Roxton
                                                                      b.1707

Estee Julie m Jean Claude
Mme de Montbrail   Marquis de Montbrail
b.1718   1698–1735

M'sieur Frederick Antoine Moran m Jane Harriet
1685–1744   1711–1734
Physician to the Regent of France
Philippe, Duc d'Orleans

Antonia Diane Moran
b.1727

Etienne Gabriel de Salvan
Victomte d'Ambert
b.1728

?

PARTE I

L'INGHILTERRA DI GIORGIO III

PROLOGO

GLOUCESTERSHIRE, INGHILTERRA 1761

Deborah si svegliò a tarda notte da un sonno profondo, al rumore di un arrivo affrettato nel cortile acciottolato sotto la finestra della sua camera. Sentì abbaiare ordini ai mozzi di stalla semiaddormentati e ruote di carrozza che giravano e poi si fermavano di colpo. All'inizio, la ragazza pensò che facesse tutto parte del suo sogno ma il clop-clop degli zoccoli dei cavalli sui sassi irregolari non sembrava una cosa possibile nel fresco della radura nella foresta. Otto stava suonando una musica bellissima con la sua viola mentre lei dondolava sempre più in alto sull'altalena di corda, con le sottogonne di seta che ondeggiavano tra le sue lunghe gambe con le calze bianche. Era sicura che se avesse dondolato ancora più in alto le sue dita avrebbero toccato le nuvole. Ridevano entrambi e cantavano ed era una giornata di sole talmente bella. Il sole si nascose dietro una nuvola e Otto scomparve e lei cadde dall'altalena dal punto più alto. Qualcuno la stava scuotendo per svegliarla. Un sussurro insistente le fece aprire gli occhi e li sbatté alla luce di una candela in mano alla sua bambinaia.

Prima che avesse il tempo di svegliarsi completamente, la bambinaia tolse la coperta calda e gettò una vestaglia sulle spalle sottili di Deborah. Poi, con le mani tremanti, la donna le spinse in mano un bicchiere e lo guidò verso le sue labbra, dicendole di bere. Deborah obbedì. Fece una smorfia. La medicina era la stessa pozione dal sapore cattivo che le avevano dato proprio prima di andare a letto. L'aveva fatta cadere in un sonno profondo. Allora perché l'avevano tirata fuori dal letto se volevano farla addormentare di nuovo?

La bambinaia evitò di rispondere. Raddrizzò la cuffietta da notte bordata di pizzo della ragazza, portò davanti alla spalla la grossa treccia di capelli rosso scuro, raddrizzando il fiocco bianco, senza che ce ne fosse bisogno, e continuando a mormorare che Miss Deb doveva fare la brava e fare quello che le dicevano e che tutte le sue preghiere sarebbero state esaudite.

Insonnolita e a piedi scalzi, Deborah fu abbandonata dalla sua bambinaia sulla soglia dello studio di Sir Gerald. Il corridoio era buio e freddo e lo studio non era meglio. Dal lato opposto di questo santuario maschile, nel camino bruciava un bel fuoco ma non l'attirava con la prospettiva di calore e conforto. Si fece avanti quando glielo ordinò suo fratello, Sir Gerald, con un'occhiata ai due sconosciuti che stavano bevendo qualcosa dopo un viaggio faticoso. Si erano tolti il pastrano ma il gentiluomo alto con i capelli bianchi e un forte naso aquilino aveva ancora al fianco la spada con l'elsa ingioiellata visibile sotto le falde della sua redingote di prezioso velluto nero bordato d'argento.

Deborah non riusciva a fare a meno di fissare quel vecchio sconosciuto imperioso, nelle cui guance ben rasate erano incise le linee del tempo; i capelli e le sopracciglia erano bianchi come le morbide balze di pizzo che ricadevano sulle sottili mani bianche. Non aveva mai visto uno smeraldo grande come quello che portava incastonato nell'anello d'oro alla mano sinistra. Immaginò che l'uomo dovesse avere cent'anni.

Quando l'uomo diresse i suoi brillanti occhi neri su di lei e le fece segno con un lungo dito di avvicinarsi, Deborah esitò, ondeggiando leggermente. Una parola secca di suo fratello le fece muovere i piedi e nella nebbia che minacciava di travolgerla, ricordò finalmente le buone maniere e abbassò gli occhi sul pavimento. Quando fu in piedi davanti a questo imperioso vecchio sconosciuto tremò, non per la paura, perché non sapeva di che cosa o di chi avere paura, ma per la fredda brezza notturna che arrivava dalla finestra aperta. Fece una riverenza un po' incerta e aspettò placidamente che le parlassero per primi, con lo sguardo obbedientemente fisso sul tappeto turco.

La voce dello sconosciuto era sorprendentemente profonda e forte per qualcuno così vecchio.

"Quanti anni hai, bambina?"

"Ho compiuto dodici anni sei giorni fa, signore."

L'uomo aggrottò la fronte e disse qualcosa in francese voltando la testa verso l'uomo con i capelli grigi, che gli rispose nella stessa lingua.

Il vecchio sconosciuto annuì e si rivolse a Sir Gerald nella sua lingua.

"È decisamente troppo giovane."

"Ma... Vostra Grazia, ha l'età legale!" Gli assicurò Sir Gerald con un ansioso sorriso nervoso. "Il vescovo non ha fatto obiezioni. Dodici anni sono l'età del consenso per una femmina."

"Questo è vero, Monseigneur," confermò l'uomo dai capelli grigi. "Ma deve decidere Vostra Grazia... Io non vedo alternative."

"Certamente Vostra Grazia non ha cambiato idea?" Piagnucolò Sir Gerald. "Il vescovo Ramsay non è stato molto contento di essere convocato qua e se la cerimonia non avesse luogo..."

"Vostra sorella non ha quindici anni come mi avete portato a credere, Cavendish," dichiarò il vecchio sconosciuto con una voce artica.

Sir Gerald fece un verso che finì in una risata nervosa. "Vostra Grazia! Dodici o quindici, tre anni hanno poca importanza."

Deborah alzò gli occhi in tempo per vedere l'espressione disgustata che attraversò il volto rugoso del vecchio gentiluomo e si chiese che cosa avesse trovato in lei che non andava. Sapeva di essere solo passabilmente carina. Sir Gerald disperava del suo aspetto poco appariscente, dai toni bruni, ma non era sfigurata e i suoi lineamenti erano normali. Era considerata alta per la sua età ma non aveva l'ossatura così sproporzionata da dare il diritto a questo straniero di guardarla con una smorfia sul viso nella sua stessa casa. E perché suo fratello aveva quello stupido sorriso sulla faccia tonda e carnosa e fissava ansioso il vecchio arrogante come se tutto dipendesse da lui? Si stava comportando come facevano i suoi lacchè davanti a lui. Non aveva mai visto suo fratello comportarsi in modo così servile nei confronti di nessuno. Era effettivamente strano.

Deborah sentì gli occhi neri che la guardavano da sotto le palpebre pesanti e si sforzò di guardare in volto il vecchio gentiluomo senza sbattere gli occhi. Ma non riuscì a impedirsi di arrossire quando lo sguardo dell'uomo scese verso i suoi piedi nelle calze e poi risalì lentamente lungo la camicia da notte fino a punta della grossa treccia di capelli rosso scuro che le arrivava alla coscia, per poi salire al gonfiore dei seni in boccio e al fiocco un po' storto legato sotto il mento che le teneva a posto la cuffietta da notte. Poi la guardò nuovamente negli occhi castani e lei sostenne apertamente lo sguardo con gli occhi che le sembravano ricoperti da un velo d'olio e che quindi non riuscivano a vedere bene, poiché la medicina che aveva bevuto cominciava a fare effetto. Sulle labbra sottili del vecchio gentiluomo passò un lieve sorriso e Deborah desiderò avere il coraggio di dirgli che le sue maniere erano carenti, per uno così vecchio. La domanda che l'uomo rivolse a suo fratello le sbiancò le guance.

"Ha già cominciato a mestruare?"

Sir Gerald rimase stordito. "Vostra... Vostra Grazia?"

"Avete sentito bene la domanda, Cavendish," lo incalzò il compagno dai capelli grigi del vecchio.

Ma anche se la bocca si aprì, Sir Gerald non riusciva a parlare. Deborah, sentendosi la testa piena di ovatta, rispose lentamente per lui. "Due... due mesi fa."

Tutti e tre gli uomini si voltarono a guardarla, allora, come riconoscendone finalmente l'esistenza mentale oltre che fisica. Sir Gerald si rannuvolò ma lo sconosciuto e il suo amico sorrisero, e il vecchio gentiluomo inclinò cortesemente la testa bianca per ringraziarla della risposta. Sembrava volesse rivolgersi direttamente a lei, quando un trambusto nel corridoio li distrasse tutti. Il compagno dai capelli grigi scomparve nell'ombra e uscì dalla stanza. Rimase assente per diversi minuti e in quell'intervallo non parlò nessuno. Sir Gerald rimase pensieroso, guardò una o due volte sua sorella con muta disapprovazione mentre il vecchio sconosciuto attendeva con calma accanto alla finestra aperta prendendo meticolosamente con due dita un pizzico di tabacco da fiuto dalla tabacchiera d'oro smaltata.

Nello studio entrò un gentiluomo in abiti ecclesiastici, ma non erano abiti comuni, erano bordati di ermellino ed erano di velluto e filo d'oro. Aveva in mano una bibbia sontuosamente decorata e indossava una magnifica, antiquata parrucca incipriata con tre riccioli sopra ciascun orecchio grassoccio. Deborah sapeva che doveva essere il vescovo Ramsay. Era arrivato qualche ora prima e aveva messo sottosopra la servitù con le sue richieste imperiose. La bambinaia e la cuoca non ne potevano più. Il vescovo diede un'occhiata a Deborah nella sua camicia da notte e inarcò le sopracciglia cespugliose. Ignorò il suo ospite a favore del vecchio sconosciuto, sulla cui mano tesa si inchinò profondamente. Deborah pensò che fosse strano che un vescovo dovesse inchinarsi a questo vecchio gentiluomo; doveva essere qualcuno veramente illustre. Proprio allora il piccolo uomo dai capelli grigi uscì dall'ombra con un'espressione preoccupata.

"Lo hanno trascinato fuori dalla carrozza, Vostra Grazia", annunciò, poi esitò.

"E... Martin?" Chiese il vecchio gentiluomo con inconsueta perspicacia.

"Ha scolato un'altra bottiglia..." Si scusò Martin.

"Allora sopporterà la cerimonia meglio del resto di noi", fu la secca risposta.

"Il matrimonio andrà avanti come previsto?" Chiese ansioso Sir Gerald.

Il vecchio sconosciuto non lo guardò. "Non ho altra scelta."

Lo disse con un tono talmente esausto che perfino Deborah, nonostante la sua giovinezza e inesperienza, sentì la profonda nota di tristezza nella voce morbida. Si chiese che cosa lo preoccupasse. Quasi non si rese conto che questi uomini parlavano di una cerimonia nuziale. Dopo tutto, nessuno le aveva parlato di matrimonio. E tutti sapevano che quando una ragazza era in età da marito doveva lasciare la scuola ed essere lanciata in società durante la Stagione e partecipare a tanti balli e feste e incontrare tanti buoni partiti, di uno dei quali si sarebbe innamorata follemente e, se era fortunata, sarebbe stato quello che avrebbe chiesto la sua mano a suo fratello, nel solito modo. I matrimoni non avvenivano nel cuore della notte e tra sconosciuti. E certamente non avvenivano in camicia da notte dopo aver preso una dose di laudano. C'erano delle formalità e cose misteriose chiamate accordi e un ordine logico per questo passo importante nella vita di una ragazza.

Ma Deborah si sbagliava e capì che si sbagliava terribilmente quando suo fratello la condusse dal vescovo, che la chiamò uno scricciolo di sposa e le pizzicò il mento in modo paterno, dicendo che era un grande onore per lei e la sua famiglia, perché era stata scelta per essere la moglie dell'erede del duca di Roxton.

Il suo primo pensiero fu che stava dormendo. Era la medicina che la bambinaia le aveva fatto prendere quando l'aveva svegliata che aveva trasformato il suo bellissimo sogno con Otto, nella foresta, in questo incubo in cui lei sembrava essere il personaggio principale di una tragedia di Shakespeare. Forse, se avesse tentato abbastanza forte di pensare di svegliarsi, ci sarebbe riuscita e la bambinaia sarebbe stata lì con un bicchiere di latte e parole di conforto.

Chiuse gli occhi, barcollando con la bocca secca. Ma non si svegliò dall'incubo. Era così sconcertata che non riusciva a parlare né a muoversi. Il panico le montò dentro. Desiderò con tutto il cuore che Otto venisse a casa a salvarla. Voleva piangere. C'erano delle lacrime calde dietro le palpebre ma per qualche motivo non riusciva a piangere. Allora perché stava singhiozzando? Si rese presto conto che non era lei. I singhiozzi quasi silenziosi venivano dalla soglia e la distrassero tanto che per un momento dimenticò che stava vivendo un incubo.

Era un giovane alto e ben fatto, con una massa di capelli neri che gli ricadevano davanti agli occhi, sostenuto ai gomiti da due robusti servitori in livrea. Non era così ubriaco da non poter camminare e lo disse ai suoi carcerieri, ringhiando parole furiose. Ma più si dimenava per liberarsi, scalciando e stringendo i pugni, più forte diventava la presa sui suoi gomiti e presto rinunciò a lottare e tornò a piangersi sul petto.

Seguì un silenzio imbarazzato mentre portavano il ragazzo di fianco a Deborah. Un languido movimento della mano del vecchio gentiluomo e i due robusti servitori si ritirarono nell'ombra.

Deborah diede di nascosto un'occhiata al ragazzo piangente ma lui aveva voltato la testa per guardare il vecchio gentiluomo e si rivolgeva a lui in francese, con la voce che si rompeva in singhiozzi tra una frase e l'altra. Parlò più in fretta di quanto lei potesse mai sperare di capire ma usò le parole *mon père*: padre, più e più volte. Deb non riusciva a credere che questo vecchio dai capelli bianchi potesse essere il padre di questo ragazzo. Sicuramente voleva dire *grand-père*? E mentre continuava a fissare padre e figlio, il ragazzo di colpo parlò in inglese. Le sue parole erano talmente piene di odio che il volto di Deborah non fu il solo ad avvampare per l'intenso imbarazzo.

"È *tutta* colpa vostra! Colpa *vostra*," urlava il ragazzo al vecchio gentiluomo, con i pugni che si chiudevano e si aprivano con rabbia. "Perché devo essere bandito *io* per i *vostri* peccati? La mia presenza vi mette a disagio, *Monseigneur*, ora che conosco la sordida verità? Povera *Maman*. E pensare che ha dovuto vivere con i vostri *disgustosi* segreti tutti questi anni…"

"Alston, adesso basta", lo interruppe il compagno dai capelli grigi. "Siete ubriaco. Domani mattina rimpiangerete…"

Il ragazzo distolse lo sguardo pieno di lacrime da suo padre e fissò l'uomo al suo fianco. "*Rimpiangere*? Rimpiangere di aver saputo la verità su di lui? *Mai!*" Esclamò rabbiosamente, con la bocca che tremava incontrollabilmente. "Voi lo avete sempre saputo, vero, Martin? Perché non *me* l'avete detto? Sono il suo *erede*. Ho diritto di saperlo. *Di-diritto*." Ricominciò a singhiozzare e si passò la manica di seta sul volto umido. "*Mio Dio*, sono dannato. *Dannato*."

"È tutto nella vostra testa, figlio mio", disse piano il vecchio gentiluomo.

Questo fece scoppiare il ragazzo in una risata isterica che si ruppe a metà. "Nella mia testa? Allora è una *bugia*? Una bugia che sua grazia il nobilissimo duca di Roxton, *mio padre*, ha seminato dappertutto *bastardi* mal concepiti...?

Lo schiaffo sul volto fece cadere il ragazzo mentre il duca si teneva la mano dolorante. Deborah lo guardò voltare la schiena e arretrare nell'ombra mentre ai suoi piedi il ragazzo si rialzava sulle ginocchia rivestite di seta, con una mano sulla guancia bruciante. Il gentiluomo dai capelli grigi, conosciuto come Martin, mise un braccio sulle spalle tremanti del ragazzo e con un'occhiata a Deborah disse, con voce dolce:

"Se volete rivedere vostra madre, sposate questa ragazza. Poi voi e io potremo partire per la Francia."

Il giovane afferrò convulsamente il braccio di Martin, avvicinandogli il volto bagnato di lacrime. "Se faccio quello che vuole, posso vedere *Maman* prima di partire? Posso, Martin? *Per favore*. Devo vederla prima che partiamo. *Devo*."

Martin scosse tristemente la testa. "La nascita prematura del vostro fratellino l'ha lasciata molto debole, ragazzo mio. Ha bisogno di tempo per riprendersi; il resto è nelle mani di Dio."

Il giovane scoppiò di nuovo in singhiozzi. "Non me la farà più rivedere! Lo so, Martin. *Mai più*."

Gli occhi castani di Deborah si spalancarono e trattenne il fiato, aspettando la risposta del gentiluomo dai capelli grigi. Quando lui guardò oltre la testa china piena di riccioli neri e le sorrise gentilmente, si sentì molto sollevata. Anche se perché dovesse provare qualcosa di diverso dal panico davanti a quello che la aspettava, proprio non riusciva a spiegarlo. Forse era perché non credeva che niente fosse reale. Era un sogno indotto dal laudano e presto si sarebbe svegliata. Se solo fosse riuscita a togliersi l'ovatta dalla testa.

"Dopo la cerimonia, porterò il mio figlioccio in Francia e poi a Roma e in Grecia," le disse Martin in tono confidenziale, aggiungendo, per buona misura, come per mantenere la promessa nel suo sorriso: "Staremo lontani per molti anni. Mi capite, *ma chérie*?"

Deborah annuì. C'era qualcosa di stranamente rassicurante nel sorriso di Martin, come se potesse proteggerla da questo strano ragazzo triste e dalle conseguenze di questo affrettato matrimonio di mezzanotte. La Francia era di là delle acque. E la Grecia e Roma erano talmente lontane che ci volevano mesi e mesi di viaggio per raggiungere quei paesi esotici; gliel'aveva detto Otto. Di colpo, si sentì al sicuro. Presto si sarebbe svegliata. Tutto quello che doveva fare era restare ferma e aspettare che la bambinaia la svegliasse con il vassoio della colazione. Questo ragazzo stava per andare via per molti anni. Non l'avrebbe più visto dopo quella notte. Prima il vescovo avesse celebrato la cerimonia prima si sarebbe svegliata e avrebbe dimenticato di aver fatto quel brutto sogno.

Le parole di rassicurazione di Martin ebbero effetto anche sul ragazzo, che si tolse dall'abbraccio dell'uomo e scostò i capelli dagli occhi. Il vescovo si avvicinò velocemente, restando in piedi davanti ai due ragazzi, con la sua bibbia aperta, e procedette in fretta; come se non fosse sicuro che la capitolazione del ragazzo sarebbe durata abbastanza per lo scambio dei voti o che la ragazza, che barcollava e aveva uno sguardo che sembrava fisso e immobile, sarebbe riuscita a restare in piedi ancora per molto. Le paure del vescovo sembrarono giustificate quando di colpo il ragazzo cominciò a ridacchiare sottovoce, sconcertando il vescovo abbastanza da fargli fare una pausa per due volte. Alla fine il ragazzo dovette condividere il suo divertimento con il suo anziano genitore che restava in piedi dietro di lui come una sentinella di marmo.

"*Monseigneur*. Questa insignificante, *ottusa* creatura, è il meglio che siete riuscito a trovare per sposare il vostro erede?" Gli gettò contro voltando solo la testa, con arrogate amarezza. "Certamente il mio lignaggio meritava di meglio?"

"Il suo pedigree è buono quanto il vostro, figlio mio."

Il giovane fece una risatina. "Che unione illustre, certo. Qualcosa di cui voi tutti dovete essere molto fieri. Puah," e afferrò la mano di Deborah quando glielo chiese il vescovo. Ripeté obbediente le parole che li avrebbero resi marito e moglie. Deborah dovette ripetere anche lei le parole dopo il vescovo ma le disse senza capirle e non aveva idea di quale fosse il nome di battesimo del ragazzo, nonostante ce ne fosse una sfilza, dato che non riusciva a distogliere gli occhi dal suo volto. Il suo incubo si era inaspettatamente trasformato in un sogno meraviglioso. Il suo giovane marito era il ragazzo più bello che avesse mai visto, ma erano i suoi occhi che la incantavano. Erano verdi, ma non un verde qualsiasi, un profondo verde smeraldo. Lo stesso colore del grande smeraldo dal taglio quadrato sulla sottile mano bianca del vecchio sconosciuto che Deborah era convinta dovesse avere cent'anni.

UNO

BATH, INGHILTERRA, 1769

Julian Hesham pensò che era morto ed era andato in paradiso. Ma gli angeli non punteggiavano il suono della loro arpa con *dannazione* e *accidenti*. Supponeva che la musica in paradiso dovesse essere un gentile pizzicare di corde, e la melodia più un *largo* che un *allegro*. Non era molto portato, musicalmente, ma la cacofonia che assaliva le sue orecchie era un pezzo musicale frenetico che gli irritava i nervi. Se doveva lentamente dissanguarsi a morte, molto meglio farlo nella pace e nel silenzio di una mattina di primavera, con solo i suoni della foresta che si svegliava. Desiderò che il musicista fosse lontano mille miglia. Che il violinista potesse essere la sua salvezza non gli passò nemmeno per la mente.

Era accasciato contro una betulla. Per un osservatore casuale poteva avere l'aspetto di un gentiluomo che stesse smaltendo gli effetti di una serata di bevute. Le lunghe gambe muscolose erano allungate davanti a lui, la cravatta e il panciotto di seta ricamata erano in disordine, gli stivali infangati e il forte mento quadrato era appoggiato al petto; una ciocca dei folti capelli neri, sfuggita al nastro, gli ricadeva sugli occhi. Il braccio destro era mollemente appoggiato a terra tra le foglie secche e accanto c'era lo stocco che aveva scartato. La mano sinistra era infilata sotto il panciotto fiorato e teneva un fazzoletto piegato in un posto appena sotto le costole, dove un affondo del fioretto del suo avversario era entrato profondamente nel muscolo.

All'improvviso, la musica si fermò. Il bosco era di nuovo in pace.

Julian sospirò di sollievo.

Nel silenzio si sentì il suono inconfondibile del cane di una pistola che veniva armato e questo gli fece alzare il mento. A un metro di distanza, sul bordo della radura c'era un giovane con una redingote di velluto azzurro, con una viola, non una pistola in mano. Julian immaginò che dovesse avere intorno agli otto anni; la stessa età del suo molto più giovane fratellino.

Quando il ragazzo-musicista si infilò la viola sotto il mento e mise nuovamente l'archetto sulle corde, Julian scosse la testa e mise fine al recital prima che cominciasse. Non aveva intenzione di ascoltare altri suoni stridenti, per quanta curiosità avesse di sapere quale sarebbe stata la prossima mossa del musicista.

"Sono sicuro che sarai bravissimo, stasera, ma non potresti esercitarti altrove?" Chiese in tono cordiale. Quando il ragazzo-musicista girò sui tacchi, quasi lasciando cadere l'archetto, aggiunse: "Ai tuoi piedi." E sorrise debolmente quando il ragazzo fece involontariamente un passo indietro. "Fammi il favore di prendermi la giacca. È dietro di te... C'è una fiaschetta... Nella tasca destra..."

Il ragazzo-musicista si tolse la viola da sotto il mento. "Perché volete la fiaschetta? Sembra che abbiate già bevuto abbastanza."

"Che maniere deplorevoli hai", si lamentò Julian, aggiungendo, quando il ragazzo-musicista continuò a esitare: "Non ho intenzione di farti del male. E anche se fossi un bandito di strada sono troppo conciato per cercare di fare qualcosa."

Il discorso fu una fatica e il respiro di Julian si fece difficoltoso.

Il ragazzo-musicista vide uno spasmo di dolore passare sul bel volto e si chiese che cosa doveva fare. Il volto dell'uomo era troppo pallido, la bocca forte troppo blu e il respiro, ora, era corto e affrettato. Fu allora che il ragazzo-musicista vide la macchia scura che si stava allargando da sotto il panciotto macchiato.

"Buon Dio! È ferito!"

L'esclamazione non era del ragazzo-musicista e Julian, con un supremo sforzo di volontà, alzò gli occhi. Due occhi castani lo guardavano preoccupati e una fresca mano femminile gli toccò la fronte.

Julian sorrise e svenne prontamente.

"Dannato pazzo", borbottò la giovane donna, mettendo da parte la pistola e affrettandosi a svitare il tappo di una fiaschetta d'argento con il monogramma che le aveva passato il ragazzo-musicista. Alzò gli occhi verso suo nipote. "Jack. Prendi Bannock e vai a chiamare il dottor Medlow. Digli che c'è un uomo ferito. Non dirgli che è una ferita di spada."

Il ragazzo-musicista esitò. "Starete bene qui sola con lui, zia Deb?"

Lei gli sorrise rassicurante. "Sì, starò bene. Ho la mia pistola, ricordi?"

E guardò il nipote che si affrettava ad andare prima di riportare nuovamente l'attenzione sul duellante ferito. Gentilmente, gli tirò indietro la testa e fece gocciolare il contenuto della fiaschetta d'argento tra le labbra fredde e secche.

"Non sarà colpa mia se morite", lo ammonì, come si fa con i bambini cattivi. "Ma vi starebbe bene per essere tanto stupido da fare un duello!"

"No, non sarebbe colpa vostra", mormorò Julian dopo un po'. "Grazie. Un altro sorso, per favore." Lasciò ricadere la testa nel cerchio delle sue braccia e alzò gli occhi su un volto arrossato, contornato da una sovrabbondanza di capelli rosso scuro. "Suona sempre il violino punteggiandolo con improperi? Aggiunge un po' di colore ma offenderebbe Herr Bach."

"Non è un violino ma una viola. E non era Bach ma Herr Telemann. E gli improperi erano miei, non di Jack."

"E la... ehm... pistola?"

"Mia", ammise sinceramente Deb, poi cambiò in fretta argomento. "Che cosa ne pensate della composizione che stavamo provando?"

"Non mi è piaciuta per niente."

La donna rise bonariamente, mostrando denti adorabili, bianchi come perle.

"Forse in un altro ambiente e dopo ancora un po' di pratica, e..." Julian fece una pausa, distratto dal lieve profumo femminile sulla gola bianca. "È molto piacevole," dichiarò sorpreso. "Di regola le donne portano troppo profumo. È lavanda o qualcos'altro? Acqua di rose, forse?"

"Siete folle. Come potete parlare d'inezie mentre mi state sanguinando addosso?" Lo fece sedere diritto contro il tronco dell'albero e si spazzolò le sottogonne mentre si rialzava in piedi. "Non ridete; peggiorerà solo il dolore. Se non faccio qualcosa per fermare il sangue morirete, e ho abbastanza preoccupazioni senza un cadavere da aggiungere alle mie difficoltà."

"Mia cara ragazza, non mettetevi nei pasticci. Sono sicuro di durare finché arriva il segaossa."

Deb non lo stava ascoltando. Stava pensando. L'ultima cosa che voleva era che questo gentiluomo le morisse davanti. Inoltre, avrebbe già avuto abbastanza problemi a spiegare al suo rigido e cocciuto fratello che cosa ci facevano lei e Jack nella foresta di Avon, da soli e con le loro viole. Sir Gerald detestava che facessero musica quasi quanto detestava l'esistenza stessa di Jack. Che cosa avrebbe potuto usare come benda? Emise un gemito. Supponeva che avrebbe dovuto sacrificare la camicia (tanto era una di quelle di Otto e abbastanza consumata). Per coprire la sua nudità avrebbe preso in prestito la redingote del gentiluomo. "Dovrò usare anche la sua cravatta," disse a voce alta mentre slacciava la camicia da uomo alla gola e se la toglieva tirandola sopra la testa. Raccolse la redingote scartata dall'uomo e sparì dietro a un albero.

"Qu-quanti anni avete detto di avere?" Chiese Julian conversando amabilmente, spettatore riconoscente del suo spogliarsi, deluso di poter vedere solo la sua adorabile schiena sottile nella sottile sottoveste di cotone.

"Non ve l'ho detto. Potrete anche detestare come suono la viola", gli disse a voce alta, "ma in genere vengo considerata utile in una crisi."

"Che cosa state facendo là dietro? Per favore, non preoccupatevi..."

"Vi assicuro che non farò niente più del necessario per tenervi in vita finché arriverà il dottor Medlow."

Deb uscì da dietro l'albero, con la redingote che le pendeva lenta dalle spalle e dalle braccia e allacciata fino al mento, gli stretti risvolti tirati intorno al collo sottile, che le solleticavano le piccole orecchie. Si inginocchiò accanto a Julian e si mise al lavoro, strappando la camicia per farne delle bende.

"Dovrò togliervi il panciotto e la camicia", gli disse, indicando le strisce di tessuto. "Sarò delicata, il più possibile."

"Ne sono sicuro" fu la risposta mormorata.

Julian accettò di buon grado che gli tirasse la cravatta da una parte e dall'altra; che estraesse con cura la spilla di diamanti mettendola da parte, ma ci volle una grande presenza di spirito per tirarsi seduto, raddrizzare la gamba e togliere la mano che era premuta sulla ferita. A quel punto, svenne per il dolore, ma si riprese in fretta, con lo sguardo incollato al volto della ragazza: sugli espressivi occhi castani, l'apprezzabile naso diritto e il labbro inferiore pieno che tremava appena. Diversi riccioli erano sfuggiti alle forcine e le ricadevano sulle guance arrossate. Julian non riusciva a decidere sul loro colore; erano biondo fragola scuro o più un rosso autunnale? Era sicuro di non avere mai visto capelli di un rosso così ricco prima, o uno splendore simile. Si sarebbe ricordato un colore così particolare. La questione gli consumava tutti i pensieri mentre Deborah gli toglieva il panciotto ricamato rivelando la camicia bagnata e appesantita dal suo stesso sangue.

Togliere la camicia rappresentava un problema per Deb. Sapeva che il paziente non aveva la forza di alzare le braccia sopra le spalle per farla scivolare sopra la testa, quindi avrebbe dovuto essere strappata sulla schiena. Ma non era facile. Il tessuto intorno alla ferita era bagnato di sangue ed era aderito al taglio sul petto muscoloso come carta incollata a una parete. Ma Deb non indugiò sul dolore che stava per infliggere. Avrebbe dovuto sopportarlo solo per un brevissimo istante.

Decisa, afferrò il davanti della camicia aperta e la strappò a destra e a sinistra delle spalle larghe. Ci vollero tre strattoni per strappare il tessuto sottile, il terzo strappò il tessuto dal collo alla vita esponendo una distesa di muscoli coperti da peli dello stesso colore corvino di quelli che coprivano la testa del gentiluomo. Per un istante, i suoi occhi registrarono la sorpresa. La cravatta di seta, la ricchezza del tessuto prezioso del panciotto e della redingote, i lineamenti patrizi, tutto aveva celato la quantità di muscoli dell'uomo. Le dava speranza per una completa guarigione. Un fisico tanto ben esercitato si sarebbe rivelato utile; ma solo se la ferita fosse stata tamponata, e subito.

Julian sopportò le cure con grande forza d'animo; sorpreso che la ragazza fosse di costituzione così forte. Sembrava che la vista del sangue non la preoccupasse minimamente. Arricciò solo il naso, non perché fosse impressionabile, ma in modo indagatore, quasi interessato. Stava per fare una battuta sulla sua doppia sensibilità, come donna e musicista, ma la battuta gli morì sulle labbra pallide e fu sostituita da un improperio gutturale in fondo alla gola, perché all'improvviso tutto il suo essere ebbe una convulsione per un dolore insopportabile.

Deb aveva attentamente staccato la camicia inzuppata dalla ferita, esponendo un profondo squarcio sotto la gabbia toracica, sul fianco destro del gentiluomo. Esaminandola, gli disse con voce distaccata:

"Non penso che intendesse uccidervi, oppure il vostro avversario non aveva nessuna nozione di anatomia. Il taglio è profondo ma se avesse voluto uccidervi vi avrebbe infilzato a sinistra..."

Poi, senza preavviso, premette una compressa di tessuto ripiegato sopra la ferita, tanto fermamente che a Julian parve che gli avesse infilato tutto il pugno nel taglio per mischiarsi alle sue viscere e toccare la spina dorsale. Disorientato dal dolore, lottò per restare cosciente.

Deborah prese la sua mano molle e la pose sulla medicazione, dicendogli con voce tagliente di tenerla premuta finché il bendaggio improvvisato non fosse assicurato intorno al suo torace per tenere a posto la compressa.

Non fu facile bendare la ferita. Deb riuscì a far scivolare la benda una volta intorno allo stomaco piatto, ma, arrivata a tanto, le palpebre del gentiluomo tremolarono e lui svenne prontamente. Deb si alzò in fretta, spostò gli strati di sottogonne per liberare le lunghe gambe e si mise cavalcioni sulle cosce inerti dell'uomo appena in tempo per sostenere tutto il peso della parte superiore del corpo contro le spalle quando lui cadde in avanti. Quasi la fece cadere ma riuscì a inserire una spalla contro il suo petto, a un'angolazione tale da permettere alle braccia di restare libere, consentendole di passare liberamente la benda intorno all'ampia schiena nuda. Lo fece parecchie volte, ogni volta tirando la fasciatura più strettamente in modo che la ferita fosse sigillata e il tampone assicurato sotto la fasciatura.

Certa di avere la spalla ammaccata e con la schiena che minacciava di cedere sotto il peso dell'uomo, cercò in fretta tra le radici dell'albero la spilla di diamanti che aveva messo da parte. Con la spilla assicurata tra gli strati superiori del suo bendaggio improvvisato, usò la forza che le restava per rimettere diritto il suo paziente e appoggiarlo delicatamente contro la betulla. Ma non sembrava molto comodo, quindi, senza pensare alla modestia, si tolse la redingote, ripiegò l'indumento di seta ricamata facendone un rotolo e mise il morbido cuscino dietro il collo forte dell'uomo, evitando così che la testa corvina battesse con un grosso tonfo contro il tronco dell'albero.

Esausta e sentendo il bisogno di riprendere fiato, Deb rimase seduta lì, nella sua sottile sottoveste di cotone: cavalcioni sulle cosce muscolose del suo paziente, con le sottogonne arricciate sopra le ginocchia, le lunghe gambe nelle calze bianche in mostra al mondo. Si sentiva ammaccata, contusa e sull'orlo delle lacrime.

"Come avete osato farmi una cosa del genere!" Gridò al gentiluomo incosciente e raccolse la fiaschetta, incerta se fargli ingollare il contenuto o schizzargli il liquido in faccia. "Probabilmente sarete un noto criminale e avreste meritato di sanguinare a morte! Sfortuna mia inciamparvi addosso." Si chinò in avanti e versò una goccia di brandy tra le labbra aperte. "Sono una stupida," mormorò, studiando il volto spigoloso. "Non credo che possiate essere un criminale. I vostri occhi sono troppo onesti... e siete troppo bello, bello da svenire, per essere... Oh! Bruto ingrato! Lasciatemi andare!" Guaì, poiché Julian l'aveva afferrata forte per il polso e la fiaschetta era caduta nell'erba. "Mi fate male!"

Julian guardò il volto arrossato vicino al suo e sbatté gli occhi. "Promettetemi che non scapperete."

Deb fece un sorrisino storto.

"Paura che voglia lasciarvi ai banditi di strada?" Lo stuzzicò, cercando di liberare il polso dalle dita forti.

"No. Voglio... Voglio parlare con voi."

"Risparmiate le vostre forze per il medico. Oh, lasciatemi andare! Mi farete venire un livido."

La lasciò andare e Deborah si rimise diritta.

"Non ho abbastanza forza per farvi restare qui. Ma credo che scivolerei in una triste malinconia senza di voi." Deglutì e chiuse gli occhi, dedicando qualche minuto a riprendere fiato. "E ferirebbe il mio orgoglio molto di più di qualunque ferita fisica."

Deb fu immediatamente curiosa. "Chi è stato?"

"Uomini di poca importanza". Sospirò irritato. "Non erano spadaccini particolarmente bravi. Lo zio Lucian sarebbe disgustato di me."

"Lo zio Lucian?"

"Primo spadaccino di Francia e Inghilterra, ai suoi tempi. Lui pensa che io manchi di grazia nei miei movimenti. Ha ragione."

"Avreste dovuto sparargli!" Disse Deb ferocemente.

Julian sorrise. "Allo zio Lucian? So che mi considera un grosso problema per i miei genitori e non ha mai una buona parola da dire a mio favore ma…"

"Stupido! Non lo zio Lucian, i bastardi codardi che vi hanno fatto questo. Perché non avete usato le pistole? Risultato molto più rapido e senza nemmeno sudare."

"Proprio così. Lo zio Lucian deplora il codice cavalleresco usato dalla moderna gioventù."

"Ma voi non siete esattamente… Scusate!"

"Non direi di essere un vecchio rimbambito, cara ragazza" disse languidamente Julian. "E per un uomo sulla sessantina, ventiquattro anni sono appena l'età della ragione."

"Oh! Beh, non siete per niente vecchio," concordò Deb. "In effetti vi pensavo più vecchio. Oh mio Dio! Ho una linguaccia e dico sempre la prima cosa che mi passa per la mente."

"Non preoccupatevi," disse asciutto, con lo sguardo che guizzava sulle spalle nude e le braccia snelle della ragazza. "Immagino che mi riteneste più vecchio perché ho le tempie ingrigite?" Deb lo guardò negli occhi. "Quanti... Quanti spadaccini c'erano?"

"Tre."

"*Tre*? Non è corretto ed è disonorevole."

"Sì. Ditemi il vostro nome."

"Nome?" Ripeté lei con gli occhi bassi, sentendosi improvvisamente in imbarazzo. "Il mio nome non è importante."

"Mi dispiace che abbiate dovuto rovinare la vostra camicia", si scusò Julian dopo un breve silenzio. Quando lei voltò la testa verso la foresta, incapace di sostenere lo sguardo fisso dei suoi occhi, lui le disse gentilmente: "Non volete dirmi perché voi e... Jack? Sì, Jack, stavate suonando nella foresta a quest'ora? Un'aula scolastica non sarebbe stato un posto più appropriato?"

"I-io... devo andare..."

"Io mi chiamo Julian", continuò. "Non posso ringraziarvi se non so il vostro nome."

"Ve l'ho detto. Non è importante. Avrei fatto la stessa cosa per-per... Oh! *Chiunque*."

"Vedo. È necessario che portiate una pistola?"

Deb gli diede un'occhiata cupa. "Siete molto curioso."

"Siete nei guai?"

"Questi non sono affari vostri."

"Se lo siete, vorrei offrirvi la mia assistenza."

"Davvero?" Chiese Deb con un altro sorrisino storto. "Quando pensate che sarete in grado di offrire i vostri servigi? Fra un mese, due mesi?"

"Non ho intenzione di pregarvi", rispose dolcemente.

"Non intendevo sembrarvi ingrata", si scusò Deborah, con una maschera di dura indifferenza sul volto. "È solo che non potete aiutarmi. Quindi, per favore, dimenticate di averci mai visto o che avevo una pistola. Se Gerry dovesse mai scoprirlo... Andrò incontro al dottor Medlow, per mostrargli la strada attraverso la foresta."

"Dovete proprio portare una pistola?" Insistette nello stesso tono gentile.

Deb lo guardò fisso poi decise che non c'era pericolo a confidare qualcosina di sé, specialmente a un orecchio così attento. Inoltre, avrebbe potuto distogliergli la mente dal dolore al fianco.

"Mio fratello Gerry, Gerald, non sa della pistola. Apparteneva a

Otto che me l'ha data poco prima di morire, dicendomi di tenerla sempre con me quando sono in giro da sola. Otto era l'altro mio fratello e il mio migliore amico e il padre di Jack. Era uno splendido musicista e Jack ha il suo talento. Se Jack vuole andare a Parigi per prendere lezioni da Evelyn Ffolkes, deve esercitarsi. Ma dato che Gerry ci ha proibito di suonare le nostre viole, Jack e io veniamo qua per essere da soli, e così i servitori non glielo riferiscono. Così, vedete, ecco perché porto una pistola."

"Gerry non ha orecchio per la musica?"

Gli occhi castani di Deb si illuminarono. "Gerry è completamente stonato."

"Quindi non apprezza il talento di Jack."

"Esattamente!"

Il respiro di Julian divenne di nuovo faticoso e socchiuse gli occhi. Deb pensò che stesse per svenire ancora, finché lui le sorrise e disse con un tono di studiata indifferenza: "Oserei dire che Gerry manca anche del senso di apprezzamento per la bellezza. Se foste *mia* sorella mi prenderei più cura di voi. Certamente non vi permetterei di uscire dall'aula con indosso una camicia da uomo e senza corsetto."

"Ovviamente voi non avete idea di come sia essere sempre osservati!" Gli disse indignata. "Non è possibile uscire da casa di soppiatto con Jack se devo prima svegliare la mia cameriera per farmi allacciare il corsetto. Brigitte sveglierebbe tutta la casa cinque minuti dopo la mia partenza."

"Beh, allora, questo certo vi scusa."

"E voi siete un pessimo giudice riguardo all'età. Avrò *molto* presto ventuno anni."

"Accettate le mie scuse. Sembrate molto più giovane. Forse perché non portate il corsetto...?"

Deb lo guardò a bocca aperta. "Perché non indosso il corsetto?" Ripeté incredula. "Le vostre maniere sono esecrabili. Se non foste ferito io-io…"

"Sì?" Le chiese interessato, con le spalle che tremavano mentre rideva silenziosamente. "Voi…?"

Una sfumatura rosea le invase il seno e la gola ma Deb lo guardò coraggiosamente negli occhi, stava per dirgli che cosa pensava della sua insolenza, quando notò una macchia di sangue fresco sulla benda e vide che stava tremando.

"State tremando!" Esclamò, dimenticando completamente l'imbarazzo.

"Sì. Ho freddo e non riesco a muovere le gambe. Non importa, il medico arriverà presto."

Solo allora Deborah si rese conto che, oltre a essere praticamente nuda dalla vita in su, era ancora cavalcioni sulle cosce del duellante ferito e che gli era seduta comoda in grembo da un bel po'. Nascondendo l'imbarazzo dietro la rabbia, lo rimproverò mentre si affrettava ad alzarsi dalle sue lunghe gambe, sistemandosi gli strati di sottogonne stropicciate.

"Avreste dovuto dire qualcosa invece di permettermi di restare lì seduta a chiacchierare!"

"E tagliar corto con il nostro *tête à tête*? Ecco, *questa* sarebbe stata maleducazione."

"Dovete essere pazzo!"

"Sì, davvero," rispose Julian con un sorriso solo per sé e chiuse gli occhi.

DUE

LA VOLTA SUCCESSIVA CHE JULIAN HESHAM, MARCHESE DI
Alston, aprì gli occhi sul mondo, c'erano tre paia di occhi che lo
fissavano ansiosi, in silenzio. Credette di essere ancora nella foresta e
cercò un paio di occhi castani che appartenevano alla zia del
ragazzo-musicista. Ma la sua testa era annidata in morbidi cuscini di
piume ed era sdraiato in un grande letto. Richiuse gli occhi. Guardare. Pensare. Entrambe le cose erano troppo difficili. La testa gli
sembrava troppo grande per il suo corpo debole e quando cercò di
alzare un braccio scoprì che era troppo debole perfino per quel
semplice gesto.

"Ha aperto gli occhi. È un buon segno", disse una voce sconosciuta, molto soddisfatta. "La febbre è scesa, grazie a Dio. Tornerò
domani mattina. Se si agita durante la notte, dategli la tintura di
oppio…"

"Niente… oppio," lo interruppe Julian con la voce fiacca.
"Frew? Di' a M'sieur il medico che non…"

"Sì, milord. Niente oppio, milord," confermò il valletto che
aleggiava lì intorno. "Solo un cucchiaino da tè se è
assolutamente…"

"No!" Ringhiò il suo padrone e fissò lo sguardo sul volto che
non riconosceva. "Quando potrò alzarmi?"

"Tra una settimana, milord."

"Una settimana? Da quante notti sono qui?"

"Tre, milord."

"Tre? Buon Dio!"

"Sì," rispose il medico con un sorriso. "E state facendo degli enormi progressi, grazie alle cure del Sig. Ellicott…"

"Martin?" Lo interruppe Julian, voltando la testa sul cuscino per guardare ai piedi del letto, verso un vecchio gentiluomo con i capelli grigi. "Sono stato un grosso cruccio, *mon parrain?*"

Martin Ellicott sorrise e scosse la testa. Accompagnò il medico alla porta e poi tornò, tirando una sedia accanto al letto, indicando al valletto ansioso di allontanarsi con un cenno della mano. "Come vi sentite?"

Parlavano in francese.

"Passabilmente," rispose Julian. "Ho un mal di testa martellante. Sono veramente tre notti che mi rigiro nel letto?"

"Sì, avete preso freddo e vi è venuta la febbre. Ma questo non è importante adesso. Dovete riposare e riprendere le forze."

"Sempre in qualche pasticcio, *aye*, Martin?" Sorrise Julian impacciato. "Ma questa volta non è stata colpa mia. Se potete credermi."

"Non ho mai dubitato di voi, M'sieur."

"*M'sieur?* Da quando il mio padrino mi chiama altro che Julian quando siamo soli?" Fece una smorfia. "Ah, la vostra espressione o, dovrei dire, mancanza di espressione vi tradisce. Assomigliate notevolmente a *mon père* quando fate quella faccia. Avete imparato voi da mio padre o viceversa? Non importa. State per farmi la predica per la mia stupidità."

"No, non adesso. Riuscireste a mangiare qualcosa?"

"Non lo so. Forse qualcosa di diverso da quella pappina che mi sembra di ricordare mi cacciassero in gola." Osservò il vecchio che si alzava lentamente. "Martin," disse bruscamente, "sono mai stato lucido in questi giorni?"

"Occasionalmente," fece uno dei suoi rari sorrisi. "Sempre in francese."

Julian sospirò. "Grazie al cielo." Guardò oltre il suo padrino. "Ho menzionato qualche circostanza particolare?"

Martin Ellicott rimase un momento in silenzio e questo riportò gli occhi del giovane sul suo volto. "Avete chiesto di non informare i vostri genitori. Io non gliel'ho detto. Sapete che non angoscerei le loro grazie per niente al mondo. Non serve però aggiungere che *Monseigneur…*"

"Conosco perfettamente la sorprendente abilità del duca di Roxton di conoscere ogni mia mossa. Sarà matto come un cavallo, ma lo affronterò quando sarà ora. Qualcos'altro?"

"No".

"Oh... Allora devo avere sognato... Mi sembra di ricordare di avervi chiesto…"

"… di una giovane signora con gli occhi castani?"

"Sì. Mi ha rattoppato lei."

"Davvero?" Martin Ellicott lo guardava con attenzione, con un luccichio negli occhi.

"Non ho evocato una femmina in un sogno indotto dall'oppio. È di carne e ossa." "Se è lei che vi ha bendato, allora avete effettivamente un grosso debito di gratitudine." Martin Ellicott fece un perfetto inchino. "Ora dovete riposare e manderò tra poco Frew con un vassoio di qualcosa di mangiabile. Domani discuteremo che cosa fare per trovare chi vi ha salvato."

Il marchese grugnì una risata che gli fece fare una smorfia di dolore. "Bene, mi dispiacerebbe che mi riteneste svagato come lo zio Lucian…"

Il vecchio rabbrividì involontariamente. "Nessuno può essere così svagato."

"… ma non dovrebbe essere difficile trovarla. Scappa di nascosto nella foresta di Avon per suonare la viola perché a Gerry non piace nemmeno un po'. Già ma lui è completamente stonato, quindi è logico, no?"

Martin Ellicott evitò di fare commenti e uscì dalla stanza. Oppio, pensò. Doveva essere colpa dell'oppio.

✎

LA GIOVANE DONNA CON GLI OCCHI CASTANI CHE OCCUPAVA I pensieri del marchese di Alston nelle ore in cui giaceva a letto sveglio era Miss Deborah Cavendish, che viveva in un'alta casa dalla facciata stretta sul lato est di Milsom Street, a due porte dalla Octagon Proprietary Chapel. Era un indirizzo rispettabile, vicino ai luoghi di divertimento della città e solo a una breve distanza dalle Upper Assembly Rooms appena aperte. Eppure, le famiglie più importanti non lo consideravano un posto alla moda dove risiedere. Nella strada c'erano cappelle e negozi e il forte rumore del traffico durante la Stagione era considerato sgradevole. Gli edifici mancavano dello stile e dell'aspetto elegante che si trovava in Queen Square, al Circus oppure in Gay Street. Un simile indirizzo poteva andare bene per un abitante stagionale ma non poteva considerarsi comodo o rispettabile per una Cavendish. Eppure la casa e la sua posizione andavano bene per Deb. Molto meglio essere stipata tra gli abitanti stagionali, frequentatori senza volto di cappelle e mercanti industriosi, che avevano di meglio da fare del loro tempo e della loro energia che sprecarlo in conversazioni futili, come faceva l'alta società, che passava il tempo nella Pump Room a sudare i suoi malanni nell'acqua calda del Bagno del Re, ingeriva scandali con i bicchieri mattutini di acqua minerale e, più tardi nella giornata, sorseggiava il tè nelle Assembly Rooms, corretto con gli ultimi pettegolezzi.

Non che Deb avesse intenzione di evitare la società di Bath o la sua folla di *habitués*. La si vedeva spesso agli intrattenimenti offerti; a passeggiare per la Pump Room; a danzare ai balli delle Assembly Rooms e a fare colazione in comitiva dall'altra parte del fiume Avon nei Sidney Gardens. Era diventata la favorita dei residenti fissi; in effetti era molto ricercata come compagna di gioco dai vecchi gentiluomini infermi, tra cui tre colonnelli in pensione, un generale e una manciata di ricchi commercianti nominati cavalieri. E poi c'erano le vedove, titolate, nobili e provenienti dal commercio, tutte ipocondriache in una forma o nell'altra, che confidavano i loro malanni alla cara Miss Cavendish.

Eppure, era educatamente trascurata dai circoli più elitari, composti esclusivamente dai figli, figlie e cugini delle famiglie più importanti del regno. Questi illustri personaggi socializzavano con tutti i livelli della società negli intrattenimenti pubblici ma erano altamente selettivi riguardo a chi poteva entrare nei loro salotti o mettere le gambe sotto ai loro tavoli da pranzo. Non è che il lignaggio di Deb fosse da trascurare, dopotutto era una Cavendish, cugina del quinto duca del Devonshire e una considerevole ereditiera.

L'importanza e la rispettabilità sociale di Deb erano severamente macchiate dal suo carattere imprevedibile. Quando aveva solo diciotto anni, aveva abbandonato il santuario della casa di suo fratello, contro i suoi desideri, ed era andata sul continente per curare il fratello malato, un musicista che era la pecora nera della famiglia. Si sarebbe anche potuto chiudere un occhio sui mesi passati sul continente, dopo tutto la sua disobbedienza al fratello Sir Gerald era dovuta al suo affetto per il fratello Otto che purtroppo, ma fortunatamente per il buon nome della famiglia, era morto a Parigi prima di poter portare altro discredito alla famiglia.

Deb era riapparsa a Bath, tranquilla e all'apparenza come se lo scandalo non avesse mai sfiorato le sue adorabili forme, ma con il suo nipotino orfano al seguito.

Il nipote era il prodotto dell'accoppiamento di Otto con una gitana girovaga. Che Miss Cavendish avesse scelto di dare un tetto al ragazzino dalla pelle olivastra, quando il fratello maggiore aveva all'inizio rifiutato di riconoscere una tale spregevole progenie, aveva scandalizzato la società a tal punto da dare adito a congetture circa il tipo di vita che aveva condotto sul continente Miss Cavendish e aveva fornito materiale per i pettegolezzi ai tavoli da tè dando la stura a una pletora di ipotesi.

Deb aveva sentito i sussurri, visto le occhiate lascive di uomini di scarsa reputazione e gli sguardi ostili delle rigide matrone. Sarebbe troppo semplice dire che non le importava nulla di quello che pensavano di lei, non era così. Ma sapeva anche che non c'era nulla che potesse fare per cambiare l'opinione che la società aveva di lei. Era incisa sulla pietra. E fintanto che la società manteneva le distanze e non interferiva con la sua vita, era abbastanza facile coesistere con i suoi pari.

E quindi fu con la testa alta che scese dalla portantina e pagò i portatori. Con le gonne da equitazione di velluto verde raccolte su un braccio entrò nella rumorosa e affollata Pump Room cercando sua cognata, Lady Mary Cavendish. Era stata sul punto di partire a cavallo per l'appuntamento per la colazione con il suo tutore di francese; un anziano gentiluomo che si era sistemato in una pittoresca casa risalente ai tempi della regina Anna alla periferia della città, dopo una vita trascorsa al servizio di un qualche illustre aristocratico francese senza nome. Il biglietto scarabocchiato in fretta da Lady Mary era arrivato mentre si stava vestendo e richiedeva la sua immediata presenza nella Pump Room.

Deb era sorpresa che Mary fosse venuta in città così presto nella Stagione. Il fatto che non l'avesse avvertita dei suoi programmi la insospettiva. Sarebbe stata una coincidenza troppo grande che Mary fosse a Bath esattamente durante la settimana in cui Deb aveva programmato di lasciare quella declinante fonte termale per Parigi. Sospettava che il suo odioso fratello avesse ancora una volta inviato la moglie al suo posto. Deb non ne aveva le prove ma credeva che si tenesse al corrente di ogni sua mossa pagando uno dei suoi domestici per spiarla.

Deb trovò Lady Mary seduta a una finestra che guardava il Bagno del Re mentre conversava con una rigida matrona, che si alzò immediatamente quando Deb si avvicinò a loro attraverso la folla.

"Non alzatevi, Lady Reigate," disse allegramente Deb. "Sono venuta solo a dare il buongiorno a Lady Mary."

"Deb! Come siete stata carina a venire", disse Lady Mary, sventolando agitata il ventaglio, con un'occhiata di traverso alla sua compagna di conversazione. "Prendete un bicchiere d'acqua con noi?"

Deb si chinò per baciare la guancia a Lady Mary. "No, grazie. Detesto il sapore ed è piuttosto puzzolente, sapete."

"Buongiorno, Lady Mary," disse Lady Reigate con la mano tesa e un breve cenno della testa in direzione di Deb. "È rassicurante vedere un volto familiare così presto nella Stagione. Verrete alla mia *soirée*? Voglio sentire tutto su come se la sta cavando vostra cugina, la duchessa, con suo figlio coinvolto in un altro scandalo sessuale. Non che io incolpi Alston. Così bello e virile, non mi meraviglia che le stupide ragazze francesi sdilinquiscano alla sua vista. Ma un tale peso per la sua povera mamma. Verrete martedì, vero?"

"Grazie per l'invito", disse Lady Mary, facendo sedere Deb accanto a lei. "Grazie al cielo siete arrivata!", disse con un sospiro, appena Lady Reigate fu fuori portata d'orecchi. "Ho sentito parlare a sufficienza del comportamento degradante di Alston e non avevo proprio voglia di ascoltare un monologo moralistico sulle sue malefatte da quella creatura!" Notò l'abito da cavallerizza di Deb. "Non ho sconvolto i vostri programmi per la mattinata, vero?"

Deb stava fissando la gente che camminava nell'acqua nel Bagno del Re, sorridendo alle figure ballonzolanti nelle vesti marroni e con le saponette su piattini galleggianti. Voltò la testa.

"Per nulla, mia cara. Intendo andare a cavallo al mio appuntamento. Ma la vostra nota sembrava esprimere una certa urgenza. Spero che la piccola Theodora non sia malata?"

"Theodora? Oh no. La vostra nipotina sta veramente molto bene e mi è dispiaciuto lasciarla con la bambinaia proprio ora. Sta mettendo i denti, sapete. Ma Sir Gerald è preso con gli affari dei mezzadri e non potrà allontanarsi per vedervi lui stesso almeno per un'altra settimana, quindi ha pensato fosse meglio che venissi io a Bath a suo posto."

Deb non riuscì a evitare un mezzo sorriso.

"Se Gerry è preso dagli affari della tenuta per una settimana, capisco l'urgenza della vostra visita." Quando l'espressione di Lady Mary si fece convenientemente perplessa, Deb scosse la testa. "Mi dispiace che siate venuta fin qua per ottenere tanto poco, Mary. Non cambierò i miei programmi di viaggio."

"Allora è vero." Gemette Lady Mary. "Avrei voluto farvi visita a Milsom Street ma ho temuto di trovare l'atrio pieno di bauli e ho pensato fosse meglio parlarvi qui, in un posto pubblico, dove possiamo parlare in privato."

"Carissima Mary, è proprio da voi pensare che siamo più in privato qui in una Pump Room affollata che dentro le mie quattro mura; eppure quant'è vero. Sì, la mia anticamera è ingombra di bagagli perché intendo portare Jack a Parigi appena riceverò notizie dal signor Ffolkes. Colonnello Thistlewaite! Come state?" Salutò Deb tendendo la mano guantata a un gentiluomo di mezz'età che si era allontanato dal suo gruppo per fare un inchino con uno svolazzo a Deb. "Permettetemi di presentarvi mia sorella Lady Mary Cavendish." Il corpulento gentiluomo in calzoni al ginocchio viola e redingote color zafferano bordata di nero si inchinò sulla piccola mano paffuta di Lady Mary, con un luccichio negli acquosi occhi cinici. "Non dovete far caso al colonnello," continuò Deb con un sorrido radioso. "Lui ammira tutte le donne carine, con l'occhio dell'intenditore."

"Siete stata fuori a cavalcare, mia cara Miss Cavendish?" Le chiese il colonnello, riportando la sua completa attenzione su Deb; la sorella bionda, anche se graziosa non era abbastanza animata per questo vecchio militare. "Peccato che non abbiate pensato al colonnello Thistlewaite."

"Non potete unirvi a me in questa occasione, colonnello, poiché vado alla mia solita lezione di francese. Lady Mary, il colonnello Thistlewaite e io giochiamo in coppia ad Hazard, vero colonnello?"

"E li peliamo tutti!" Rise il colonnello. "Non avete dimenticato il nostro impegno di questo pomeriggio?"

"Con i Brownlowes? Certamente no."

Quando il colonnello prese educatamente congedo per unirsi ai suoi compagni dall'altra parte della stanza, Lady Mary disse con una voce sottile piena di disapprovazione: "Non giocherete a carte con lui, vero Deb?"

"Sì, Mary."

"Non indovinate che cos'è?"

"Ma certo!"

"Vorrei che non lo faceste", si lamentò Lady Mary. "Il modo in cui vi guardava, e quegli altri insieme a lui. Non so chi siano, naturalmente, perché…"

"Allora non dovete giudicarli. Sono vecchi e piuttosto innocui, ve l'assicuro."

"Ma che cosa penserebbe Sir Gerald se sapesse che voi…"

"… gioco a carte con un reggimento in pensione? Che cosa mi importa della censura di Gerry?" Lo disse con una scrollata di spalle noncurante ma c'era una spigolosità nella sua voce che avrebbe dovuto dire a Lady Mary di fare attenzione. Ma quest'ultima non coglieva le cose al volo e si precipitò a difendere suo marito e quindi verso il disastro.

"Sono sicura che li riteniate abbastanza innocui e forse lo sono," predicò. "Ma non vi siete mai preoccupata molto dei pettegolezzi, ma è veramente importante quello che la gente pensa di voi, se volete sposarvi bene; particolarmente dopo il vostro temerario comportamento quando siete scappata a Parigi per curare Otto. Dato che sono più vecchia di voi e sposata, ritengo di poter parlare con una certa autorità…"

Deb si alzò e scosse le gonne.

"Mary, state perdendo il vostro tempo se cercate di persuadermi a non andare a Parigi. Devo: per Jack. È progredito molto oltre quello che posso insegnargli io. Ha bisogno di un insegnante esperto come il signor Ffolkes. Sto solo aspettando una sua lettera in risposta alla mia per lasciare questo buco. Voi dovreste tornare da Theodora, che ha bisogno di voi. È stato egoistico da parte di Gerry farvi venire qua."

"Detesto dovervi ricordare che cos'è successo a Parigi quando Sir Gerald ha dovuto trascinarvi a casa prima che fuggiste con il signor Ffolkes…"

"Allora non fatelo!" Esclamò Deb a denti stretti.

"Come facciamo, come fate a sapere che non vi innamorerete di nuovo di lui quando lo rivedrete?" Disse Lady Mary con la voce flebile. "Sono passati anni ma so che Evelyn pensa ancora a voi. Non si è mai sposato e dice che non lo farà mai. Sir Gerald pensa…"

"Oh, per l'amor del cielo, Mary! Siete ridicola. Sarebbe una cosa così brutta se il signor Ffolkes chiedesse ancora la mia mano? Dopo tutto è il nipote di un duca e un giorno sarà visconte. Gerry dovrebbe essere contento, non preoccupato. Potrei fare di peggio."

Molto peggio, pensò Lady Mary, se i pettegolezzi riguardo a un certo signor Robert Thesiger che corteggiava sua cognata si fossero dimostrati veri. Si torse le mani guantate. Il colloquio non stava andando come aveva programmato: come lei e suo marito avevano discusso che dovesse procedere se doveva convincere Deb a restare a Bath. E la Pump Room non era il posto per continuare quella conversazione. "Farete tardi per la vostra cavalcata, Deborah," disse a voce bassa. "E avete ragione. Non capisco l'opposizione di Sir Gerald alla proposta di Evelyn."

Deb sollevò le sopracciglia. Non ricordava l'ultima volta in cui Lady Mary aveva ammesso apertamente di non essere d'accordo con suo marito. E qualcosa doveva veramente preoccuparla perché la chiamasse Deborah in quel modo formale.

"Venite a prendere il tè, domattina. Jack è tornato da Eton per le vacanze e gradirebbe una visita da sua zia. Ora devo andare, non posso lasciare Joseph a trattenere ancora il cavallo. Oh santo cielo. Ecco che arriva la signora Overton con il suo zannuto figliolo. Gli Overton sono eccezionalmente ben imparentati e Sir Henry ha lasciato un bel gruzzolo, così mi dicono. *Au revoir.*"

Con una stretta allo stomaco, Lady Mary guardò Deb fuggire attraverso la sala solo per essere intercettata proprio dalla persona contro la quale era venuta fino a Bath a mettere in guardia Deb.

IL SIGNOR ROBERT THESIGER ERA UN GENTILUOMO DALLE spalle larghe, di media statura e aspetto gradevole, che sfruttava al meglio quello che Dio gli aveva dato con un gusto squisito nel vestire e maniere eccezionalmente raffinate. Era risplendente in una redingote di seta italiana, ornata di ramage di fiori ricamati in seta sull'allacciatura, i paramani risvoltati e l'orlo delle corte falde; i calzoni di cashmere blu notte che gli aderivano come un guanto e un panciotto corto dal quale pendevano parecchie catene e sigilli sicuramente avrebbero fatto tendenza. Le lucidissime scarpe nere con le enormi linguette avevano un tacco più alto della media, come si diceva fosse la moda del momento a Parigi. Per le giovani dame romantiche, la misteriosa cicatrice da duello che gli attraversava la guancia sinistra portava il livello della sua mascolinità a 'bello da svenire'.

Eppure, nonostante il suo bell'aspetto e le sue prospettive di ereditare un titolo antico, la matrimoniabilità del signor Thesiger era severamente compromessa dai suoi scadenti natali. Era l'erede riconosciuto alla baronia di suo padre, un uomo di inclinazioni papiste e tendenze giacobite, che aveva frequentato il giovane pretendente a Roma e si era ritirato semi-invalido a Bath; eppure era la scandalosa reputazione di sua madre che aveva messo in questione il pedigree di Robert.

Una contessa francese, ai tempi della separazione dal barone Thesiger, Thérèse Duras-Valfons aveva pubblicamente dichiarato che il suo unico figlio non era di suo marito ma la progenie bastarda di un duca inglese, di cui era stata l'amante a quel tempo. Era arrivata al punto di proclamare che suo figlio era stato concepito con questo famigerato duca durante una caccia con il Re di Francia. Non molte lune dopo aver messo incinta la sua amante, il duca aveva improvvisamente deciso di sposare una ragazza abbastanza giovane da poter essere sua figlia.

Robert Thesiger non agiva a proprio vantaggio restando devoto a sua madre, una donna la cui sordida reputazione era sprofondata ancora di più quando, unicamente per ragioni pecuniarie, era diventata l'amante di un esattore delle tasse francese. Eppure le frequenti visite del signor Thesiger al capezzale di suo padre a Bath facevano molto per redimerlo agli occhi delle matrone dell'alta società, che lo consideravano un potenziale marito per le loro figlie. Che stesse corteggiando una donna inglese, nientemeno che Deborah Cavendish che valeva cinquantamila sterline, era considerata una prova provata per tutti, eccetto i membri più puntigliosi dell'alta società, che il barone Thesiger doveva effettivamente essere il padre del gentiluomo.

Stava osservando Deb con la coda dell'occhio mentre lei parlava con Lady Mary Cavendish e stava solo aspettando l'opportunità di abbordarla. Passeggiava per la Pump Room con le due Miss Reigate: le figlie gemelle carine ma lentigginose di un visconte impoverito. La loro madre, Lady Reigate, stava giusto ricevendo dei complimenti per il loro portamento, quando Robert Thesiger prese di colpo congedo dalle ragazze e si presentò a Deb Cavendish. Amiche invidiose simpatizzarono con Lady Reigate. Dopo tutto, Deb Cavendish aveva sempre il suo aspetto migliore in abiti da cavallerizza; forse un po' troppo mascolini nel taglio, ma come stavano bene alla giovane donna con quella statura da amazzone e quei capelli di un inconsueto rosso scuro. Che ne pensava Lady Reigate?

"Miss Cavendish! Un momento, per favore," disse insinuante il signor Thesiger, toccandole il braccio.

Fu tanto sorpresa da lasciar cadere il cappello, che lui le restituì prontamente, felice di averla momentaneamente colta impreparata.

"Oh! Siete solo voi", disse francamente. "Per un momento ho pensato... No. Che stupida. Come state, signor Thesiger?"

L'uomo sorrise e si inchinò sopra la mano guantata. "I miei sentimenti sono tristemente ammaccati. Chi speravate che fossi?"

"Non posso restare. Joseph sta facendo camminare i cavalli."

"Peccato che non sia vestito in modo tale da potervi accompagnare. Eravate venuta a cercarmi?"

"Sono venuta a vedere mia sorella. È appena arrivata."

"Ah, l'adorabile Lady Mary. Non ha trascinato con sé il molto compito Sir Gerald, spero?"

Deb rise e rallentò il passo, permettendogli di prenderla a braccetto.

"Gerry lasciare i suoi maiali e le sue mucche? Improbabile!"

"Allora farò visita a Lady Mary domattina," disse il Sig. Thesiger con un pronto sorriso. "Continuo a dire che siete venuta a cercare me. Posso capire dall'espressione dei vostri occhi che siete arrabbiata con me per non essere venuto al recital."

"Strano che lo diciate", gli rispose in tono pacato, "ma è un talento che dovrete migliorare. Io non sono né tanto stupida né tanto superficiale."

"Siete risentita perché gli affari mi hanno tenuto a Parigi più a lungo di quanto mi aspettassi."

"Affari con gli occhi azzurri o verdi?"

Questo lo fece ridere sommessamente. "Azzurri," confessò. "L'adorabile Dominique è più bella di voi, mia cara, ma non ha nemmeno una briciola del vostro spirito o del vostro fuoco. Gelosa?"

"No. Richiederebbe uno sforzo che non mi sento incline a esercitare per voi."

L'uomo non fu ingannato dal suo tono leggero. Che tenesse lo sguardo diritto davanti a sé, senza mai guardarlo, gli disse quello che voleva sapere. "*Touché*." Sorrise e si inchinò a una coppia che passava e che aveva cercato di attirare la sua attenzione, dicendo a Deb: "Queste schermaglie verbali in cui voi e io indugiamo sono divertenti ma è ora che andiamo oltre, Miss Cavendish."

"Che fantasia vi siete creato," gli rispose in tono leggero Deb, togliendo la mano dalla sua manica di seta, dato che avevano completato il giro ed erano di fianco alla porta di ingresso. "Mi dispiace disilludervi, signor Thesiger ma non posso darvi la risposta che vorreste."

"Non mi deluderete." Disse lui sotto voce.

"Parigi deve essere stata molto noiosa", commentò Deb, permettendo allo sguardo di vagare fuori dalla porta d'ingresso e sulla strada.

"Io sono un uomo paziente, ma non sono un santo, mia cara."

"Avete avuto la mia risposta prima che partiste per Parigi. Dicono che io sia una persona volubile, ma non ho cambiato idea."

Il signor Thesiger la seguì fuori, nel sole del mattino, aggirando un'anziana coppia che veniva portata all'interno sulle sedie a rotelle dai loro assistenti e le afferrò il braccio prima che lei potesse raggiungere il suo stalliere, un uomo basso, robusto, di origine italiana, che ora fece un passo avanti vedendo il trattamento sfrontato riservato alla sua padrona.

"Non è una risposta che ho intenzione di accettare."

"Immaginate che sia questo il modo di ottenere quello che volete? Che belle maniere avete, signore!"

Il signor Thesiger si riprese quasi subito e lasciò cadere la mano di fianco, ma non prima di averla alzata in un gesto di irritazione.

"Perdonatemi," dichiarò rigidamente e si congedò con un piccolo inchino dicendole, mentre si raddrizzava: "Sono deciso a conquistarvi, Miss Cavendish."

"Ammiro la vostra costanza, signor Thesiger, vi fa onore. Vorrei solo avere le idee altrettanto chiare," si scusò mentre si metteva il cappello, passando una mano guantata lungo la piuma. "Voi potete pensare che sia un capriccio femminile, signor Thesiger, ma non posso prendere in considerazione una proposta di matrimonio che non-non coinvolga i miei... i miei sentimenti."

"E se vi dicessi che voi e solo voi avete impegnato i miei sentimenti, Miss Cavendish?"

Deb lo guardò con un sorrisetto. Era piuttosto attraente e avrebbe dovuto sentirsi adulata, ma le sue parole la imbarazzavano perché non poteva contraccambiarlo. Si aspettava di più, in effetti *sapeva* che ci doveva essere di più del semplice affetto per un uomo con il quale avrebbe passato il resto della sua vita. Voleva che le succedesse un certo qualcosa di inesplicabile quando un gentiluomo la chiedeva in moglie. Forse era solo stupidamente romantica...? Eppure era come si sentiva e non poteva cambiare. "Senza dubbio provate gli stessi sentimenti per gli occhi azzurri o verdi, signor Thesiger", gli disse secca e lo lasciò impalato sul marciapiede.

Deb e il signor Joseph Jones erano a una certa distanza dal centro della città quando lei rallentò il passo per godersi i campi aperti e l'aria del mattino, senza il trambusto e il rumore della città. Stava pensando a quello che le aveva detto Lady Mary riguardo al fatto che Evelyn Ffolkes provava ancora qualcosa per lei e a come si sarebbe sentita quando l'avesse rivisto. Erano passati quasi tre anni da quei mesi esaltanti passati a Parigi con Otto e i suoi amici musicisti e, anche se lei ed Evelyn corrispondevano saltuariamente, non una volta aveva pensato a lui diversamente che come un caro amico: l'amico più caro di Otto. Poi Joseph si avvicinò al galoppo e disturbò la sua pace.

"Sta facendo di nuovo pressioni, vero?"

"Chi?"

"Quel noioso dandy."

"Il signor Thesiger? Non fa pressioni", gli rispose tranquillamente. "È solo persistente."

"Che maniere affascinanti ha", disse Joseph con una smorfia. Che parlasse alla sua padrona con tutta la familiarità di un vecchio zio burbero era dovuto al fatto che la conosceva da quando era nata. Dopo la morte prematura di suo fratello Otto, si era preso il compito di agire come maggiordomo di Deb, quindi si sentiva autorizzato a parlare schiettamente laddove lo riteneva necessario.

"Perché non vi piace il signor Thesiger?"

Joseph guardò tra le orecchie del cavallo.

"Chiedo scusa, signora, ma finge di essere più francese che inglese, nonostante suo padre sia inglese fino al midollo, e questo a me basta!"

"Non è una ragione sufficiente per disprezzarlo. Potrà aver fatto di Parigi la sua residenza principale, dopo tutto la sua mamma è francese, ma si prende la briga di visitare regolarmente il padre invalido…"

"Ansioso di mettere le mani su quell'antica baronia, è quello che penso io," borbottò Joseph.

"Lo giudicate troppo severamente," rispose Deb con voce tagliente, "come fa il resto della società."

Joseph decise di tenere per sé le sue opinioni sul signor Thesiger e cavalcarono in silenzio finché svoltarono in un sentiero con un alto cancello che segnava l'entrava di una piccola tenuta, ben lontana dalla strada principale e circondata su tre lati dalla foresta. Joseph saltò giù per spalancare i cancelli. Annose querce bordavano da entrambi i lati il viale che portava a una casa di mattoni rossi, in stile Queen Anne, in mezzo a un parco di venti acri. In fondo ai giardini ben curati scorreva il fiume Avon.

La casa era in vista quando Deb riprese a parlare, un'espressione decisa sul volto mentre lottava contro la voglia di chiedere del duellante ferito. Con sua somma irritazione, scopriva spesso i suoi pensieri che vagavano in quella direzione e parlare di lui non mancava mai di farle colorire il viso.

"Joseph... avete... avete chiesto del mio duellante ferito al dottor Medlow?" Tornato in sella al suo cavallo, Joseph le lanciò un'occhiata sorniona e tenne il volto perfettamente composto.

"Appena Medlow ha finito di curarlo ecco che arriva una carrozza per portare via il vostro duellante, chissà dove. Il segaossa non ha riconosciuto lo stemma sulla porta e nemmeno i servitori. Svanito, ecco cos'ha fatto."

"La carrozza si deve essere fermata a una delle locande rispettabili. Non può avere viaggiato in quelle condizioni."

"Ho fatto domande anche nelle locande meno rispettabili. So che avete detto che è un gentiluomo ma solo perché qualcuno indossa gli abiti di un duca non lo diventa." Guardò di nuovo Deb e disse, per punzecchiarla: "Potrebbe aver vinto quell'abbigliamento sfarzoso a qualche povero ubriacone di Lord impoverito. L'ho già visto succedere. Sareste sorpresa quanti tizi vanno in giro come se avessero due o tre titoli! Ricordo a Torino..."

"Stupidaggini! È un gentiluomo. Lui... I suoi lineamenti sono..."

"Ce n'è tanti che sono nati dal lato sbagliato del letto, di questi giorni. Se si deve credere alle voci, perfino il signor Robert Thesiger. È sorprendente come la nobiltà abbia disseminato la campagna con i suoi figli illegittimi."

Inconsciamente, Deb si irrigidì sulla sella.

"Le voci sugli scadenti natali del signor Thesiger non sono proprio colpa sua. Non può essere facile per lui avere come madre una nota sgualdrina. Ma poiché il barone l'ha riconosciuto, penso che possiamo tranquillamente ignorare i pettegolezzi." Guardò furtivamente Joseph. "E per quanto riguarda il mio duellante ferito, avete dato la sua descrizione ai locandieri?"

"Parola per parola. E nessuno l'ha visto. E se l'avessero visto non ho dubbi che avrebbero ricordato il vostro uomo. Ora, vediamo... Alto, con i capelli corvini e gli occhi del verde più verde. E ha tanti muscoli e un sorriso affascinante. Per non parlare di un grosso buco sul fianco. No, non credo che un locandiere o i suoi servi avrebbero mancato di notare un uomo così, no?"

Deb sentì di dover dire qualcosa a propria difesa.

"Non dovete pensare che abbia perso la testa per un duellante senza nome. L'idea è assurda. Sono semplicemente curiosa di sapere come se l'è cavata. Non c'è niente di strano in questo, visto quello che ho fatto per lui. Sarebbero stati sforzi vani se fosse poi morto per le sue ferite."

Joseph la aiutò a smontare e si inchinò, dicendo a voce bassa, dato che il loro ospite era uscito sul vialetto di ghiaia per salutarli: "Un vero peccato, signora, come dite voi."

Deb gli diede un'occhiataccia e poi si voltò verso il loro ospite tendendo una mano guantata.

"Ah, *M'sieur*, perdonate il mio ritardo. Spero di non avervi fatto aspettare la vostra colazione? *Ma belle-sœur* è appena arrivata in città e ho passato un po' di tempo con lei nella Pump Room. Non è un luogo facile da cui scappare."

Stavano parlando in francese.

"*Malheureusement*, è come dite voi, *Mademoiselle*," le rispose il vecchio gentiluomo, dandole dei colpetti sulla mano.

Sobriamente vestito e sulla sessantina, aveva ancora gli occhi vivi, lucenti e un portamento eretto. Deb non sapeva molto del suo passato, solo che era stato al servizio di qualche maestoso personaggio cui a volte accennava come a *Monseigneur*. Deb aveva concluso che il suo datore di lavoro doveva essere stato un duca francese.

Lo aveva incontrato nella Pump Room la prima volta che era venuta a Bath e aveva scoperto che avevano gusti simili in fatto di musica e pittura. Parlava un francese impeccabile e, quando lei si era lamentata dell'impossibilità di trovare un insegnante madrelingua con cui conversare in quella lingua, aveva offerto i suoi servizi. Da allora Deb veniva a casa sua una volta la settimana. Non lo vedeva da tre settimane, le aveva mandato un biglietto dicendo che sarebbe stato fuori città. Ora, mentre erano fermi nel vialetto, Deb gli chiese del suo viaggio e, dopo averla guardata con aria assente per un momento, l'uomo si era ripreso abbastanza da sorridere, ma aveva cambiato argomento.

"Oggi ci siederemo di fuori", le disse, scortandola attraverso l'entrata verso il retro della casa dove c'era una grande terrazza che guardava sul prato e sul fiume. "Il mio figlioccio soggiorna da me e gli ho chiesto di unirsi a noi. Spero che non abbiate niente in contrario? Anche lui è di lingua madre francese. E mi piacerebbe che voi due vi incontraste."

"Il vostro figlioccio? Incantevole!" Deb lasciò cadere i guanti dentro il cappello e lo mise da parte sul basso muretto della terrazza.

"Spero solo che sopporti la mia conversazione. Sono passate settimane da che ci siamo visti l'ultima volta. Come sapete, la mia cuoca
è una povera sostituta e certamente non una persona con cui fare
conversazione. Mi insegna un mucchio di frasi idiomatiche che vi
farebbero venire le orecchie rosse, *M'sieur*."

"Già", disse porgendole un bicchiere di vino. "Ci credo."

Si scusò e scomparve dentro casa, lasciando Deb a contemplare
il giardino estivo e l'invitante freschezza del fiume. Si chiese se qualcuno nuotasse là, vicino al piccolo pontile o usasse lo skiff ormeg-
giato a uno dei piloni: forse il figlioccio dell'anziano signore. Si
domandò quanti anni potesse avere il figlioccio. Magari era ancora
uno scolaro. Qualcuno che a Jack sarebbe piaciuto avere come
amico, ora che era a casa per le vacanze. Il pensiero aveva appena
avuto il tempo di formarsi nella mente quando fu tanto sbigottita da
lasciare cadere il bicchiere di vino, che andò in frantumi sulle pietre
della terrazza, con le ultime gocce di vino che le schizzarono
sull'orlo delle sottane. Si voltò di colpo, confusa, con gli occhi sgra-
nati per lo stupore e l'incredulità.

Una voce, mascolina e piacevolmente strascicata, aveva parlato
alle sue spalle. "*Excusez-moi, mademoiselle*. Il mio padrino… No,
non va bene", continuò in inglese. "Probabilmente parlate un francese eccellente ma preferisco che le presentazioni siano fatte in
inglese."

Le parole erano appena uscite dalla sua bocca quando Deb si
voltò per trovarsi davanti il suo duellante ferito del bosco ed ebbe il
suo piccolo disastro con il bicchiere di vino. A quanto sembrava, si
era completamente ristabilito, più attraente di quanto ricordasse e
almeno dieci centimetri più alto di quanto avesse stimato.

"Buon Dio!" Esclamò lei. "Che cosa ci fate *voi* qui?"

TRE

Due ore prima dell'arrivo previsto di Deb alla casa in stile Queen Anne di Martin Ellicott, il marchese di Alston e il suo padrino erano seduti in terrazza, immersi nella lettura dei giornali londinesi, mentre bevevano caffè nero forte, ciascuno pensando ai fatti suoi. Il vecchio si era alzato e vestito all'alba. Una vita di abitudini non era facile da dimenticare, per quanto tentasse di godersi una pigra mattinata a letto. Aveva passeggiato in giardino, si era seduto per un po' sul pontile e poi era tornato verso la casa per parlare con la sua governante e darle disposizioni per la colazione da farsi sul tardi. Aveva poi ordinato un bricco di caffè e si era sistemato in terrazza per rileggere una lettera che aveva ricevuto il giorno prima. C'era un biglietto simile che aspettava il marchese; il messaggero era arrivato dopo che sua signoria si era ritirato per la notte.

Il marchese si stava ancora vestendo quando raggiunse il suo padrino in terrazza. Aveva sopportato le cure di Frew: essere rasato, spazzolati i suoi capelli naturali e raccolti in un sacchetto di seta con un grande nastro di velluto legato sulla nuca. Gli aveva fatto indossare una camicia bianca di lino e calzoni di velluto. Aveva perfino permesso al meticoloso valletto di sistemargli la cravatta di seta intorno al collo, ma aveva rifiutato di farsi infilare il panciotto ricamato finché non avesse consumato il suo caffè mattutino. Frew aveva guardato con orrore il suo padrone che si gettava negligentemente una banyan di broccato sopra l'abbigliamento meticoloso e scendeva con questo indumento da camera, lasciato aperto.

Martin Ellicott aveva alzato gli occhi dalla pagina stampata e guardato il suo figlioccio con l'occhio critico di un uomo che era stato il valletto di un duca per oltre trent'anni. Il figlio non avrebbe mai eguagliato il padre per l'eleganza sartoriale ma il ragazzo era più bello, eccetto quando aggrottava la fronte. Lo stava facendo in quel momento, con le mani affondate nelle tasche della vestaglia e le spalle leggermente curve. L'espressione cupa aveva fatto sollevare il giornale a Martin per nascondere un sorriso. Quando il marchese faceva quella faccia era identico al suo anziano genitore. Un'osservazione simile difficilmente avrebbe fatto piacere all'uno o all'altro dei gentiluomini.

"Avete dormito bene?" Gli aveva chiesto cortesemente.

"Ho avuto un pensiero terrificante questa mattina," aveva risposto Julian, guardando oltre il prato curatissimo. "È stato mentre Frew faceva tutte quelle storie per farmi mettere il panciotto. Voi avete mai fatto storie con mio padre? Oserei dire di no." Aveva sospirato. "Martin, e se ha lasciato Bath? Ho dato per scontato che risiedesse in città, ma potrebbe tranquillamente vivere a Londra, o nel Galles o-o nel Northumberland, per quello che so di lei. E non sappiamo assolutamente niente, no? Che suoni la viola non è molto da cui partire. E non si possono fare domande educate su una ragazza che porta la pistola e scappa nella foresta per suonare in pace la viola. Ricordo distintamente i suoi occhi castani perché sono adorabili. Ma per il resto del volto sono un po' vago." Aveva guardato il giornale che nascondeva il volto del suo padrino. "Siete certo di avere esaurito tutte le possibilità di fare domande? Pensavo che Bath fosse un posto brulicante di poeti e aspiranti artisti e musicisti."

"Sedetevi e bevete il caffè," aveva risposto il vecchio mettendo la zuccheriera di fronte al marchese. "I giornali di Londra sono arrivati ieri sera, come le lettere di Sua Grazia. Una è indirizzata a voi."

"Ah," aveva detto il marchese con indifferenza, sorseggiando il caffè.

Sembrava non aver sentito, tanto era intento a rimuginare i propri pensieri, con poco riguardo verso i sentimenti del suo interlocutore che si stava stancando del monologo sulla misteriosa signora violinista.

"Ci devono essere centinaia di musicisti a Bath. E non tutti suonano la viola. Magari impartisce lezioni o le prende. Deve pure comprare la musica da qualche parte. Poi, ecco, forse era solo di passaggio. Ci sono sempre le locande. Che cosa ne pensate?"

Si era rivolto al giornale alzato e, dato che non gli rispondeva, aveva detto con una risata, quasi avesse letto i pensieri di Martin Ellicott: "La mia convalescenza mi ha fatto diventare una gran lagna! Se non mi aveste trovato avvolto in bende improvvisate oserei dire che potreste pensare che abbia visto un'apparizione, visto che continuo ad annoiarvi con la mia violinista."

"Che questa giovane donna esista o no, milord, le sono grato per aver favorito la vostra pronta ripresa," aveva risposto Martin diplomaticamente. "La vostra determinazione a risolvere il mistero vi ha tirato fuori dal letto molto più in fretta di qualsiasi medicina." Aveva messo da parte il giornale. "Comunque, una settimana fermo in casa con solo la mia umile compagnia, e la mancanza di esercizio fisico, ha ingrandito il vostro piccolo mistero, facendolo diventare, perdonatemi, un'ossessione."

"Grazie per la franchezza," aveva borbottato Julian.

"E per quanto riguarda aver esaurito tutte le possibilità di inchiesta," aveva continuato il vecchio, "sono sicuro di aver esaurito tutti i soliti canali. Cioè, abbiamo contattato solo persone sicuramente discrete. Mi avete detto una volta che credete che questa donna sia in qualche tipo di guaio. Portare una pistola carica indicherebbe che il guaio sia maggiore di quanto valga la pena di indagare. Suonare la viola nella foresta all'alba con solo il suo giovane nipote come chaperon e una pistola come protezione è tutt'altro che un comportamento signorile."

Gli occhi di Julian danzarono avevano danzato.

"Martin, solo perché avete passato una vita immerso nei vizi di mio padre non significa che ogni donna che attraversa il cammino di suo figlio sia buona solo per il suo letto. Io non sono proprio all'altezza della reputazione del duca. Dopo tutto, lui non ha incontrato la mamma che quando era ben oltre la trentina. E deve essere anche stata una reputazione parecchio stupefacente, perché, perfino dopo tutti questi anni, gli è rimasta ancora attaccata."

"Il duca è sempre rimasto fedele a vostra madre, dal giorno in cui si sono incontrati!"

"Va bene. Va bene," aveva brontolato il marchese, benevolmente. "Non irritatevi. Perché non dovrebbe esserle devoto? La sua avvenenza è pari alla sua dolcezza. Qualche volta vorrei… No, non arruffate le penne; solo perché avevo intenzione di augurarle di invecchiare un pochino e di imbruttire un po'. Lo so che siete infatuato anche voi come mio padre."

Il volto di Martin Ellicott aveva cambiato colore. Julian non aveva mai visto il vecchio arrossire e lo aveva imbarazzato tanto quanto aveva messo in imbarazzo chi era arrossito. Aveva raccolto la lettera e giocherellava con il sigillo, dando al suo padrino una scusa per ritirarsi dietro le pagine del suo giornale. Anche se l'indirizzo era scritto nella calligrafia elegante di suo padre, il contenuto apparteneva a sua madre. Come tutte le sue lettere era scritta in francese, con solo una spruzzata di inglese. Aveva letto le due pagine scritte fitte, dicendo, senza alzare gli occhi: "Resteranno a Londra fino alla fine del mese e poi porteranno Harry a Treat per le vacanze. Sembra che *Tante* Estée non stia di nuovo bene. Quando mai non le sta venendo qualcosa? Povero vecchio *Oncle* Lucian! *Maman* li ha convinti a passare qualche settimana a Treat; dice che l'aria di campagna farà bene alla zia. Mi dice che vi ha scritto nella lettera di *mon père*. Finisce augurandosi che io stia bene e che spera di vedermi a Treat il sei." Aveva ripiegato la pergamena e se la era infilata nella tasca della banyan. "Nessun accenno al fatto che sappia della mia ultima follia. E la missiva per voi del mio stimato pater? Bene, non potete far finta che non lo sappia perché a giudicare dalla vostra espressione, sono convinto che debba saperlo."

Martin aveva riempito di nuovo le ciotole. Sembrava pensieroso mentre zuccherava generosamente il suo caffè e si era limitato a dare un'occhiata al marchese. "Quando la febbre è scesa, la prima domanda che avete fatto era se i vostri genitori sapessero che eravate stato ferito e le circostanze relative."

"E voi mi avete assicurato di non averli avvisati."

"Io non l'ho fatto. Ma vostro padre sapeva…"

"Dannazione!"

"… ed è stato qui…"

"*Parbleu*. No."

"… per una notte," aveva continuato il vecchio. "Sarebbe restato un'altra notte ma l'ho convinto, con l'aiuto del medico, che eravate fuori pericolo. Se non fosse stato per il fatto che *Madame la Duchesse* sapeva che stavate venendo a Bath, la presenza di *M'sieur le Duc* qui avrebbe decisamente insospettito Sua Grazia."

"Ora mi sento più che mai un buffone," aveva rimarcato Julian, passandosi una mano sulla bocca. "Mi dispiace, Martin. Spero che non sia stato troppo difficile. Le sue rabbie artiche potrebbero raggelare una stanza. Questo significa che dovrò dirgli tutto, ovviamente," aveva detto più che altro a se stesso prendendo la tabacchiera. "Potrebbe già saperlo…"

"Una parola di avvertimento, Julian. Non riuscirete a nascondere niente a *Monseigneur*. Non quando ci sono in ballo la sua famiglia, il suo nome, sua signoria: specialmente vostra madre. Io non pretendo di conoscere tutti i suoi metodi ma se desidera essere informato, lo sarà, a qualunque costo. Sarà meglio che gli diciate tutto."

"La sua lettera per voi, vi ha confidato qualcosa?"

"*M'sieur le Duc* non si confida con nessuno. Ha solo chiesto della vostra salute. Dice che posso informarvi che i vostri indegni avversari ora sono tornati a Parigi. Non li menziona per nome e a me non interessa conoscerli."

Julian aveva fiutato una presa di tabacco e chiuso la tabacchiera d'oro con un colpo secco, con una luce dura negli occhi verdi. "Interessante. Molto interessante."

Era arrivato un lacchè per portar via il vassoio e le stoviglie e a chiedere se poteva preparare il tavolo per la colazione. Martin gli aveva fatto un cenno affermativo, tenendo d'occhio il Marchese che aveva una piega particolarmente dura sulle labbra. Prima che Martin potesse suggerire di indossare il panciotto, visto l'imminente arrivo della loro ospite mattutina, il marchese era già a metà strada sulla terrazza e diceva:

"Devo essere guarito a sufficienza per andare in città a cavallo. Fate sellare uno dei cavalli, per favore. Non sarò a casa per cena."

"Posso suggerire la carrozza, invece della sella, milord? Il medico ha detto…"

"Può andare al diavolo! Ho perso abbastanza tempo rintanato qua dentro."

"Come volete, milord", aveva risposto il vecchio con calma, seguendo il marchese attraverso il salotto posteriore fino all'atrio. "Posso ricordare a sua signoria che non è permesso portare la spada in città?"

"Eh, non è permesso? Per ordine di chi? Ma grazie per l'avvertimento. Non avrò bisogno della spada. Porterò una pistola." Si era fermato in fondo alla scala e aveva messo una mano sulla spalla del vecchio. "Non ho intenzione di fare follie. Voglio solo andare a fare qualche domanda sulla mia violinista. Ah, pensavate che avessi altri programmi? No. Non ancora. Quello può aspettare. L'affascinante cicatrice sulle mie costole servirà a ricordarmi quella faccenda in sospeso." Aveva scorto il maggiordomo che aspettava sulla soglia e gli aveva chiesto: "Che c'è, Fibber?"

"È arrivata Miss Cavendish, milord."

"Miss Cavendish? Qui?" Julian si era rannuvolato. "*Ora?*"

"Molto bene, Fibber,", aveva detto Martin, congedando il maggiordomo. "Abbiamo parlato ieri del metodo migliore di affrontare questa delicata situazione, milord," aveva detto al marchese che continuava a essere cupo.

"Davvero?"

"Sì, avevamo deciso, visto il vostro contrattempo e il fatto che non intendete rivelare immediatamente la vostra identità a vostra moglie, che sarebbe stato molto meglio se vi foste incontrati in circostanze ordinarie. Questo è il normale giorno di visita di Miss Cavendish, quindi difficilmente si insospettirà per la presenza del mio figlioccio."

"Un'opportunità di vedere la puledra prima di comprarla, *aye*, Martin?" Lo aveva preso in giro Julian, con la voce tagliente.

"Non c'è bisogno che ricordi a vostra signoria che... ehm... l'acquisto è stato fatto molto tempo fa." Si era scusato gentilmente.

"Siete certo che non abbia nessun ricordo della notte in cui ci siamo sposati?"

Martin Ellicott aveva guardato coraggiosamente il suo figlioccio negli occhi.

"Su istruzioni di vostro padre mi sono impegnato a fare amicizia con la marchesa, o Miss Cavendish, com'è ancora conosciuta al mondo, ed è mia ponderata opinione che la giovane donna non ricordi assolutamente nulla di quella sfortunata sera. La sua e la vostra famiglia le hanno permesso di rimanere inconsapevole del suo matrimonio e quindi del suo elevato status sociale, finché non foste venuto a reclamarla. Quindi siamo arrivati a una situazione delicata che richiede, mi dispiace doverlo dire, estrema cautela da parte vostra."

Julian aveva notato il tono di biasimo nella voce del vecchio e il suo sorriso era stato amaro. "Ogni uomo ha il suo tallone d'Achille, Martin, perfino Sua Grazia di Roxton. Certamente non potete biasimare il duca per aver fatto sposare il suo erede in tutta fretta? Otto anni in esilio a vagare per il continente mi avrebbero dato ampia opportunità di contrarre un'unione imprudente solo per fargli dispetto."

Quando il suo padrino lo aveva guardato, con un'espressione poco convinta, Julian aveva appoggiato le larghe spalle al lucido mogano della balaustra e aveva detto, deciso:

"Così mia moglie non ricorda nulla del nostro matrimonio di mezzanotte. Così è diventata una disadattata sociale che è scappata a Parigi; non che mi preoccupi molto, comunque. Quel bacchettone di suo fratello ha ripetutamente assicurato al duca che la virtù di mia moglie rimane intatta, ed è quello che importa, no? Ma se non le metto le briglie *adesso* e abbastanza a lungo da metterla incinta, mi dite che c'è la seria possibilità che ripeta il fiasco di Parigi e questa volta scappi con il cugino Evelyn, se quel verme parassita, Robert Thesiger, non ci arriva prima? Ecco, *questo* non ho intenzione di permetterlo."

Aveva sorriso. "Una volta che avrà incontrato me, e non il mio titolo, dimenticherà presto l'esistenza dei miei rivali."

Martin Ellicott aveva guardato impassibile il suo figlioccio. Era facile capire perché il giovane fosse così arrogantemente sicuro di sé: aveva bell'aspetto, lignaggio ed era destinato a ereditare un titolo antico ed eccezionalmente ricco. Veniva da una lunga linea di nobili arroganti, che conoscevano il loro valore e non badavano a spese per ottenere quello che volevano. I matrimoni combinati erano comuni e considerati l'unico sistema per assicurare che la discendenza, le terre e la ricchezza restassero entro i confini dell'aristocrazia. Eppure, Martin aveva un dubbio latente circa l'infallibilità di questi sistemi e aveva dato voce con calma alla sua preoccupazione, dicendo: "I vostri genitori hanno un matrimonio molto diverso da quello che vostro padre ha organizzato per voi, Julian."

Il marchese gli aveva risposto sprezzante. "Ah! Un'aberrazione. Chiunque ve lo può dire." Aveva salito le scale a due gradini per volta e dal secondo pianerottolo aveva guardato in basso verso il suo padrino con un sorriso d'intesa. "Ho sempre sospettato che nascondeste un'anima romantica, e ora ne ho avuto la conferma."

"Quando parlate in quel modo mi ricordate Lord Vallentine!" Aveva detto rigidamente Martin Ellicott.

"Buon Dio! Davvero? Che dolore per voi. Spero che sia almeno passabilmente carina."

"Lascio quella decisione interamente a voi, milord." Aveva detto il vecchio, girando la testa mentre si affrettava a uscire.

QUANDO JULIAN SCESE LE SCALE, UNA DIECINA DI MINUTI dopo, il valletto l'aveva infilato in un aderente panciotto ricamato di seta veneziana e aveva fibbie di diamanti sulle scarpe. Si sentiva assurdamente nervoso alla prospettiva di incontrare la donna che suo padre gli aveva forzosamente fatto sposare prima del suo sedicesimo compleanno. Ricordava a mala pena gli eventi di quella fatidica notte. Era stato ubriaco marcio e i pochi dettagli che si ricordava erano talmente dolorosi che li aveva convenientemente messi da parte. Così, non aveva la più pallida idea di che aspetto avesse sua moglie, solo l'impressione di una ragazzina, piccola, con i capelli castani e una smorfia sul viso. Né vi aveva mai pensato da allora.

Che fosse sposato, nella buona e nella cattiva sorte, e che la scelta della moglie gli fosse stata completamente negata, non lo preoccupava. I matrimoni, per gente nella sua condizione, erano combinati e per il solo scopo di assicurare la discendenza. Ma poi Julian ebbe un pensiero terribile. E se sua moglie fosse stata strabica o avesse avuto la forma di un budino, oppure fosse stata deturpata dal vaiolo, avesse avuto brutti denti o, peggio ancora, fosse assomigliata a suo fratello, quell'ipocrita, noioso testa d'uovo di Sir Gerald Cavendish? Dio non volesse! Come avrebbe fatto a procreare un erede in condizioni simili? Ubriaco? Drogato? Sarebbe stato in grado di farcela?

Si affrettò fuori sulla terrazza con l'immagine spaventosa di dover portare a letto una versione femminile di Sir Gerald Cavendish che gli frullava in testa e trovò sua moglie da sola in terrazza. Stava ammirando i giardini e sorseggiava vino da un bicchiere di cristallo. Gli voltava la schiena e se lui si fosse veramente fermato a guardarla avrebbe notato i profondi toni autunnali dei suoi capelli raccolti. Ma non aveva l'abitudine di valutare le donne basandosi solo su una schiena diritta o sull'altezza. Non aveva avuto l'intenzione di spaventarla ma lo fece e, nella confusione che seguì, non fissò lei ma il bicchiere rotto e il danno fatto all'orlo delle sue sottane. Fu la sua esclamazione che lo portò all'istante ad alzare i suoi occhi verdi per guardarla in faccia.

Se Deb era stata così sorpresa da proferire un'esclamazione impudente, Julian ammutolì per un attimo. Non riusciva a credere alla sua fortuna. In piedi davanti a lui c'era la bella violinista della foresta. La sua figura maestosa era la perfezione fatta donna, in un abito da cavallerizza di velluto verde scuro con gli ampi risvolti e una scollatura quadrata che si intonava perfettamente alla sua carnagione chiara e ai suoi capelli rosso scuro. Le orrende immagini di un Sir Gerald al femminile scoppiarono come bolle di sapone mentre si faceva avanti e, senza pensarci due volte, le prendeva le mani.

"Perdonatemi," stava dicendo Deb, con gli occhi castani che frugavano il suo bel volto sorridente. "Non intendevo essere così terribilmente maleducata. Mi avete veramente sorpreso. Oh, ma è un *tale* sollievo vedere che state così bene. Non potete sapere." Fece una risatina nervosa vedendo il sorriso dell'uomo che si allargava. "Ho avuto delle visioni, orribili visioni, in cui i miei maldestri tentativi…"

"Mai maldestri."

"Se non maldestri, almeno non esperti. Concedetemelo," gli disse, restituendogli la stretta, dimentica di quello che la circondava e del fatto che il maggiordomo, impaziente e curioso, era uscito due volte in terrazza. "Oh, ma state veramente bene," sospirò Deb con soddisfazione.

Un lacchè uscì da dietro il maggiordomo con paletta e scopa e si mise in fretta a spazzare le schegge di vetro del bicchiere rotto di Deb. La sua presenza infranse l'incantesimo e Deb liberò in fretta le mani e si avvicinò al tavolo, sentendosi le guance in fiamme. Il marchese la seguì, con una parola secca a bassa voce, verso il servitore accucciato. Il momento di intimità tra di loro era finito. Julian lo vide dall'angolo del mento e dalla piega determinata della bocca piena.

"Se pensate che abbia rivelato le vostre scorrerie nella foresta", le disse a voce bassa all'orecchio, mentre le scostava la sedia, "vi sbagliate di grosso sul mio carattere."

"Grazie, non ho mai pensato che l'avreste fatto."

"Miss Cavendish", disse e fece un mezzo sorriso quando vide l'espressione allarmata di lei. Prese posto al tavolo davanti a lei. "Ora non siate stolta. È solo logico pensare che sappia il vostro nome visto che siete venuta a visitare Martin."

Deb abbassò gli occhi sulle mani strettamente allacciate.

"Sì, naturalmente. Dannazione, che confusione."

Julian sorrise e si chiese se il loro incontro non fosse destino, da sempre.

"Martin sa che suonate la viola nel bosco…?"

"No."

"No, suppongo non potesse saperlo," concordò, pensando che se il suo padrino avesse saputo dell'abitudine di sua moglie di suonare la viola nella foresta, lo avrebbe sicuramente incluso in una delle sue regolari missive al duca. "Povero Martin. L'ho fatto lavorare inutilmente nel tentativo di trovarvi."

Questo le fece alzare gli occhi sul volto dell'uomo, sorpresa.

"Avete fatto domande su di me?"

"Domande discrete, Miss Cavendish."

"Grazie tante! Senza dubbio chiunque abbiate interrogato vi ha creduto pronto per Bedlam. Spero che non sia arrivato alle orecchie di…"

"… dello stonato Gerry, forse?"

La fece ridere.

"Allora lo ricordate!" Tese la ciotola. "Per favore, posso avere un po' di caffè?"

"Certamente, dove sono le mie maniere? Non so dove sia sparito Martin. Problemi in cucina, probabilmente. Ha una governante francese con un brutto carattere."

"Lo capisco. Io ho una cuoca francese che regolarmente insudicia le mie orecchie con frasi idiomatiche tutt'altro che signorili."

"Deplorevole", scherzò Julian. "Martin mi ha raccontato che il vostro francese è molto buono, in effetti… e che avete passato un po' di tempo sul continente…?"

"Questo caffè è eccellente."

"Sì, è vero. Ma non mi interessa il caffè. Mi interessate voi, Miss Cavendish. *Comment vous appelez vous?*"

Deb fissò la sua ciotola.

"Il mio nome? Claudia Deborah Georgiana Cavendish. Riempie la bocca, vero? Io preferisco il mio secondo nome."

"Sapevo che l'avrei scoperto prima o poi!" Disse Julian con un sorriso. "Deborah o Deb? Mi piacciono entrambi e… Cavendish?" Chiese, anche se conosceva abbastanza bene la lunga e illustre storia della sua famiglia.

"Deb e, se volete saperlo, il mio bisnonno era il fratello più giovane del primo duca del Devonshire. Sono cugina dell'attuale duca da entrambi i lati della famiglia. Un bel lignaggio, no?" Disse con noncuranza. "Se date importanza a queste quisquilie sociali."

"Vedo che voi non lo fate."

"Perché dovrei? Oh, sulla carta è tutto molto esaltante. Il nome Cavendish apre le porte in tutte le occasioni sociali più importanti. Non è importante, per i leccapiedi e i parassiti che io, come mio padre, sia una dei Cavendish Neri. Ha avuto tre moglie, sapete?"

"Vostro padre ha avuto *tre* mogli?" Commentò Julian incoraggiante.

"La seconda era decisamente inadatta: una cantante d'opera. Si è redento sposando mia madre, una Boscawen. La sua famiglia è sul registro dei nobili normanni."

"Il registro normanno? Beh, *questo* è impressionante."

Deb gli diede un'occhiata di nascosto, chiedendosi se stesse ridendo di lei. Ma poiché era seduto con il mento appoggiato sulla mano e gli occhi verdi fissi sul suo volto, con un'espressione molto interessata, continuò a chiacchierare, cercando qualcosa per nascondere le sensazioni che le faceva provare, come se fosse seduta troppo vicina al fuoco.

"Suppongo di sì, se volessi vantarmi dei miei parenti, specialmente ora che il nome Cavendish è collegato praticamente a chiunque abbia una certa rilevanza politica e sociale," commentò con una scrollata di spalle. "Mio fratello, Sir Gerald, lui vive per queste assurdità. È bravissimo a disseminare i nomi dei suoi parenti altolocati nei suoi discorsi. Aumenta il suo senso di autostima, e ne ha in abbondanza."

Il marchese fece una smorfia.

"Sir Gerald è una vera lagna."

Deb rise.

"Sì, vero? Ma ha sposato una dolce creatura che era rimasta nubile troppo a lungo, amore non corrisposto per un cugino libertino, così almeno mi diceva mio fratello Otto. Questo dovrebbe quasi riscattare Gerry." Si chinò in avanti, quasi temesse che qualcuno origliasse, e disse confidenzialmente. "Io sospetto che mio fratello si sia reso conto del lignaggio di Mary prima di rendersi conto che era carina."

"Il mascalzone!"

"La cugina di Mary è una duchessa. Non vi annoierò con il suo nome. Basti dire che la famiglia del duca è sul registro dei nobili normanni e, mi dice Mary, sono i maggiori proprietari terrieri in tutto il regno."

"Oh povero me! Un nome antico, un titolo e metà Inghilterra. Non sto più nella pelle."

"Beh, non serve che vi sentiate umile. Gerry gli lecca i piedi abbastanza per tutti."

"C'è qualcosa da poter dire a favore di vostro fratello?"

"Sono sicura che, se mi date un po' di tempo, potrei pensare a qualcosa," rispose semplicemente Deb, con gli occhi castani pieni di malizia. Sorrise con delle adorabili fossette quando lui alzò le sopracciglia, aspettando che lei indicasse almeno una caratteristica favorevole di Sir Gerald. "Deve soffrire il costante tormento di avermi come sorella. Anche se sfrutta la simpatia che questo gli procura. Non serve che sembriate così interessato. Non vi racconterò perché sono una dei Cavendish Neri. Ma dovreste veramente provare simpatia per Gerry."

"Assolutamente no!" Disse, raddrizzando la schiena. "Quel tizio non è solo una lagna ma anche senza sentimenti. Spero che non vi aspetterete che lo riceviamo quando sarà reso pubblico il nostro matrimonio, per quanto sua moglie sia dolce e nonostante le sue parentele."

"Io lo evito a tutti i costi, quindi non vedo perché dovreste…" Sbatté gli occhi e le si fermò il respiro in gola. "Siete assurdo. Non sapete nulla di me. Il mio nome e il mio volto non sono una ragione sufficiente per sposarmi… Oh! Siete impertinente come sempre!"

Julian sorrise. Si stava divertendo immensamente.

"Siete adorabile."

"Matto", disse Deb con convinzione, mostrandogli il suo profilo perfetto, con il mento alzato per lo sdegno. "Vo-vorrei non aver mai messo gli occhi su di voi!"

"È un peccato perché io sono molto contento di aver messo gli occhi su di voi." Mentre lo diceva, giocava con lo zucchero nella zuccheriera decorata, con gli occhi che sembravano fissi sui granelli che cadevano mentre inclinava il cucchiaio, ma era completamente concentrato su di lei.

"Naturalmente avete la mia parola che la vostra, ehm… mancanza di corsetto non sarà rivelata a nessuno, in particolare all'odioso Gerry."

Quando Deb restò a bocca aperta e il colore riscaldò nuovamente le sue guance, lui non riuscì a evitare un sorrisetto, aggiungendo, come se fosse la cosa più normale del mondo: "Ovviamente, come vostro marito, vi consiglierei di indossare un corsetto in pubblico."

Ora Deb era arrabbiata.

"Potete anche pensare che sia molto divertente *flirtare* con me ma…"

"E io che pensavo di piacervi…?"

"Davvero?" Gli rispose, alzando le sopracciglia. "Direi che probabilmente eravate febbricitante, in quel momento."

Julian scoppiò a ridere.

"Per favore, non fatemi ridere altrimenti il dottor Medlow dovrà ricucirmi un'altra volta."

Quando Deb non rispose, con le labbra strette, Julian tese una mano attraverso il tavolo e le disse, con una voce completamente diversa: "Sto dicendo sul serio."

Lei ignorò la mano, dicendo con la voce flebile: "Se sapeste qualcosa di me, della mia famiglia, non mi trattereste in questo modo. Inoltre, che cosa ne so io di voi o della vostra parentela? Il mio stalliere pensa che siate un avventuriero."

"Un avventuriero? Avrebbe potuto pensare peggio. Avete l'abitudine di discutere di gentiluomini con il vostro stalliere?"

"Joseph Jones era il valletto di mio fratello Otto. Dopo la morte di Otto, si è preso l'incarico di vegliare su di me. Ma questo non ha niente a che fare con questa storia."

"Sì, invece. Che io sia considerato degno di discussione con lo stimato Joseph Jones mi dà qualche speranza. Altro caffè, Miss Cavendish?"

"No! Sì! Oh, dov'è *M'sieur* Ellicott?"

"A Parigi a prendere la nostra colazione, visto il tempo che ci sta mettendo. Fibber?!" Chiamò Julian voltando appena la testa. "Scoprite che cos'è successo alla nostra colazione. Miss Cavendish e io siamo famelici. Un panino, un uovo, qualunque cosa possiate recuperare. E già che ci siete, vedete un po' di scoprire che cos'è successo al vostro padrone." Poi, alle spalle del maggiordomo che stava andando via: "E altro caffè!" Poi si voltò con un sorriso verso Deb, cogliendola che lo fissava in maniera penetrante. "Il mio nome non è scolpito dietro il mio scalpo, sapete. Così va meglio. Mi piace tantissimo il vostro sorriso. E avete degli occhi veramente adorabili e i vostri capelli... È un po' che cerco di decidere se sono rossi o castani. Sono inconsueti. Quasi il rosso delle foglie d'autunno, no?"

"Tutto molto galante, ma non vi porterà a niente," gli disse seccamente. "Senza dubbio dovrei essere lusingata. Sono sicura che il vostro fascino è irresistibile per la maggior parte delle donne."

"Difficile da dire", le rispose con una smorfia pensierosa. "Dipende da che tipo di donne intendete. Se intendete il tipo che difficilmente incontrerete mai, non spreco molte parole con loro. Se intendete donne del vostro rango, sono incline a dire che non ne sentano assolutamente, perché non conoscono il vero me. Sono interessate solo a quello che otterrebbero sposandomi."

Per un attimo, Deb pensò che stesse scherzando, e quando si rese conto che era perfettamente serio, ridacchiò.

"Siete l'uomo più straordinario che abbia mai incontrato. Penso che basti che entriate in una stanza per far palpitare i cuori di tutte le donne. E cinque minuti in vostra compagnia direbbero tutto sul vostro valore come gentiluomo."

Il marchese annuì distrattamente, sembrando poco convinto, e sospirò con finta rassegnazione. La smorfia di imbarazzo di Deb per aver parlato così francamente lo fece sorridere tra sé, ma disse, perfettamente serio:

"Se ritenete che dobbiamo riconoscere l'esistenza del vostro noioso fratello, suppongo che dovremo invitarlo a cena, in qualche occasione. Ma mi rifiuto decisamente di farlo restare per il fine settimana. Detesto i parassiti almeno quanto voi."

"Potete restare serio per favore?" Gli chiese.

"Mai stato più serio. Bevete il caffè, o ne volete un'altra ciotola? Lo avete lasciato raffreddare."

Deb decise che era impossibile parlare con un demente. Addebitò il suo folle comportamento all'effetto dei medicinali che gli avevano dato per il dolore della ferita. Evidentemente era un indecente cascamorto da non prendere sul serio. Sospettava che si comportasse familiarmente con lei perché lo aveva soccorso e quindi per il momento meritava la sua attenzione. Però non poteva negare che, per il più breve degli attimi, la prospettiva di accettare la sua bizzarra proposta di matrimonio l'aveva resa euforica. Ovviamente aveva scartato il pensiero appena le era venuto in testa. E mentalmente si era rimproverata per aver permesso a questo attraente sconosciuto di sbilanciarla così facilmente.

Perché non riusciva a controllare il calore che le saliva al volto?

Martin Ellicott vide il colorito più acceso quando uscì sulla terrazza passando dalla portafinestra. Era rimasto in attesa nel salottino posteriore, aspettando l'occasione di unirsi al marchese e alla sua ospite, e mentre si sedeva a tavola si chiese che cosa avesse detto il suo figlioccio per far arrossire la donna e farla sembrare schiva. Ma tenne per sé i suoi pensieri e, con il volto adeguatamente impassibile, fece segno a Fibber e ai due lacchè di portare la colazione.

"Tornato così presto da Parigi, *mon parrain?*"

"Un piccolo disastro in cucina", mentì il vecchio. "*Excusez-moi mademoiselle.* Spero che il mio figlioccio vi abbia intrattenuto adeguatamente in mia assenza? Provate uno di questi eccellenti panini."

"Grazie, *M'sieur. Intrattenuta*, sì." Rispose Deb, con un occhio al marchese che stava caricando il suo piatto con roast beef, uova, fette di pane e una fetta di pasticcio. "Un panino e forse un po' di burro. *Merci.*"

Julian alzò gli occhi dopo aver ispezionato il contenuto di un piatto coperto. "Scarso appetito, eh?"

"Per niente. Normalmente faccio una buona colazione. È che... È che mi sembra di annegare nel caffè." Quando Julian scosse tristemente la testa si sentì pungolata a replicare. "Vedo che voi avete un pozzo senza fondo invece dello stomaco."

"Sì", ripose con una risata, divorando una fetta di roast beef.

Martin Ellicott ascoltò lo scambio, osservò le occhiate che si scambiavano il suo figlioccio e Miss Cavendish e si sentì un estraneo alla propria tavola. I due giovani parlavano con una familiarità che sembrava di lungo corso e la cosa gli fece più piacere di quanto volesse ammettere. Miss Cavendish poteva anche mantenere una sembianza di decoro nel suo atteggiamento ma le sue risposte alle scherzose canzonature di sua signoria smontavano la sua maschera di indifferenza. E il suo figlioccio, poi, si stava divertendo immensamente, senza dubbio perché era in vantaggio in questo incontro. Il vecchio era del parere che l'eccezionale bellezza di Miss Cavendish fosse la ragione per cui il suo figlioccio aveva l'espressione di un gatto molto soddisfatto che avesse scoperto che la ciotola d'acqua che gli avevano messo davanti era in realtà un ricco piatto di panna fresca.

"Martin testimonierà che *mon père* rifiuta di sedersi a tavola con me per fare colazione. Rabbrividisce decisamente guardandomi, mentre mi butto su un pasto abbondante come questo, così di buon'ora. Non è così, *mon parrain*?"

"Vostro padre deve essere un gentiluomo di infinito buon senso", lo prese in giro Deb.

"*M'sieur le du…*" Cominciò a dire Martin, inciampò sul nome e si corresse immediatamente. Un'occhiata decisa del marchese gli intimò di stare in guardia. "I-ilmio figlioccio ha un appetito che va oltre la comprensione di suo padre."

Julian finì il pasticcio con l'ultimo sorso di caffè e una strizzatina d'occhio al suo padrino che Deborah notò.

"*Maman* dice che è colpa sua. Lei ha l'appetito di un passerotto, però quando era incinta di me agognava tutto questo. Quasi un presagio. Povero padre mio," si mise a ridere, "come deve aver sofferto."

Martin Ellicott riteneva una simile conversazione intima inadatta alle orecchie di una giovane signora e si irrigidì completamente. Eppure, non avrebbe dovuto preoccuparsi che Miss Cavendish si offendesse. Aveva a malapena sentito una parola di quello che aveva detto Julian perché aveva fissato la sua attenzione sul lapsus prontamente corretto del suo ospite e la strizzatina d'occhi di intesa che era passata tra i due uomini. Il suo sguardo volò attraverso la tavola verso il marchese, che la guardava interessato, prima di abbassare gli occhi sul contenuto della sua tazza di caffè.

"Ah, scusate," disse Julian, spingendo indietro la sedia per alzarsi. "Martin sarà sconvolto dalla mia mancanza di buone maniere." Le fece un piccolo inchino. "Permettetemi di presentarmi: Julian Hesham, Esquire." Diede un'occhiata al vecchio. "Miss Cavendish e io abbiamo discusso del nostro matrimonio…"

Gli occhi di Deb lasciarono immediatamente la ciotola di caffè, mentre l'imbarazzo le colorava la gola e le guance. Una cosa era scherzare di matrimonio con lei in privato, un'altra era continuare con lo scherzo di fronte al suo ospite che, a giudicare dall'occhiata veloce che gli diede, sembrava assolutamente incredulo riguardo alla dichiarazione del suo figlioccio.

"Dovete smetterla subito con queste stupidaggini." Gli ordinò a voce bassa, alzandosi in piedi.

"… e di come ho decisamente rifiutato di invitare suo fratello Sir Gerald a passare la notte da noi," finì di dire il marchese.

"Non mi sarebbe importato un fico secco se foste stato un avventuriero," continuò Deb, scartando il tovagliolo. "Ma prendere in giro una ragazza che avete incontrato una volta sola e in-in circostanze *difficili*, una ragazza di cui non sapete praticamente nulla e che non sa niente di voi, con un'offerta di matrimonio, un obbligo che non avete nessuna intenzione di mantenere, è *imperdonabile*."

Julian si appellò a Martin Ellicott.

"Ditele che faccio sul serio, *mon parrain*."

"Non so che circoli frequentiate, signor Hesham, se questo è veramente il vostro nome, ma nella società cui appartengo io, le vostre azioni non sarebbero solo considerate senza cuore ma senza scrupoli! E… e le azioni di un *folle*."

"Per favore, Miss Cavendish, se voleste…"

"Perché sorridete? Pensate sia divertente? Mi vedete come oggetto di divertimento, signore? Per un gentiluomo par vostro, avventuriero o no, suppongo che una zitella che si avvicina al ventunesimo compleanno possa divertire qualcuno uso alle attenzioni di… Oh! una dozzina di donne a ogni ballo o festa. Bene, ve lo assicuro, la vostra non è l'unica proposta di matrimonio che abbia mai ricevuto! In effetti, quelle che ho ricevuto erano serie, non fatte per un gioco crudele! E ne ho ricevuta una proprio questa mattina. Da un gentiluomo che non mi avrebbe mai fatto quella proposta se non avesse avuto intenzioni serie!"

"Lo ripeto. *Io* sono serio."

"E pensare che mi sono presa il disturbo di fasciarvi."

"E avete fatto un ottimo lavoro, anche. Posso sapere il nome del tizio che vi ha chiesto di sposarlo?"

"No, non potete!" Esclamò indignata, poi spalancò i grandi occhi castani, quando lo vide sorridere divertito. "Oh, vedo. Non mi credete, vero?"

"Certo che vi credo, Miss Cavendish," le assicurò, seguendo Deb verso il muretto basso, con un fazzoletto pronto. "È solo che mi chiedo perché non abbiate accettato una di quelle proposte prima d'ora...?"

Deb si voltò verso di lui e Julian fece fatica a mantenere la faccia seria perché lo stava guardando torva e gli riportò alla memoria l'immagine vivida di una ragazzina dalle spalle sottili, a piedi nudi e con una camicia da notte troppo grande per lei. Lo stupì pensare che non se l'era ricordata prima.

"Non mi offenderò per quel commento perché non conoscete la mia storia," disse Deb a voce bassa, accigliandosi ancora di più quando vide il fazzoletto in mano a Julian. "Se volete saperlo, i Cavendish Neri non ricevono molte proposte di matrimonio. Certamente non da gentiluomini rispettabili! Oso dire che voi non siate rispettabile, altrimenti non vi avrei trovato sanguinante a morte per una ferita di spada e certamente non mi avreste proposto di sposarvi."

Julian mise via in fretta il fazzoletto.

"Vi assicuro che non avevo intenzione di offendervi, Miss Cavendish. Sono solo curioso di conoscere i potenziali rivali per la vostra mano."

"Davvero?" Gli disse, ironica. "Dato che la mia mano non è impegnata non è il caso di rivelarvi i nomi dei miei corteggiatori. Ora se volete scusarmi, M'sieur," disse educatamente, rivolgendosi al vecchio che era in piedi rigido accanto al tavolo, folgorato dalla conversazione tra i due. "Devo fare le valigie. Grazie per la colazione. Spero di vedervi nella Pump Room prima di partire per Parigi. *Au revoir.*"

"Partirete presto per Parigi, Miss Cavendish?" Insistette Julian, seguendo Deb giù dai gradini della terrazza verso il sentiero di ghiaia che portava alla scuderia.

Deb si fermò, si voltò verso di lui, con lo sguardo di nuovo corrucciato. "Se volete saperlo, nei prossimi giorni porterò mio nipote a Parigi, dove, senza dubbio, riceverò altre proposte di matrimonio da affascinanti avventurieri. Buongiorno, signore!"

"No, se posso evitarlo," mormorò Julian, tornando sulla terrazza.

Puntellò una gamba sul basso muretto e fiutò un po' di tabacco, mantenendo un'espressione di educata indifferenza sotto lo sguardo fisso del suo padrino.

"La cugina Mary è in città," gli disse in tono neutro. "Spero che il tedioso Gerry non sia con lei. Devo andare a renderle omaggio. Userò il cocchio. Avete qualche commissione per Frew?"

"Julian..." Disse il vecchio e poi si fermò, cercando di raccogliere i pensieri. "Miss Cavendish non è... non è possibile che sia... *Mon Dieu*. Che coincidenza! È un tale shock! Non avevo idea che si avventurasse nei boschi per suonare la viola. E la pistola carica, poi... Non riesco a credere di non averlo scoperto prima."

Il marchese chiuse di scatto la tabacchiera, con una luce dura negli occhi di smeraldo.

"Non preoccupatevi, Martin."

Osò sorridere tra sé e sé quando l'immagine della ragazzina dalle spalle sottili nell'enorme camicia da notte svanì, lasciando al suo posto la giovane donna cavalcioni sulle sue cosce con una sottoveste di cotone trasparente che non riusciva a coprire adeguatamente il suo seno stupendo.

"Potete lasciare a me le scoperte..."

QUATTRO

"Venite a tenere compagnia a una vecchia signora, Deb?" Chiese Harriet, marchesa vedova di Cleveland, spostando le sue sottane di pesante satin e il corpo ingombrante dall'altra parte del sofà, per permettere a Deb di sedersi accanto a lei. "Non vedrete molto da quaggiù. Quella creatura, la Reigate, con il turbante e abbastanza piume per un intero uccello, blocca la visuale della platea a chiunque. Ho una mezza idea di chiedere a Waverley di sparare a quella cosa e porre fine alle sue sofferenze!"

Il generale Waverley si chinò verso di lei dall'altro sofà e chiese con calma: "Uccello o bestia, mia cara?"

"Ah, ah! Credo proprio che lo fareste, se aveste la pistola," rise Lady Cleveland, dando un colpetto scherzoso con il ventaglio alle dita coperte di pizzo. "Salutate Deb, briccone."

"Come state, Miss Cavendish?" Chiese il generale, baciando la mano guantata che gli tendeva Deborah.

"Meglio, perché sono riuscita a fuggire in fondo alla stanza. Ho lasciato Lady Mary che parlava con Lord Orminster. Ci è saltato addosso appena siamo entrate nel vestibolo e ha insistito per trovarci dei posti nella prima fila." Deb sbirciò sopra il ventaglio, verso il mare di teste incipriate. "Povero agnellino; è ancora con lei."

"Fred è una lagna," disse Lady Cleveland. "Però non credo che la piccola Mary Cavendish la pensi allo stesso modo."

"Perché anche lei ha sposato una lagna?" Chiese Deb.

Lady Cleveland si guardò attorno, allarmata. "Non l'ha portato con sé, vero?"

"No".

"Sa una cosetta o due sui cavalli," aggiunse il generale annuendo deciso.

Lady Cleveland e Deb si scambiarono uno sguardo d'intesa, con la vecchia marchesa che alzava gli occhi al cielo facendo ridere Deb.

"Ci siete mancata alla partita a carte, oggi pomeriggio, mia cara. Spero che non sia per quello che ha vinto Thistlewaite mercoledì scorso?"

Deb scosse la testa e si chinò verso la marchesa in modo da non farsi sentire da altri, con le spalle nude che si toccavano. Alzò il ventaglio per nascondere le sue parole. "Se Gerry viene a saperlo, la povera Mary dovrà sopportare il peso delle ghinee che ho perso. In effetti l'ha inviata qui per tenermi d'occhio. Come se non ricevesse già un surplus di pettegolezzi da Saunders."

Gli occhi di Lady Cleveland sembrarono voler uscire dalla testa: "Il vostro maggiordomo vi spia per conto di vostro fratello?"

Deb annuì.

"Buon Dio! È mostruoso. Liberatevene subito!"

"Perché Gerry ne metta un altro al suo posto? No, grazie. Per come vanno le cose ora, Saunders non sa che io so quello che sta facendo. Ed è bravo nel suo lavoro."

"Come avete scoperto il suo tradimento?" Chiese la marchesa, con il ventaglio che si agitava contro il suo ampio petto coperto di gioielli; per il momento aveva dimenticato tutto quello che le stava attorno. "Non l'avete scoperto a spiarvi dal buco della serratura, o-o a scribacchiare note sul polsino? Che uomo orribile."

"Niente di così eccitante. Joseph ha sempre sospettato che Saunders fosse meno che leale. Detesto pensare a che metodi possa aver usato, ma ha trovato un foglio di carta, parte di una lettera indirizzata a mio fratello. Joseph dice che era una copia scartata. Non so perché, ma non gli credo."

"Che importa dove o come l'ha ottenuta. L'ha fatto. Ma perché dovrebbe spiarvi?"

Deb abbassò il ventaglio e scrollò le spalle. "Tutto quello che mi viene in mente è che la vita di Gerry è talmente noiosa che leggere i resoconti di Saunders sulla mia insignificante vita a Bath sia un miglioramento. Povera Mary."

"Po-povera Mary davvero!" Esclamò Lady Cleveland, con il doppio mento che ballonzolava dal riso. "La ragazza non riesce a divertirlo?"

"È possibile far divertire un morto, milady?"

Questa battuta fece scoppiare la vecchia signora in un tale scroscio di risa che diverse teste si voltarono nella loro direzione. Che Deb Cavendish fosse seduta tra Lady Cleveland e il generale Waverley non sorprese nessuno. Che fosse la causa dell'accesso di tosse della vecchia marchesa fu dato per scontato. Dovunque c'era Deb Cavendish si era certi che ci sarebbe stata una qualche scena. Non deludeva mai i suoi detrattori.

"L'avevo detto che doveva trattarsi di Deb Cavendish", esalò la signora Dawkins-Smythe. "Ho detto, se c'è un trambusto state certi che lei è in mezzo. Seduta là, con una come Harriet Cleveland, che dovrebbe essere a casa, a letto, alla sua età. E mette in mostra quei diamanti, poi. Pensate che siano veri, Sarah?"

"Harriet Cleveland portare dei falsi?" Esclamò Lady Reigate, allungando il suo collo tozzo per vedere meglio Deb Cavendish. "La donna è nata e cresciuta mercante. Conosce il valore di un buon investimento. E si è assicurata che il suo terzo e ultimo marito avesse un titolo da offrire. Creatura volgare." Si voltò, irritata con se stessa per aver guardato troppo a lungo la carnagione impeccabile di Deb Cavendish.

La signora Dawkins-Smythe vide l'invidia e sorrise compiaciuta: "È adorabile, vero?" E, per rigirare ancora un po' il coltello nella piaga, aggiunse. "Non meraviglia che il signor Thesiger la corteggi, no? Si veste sempre splendidamente, con nostra somma invidia. Quell'abito blu zaffiro è divino e mette in mostra alla perfezione la sua figura statuaria."

"Volgare!"

La signora Dawkins-Smythe sorrise dolcemente. "Nemmeno da paragonare alle vostre due bellezze, certamente, Sarah. Ma nessuno può negare che Deb sia un diamante della più bell'acq..."

"Difettoso! Ricordate la sua fuga in Francia, al capezzale del fratello, o così dicono. Ma è generalmente riconosciuto che ha cercato di fuggire con un musicista. Un *musicista*. Nessuna meraviglia che resti nubile. Nessun genitore vorrebbe un tipo del genere come nuora," replicò Lady Reigate, mostrando all'amica il profilo, mentre sua figlia Sophia finiva di ballare il minuetto con il signor Thesiger.

Si aspettava che l'uomo chiedesse a Rachel di ballare l'ultimo minuetto ed era tutta un sorriso quando le riconsegnò Sophia. Ma lui non chiese a Rachel di ballare. Né restò con loro per fare conversazione. Si congedò e madre e figlie lo guardarono andarsene con calma e sparire in fondo alla stanza. La sua scelta per il secondo minuetto gelò i loro sorrisi.

Deb, che stava sventolando Lady Cleveland mentre il generale Waverley le dava piccoli sorsi di acqua al limone per calmare la tosse, si guardò alle spalle, chiedendosi il motivo dell'improvviso silenzio tra la folla. Non aveva avuto intenzione di ballare, ecco perché aveva scelto di restare seduta in fondo alla sala. Ma sapeva che non avrebbe potuto rifiutare di ballare il minuetto con Robert Thesiger. Fu quindi con un sorriso fisso che gli prese la mano e andò con lui sulla pista; una coppia in mezzo alla vasta sala da ballo, scrutata da un pubblico di oltre cinquecento persone.

Non era il disamore per il ballo che le dava i brividi all'idea di essere la compagna di ballo del signor Thesiger. Le piacevano molto le contraddanze. Ma il minuetto era la più pubblica delle danze alle riunioni e sapeva che tutte le mamme con figlie in età da marito dovevano augurarle di inciampare o fare un passo falso per apparire goffa e rigida, se non altro per far risaltare meglio le loro figliole. Poteva sorridere e far mostra di divertirsi in compagnia del suo partner ma, sotto sotto, stava tremando e pregava di non rendersi ridicola davanti a tutta la società di Bath.

Mentre si voltavano e si sfioravano le mani, Robert Thesinger si avvicinò abbastanza da dire, "Supponete che congedandomi sulla vostra porta oggi pomeriggio io sarei sparito per magia?"

"Riuscite a farlo? Non sapevo che foste un mago, signor Thesiger," gli rispose pronta e gli diede di nuovo la mano mentre si muovevano attraverso la sala verso l'orchestra.

"Potreste trovare di peggio di me, mia cara Miss Cavendish."

I pensieri di Deb andarono immediatamente al suo duellante ferito. Sì, avrebbe potuto trovare di peggio, certamente! Si censurò mentalmente per aver perfino osato pensare a lui. Si era ripromessa che non avrebbe sprecato un solo pensiero per lui per l'intera riunione. Si sentiva una stupida. Per settimane era stata consumata dalla paura riguardo alla salute del suo duellante ferito ma, dopo il suo comportamento sfrontato quella mattina, ora era furiosa con lui per averla presa in giro fingendo di volerla sposare. L'impudenza di quell'uomo!

"Miss Cavendish...?"

Deb sbatté gli occhi guardando il suo compagno di ballo. "Signor Thesiger?" Tornò conscia di dov'era e disse cortesemente: "Sembrate aver dimenticato che quando mi sposerò dovrò ottenere l'approvazione di Sir Gerald."

"Ah, sì. Eppure credo che stiate usando Sir Gerald come uno scudo. Lo tirate fuori per nascondervi dietro di lui, sperando che vi protegga dalle dichiarazioni dei vari corteggiatori, solo per ributtare il tedioso Gerry in un angolo, dimenticato, quando i corteggiatori si ritirano."

Deb non poteva negarlo perché era vero. Quando sentiva il bisogno di mettere fine ai complimenti verbosi di visitatori ultrazelanti, normalmente tirava fuori il nome di suo fratello, il che produceva un effetto immediato, non diversamente che se avesse versato sui gentiluomini speranzosi un secchio di acqua fredda. Eppure il signor Thesiger continuava a insistere e lei non se la sentiva di urtare i suoi sentimenti. Dopo tutto, diversamente da un certo altro gentiluomo, Robert Thesiger era sincero nel suo desiderio di sposarla. Deb non commentò e continuarono sulla pista da ballo. Il signor Thesiger le strinse la mano prima di lasciarla andare, dicendo con un sorriso triste:

"Mi sono sbagliato su di voi, Miss Cavendish. Avevo ritenuto che pensaste con la vostra testa." Le sopracciglia aggrottate per la rabbia di Deb furono una prova evidente che aveva colpito nel segno, e aggiunse, con voce rassegnata: "Non avevo idea che vi atteneste a principi così medievali."

Era impossibile rispondergli, data la sequenza dei movimenti del ballo, ma quando tornarono vicino, con lui che girava intorno alle sue gonne, Deb era abbastanza infuriata dal suo commento da ribattere: "Non sono libera fino al mio ventunesimo compleanno. Poi potrò fare, dire e sposare chiunque mi piacerà."

L'uomo sorrise, con la cicatrice sulla guancia sinistra che si increspava, e le rivolse un inchino, con i pizzi ai polsi che spazzavano il pavimento lucido. "Mi riscalda il cuore sentirvelo dire. E sapere che tra meno di un mese sarete libera dai ceppi di vostro fratello."

"Davvero, signor Thesiger?" Chiese Deb un po' sorpresa, intrigata che esprimesse in modo così franco opinioni su faccende che non erano di sua competenza. "Voi e io siamo i soli che si attengono alla convinzione che io sia vincolata."

L'uomo le diede un'occhiata di traverso. "Ho sentito una voce, ovviamente è assurda, ma ve la riferirò lo stesso, che Sir Gerald ha intenzione di darvi in sposa al marchese di Alston."

"Scusate? Gerry mi prometterebbe all'erede libertino del duca di Roxton?"

Deb si bloccò in mezzo alla pista, dimenticando dov'era e che un centinaio di paia di occhi invidiosi osservavano ogni suo movimento. L'idea di Robert Thesiger era così assurda che aveva voglia di ridere.

"Nessuno ha visto Lord Alston sul suolo inglese fin da quando era un ragazzo. Sir Gerald certamente non ha avuto il piacere della sua compagnia, altrimenti la sua corrispondenza sarebbe piena di sua signoria qui sua signoria là." Era divertita e scettica. "Che idea assurda e bizzarra, signor Thesiger."

Robert Thesiger sorrise in maniera poco convinta e fece l'inchino finale, con i pizzi che spazzavano nuovamente il pavimento.

"Che voi sposiate Lord Alston oppure che lui sia dissoluto oltre ogni possibilità di redenzione?"

Deb fece una smorfia e ricordò di fare la riverenza.

"Posso assicurarvi che mio fratello non mi ha mai riferito una simile ridicola proposta né io desidero, nonostante la servile devozione di mio fratello per i Roxton, legarmi a quella famiglia. E riguardo all'ultima frase?" Scrollò le spalle. "Tutti hanno sentito i sussurri riguardo le molte amanti del marchese, le sue orge parigine e la sua totale mancanza di rispetto per il suo buon nome. Questo non significa che ci sia qualcosa di vero nelle voci, ovviamente." Senza aspettare una risposta, lo stuzzicò. "Forse avete partecipato a uno dei baccanali di sua signoria e potete parlarne a ragion veduta?"

Il sorriso di Robert Thesiger non vacillò, ma nei suoi occhi azzurri non c'era traccia di sorriso. La musica era finita e la folla cominciava ad agitarsi sulle sedie, impaziente che cominciassero le contraddanze. Robert Thesiger non accolse il commento frivolo nel modo in cui lei lo aveva inteso.

"Mi scuserete se non vi do il resoconto della nostra storia proprio adesso, Miss Cavendish. Basti dire che Lord Alston e io una volta ci conoscevamo molto bene. In effetti, quando eravamo ragazzi ci assomigliavamo tanto da essere presi per fratelli. Ma ora, purtroppo, non desidero essere associato a un nobiluomo che vive un'esistenza così depravata, tanto depravata, in effetti, che diversamente dagli altri figli di nobiluomini, Alston ha scelto di vivere al di fuori delle regole non scritte della sua classe. Lui prende di mira le figlie innocenti della classe media parigina; ragazze che ignorano i costumi dell'aristocrazia e quindi sono facile preda del disinvolto marchese. Alston offre loro il matrimonio come altri offrono alle belle ragazze un complimento e, quando ha ottenuto la loro fiducia con questa bugia, le deflora e poi si sposta al prossimo fiore."

Deb alzò la mano guantata, nauseata alla sola idea di entrare in contatto con un tale predatore.

"Per favore, signor Thesiger, ho sentito abbastanza. Se quello che dite è vero, e non ho ragione per dubitare di voi, allora è certamente irrecuperabile." Appoggiò le dita all'incavo del gomito che le offriva e gli permise di scortarla fuori dalla pista da ballo. "Potete stare tranquillo, signore. Quando mi sposerò sarà con qualcuno che avrò scelto *io*. Sir Gerald ha tante ragioni per sperare che sua sorella accetti un matrimonio combinato con il marchese quanto un lebbroso di essere guarito."

Robert Thesiger sorrise sollevato, con la tensione che lasciava la cicatrice da duello che gli segnava la guancia sinistra.

"Grazie, Miss Cavendish. Ho sempre saputo che siete una donna che sa pensare da sola. Quindi continuerò a sperare."

"Vi ho già detto..." Cominciò a dire Deb e poi si fermò, furiosa per essersi agitata in pubblico e davanti a questo gentiluomo che era sempre e solo stato diretto e paziente riguardo alle sue intenzioni. "Per favore, dovete scusarmi. Ho bisogno di qualcosa di fresco."

"Permettetemi di accompagnarvi..."

"No! Non ce n'è veramente bisogno, grazie."

Deb, raccolse le sottane di satin e si affrettò verso i rinfreschi, facendosi strada tra i gruppi ridenti che si stavano formando per le contraddanze, senza guardare né a destra né a sinistra. Stava per seguire due coppie attraverso la sala dell'Ottagono quando sentì tirare rudemente la balza di pizzo al gomito e una voce che le sussurrava all'orecchio, da dietro una colonna:

"Venite fuori."

Rimase immobile, con un brivido che le attraversava il collo nudo e una sensazione stranissima in petto. Si chiese se avesse evocato lei la voce nella sua mente, ma non esitò ad affrettarsi fuori dalla porta.

Con un occhio indulgente, Lady Cleveland aveva osservato Deb Cavendish e Robert Thesiger che si separavano e andavano ciascuno per la sua strada alla fine del minuetto, e continuò a osservare Deb mentre attraversava la sala. La vide sparire, non nella sala dei rinfreschi, ma fuori dall'ingresso, nella notte. Un gentiluomo che era rimasto fermo ai bordi della pista da ballo, e che sembrava contento di restare accanto alla colonna e ispezionare la sala con l'occhialino d'oro, scostò la spalla dal sostegno di marmo e uscì tranquillamente nella notte, a meno di due passi di distanza da Miss Cavendish.

Era alto, largo di spalle e fu il suo profilo patrizio che fece capire a Lady Cleveland chi fosse.

"Waverley! Guardate!" Disse senza fiato, sedendosi diritta, con una mano che afferrava il grosso ginocchio rivestito di seta del generale. "Riconoscerei quel naso ovunque. Non ci si può sbagliare. È più bello di suo padre, anche se Roxton ha più presenza. Ah, ma il figlio, lui ha molto più fascino. Mi chiedo..."

Il generale Waverley alzò l'occhialino ma perse l'occasione di vedere Lord Alston. "Chi dite che era, Harriet?" Chiese, con un occhio ingigantito rivolto a sua signoria. "Non il figlio del satiro? Qui? Senza dubbio sapete dell'ultima guaio in cui è incappato?"

"Guaio?"

"Dicono che l'abbia fatto scappare da Parigi un certo *M'sieur* esattore generale delle tasse per aver sedotto la sua figliola nubile."

Lady Cleveland lo guardò a bocca aperta.

Il generale annuì.

"*M'sieur le Fermier-Général*, lo ha seguito attraverso la Manica con due dei suoi soci e ha chiesto soddisfazione. Immaginate, un comune cittadino francese che chiede soddisfazione al figlio di un duca inglese. Roba da non credere. Piccolo pezzente imbroglione." Abbassò la voce. "Solo tra voi e me, Harriet. Pensate che ci sia qualcosa di vero nelle voci che dicono che il ragazzo è un po' toccato?"

Il petto di Lady Cleveland si sollevò. "Toccato? Il figlio di Roxton, *toccato*? Vergogna, Henry! E il duca è uno dei vostri soci a Newmarket."

Il generale Waverley scrollò le spalle, imbarazzato per aver dato voce al dubbio che sapeva molti avevano a proposito del marchese di Alston.

"Non potete negare, Harriet, che Alston ha una nuvola nera sopra di sé da quel disgraziato episodio in gioventù. Andiamo, è ragionevole avere dei dubbi riguardo alla sua sanità mentale quando uno pensa all'imperdonabile comportamento nei confronti della sua cara mamma. Una bellezza così divina..."

"Era solo un ragazzo, Henry."

"Un ragazzo, forse, ma questo non scusa un comportamento così folle, no?" Continuò il generale, reso audace dal fatto che Lady Cleveland aveva lasciato cadere le spalle. "Lui e quel suo cugino, Ffolkes, erano dei demoni a scuola. Espulsi in due occasioni e riammessi solo perché il vecchio Roxton è un duca."

"Mio caro Henry, non avete mai considerato che Alston

potrebbe essere stato traviato da suo cugino e non viceversa, come dice la gente?"

"*Aye*. È una possibilità", concesse il generale. "Ma questo non scusa il folle, qualcuno oserebbe dire *edipico*, comportamento nei confronti di sua madre, no?"

La marchesa vedova si agitò a disagio sul sofà, con la bocca dipinta increspata per il fastidio.

"No, è vero, Henry, ma... il matrimonio dei Roxton non è come i soliti e per un ragazzo sensibile quella circostanza è piuttosto difficile da spiegare." Spiegò il ventaglio con uno scatto e continuò. "Inoltre non sapremo mai tutta la verità su quella notte, e dato che il cervello del ragazzo sembra perfettamente guarito, è meglio non soffermarsi di quella storia."

Il generale Waverley non poteva ribattere nulla ma aggiunse:, "Ma che ne dite della voce insistente che anche l'altro figlio dei Roxton è debole di mente? Complicazioni alla nascita, si dice. Un medico è la sua ombra da quando ha cominciato a camminare perché ha quegli attacchi. Come si chiama... *Mal caduco*, ecco. Ora, se questa non è un'indicazione di cervello debole in quella famiglia…"

Lady Cleveland fece un verso sprezzante. "Stupidaggini, idiozie!"

CINQUE

Nonostante la luna piena che bagnava i ciottoli con una luce fatata, i ragazzi con le torce si attardavano sotto il portico, pronti ad accenderle per un piccolo compenso e accompagnare quelli che sceglievano di tornare a casa a piedi. I portantini aspettavano accanto alle loro sedie, scambiandosi pettegolezzi e aneddoti salaci. Una carrozza era ferma per strada con i gradini abbassati e la porta aperta, un cameriere in livrea che aspettava pazientemente l'arrivo del suo proprietario. Deb colse tutto mentre usciva nell'aria fresca della notte e si guardava attorno, sentendosi un po' stupida quando un ragazzo con la torcia si avvicinò a lei. Non aveva il mantello e si sentiva persa, in piedi, per strada, senza accompagnatore.

"Posso farvi i miei complimenti per come ballate, Miss Cavendish. Oppure era l'abilità del vostro compagno che vi dava lustro?" disse languidamente una piacevole voce maschile, il cui proprietario stava emergendo dalle profondità tra le lunghe ombre dell'edificio.

Deb fece segno al ragazzo di andarsene.

"Perché non mi sorprende di trovarvi nascosto nell'ombra, signor Hesham?" Gli chiese con voce pacata, anche se era irritata perché si sentiva stranamente inebriata perché il suo duellante ferito l'aveva cercata nonostante il rabbioso rabbuffo di quella mattina. "È perché gli avventurieri preferiscono le eccitanti compagnie che si trovano nei vicoli a quelle che si trovano nella luce brillante di una sala da ballo?"

Julian sorrise. "Mi attribuite una reputazione che non voglio né merito. Venite più vicino. Non mordo, mia cara."

"Perché non vi ho visto sulla pista da ballo?" Gli chiese con una voce che sperava sembrasse indifferente. "Non vi piace ballare, signore?"

"Non mi piace essere al centro dell'attenzione."

"Davvero! Spero che siate all'altezza dell'alta opinione che avete di voi stesso."

"È la vostra opinione di me che importa," disse Julian con calma, mentre la guidava verso l'ombra più scura. Quando lei cercò di ritirare la mano guantata non la lasciò andare.

"Perdonatemi", si scusò Deb, e alzò timidamente gli occhi per guardarlo. Fu un errore. La luce negli occhi verdi era tutta gentilezza e Deb distolse in fretta lo sguardo. "Quel commento era decisamente stupido e ingiustificato."

"Sono venuto a prendere congedo da voi, Miss Cavendish."

Deb sobbalzò.

"Voi-voi state partendo?"

Julian sorrise all'immediata espressione di sgomento.

"Per qualche giorno. Per rassicurare i miei genitori che sono vivo e sto bene."

"Vedo," gli rispose, cercando di non far affiorare la delusione nella voce. Si tirò un po' indietro, le spalle nude all'improvviso fredde, e rabbrividì. "Ovviamente dovete andare da loro. Saranno ansiosi di avere notizie della vostra salute." Colse il suo sorriso e aggiunse, in tono di sfida: "Non che dobbiate giustificarvi con me per la vostra assenza…"

"Posso farvi visita quando tornerò?"

"… dato che siamo poco più che conoscenti."

"Solo conoscenti, Miss Cavendish?" Le chiese con dolcezza. "Voi, che mi avete visto spogliato di questa bardatura decorativa?" La tirò contro di sé. "Ogni parola che ho detto stamattina era sincera. No. Non azzannatemi. *Non* sono un avventuriero e *non* sto scherzando. Sono sincero."

"Se vi importa qualcosa di me dove smetterla con questo sfottò!"

"Vi assicuro che le mie intenzioni sono completamente onorevoli," le sussurrò all'orecchio.

La gola di Deb si strinse. Perché si sentiva così emotivamente vulnerabile con quest'uomo mentre altri avevano tentato e fallito? Voleva arrabbiarsi con lui. Almeno, essere in grado di respingerlo freddamente come aveva fatto con Robert Thesiger. Non aveva mai permesso alle emozioni di averla vinta sul buon senso eppure si sentiva le ginocchia molli con un perfetto sconosciuto! Che follia le era mai presa? Era da quando era scappata da Otto a Parigi che non sentiva il desiderio di gettare la cautela ai quattro venti. Aveva permesso al cuore di vincere in quell'occasione e non aveva mai rimpianto la sua decisione. Otto aveva avuto bisogno di lei e lei lo amava teneramente. Ma Otto era suo fratello e non c'erano mai stati dubbi che il suo affetto fraterno sarebbe stato ricambiato allo stesso modo. Ma ora era diverso. Questo gentiluomo non era suo fratello.

Era, in effetti, tanto diverso da un fratello che il modo di procedere più ragionevole era chiedergli di lasciarla andare immediatamente e tornare di corsa all'interno, alla luce e alla folla delle Assembly Rooms. Eppure restava lì, nel cerchio delle sue braccia. La sua pura fisicità, il suo calore, il sottile profumo della sua colonia infiammavano le sue emozioni e le sue sensazioni tanto da minacciare di travolgerla. Cercò di ricomporsi prima di dire o fare qualcosa che non avrebbe potuto disfare.

"Se siete un gentiluomo onorevole, fareste meglio a tenere le distanze da me. Io... Io ho un passato discutibile! Sono scappata da casa quando avevo diciotto anni," esclamò, parlando al complicato nodo della sua cravatta. "Sono considerata un'*eccentrica* dalla buona società." Quando l'uomo restò in silenzio, alzò gli occhi, aggiungendo: "Un'eccentrica come mio cugino Henry, lo scienziato, e mio fratello Otto che era un grande musicista. Non potete seriamente volere…"

"Voi?" Disse lui, sorridendo ai suoi occhi. "Assolutamente sì."

"… una donna che suona la viola con suo nipote nella foresta…"

Julian rise di cuore. "… senza il corsetto!"

"… contro il volere di suo fratello Gerry."

"Ah, l'unico ostacolo nel mio desiderio di diventare senza indugio marito e moglie."

Deb sbatté gli occhi. "Il fatto di non indossare il corsetto?"

Julian sorrise tra sé e sé cogliendo l'apprensione nella sua voce, eppure si sforzò di assumere un'espressione grave.

"No, non il corsetto", disse in tono serio, pizzicandole il mento. "Anche se, come vostro marito, vi chiederò di indossarne uno in pubblico. Però, in privato..." Si abbassò a baciarle la bocca e, momentaneamente incapace di controllarsi, la strinse forte contro il petto, desiderando sentire la pressione delle lunghe gambe di

Deborah contro le sue cosce. "Accidenti a tutti questi strati di sottane..."

"Per favore! No!" Esclamò spingendolo, anche se aveva istintivamente restituito il bacio. "Io non ho mai... Non dovete pensare che solo perché voglio che mi... *baciate*—, che io sia... che io sia il tipo di donna di cui ci si può approfittare!"

Nonostante l'acuto desiderio nei suoi lombi, Julian la lasciò andare, dicendo pazientemente: "Non ho intenzione di approfittare di voi, mia cara ragazza. Sono qui per assicurarmi che questo non vi succeda." Quando Deb continuò a guardarlo incerta, sospirò e disse allegramente. "L'ostacolo non è il vostro corsetto, o per meglio dire la sua mancanza, mia dubbiosa bellezza, ma *Gerald*. Potrà anche essere vostro fratello e un Cavendish ma è una lagna e un leccapiedi e il suo francese fa male alle orecchie. Non gli permetterò di restare con noi per i finesettimana. A cena, sì, ma non dormirà sotto il mio tetto. Mai."

Deb si rilassò e cercò di non ridacchiare. "Gerry? Un ostacolo? Siete serio?"

Julian le alzò il mento con un dito. "Non sono mai stato così serio."

Deb arrossì penosamente. "E che ne dite della pistola carica?"

"Ah. Due ostacoli. Niente pistole cariche. Se vi piace sparare, allora ve la prenderete con i miei fagiani, ma niente pistole."

Deb deglutì a vuoto e fece un ultimo incerto tentativo di mandarlo via ammettendo: "Sono sotto la tutela di mio fratello fino al mio ventunesimo compleanno. Lui non consentirebbe mai a-a..."

"Mi sono sbagliato su di voi, Miss Cavendish?" Mormorò mentre la tirava ancora tra le sue braccia e questa volta la baciava molto dolcemente. La sua bocca sfiorò appena le labbra di lei leggermente aperte. "Pensavo che voi e io avessimo le stesse idee. Che anche voi credeste all'amore a prima vista..."

Le parole le entrarono in mente, da qualche parte, in fondo, mentre bramava un altro bacio, un bacio vero: la promessa contenuta nel tocco leggero come una piuma della sua bocca salata sulla sua era così deliziosamente intossicante che si sentiva stranamente esilarata, come se lui avesse acceso di colpo tutti i suoi sensi. Ma era la sensazione calda, come un formicolio in profondità dentro di lei, la vera sorpresa. Quello e la sensazione, il groppo che sentiva in petto che minacciava di farla soffocare.

"Accidenti alla vostra presunzione, signore," mormorò mentre le braccia salivano intorno al collo di Julian e la sua bocca incontrava avidamente la sua.

Le ombre create dalla luna non erano una protezione suffi-ciente contro i clienti curiosi che si salutavano uscendo dalle Assembly Rooms. Una mezza dozzina di paia di occhi si erano incollati alla schiena china del marchese di Alston. Per avere una visuale migliore della coppia abbracciata, un gentiluomo in abito di velluto color pulce agitò il suo bastone di malacca a due dei porta-tori di torcia, ordinando loro di far luce su quel lato dell'edificio. I suoni e i movimenti cessarono sotto il portico. Sbalordite e oltrag-giate di trovare una coppia abbracciata che si baciava nell'ombra, diverse matrone alzarono i ventagli a quella vista; un comporta-mento così licenzioso non era tollerabile a un ballo pubblico. Una signora titolata, una metodista con due figlie in età da marito al seguito, arrivò a esprimere a voce alta la sua opinione, tanto che anche quelli in piedi per strada poterono sentire la sua lingua velenosa.

"Sì, puoi arrossire, Rachel, come ogni donna a Bath dovrebbe arrossire a una tale promiscuità! Pensavo di essere nelle Upper Assembly Rooms, ma è ovvio che siamo finite per sbaglio in un bordello!"

Si sentì il grugnito della risata di un gentiluomo qualunque vicino alle porte e la risatina nervosa di una delle signore. Poi si sentirono i saluti frettolosi riprendere da dove si erano interrotti perché il marchese aveva voltato le larghe spalle, attento a tenere Deb lontana dagli sguardi curiosi, e fissava gli spettatori con furia muta. Fissò uno sguardo sprezzante sulla titolata signora metodista.

Lady Reigate notò che il gruppo sul portico era diventato silen-zioso e che tutti gli occhi guardavano di nascosto nella sua dire-zione. Si chiese perché e guardò nuovamente la coppia mezzo nascosta dalle tenebre. Ricevette uno shock notevole. Era sicura che doveva essere uno scherzo della luce, poiché i lineamenti spigolosi e la figura imponente le ricordavano talmente quelli del marchese di Alston che quel gentiluomo avrebbe tranquillamente potuto essere il suo gemello. Ma tutti sapevano che il marchese viveva a Parigi... o no?

Lady Reigate diede un'altra occhiata al gentiluomo immobile. La stava guardando con un'espressione di tale sdegno altezzoso che istintivamente fece una riverenza rispettosa, non volendo correre rischi, nel caso fosse veramente l'erede del duca di Roxton. Quando si raddrizzò, le aveva voltato la schiena. Le improbabili speranze che la sua figliola maggiore potesse un giorno diventare duchessa si infransero in mille pezzi.

Deb stava cercando di sistemarsi i capelli scomposti e si appuntava qualche ciocca che era sfuggita e anche se aveva sentito i commenti maligni di Lady Reigate non aveva colto la riverenza della donna al rango perché l'alta figura del marchese l'aveva nascosta ai curiosi che si riversavano sul portico. Con i capelli nuovamente raccolti, uscì da dietro lui, grata che la folla si fosse dispersa e in tempo per veder arrivare la carrozza di Lady Reigate.

"Non dovete preoccuparvi della nostra metodista residente," disse in tono leggero. "Si accorge appena della mia esistenza, ma il suo orgoglio non le consente di ignorarmi perché sono una Cavendish. E una Cavendish non si aggira furtivamente nell'ombra con uomini di rango sconosciuto." Fece una smorfia. "Spero che non ne parlerà a Mary..."

"Penso che scoprirete che Lady Reigate ha un impegno pressante a Londra e dovrà lasciare Bath immediatamente."

Deb alzò le sopracciglia. "Come fate a conoscere il nome di sua signoria? Io non ve l'ho detto."

Tutta la freddezza lasciò la voce di Julian. Sorrise e pizzicò Deb sotto il mento. "Potete anche avermi trovato in una foresta ma non sono un fungo!"

"Oh! Certo, come sono stupida!" Disse Deb, agitata, lo guardò da sotto le lunghe ciglia scure, dicendo, esitante: "Presumo che conosciate Lady Reigate da Londra e lei..."

"... ha due figlie in età da marito." La interruppe, nascondendo un sorriso quando Deb annuì e guardò dovunque eccetto che lui. La tirò vicina. "Ma io non ho nessun desiderio di baciarle."

Quella dichiarazione fece piacere a Deb più di quanto volesse riconoscere. Eppure il dubbio persisteva. "Domani lo rimpiangerete..."

"Mai. Quando tornerò ho intenzione di portarvi a fare una passeggiata in carrozza."

"E dopo quello?"

"Ah, dipenderà da come vi comporterete."

Deborah tolse un capello dal risvolto del suo panciotto ricamato.

"E se non riuscissi a comportarmi...?

Julian rise e le baciò lievemente la fronte.

"Allora faremo a meno delle formalità e cavalcheremo direttamente verso il nostro futuro." Le fece un inchino, leggermente rigido nell'esecuzione. "Ora, Miss Cavendish, se mi permettete di chiedervi… No, sembra compassato. Deb, mi farete… mi farete l'onore di diventare mia moglie?"

"Ah! Eccovi, Miss Cavendish", la salutò una voce dal portico. Il signor Thesiger scese con passo leggero dai gradini portando il mantello di Deb su un braccio. Deb uscì immediatamente verso la luce, senza dare una risposta al suo duellante ferito, e andò incontro a Robert Thesiger a metà strada, non desiderando che la trovasse a conversare nell'ombra con uno sconosciuto. Non desiderava rispondere a nessuna domanda, né aveva voglia di affrontare la delusione e la censura di Robert Thesiger per quello che tutti gli abitanti di Bath, anche i pensatori più liberi, avrebbero visto come un comportamento assolutamente riprovevole. Era così agitata per la circostanza imbarazzante che sospirò di sollievo quando anche Lady Mary seguì Robert Thesiger sul portico e la salutò agitando il ventaglio.

"Ecco Lady Mary, devo andare da lei."

Robert Thesiger le mise il mantello sulle spalle continuando a frugare con gli occhi nel buio dello stretto vicolo. Era sicuro di aver intravisto una figura imponente che se ne andava e sapeva che i suoi occhi non lo avevano ingannato quando si sentì un suono di passi sui ciottoli irregolari che svaniva lungo la stradina.

"Mia cara Miss Cavendish, state tremando," disse con voce suadente, annotandosi mentalmente di interrogare i ragazzi con le torce per farsi dare la descrizione dello sconosciuto in compagnia di Miss Cavendish. "Non mi perdonerei mai se doveste prendere freddo. Permettetemi di scortarvi alla carrozza di Lady Mary."

Prima di potersi riprendere si trovò accanto a Lady Mary, con Robert Thesiger che chiudeva la fila. Un'occhiata veloce alle sue spalle le confermò che il suo duellante ferito era effettivamente svanito nella notte, magicamente, come era apparso al suo fianco nella sala dell'Ottagono. Con il cuore pesante si chiese che cosa le avrebbe portato l'indomani, se effettivamente il signor Julian Hesham sarebbe mai tornato a Bath per portarla a fare la passeggiata in carrozza che le aveva promesso.

SEI

IL DUCA DI ROXTON FIRMÒ IL DOCUMENTO E LO PASSÒ AL SUO segretario perché fissasse l'inchiostro con uno strato di sabbia. Era l'ultima faccenda da sbrigare, il duca rimise la penna nel calamaio Standish d'argento e congedò il premuroso segretario, che era in piedi accanto alla sua sedia con un bastone di malacca e un braccio pronto ad aiutarlo ad alzarsi in piedi.

Il duca non aveva mai avuto bisogno di assistenza prima e non aveva intenzione di cominciare ora, nonostante l'insistenza del medico che l'uso del bastone avrebbe aiutato a regolare la respirazione, alleviando così la congestione ai polmoni. Era perfettamente logico, ma per un nobiluomo che per tutta la sua vita da adulto, fino a un mese prima, si era alzato all'alba, era in sella al suo cavallo ogni mattina e restava alzato fino a tardi, le limitazioni imposte ai malati e ai moribondi potevano aspettare finché l'ultimo respiro avesse lasciato il suo corpo. Il suo segretario lo sapeva ma, appena laureato a Oxford, era ansioso di piacere. Provava anche un timore reverenziale per il suo nobile datore di lavoro e, il duca dovette nascondere un sorriso, era un po' innamorato della duchessa, ma chi non era innamorato della sua bella moglie? Se doveva essere sincero con se stesso erano la sua vitalità, la sua giovinezza ed il suo eterno ottimismo che gli davano la volontà di ferro di vivere ancora per molti anni a venire.

Congedato il segretario, il duca si attardò ancora un po' accanto alla sua grande scrivania di mogano, con un'occhiata in fondo alla biblioteca, dove il figlio maggiore ed erede aspettava pazientemente di parlare con lui. Il ragazzo aspettava da quasi un'ora e il duca lo aveva fatto aspettare finché aveva deciso come meglio affrontare l'argomento più importante che aveva in mente. Eppure, a Julian sembrava non importasse aspettare. In effetti, aveva portato un fascio di giornali vecchi di un giorno dall'altra parte della biblioteca e li stava distrattamente sfogliando, allungato su un sofà, con una mano dietro ai cuscini sotto la testa.

Il duca camminò lentamente fino in fondo alla lunga stanza e si scaldò le mani bianche davanti al secondo camino. Quando si voltò, trovò Julian in piedi, con le mani affondate nelle tasche della redingote di seta ricamata, che aspettava i suoi comodi.

Una tirata al cordone del campanello e il maggiordomo arrivò senza fare rumore di fianco al suo padrone. Una parola e il servitore si ritirò per tornare con un cameriere che portava un vassoio con la colazione e un'urna d'argento con il caffè, che appoggiò al suo piedestallo sul tavolino basso tra i due sofà. Nessuno dei gentiluomini aveva proferito una parola e continuarono a restare in silenzio mentre il maggiordomo era nella stanza. Quando furono finalmente soli, il duca tornò davanti al camino e suo figlio versò il caffè in due tazze di porcellana, che poi appoggiò al tavolo. Un cenno negligente del padre e Julian si servì di panini, fette di prosciutto e di pasticcio.

"Vostra madre ha detto che non vi siete fermato a fare colazione al 'Bull and Feather'," notò il duca, prendendo la sua tazza e appoggiandola sulla mensola. "Le vivande di quella locanda devono essere deplorevolmente scadenti oppure voi… ehm, avete più rispetto per la mia opinione di quanto supponessi?"

Julian diede un'occhiata al padre ma non disse nulla, finendo il secondo panino prima di spingere di lato il piatto. Bevve il caffè e se ne versò un'altra tazza.

"Il cibo al 'Bull and Feather' è piuttosto buono, signore; il pasticcio di carne di cervo è eccellente."

Il duca fece un sorriso a labbra tirate e prese la tabacchiera.

"Sono lieto di sentirlo. Devo aumentare il numero di capi in modo che possiate continuare a godere di quell'eccellente pasticcio. Spero di non avervi strappato da… ehm, faccende in sospeso?"

"La vostra lettera indicava che avrei dovuto presentarmi appena possibile e così ho fatto, che fosse o meno conveniente per me. Sono lieto di trovarvi bene, signore."

"Potete fare a meno dei convenevoli, Alston," replicò freddamente il duca. "Non sto né meglio né peggio dell'ultima volta che ci siamo visti a Parigi. Vedo che il vostro appetito è tornato, quindi presumo che siate completamente guarito dal vostro... ehm, *incidente?*"

"Sì, signore. Vorrei solo che non vi foste incomodato..."

"Avreste dovuto pensarci prima di incrociare le spade!" Esclamò freddamente il duca, poi tornò a guardare il fuoco, furioso per aver permesso alle emozioni di prevalere, e a colloquio appena cominciato. Si prese un momento per ricomporsi, prima di continuare. "Quei pazzi non erano degni di voi. Non avevate il diritto di impegnarli in uno scontro sanguinoso."

Julian guardò la schiena rigida del padre e la criniera di capelli bianchi come la neve, sorridendo tra sé; lo conosceva meglio di quanto lui conoscesse se stesso, la rabbia nascondeva la preoccupazione di un padre.

"Lo scontro mi è stato imposto, signore," spiegò con calma. "Lefebvre e i suoi figli mi hanno seguito da Dover. Non avevo idea di essere inseguito finché mi hanno teso un'imboscata nella foresta di Avon. Il vecchio pazzo era determinato a ottenere soddisfazione, qualunque argomento portassi a mia difesa. Un uomo determinato, un uomo che si ritiene disgustosamente insultato, non ascolta ragioni. Come potevo dirgli che non era degno della mia considerazione?"

Il duca spinse un ceppo errante di nuovo nel camino con la punta della sua scarpa di pelle nera, con la grande fibbia incrostata di diamanti che brillava alla luce del fuoco.

"Mi rendo conto che la pistola sta diventando velocemente l'arma da duello preferita della moderna gioventù. Secondo me è un metodo alquanto... ehm, *volgare* e poco accurato per trattare un avversario. Una stoccata nel punto giusto del corpo è un modo molto più pulito e preciso per un gentiluomo per liberarsi di un fastidio. La determinazione di *M'sieur* vi ha fatto dimenticare tutti i vostri anni di addestramento?"

"No, signore, quegli anni di addestramento mi hanno permesso di respingere i due figli di Lefebvre, che hanno rinunciato alla svelta per ordine del padre, ma non è stata una cosa facile mettermi in una posizione tale da poter essere colpito senza uccidere il vecchio. Avrei potuto liberarmi di Lefebvre in oltre quattro occasioni durante lo scontro. Il mio obiettivo era di dargli la soddisfazione di versare il mio sangue senza che mi tagliasse le budella."

Il duca guardò il figlio con notevole sorpresa.

"Se questo era il vostro obiettivo, allora ammiro veramente la vostra abilità. Ma sono francamente stupito che abbiate pensato fosse necessario mettere in scena un inganno così elaborato. Perché non li avete… ehm, *finiti?*"

"Come avete detto voi, quei ruffiani non era degni di me. Per quanto riguarda *M'sieur le Fermier général...*" Il marchese sostenne lo sguardo fisso del padre. "È un uomo anziano. Gli uomini anziani dovrebbero morire nel loro letto."

Ci fu un attimo di pausa prima che il duca chinasse la testa bianca. Fiutò una presa di tabacco e si voltò verso il fuoco. E, anche se continuava a restare con la schiena diritta come un fuso, Julian capì che suo padre faceva fatica perché lo sentiva respirare pesantemente. Decise che non valeva la pena di ritardare l'inevitabile.

"Signore, uccidere *M'sieur* Lefebvre avrebbe solo dato altre munizioni al caso contro di me. Pensate a che cosa ne avrebbero fatto i suoi avvocati. Non basta che mi accusino quando non ho commesso il crimine, senza essere anche tacciato di codardia? Com'è conveniente per un nobiluomo usare le sue prerogative per sistemare una disputa con un duello. Il mio avversario sarebbe stato tacitato, l'azione legale minacciata lasciata cadere, ma non avrebbe mai cancellato il dubbio sulla mia colpevolezza."

"Illuminatemi, per favore", disse languidamente il duca. "Come siete finito a essere minacciato di un'azione legale francese per rottura della promessa di matrimonio?"

"Se sapete della minaccia, non serve proprio che dica altro."

"Davvero?" Disse il duca con una smorfia. "Quindi devo presumere che ci sia della sostanza nelle rivendicazioni di *M'sieur?*"

"Il lievito da solo non fa il pane, signore."

"Indubbiamente. Eppure, è il lievito che definisce la sostanza."

Julian si passò la mano sui folti riccioli neri e si allontanò dal cammino prima di girare sui tacchi e tornare davanti a suo padre.

"Non ho mai avuto l'intenzione di coinvolgervi."

"Siete mio figlio, quindi sono coinvolto. Perché Lefebvre ha la testarda convinzione che abbiate offerto il matrimonio a sua figlia?"

"Non ne ho idea, signore. La sola idea è assurda."

"Alquanto assurda," concordò Roxton, guardando suo figlio con lo sguardo freddo di un nobile con mezzo secolo di esperienza del gentil sesso. "Non avete forse offerto a *mademoiselle* l'allettamento del vostro nome nella... ehm, *passione* del momento?"

Le labbra del figlio si strinsero mentre guardava il padre negli occhi. "Questa domanda è piuttosto accademica, no, visto che sono già sposato?"

"Mi avete tolto un'ansia che non ho mai creduto giustificata."

"Allora deve farvi piacere che sia andato a Bath con il preciso scopo di incontrare mia moglie. È ora che il mio matrimonio sia tale non solo di nome."

Il duca era contento. Contento che il matrimonio affrettatamente combinato quasi una decade prima fosse finalmente consumato e quindi legalizzato oltre ogni dubbio. Era ora che il figlio si assumesse le sue responsabilità di marito e, si sperava in un futuro non troppo lontano, quelle di padre. La prognosi deprimente del medico aveva reso il duca ansioso di vedere la sua discendenza assicurata oltre i suoi immediati discendenti.

"Devo congratularmi con Martin per le sue capacità descrittive?" Chiese il duca con un raro luccichio negli occhi neri.

"Se mi state chiedendo se la prosa di Martin tende alla fiorita esagerazione," rispose Julian con una scrollata di spalle, "allora la risposta è no. Deborah è bella ma non più bella delle tante bellezze che vengono messe sul mercato stagione dopo stagione. È un po' un'amazzone, con un temperamento adeguato. Dice quello che pensa e sa quello che vuole. Ma non è una brutta cosa ed è preferibile a una creatura con gli occhi da cerbiatto e la segatura in testa."

Un muscolo tremò all'angolo della sottile bocca del duca.

"In effetti. Ma lei vi vuole, Julian?"

Il marchese alzò ancora le spalle.

"Quando sono partito era a metà strada dall'innamorarsi di Julian Hesham. Dopo un'assenza di due settimane, credo che mi sposerà senza esitazioni quando ritornerò a Bath."

"Avete ritenuto necessario ricorrere a un inganno, invece di dirle la verità?"

"Signore, lei non ricorda nulla della notte in cui ci siamo sposati. Lo shock della verità potrebbe farla rivoltare contro di me, qualunque siano i suo sentimenti, e allora a che punto sarei? Non ho intenzione di portare a letto una donna riluttante, anche se è mia moglie." Fece un mezzo sorriso. "Così ho ritenuto più prudente permetterle di credermi un uomo comune."

Il duca era incuriosito.

"Una tale preoccupazione mi rende umile. La vostra moralità è certamente migliore della mia."

"Avete frainteso la mia preoccupazione, signore," disse decisamente il marchese. "Voi, come me, non desiderate vedere mia moglie sedotta e indotta a un'unione bigama, che sia con il cugino Evelyn, un corteggiatore senza nome o il figlio di *Madame* Duras-Valfons."

"Però non ci siamo ancora liberati del problema di *M'sieur le Fermier Général* e la supposta rovina di sua figlia," disse dolcemente il duca, per distogliere la conversazione da un argomento che trovava sgradevole e non degno della sua attenzione.

Diversamente da un pugno dei suoi nobili contemporanei, che riconoscevano volentieri e senza vergogna la loro prole bastarda, la sua arroganza e il suo orgoglio non gli avrebbero mai permesso di farlo, né avrebbe discusso le volgari pretese di *Madame* Duras-Valfons proprio con il figlio ed erede. Comunque, i commenti del ragazzo lo ferivano più di quanto desiderasse ammettere.

"Le dichiarazione di *Mademoiselle* Lefebvre al tenente di polizia indicano il marchese di Alston come suo seduttore."

Julian sbuffò in una risata imbarazzata. "Quel documento melodrammatico? È adatto solo per il palcoscenico."

Il duca lo guardò con gli occhi fissi, senza battere ciglio. "Penso di aver vissuto abbastanza a lungo da non essere sconvolto da qualunque cosa possiate dirmi."

"Come vi ho detto, signore, non vado a letto con femmine riluttanti."

"Gli avvocati di Lefebvre dicono di avere delle prove a sostegno delle dichiarazioni della ragazza di essere stata sedotta con la promessa di un matrimonio."

"Possono dire quello che vogliono; è una menzogna."

Il duca chinò la testa.

"Vi credo. Dovete sapere che questa questione è arrivata all'orecchio dell'ambasciatore francese alla corte di San Giacomo. Il *Duc de Guînes* è ben disposto verso di voi." Il duca sospirò, irritato. "Sfortunatamente, lui e i suoi contatti a Parigi possono fare ben poco per zittire il padre della ragazza. Come esattore delle tasse, Lefebvre ha più potere a Parigi di qualunque nobile e, come uomo che ritiene di essere stato gravemente danneggiato, non si fermerà davanti a niente per veder vendicato il suo onore." Il duca sorrise sarcastico. "È talmente consumato dal suo senso di importanza che ha avuto l'audacia e la presunzione di obbligarvi a un duello!"

Il marchese fece un profondo inchino al padre. "Sono deciso a discolpare completamente il nostro nome, signore. Se ci dovrà essere un processo, ebbene sia."

"Applaudo i vostri sentimenti, Julian, ma non siete obbligato a dargli soddisfazione. Ovviamente, se il vostro avversario fosse stato uno di noi, il vostro duello improvvisato avrebbe messo fine alla faccenda, soddisfatto l'onore. Appartenete all'aristocrazia inglese."

Non potete essere portato davanti a una corte francese a meno che la richiesta sia fatta al nostro sovrano da parte del rappresentante del re francese alla corte di San Giacomo. L'ambasciatore francese mi ha dato la sua parola che non farà la richiesta. *M'sieur le Fermier Général* potrà gonfiare le piume vantandosi della sua importanza fino a… ehm, scoppiare, ma tornerà in sé abbastanza presto e si renderà conto dell'inutilità di cacciare una preda così intoccabile. Sono ragionevolmente fiducioso che quando gli presenteranno questo fatto, lui… ehm, striscerà nuovamente sotto le tavole da cui è uscito."

Julian sorrise. "Vi invidio la vostra suprema indifferenza verso i vostri simili, signore. E vorrei avere solo un briciolo del vostro *sang froid*: la vostra arroganza è ben giustificata. Ma non posso restare fermo ad aspettare che la polvere si depositi su questa faccenda." Aggiunse, in tono più serio: "Ritengo che le accuse rivoltemi siano un tentativo deliberato di portare discredito alla nostra famiglia. Questa ragazza è puramente una scusa. Né ignoro i collegamenti di Lefebvre e le sue motivazioni. Mi dispiace se la mia decisione di venire a capo della faccenda vi delude, padre."

Il duca non fu sorpreso dalla dichiarazione di suo figlio. Dopo tutto, si disse, è figlio di sua madre. E con quegli stessi chiari occhi verde smeraldo.

"Non mi avete deluso, Julian," gli rispose a bassa voce.

Anche lui aveva l'assillante sospetto che ci fosse qualcosa sotto a questo imbroglio che aveva poco a che fare con la rovina di una ragazza, e fu sorpreso che anche suo figlio fosse della stessa opinione, ma non aveva intenzione di discuterne, per il momento.

"Godo ancora di una certa considerazione a Versailles, ma Parigi è di tutt'altro colore politico. Perfino la sua maestà francese ha difficoltà a controllare i suoi *parlements*. Ritarderò qualunque azione vogliano intraprendere i vostri avvocati fino a dopo la luna di miele. Farò quello che potrò. O forse… ehm, sto *interferendo*?"

"No, signore, vi ringrazio." Rispose sinceramente Julian, baciando la lunga mano bianca tesa verso di lui.

SETTE

LADY MARY ENTRÒ NELLA CASA DI MILSOM STREET DI DEB E trovò il caos. L'anticamera era ingombra di bauli che restringevano il passaggio che costrinsero Lady Mary a raccogliere le sue voluminose gonne col cerchio e a camminare di lato come un granchio dietro a un paziente maggiordomo che la accompagnò nel salotto anteriore. Saunders si scusò per lo stato dell'anticamera e per aver fatto aspettare sua signoria sulla soglia. Era stato indisposto e Philip, il domestico, non si trovava da nessuna parte. Saunders non aveva chiuso la porta del salotto. Lady Mary osservò con stupore infinito un animale, forse un cane, sperava non fosse un grosso ratto, scivolare sul pavimento di lucido legno del corridoio e scontrarsi con un portmanteau prima di lanciarsi sulle scale e sparire dalla vista. Era inseguito da una donna robusta col grembiule, con i pugni infarinati sollevati sopra la testa.

Saunders emise un profondo sospiro mentre si inchinava e usciva dalla stanza.

Non molto dopo la porta del salotto si spalancò e un ragazzo dalle gambe lunghe, con una testa di riccioli color rame scuro che gli ricadevano negli occhi, si precipitò nella stanza tenendo al guinzaglio il grosso ratto, che, a un'ispezione più ravvicinata, risultò essere un cucciolo. Mary non sapeva nulla di cani quindi non aveva proprio idea di che razza fosse o che carattere avesse. Ma sapeva qualcosa delle loro abitudini e si ritirò nei cuscini del sofà con una mano sulle gonne voluminose.

"Giù, Nero. *Giù!*" Ordinò Jack dando uno strattone al guinzaglio del cucciolo. Si mise in ginocchio e ricevette una leccata sul volto. "Bravo ragazzo! Bravo ragazzo! Salve, zia Mary. Saunders mi ha detto che eravate arrivata." Le fece un inchino. "La zia Deb è di sopra. Siamo stati occupati con una composizione che ho scritto io. Questo è Nero. Me l'ha regalato il mio miglior amico Harry. Non morde, ma ha il vizio di saltare. La zia Deb dice che devo tenerlo al guinzaglio quando ci sono visitatori e anche perché ad Alice non piacciono i cani. Ma alla zia Deb piace e Joseph ha promesso di curarlo quando io sarò via. Vi piacciono i cani, milady? Vi piacerebbe accarezzarlo?"

"Oh no! È molto gentile da parte tua ma no, Jack. Grazie," disse Lady Mary con un sorriso che fece sorridere anche Jack nonostante si fosse rifiutata di toccare Nero.

"Non vi morderà e non sbaverà sulle vostre gonne come i beagle di Sir Gerald. È un whippet e molto ben educato."

"Eccoti qua!" Esclamò una voce dalla porta. Era Joseph. Fece un passo nella stanza, vide Lady Mary e ricordò di inchinarsi quando Nero trotterellò verso di lui e gli annusò la mano. "Chiedo scusa, milady. Fuori, voi e quel bruto, signorino Jack."

"Nero non è un bruto. Non è nemmeno ancora un cane."

"Sarà carne trita per un pasticcio se Alice gli mette le mani addosso. La cuoca incolpa il vostro amico della scomparsa di una buona costoletta. E dallo scodinzolio, direi proprio che se l'è gustata! Scusate il fastidio, vostra signoria."

"Non vi stavamo dando fastidio, vero, zia Mary?"

"No, per niente, Jack." Rispose Lady Mary con un sorriso, ma fu sollevata che il cane fosse dall'altra parte della stanza.

"Se volete venire con me, sarà meglio che andiamo," disse Joseph a Jack. "E prima che Miss Deb cambi idea." Si inchinò a Lady Mary. "Chiedo scusa, milady, per lo stato delle cose qui intorno ma è per via dell'imminente viaggio."

"Sono stato invitato a stare con Harry. Mi accompagna Joe. Vive in un palazzo nello Hampshire," spiegò Jack eccitato, aggiungendo: "Non dovete far caso a zia Deb. Non è amichevole con nessuno, da un po' di giorni. Speriamo che arrivi una lettera da Parigi per migliorare il suo umore, vero Joe?"

"Ora, questo riguarda solo noi, signorino Jack," sentì che diceva Joseph mentre chiudeva la porta.

Apparve Saunders con il vassoio del tè e informò sua signoria che la sua padrona l'avrebbe raggiunta subito. Aveva appena chiuso la porta che si sentì un altro trambusto nel corridoio; sembrava andasse verso la strada, poi ci fu di nuovo silenzio. Lady Mary sospirò di sollievo solo per sedersi di nuovo eretta quando la porta si spalancò e Deb entrò nella stanza.

"Bene! Chi avrebbe mai pensato che un cuccioletto riuscisse a causare tanti guai!" Disse irritata. Chiuse la porta dietro al maggiordomo e si srotolò le maniche di una camicia bianca da uomo che sembrava appartenesse a un cameriere, allacciata sopra il corpetto. "Jack vi ha mostrato il suo cucciolo? Una cosina amichevole. È un regalo del suo compagno di scuola, Harry, che l'ha invitato a stare con lui per un paio di settimane," continuò a raccontare mentre versava il tè in due ciotole di porcellana. Rimise la teiera sul suo supporto e mise la lattiera e la zuccheriera di fronte a Mary, senza sedersi, preferendo restare alla finestra, con la sua vista sulla strada affollata. "Non sono riuscita a dirgli di no, come potevo? Quindi il nostro viaggio a Parigi è rimandato un'altra volta. Oh, beh, non se ne poteva fare a meno. Dovrebbe farvi piacere, no, Mary, che io resti a Bath...?"

"Sono venuta a dirvi che Sir Gerald è arrivato in città ieri sera." Disse Lady Mary a bassa voce, tenendo d'occhio sua cognata che sembrava preoccupata. Il fatto che non avesse reagito alla notizia dell'arrivo di suo fratello era una prova sufficiente che era più distratta del solito. "C'è qualcosa che non va, mia cara?"

Deb non rispose perché aveva uno strano groppo in gola. Si limitò a scrollare le spalle e guardò fuori dalla finestra, intrecciando e sciogliendo qualche ciocca dei lunghi riccioli rosso scuro che le ricadevano su una spalla. I suoi pensieri erano ingarbugliati ed erano giorni che non dormiva bene. Era tutta colpa del suo duellante ferito e di quel bacio all'ombra delle Assembly Rooms. Era in pensiero e sapeva di non avere nessuna ragione per esserlo. Aveva detto che sarebbe tornato a Bath per portarla a fare un giro nel parco ed era passata poco più di una settimana dal loro bacio nell'ombra, quindi perché avrebbe dovuto preoccuparsi che non intendesse mantenere la promessa? Otto giorni non erano tanti. I suoi genitori potevano vivere dall'altra parte dell'Inghilterra, per quello che ne sapeva lei...

Ma a ogni giorno che passava la sua convinzione che lui si era solo divertito con lei aumentava. Forse era un avventuriero, a caccia della sua dote? Suo fratello Gerald aveva passato anni a cacciarle in testa che gli uomini erano interessati a lei per una sola ragione: perché era un'ereditiera. Era troppo alta, il suo passo troppo deciso, gli occhi erano del colore sbagliato per poter essere considerata graziosa, diceva. Certamente non era bionda, con gli occhi azzurri e minuta come Mary. Non avrebbe dovuto essere così ingenua da innamorarsi di un attraente sconosciuto trovato nella foresta di Avon, sanguinante per una ferita di spada. Dove era finito il suo buon senso? E Lady Mary la stava guardando in modo talmente desolato che suggeriva che si sentisse triste per lei e questo irritò Deb più di qualunque altra cosa.

"Devo proprio occuparmi del resto delle valigie di Jack." Disse Deb, tirando il cordone del campanello. "Se ci sarà del cibo in tavola stasera a cena, dopo i capricci della cuoca stamattina. Quindi mi dispiace di dover abbreviare la vostra visita. Mi aspetto che dobbiate andare a casa da Gerry... Buon Dio! Che cosa sta succedendo *adesso*?"

Mentre parlava si sentì una serie di tonfi di sopra, accompagnati da un rumore di stivali e dall'abbaiare familiare di Nero e alla fine uno scoppio di risa. Lady Mary fu in piedi appena il maggiordomo entrò nella stanza, con la sua solita espressione di rassegnata sopportazione sul volto impassibile.

"Beh, Saunders?" Chiese Deb, cercando di sbirciare nel corridoio ma il trambusto si era spostato in un'altra parte della casa. "Se avete intenzione di dirmi che la cuoca ha intenzione di usare la mannaia su Nero o che sta rincorrendo Jack per la dispensa borbottando oscenità galliche, non voglio saperlo. Oppure avete intenzione di dare le dimissioni?"

"Assolutamente no, signora."

"Chiunque riesca a sopportare uno scolaro sudicio e il suo fedele cane deve essere veramente un coraggioso."

Saunders ignorò il sarcasmo, dicendo: "C'è un gentiluomo che è venuto a visitarla, signora. Ha infilato il piede nella porta e ha seguito il signorino Jack e il signor Joseph..."

Prima che Deb potesse rispondere, Lady Mary la interruppe.

"Non potete assolutamente ammettere un gentiluomo nel vostro salotto vestita-vestita..."

"Mary, non vedo perché Bath non abbia il diritto di vedere il mio abito verde-oliva. Non fingete di essere sconvolta per via di Saunders," disse Deb, con un'occhiata d'intesa al maggiordomo. "Se il visitatore è entrato in casa con Jack e Joseph è probabilmente Fotheringhay o il generale Waverley. E, dato che nessuno di questi vecchi militari riesce a muoversi senza l'aiuto di una sedia a rotelle, è difficile che provino a disonorarmi in questi seducenti indumenti."

"Deb! Per favore!"

"Chiamate la portantina di Lady Mary, Saunders."

Lady Mary si sedette di nuovo.

"Io resto, è quello che Sir Gerald vorrebbe che facessi."

"Beh, Saunders? Non restate lì impalato."

Il maggiordomo era indeciso e passava lo sguardo da un volto testardo all'altro. Era pronto ad aspettare che finisse la discussione quando fu tanto sorpreso da spostarsi dalla porta a una parola pronunciata a voce bassa dal visitatore, che era entrato nella stanza senza farsi annunciare.

"È veramente inappropriato ricevere un gentiluomo vestita come una-una *bohémienne*." Lady Mary le stava facendo la paternale con uno sbuffo di disapprovazione. "Non avete nemmeno passato il pettine nei capelli. E *quella* è una camicia da uomo!"

"Riuscite a indovinare a chi appartiene?" La prese in giro Deb.

"Se dite cose così provocanti non ci si meraviglia che la gente pensi il peggio di voi. Ieri ho ricevuto una visita della signora Dawkins-Smythe…"

"Mia cara Mary, dovete veramente imparare a essere educatamente scortese. È venuta di nuovo a leccarvi i piedi?"

"Leccarmi i piedi?" Ansimò Lady Mary. "No, niente del genere! È venuta, ha detto, in missione di soccorso. Aveva avuto l'informazione da Lady Reigate e quindi pensava fosse meglio che io sapessi che c'era effettivamente del vero nelle voci che stanno circolando nei salotti di Bath, in modo che potessi preparare Sir Gerald al peggio."

"Mary? Non ho la minima idea di che cosa stiate parlando. Perché avete il fazzoletto pronto?"

Lady Mary si sedette diritta, con il fazzoletto bianco stretto nella mano guantata. "Deb, c'è qualcosa di vero nella voce che siete stata vista nell'ombra delle Assembly Rooms la settimana scorsa con… con un…"

"… un'apparizione?"

"Voi sapete perfettamente che cosa ha visto Lady Reigate!"

"No, non lo so." Deb sorrise maliziosa. "Ero troppo occupata in quel momento per notarlo, che fosse o no una visione."

"Allora *è* vero," annunciò Lady Mary in tono tragico. "Avete permesso a un… *libertino* di baciarvi! Che cosa-che cosa… *ordinaria*."

Deb rise ma gli occhi erano duri.

"Ordinaria? No. Non c'è niente di ordinario in lui."

"Pensate che sia divertente che la gente vi guardi, che parli di voi, che pensi che siete *facile*?"

"Dannazione e morte a quello che la gente pensa di me!" Ringhiò Deb, celando un sentimento di genuino dolore all'idea che sua cognata fosse pronta a pensare il peggio di lei.

"Oh, Deb, quando parlate in questo modo perdo tutte le speranze che facciate un buon matrimonio. Non mi meraviglia che Sir Gerald disperi di voi... Oh! Che... *Voi?*" Balbettò Lady Mary fissando diritta davanti a sé come se avesse visto un fantasma e perdendo completamente il filo del discorso.

Deb si voltò lentamente dalla finestra e si trovò a faccia a faccia con il suo duellante ferito, vestito per una cavalcata in calzoni aderenti color camoscio, redingote blu scuro con i polsini ricamati e stivali lucidissimi. Le spalle ampie erano appoggiate alla porta chiusa e le braccia incrociate sul petto. C'era un luccichio degno di nota nei suoi occhi e, anche se si era inchinato a entrambe le signore, i suoi occhi erano tutti per Deb.

Nel momento in cui il marchese di Alston veniva ammesso nella casa di città di Deb, suo fratello, Sir Gerald Cavendish, era seduto a fare colazione, con uova bazzotte, pane e burro e una tazza di tè forte. Sir Gerald beveva solo tè verde e da una tazza, non da una ciotola. Aveva ordinato apposta un servizio di porcellana da tè in color verde menta con il bordo dorato, e le tazze avevano il manico, era l'ultima moda, non quelle vecchie, desuete ciotoline orientali. Era sicuro che avrebbero fatto tendenza. Intendeva inviare un servizio da tè identico a sua cugina per matrimonio, la duchessa di Roxton. Se avesse incontrato il suo favore, avrebbe incontrato anche il favore del duca e lui voleva con tutte le sue forze essere nelle grazie dei suoi altolocati parenti per matrimonio. Sorrise tra sé perché era così furbo. Sì, la duchessa poteva solo essere affascinata dal suo regalo.

Diede un'occhiata all'orologio sulla mensola e fece una smorfia. Dov'era sua moglie? Avrebbe dovuto essere di ritorno dalla casa di sua sorella, oramai. Quanto tempo ci voleva per dirle che suo fratello era arrivato in città e che si aspettava che si presentasse nel suo salotto a mezzogiorno? Avrebbe voluto inviare un lacchè con la convocazione ma Mary aveva insistito per fare lei stessa la commissione. Qualche stupidaggine sul fatto che Deborah avrebbe preso meglio la notizia del suo arrivo se Mary gliel'avesse detto di persona. Femmine. Non le avrebbe mai capite.

Due ore. Che cosa poteva mai averla trattenuta? Odiava sprecare

tempo. Almeno il suo tempo la notte scorsa era stato speso bene.
Sorrise compiaciuto. Quest'anno Mary doveva dargli un figlio
maschio. E se non lo faceva...? Non poteva nemmeno pensare a
quell'eventualità. Ma ci pensava. Costantemente.

Senza un figlio maschio, suo nipote, John George (Jack) Cavendish, il prodotto del nauseante accoppiamento di Otto con una
sporca gitana, restava il suo erede. Che quel mezzosangue di suo
nipote potesse un giorno ereditare la sua baronia lo preoccupava
fino alla nausea, come sua sorella, Claudia Deborah Georgiana, che
era cresciuta fino a diventare un'amazzone dalla testa dura. Se sua
sorella fosse stata obbediente e docile e si fosse lasciata guidare da
lui, avrebbe gioito del compito di doverla un giorno informare che
era grazie ai suoi sforzi che era destinata a diventare duchessa. Ma
Deborah aveva preferito la compagnia del ribelle Otto ed era scappata a vivere con la famiglia della pecora nera, in mezzo a un branco
di gitani musicisti a Parigi.

Sir Gerald rabbrividiva tutte le volte che ricordava l'ira del duca
per aver permesso a sua sorella di scappare e l'umiliazione che aveva
sopportato nel trovarla a vivere tra gli zingari, con suo fratello morto
e lei sul punto di sposarsi di nascosto con un musicista! In un
attimo di disgustosa debolezza le aveva perfino permesso di riportare
indietro con sé il marmocchio orfano di Otto. Permetterle di
mettere su casa a Bath con Jack era stata la carota, non solo per
riuscire a metterla sulla nave, ma anche per farla restare sul suolo
inglese finché suo marito fosse tornato dall'esilio per reclamarla.

Sir Gerald ringraziava il cielo che il marchese di Alston avesse
finalmente recuperato la ragione e avesse deciso di venire a prendere
sua moglie prima che si lasciasse coinvolgere in altri episodi scanda-
losi. Dopo tutto, con una dote di oltre cinquantamila sterline, Deb
attirava i corteggiatori. Uno di loro era ostinatamente persistente e
aveva avuto l'impudenza di scrivere a Sir Gerald in ben tre occasioni, chiedendogli il permesso di corteggiare sua sorella. L'uomo
aveva ricchezza e maniere ma i suoi scadenti natali erano ovviamente
sufficienti a farlo respingere come corteggiatore, anche se Deb non
fosse stata già sposata. Era a causa dell'insistenza di Robert Thesiger
che Sir Gerald si trovava a Bath quando avrebbe dovuto occuparsi di
importanti faccende riguardanti la tenuta.

Alzò un grasso dito perché il cameriere gli riempisse di nuovo la
tazza e stava versando esattamente mezzo cucchiaino di zucchero
quando il maggiordomo entrò silenziosamente nella stanza e
annunciò un visitatore. Prima che Sir Gerald potesse ordinare

all'uomo di informare il visitatore indesiderato che non era in casa, l'ospite entrò nella stanza della colazione come se fosse casa sua.

Era Robert Thesiger e il sorso di tè sulla lingua di Sir Gerald divenne catrame.

Il maggiordomo, sbalordito, guardò il suo padrone e poi Robert Thesiger per poi tornare al suo padrone. Sir Gerald appoggiò la tazza con deliberata lentezza e si sistemò i pizzi ai polsi con un grugnito di disappunto. Era un'elaborata dimostrazione di pomposa superiorità che mascherava il disagio sociale di trovarsi a faccia a faccia con questo paria sociale. Il suo primo pensiero fu che la presenza di Thesiger in casa sua non doveva arrivare all'attenzione del marchese di Alston. Il secondo fu che doveva trovare una scusa per liberarsi in fretta di lui, prima che tornasse sua moglie e fosse obbligato a riceverlo.

"Molto gentile da parte vostra interrompere la colazione per ricevermi, Sir Gerald," disse languido Robert Thesiger.

Prese la tabacchiera, con uno sguardo significativo al maggiordomo che restava fermo sulla porta. Aspettò che il servitore chiudesse la porta alle sue spalle prima di avvicinarsi alla finestra, obbligando Sir Gerald a spostarsi per non rischiare il torcicollo. Prima che Sir Gerald potesse emettere delle parole di protesta contro l'intrusione, Robert Thesiger aggiunse sfacciatamente: "Lord Alston è arrivato a Bath, milord?"

"Dove si trovi Lord Alston riguarda solo lui, signore."

Robert Thesiger sorrise apertamente. "Prego vostra signoria di non farmi sprecare il mio tempo con una meschina dimostrazione di sensibilità offesa. O è in città o non lo è."

Sir Gerald balzò in piedi e gettò il tovagliolo sul tavolo. "Non vi permetto di sottopormi a un interrogatorio in casa mia! Voi, signore, lascerete immediatamente la mia casa!"

Robert Thesiger si mise tra Sir Gerald e il cordone del campanello.

"Me ne andrò certamente, appena mi assicurerete che non avete intenzione di far sposare vostra sorella a Lord Alston."

"Scusate?" Sputacchiò Sir Gerald, così offeso che cercò una risposta adatta a un suggerimento così oltraggioso. "Osate darmi suggerimenti su una faccenda… una faccenda che non è affar vostro e che è di natura privatissima ed estremamente delicata…"

"Se tenete a vostra sorella respingerete categoricamente l'offerta di Alston." Lo interruppe Robert Thesiger. "Dopo tutto non potete ignorare il fatto che sua signoria sia immischiato in una causa legale in Francia. Non mi meraviglierebbe che lo scandalo fosse sulla bocca di tutta la Francia per la fine del mese."

Sir Gerald non era ancora riuscito a ricomporsi, tantomeno a mettere insieme una frase coerente. Non era mai stato affrontato in modo così brusco da un estraneo e in casa sua, ma alla menzione della causa legale francese ritrovò la voce, dicendo con disprezzo: "Se vi riferite a quel volgare esattore delle tasse e alla sua intrigante figliola, ne ho sentito parlare al club almeno tre settimane fa. Le quotazioni sono dieci a uno che Alston vinca se dovesse esserci un processo, cosa che tutti noi dubitiamo."

Si tirò le punte del panciotto di seta a righe e stirò il collo; menzionare il suo club gli aveva restituito il senso di superiorità su questa creatura mal nata, e aggiunse: "Quel *parvenu* parigino non può essere altro che un piccolo fastidio per un nobile del lignaggio di Alston. Non mi sorprenderebbe se rifiutasse addirittura di riconoscere una tale assurda azione legale."

"È ora di smetterla di leccargli il culo," disse sprezzante Robert Thesiger in francese, a voce bassa, aggiungendo, in inglese: "Il carattere instabile di Alston è solo un sussurro nei circoli altolocati; la sua contorta condotta sessuale verso sua madre, praticamente dimenticata. Però, quando questa causa civile arriverà in tribunale, la vera natura della sua depravazione diventerà di dominio pubblico. Volete allearvi a qualcuno come lui? Permettere a vostra sorella di diventare la moglie di quel degenerato?"

"Eh? Che cosa ne sapete voi della storia di Hanover Square?!" Chiese incredulo Sir Gerald, con la curiosità che aveva la meglio su di lui. "Io ho sentito delle voci… ma non ho mai creduto…"

"… che in una rabbia da ubriaco ha accusato davanti a tutti la duchessa sua madre di essere una puttana e una strega?" Robert Thesiger alzò le sopracciglia nere. "Sono le azioni di un uomo sano di mente, Sir Gerald?"

"Mi sembrano un mucchio di stronzate!"

Ma il volto rosso mattone di Sir Gerald smentiva la sua battuta sprezzante.

Il sorriso di Robert Thesiger era compiaciuto. "Già, vero? Io, come voi, avrei reagito esattamente allo stesso modo se non fossi stato con Alston quella sera. Eravamo tornati da Eton insieme, noi tre, Alston, Evelyn Ffolkes e io." Aprì la tabacchiera con un colpo di pollice. "Fratelli in armi, potreste dire. Evelyn e io dovevamo fungere da supporto per il nostro compagno nell'ora del bisogno. Tutti quanti ubriachi. Ma non abbastanza da non essere rivoltati dalle irragionevoli pretese di Alston nei confronti della sua stessa madre."

Sir Gerald aveva bisogno di un bicchiere di chiaretto per calmare i nervi scossi. Ma non avendone a portata di mano, strinse il bordo del tavolo per sostenersi.

"Alston sta per essere coinvolto in uno scandalo pubblico," continuò Thesiger con un sorriso mesto e le sopracciglia aggrottate. "Questa volta il duca non può bandirlo, anche se volesse. Né le circostanze possono essere insabbiate e convenientemente dimenticate. Che vergogna per vostra moglie dover condividere una parentela con un uomo che ha superato i limiti della comune decenza seducendo e poi abbandonando la figlia di un *Fermier Général*." Si servì di una presa di tabacco, con un occhio su Sir Gerald per accertarsi che stesse digerendo ogni parola. "Quella bella ragazzina, ed è veramente, veramente carina, era tornata dal convento solo qualche settimana prima che Alston la seducesse con la promessa di matrimonio…"

"Matrimonio? Un nobile inglese sposare una francesina della classe media?" Sir Gerald lo sbeffeggiò pomposamente. "*Impensabile*."

"Perché no, quando non ne aveva l'intenzione? Era solo un trucco per alzarle le sottane sopra le cosce appetitose. Sfortunatamente ha commesso l'errore di dare la caccia a una femmina di una classe che non gioca secondo le regole dell'aristocrazia. La bella *demoiselle* non aveva idea che non dicesse la verità, né sapeva come rifiutarlo nella sua stessa casa. Immaginate l'orrore del *Fermier Général* quando ha scoperto che la verginità attentamente curata di sua figlia era stata saccheggiata da un inglese di rango e fortuna. Era deciso che Alston facesse la cosa giusta e sposasse sua figlia."

"Quell'uomo è un intollerabile parassita!" Sir Gerald fece una faccia schifata. "Il figlio di un duca legarsi con la famiglia di un esattore delle tasse? *Assurdo!*"

"*Mon Dieu*," mormorò Robert Thesiger in francese, "gli sei talmente attaccato al culo che respiri *merde*. Sì, pensate alla disgrazia per la casata dei Roxton," continuò in inglese, anche se il suo sarcasmo fu totalmente ignorato dal suo ascoltatore. "Alston è stato nominato in una causa legale per rottura della promessa. È già cominciata un'indagine preliminare; sono stati convocati testimoni per entrambe le parti. Un giudice li interrogherà. I rappresentanti legali di *M'sieur le Fermier Général* sono a Londra. Il duca di Roxton è stato convocato davanti all'ambasciatore francese."

Sir Gerald si sentì di colpo accaldato e sudato. Non amava il dramma nella sua vita. E certamente non voleva che lo scandalo si attaccasse al suo buon nome. Gli ci erano voluti anni per riprendersi dalla condotta deplorevolmente ribelle di Otto e Deborah. Sbatté gli occhi verso Robert Thesiger e chiese, con la rovina nella voce: "Il duca chiamato davanti all'ambasciatore francese? Perché?"

"Per assicurarsi che il prezioso figlio di Roxton torni a Parigi per il processo."

"Certamente il duca sarà in grado di…"

"… fare che cosa, Sir Gerald?" Lo interruppe Thesiger sarcastico. "*M'sieur le Fermier Général* non vuole una composizione extra giudiziale. Vuole sua signoria davanti a un giudice e a una giuria. Le autorità parigine sono decise a fare di Alston un esempio della lascivia senza freni dell'aristocrazia che infetta i bravi cittadini di Parigi." Alzò le sopracciglia. "Volete che vostra sorella sposi un uomo simile?"

Sir Gerald era cinereo e tetro. "Questo non ha niente a che fare con me, adesso."

Robert Thesiger lo guardò altezzoso. "Come tutore di vostra sorella, ha decisamente a che fare con voi!"

La tinta cinerea di Sir Gerald si trasformò in color pulce e gonfiò le guance. "Come osate dirmi che cosa devo fare, voi…voi…"

Poi si rese conto che poteva porre fine immediatamente a quel colloquio disagevole e liberare la sua casa da questo prodotto della degenerazione. Sorrise compiaciuto al suo ospite indesiderato, dicendo, presuntuoso: "Ne sapete molto, voi. Lord Alston è con mia sorella mentre parliamo…"

"*Cosa?*"

Robert Thesiger passò oltre Sir Gerald con una spallata per arrivare alla porta, spalancarla e guardare minaccioso Sir Gerald che si stava asciugando la fronte sudata con il tovagliolo che aveva scartato, felice che l'uomo avesse abboccato.

"Spero per voi, signore, che vostra sorella abbia più cervello e spirito di voi. Altrimenti potreste vedere lei e il vostro prezioso nome di famiglia rovinato irrimediabilmente."

OTTO

"Avete mantenuto la promessa!" Esclamò Deb con un sorriso e fece un passo verso il suo duellante ferito. Poi si trattenne, arrossendo fino alla radice dei capelli color tiziano, perché la sua spontaneità aveva sicuramente tradito i suoi sentimenti.

"Sì, sono qui per portarvi a fare una passeggiata nel parco come promesso," disse Julian in tono leggero, come se fosse stato solo il giorno prima che l'aveva baciata all'ombra delle Assembly Rooms. "C'è una punta di freddo nella brezza quindi sarà meglio che prendiate uno scialle e il cappello."

Lady Mary li osservava a bocca aperta e si riprese a sufficienza per dire: "Deb non può andare a passeggio vestita…"

"Sì, mi piacerebbe," la interruppe Deb, senza guardare il suo duellante ferito perché le stava sorridendo in un maniera tale da farla sentire ridicolmente felice. "Non aspettatemi, Mary."

Julian aprì la porta per farla passare nel corridoio, poi la chiuse e si voltò verso lady Mary, che era in piedi e arrossiva furiosamente, sembrando persa.

"Non potete permettere a Deb di…" Disse, ma fu interrotta.

"Non vi è mai venuto in mente che tutte le volte che dite di no a Deb lei farà immediatamente l'opposto per sfidarvi?" La interruppe con calma. "Ha un diavolo di temperamento, anche. Deve essere innato, a giudicare dal colore dei capelli. Ed è molto giovane, nonostante la facciata che mostra al mondo."

"Suppongo che abbiate colto tutto questo da un bacio all'Assembly Ball?" Chiese freddamente Lady Mary.

"No, carissima cugina", disse semplicemente Julian. "Viene da molti anni di esperienza del vostro sesso."

"Bene!" Disse Lady Mary, senza fiato. "Non avete bisogno di vantarvi con me delle vostre conquiste!"

Julian scrollò le spalle. "Pensate che noia mortale sarei se a ventiquattro anni non avessi collezionato qualche conquista."

"Non mi interessa sapere quante donne avete rovinato!"

Julian sorrise e disse dolcemente: "Solo quelle che desideravano essere rovinate, Mary."

"Potete pensare che sia molto divertente, milord, sedurre Deb all'ombra delle Assembly Rooms…"

Julian sospirò.

"Mary, non infiammatevi per cose che non potete né influenzare né cambiare."

Lady Mary alzò il mento in atto di sfida.

"Potete aver rovinato la figlia di un esattore delle tasse francese ma non vi permetterò di rovinare le possibilità di Deborah di sposarsi bene. Ci sono voluti anni e sforzi considerevoli a me e a Sir Gerald per recuperare Deborah dall'orlo del disastro sociale dopo che era scappata a Parigi." Quando suo cugino alzò le sopracciglia, interessato, si agitò. "Non che *questo* sia affar vostro." Aggiungendo, con un voltafaccia che avrebbe sorpreso suo marito: "Quando Robert Thesiger la chiederà in moglie, so che lei lo accetterà, nonostante i suoi-suoi *sfortunati* natali."

"Robert gliel'ha già chiesto," disse tranquillamente Julian. "Lo ha rifiutato in non meno di tre occasioni."

"Come-come fate a saperlo?"

"Mi sono preso la briga di saperlo," disse languido. "Uno deve proteggere i suoi investimenti."

"Investimenti?"

Il marchese si avvicinò a lei.

"Ascoltatemi, Mary. Perché pensate che Thesiger stia inseguendo Deb? Perché è così desideroso che lei accetti la sua offerta di matrimonio quando potrebbe corteggiare ogni donna che vuole?" Quando sua cugina continuò a sbattere le ciglia senza capire, sospirò. "Convincendo Deb a sposarlo e portandola a letto avrà la sua vendetta su un nome di famiglia che non potrà mai chiamare suo."

Lady Mary spalancò gli occhi. Quindi le sordide voci erano vere. Aveva sentito sussurrare dei natali di Robert Thesiger ma non aveva mai avuto la conferma che l'uomo fosse veramente il fratellastro di suo cugino e quindi il bastardo del duca di Roxton. Questo però non spiegava ancora adeguatamente perché anche il marchese stesse cercando di conquistare Deborah, a meno che lui e Robert Thesiger fossero impegnati in una qualche bizzarra competizione con la virtù di Deb come premio. Sapendo un po' della loro storia a Eton, poteva ben crederlo.

"Anche voi avete la stessa libertà di Robert Thesiger di scegliere ogni altra donna," disse mentre manovrava le ampie gonne tra i mobili per avvicinarsi alla finestra, perché suo cugino le stava troppo vicino per sentirsi a suo agio. "Perché Deborah?"

Julian abbassò gli occhi sulle iniziali incise sul coperchio lucido della tabacchiera d'oro, con l'espressione cupa.

"Perché Deborah Cavendish è mia moglie."

"Vostra… *moglie?*"

"Sì".

"Come? Quando? Non può essere vero!"

"Ci hanno fatto sposare da bambini, proprio prima di essere spedito sul continente. Deb non ricorda quella notte e abbiamo pensato che fosse nel suo interesse che lei e il resto della società ignorasse quell'unione fino al mio ritorno. Vi chiedo di non dirle niente." Fece un mezzo sorriso. "Lei mi conosce solo come Julian Hesham, e preferirei che continuasse a pensare a me come a un gentiluomo senza una famiglia particolarmente in vista, per ora. Se dovesse scoprire le circostanze dietro alla nostra unione prima che abbia avuto la possibilità di farne mia moglie non solo nel nome…"

"Intendete portarla a letto senza dirle che siete veramente?" Lady Mary era oltraggiata. "Pensate che sia preferibile che sia un inganno a portarla nel vostro letto piuttosto che sposarsi onestamente e volontariamente con Robert Thesiger?" Fece una risata isterica. "Pensate che accetterà serenamente un marito capace di rivoltarsi contro la sua stessa madre…"

Veloce come il fulmine, Julian allungò un braccio e afferrò Lady Mary per il polso, tirandola forte contro il petto, con il volto arrossato contro quello di lei.

"Voi non sapete niente… *niente!*" Ringhiò, con gli occhi verdi brillanti di collera.

La spinse via e si voltò per riprendere la compostezza, furioso con se stesso per aver permesso alle parole della cugina di avere la meglio sul suo controllo.

"Non interferite, signora," aggiunse freddamente, raddrizzando le spalle e sistemandosi le maniche della camicia proprio mentre la porta si spalancava. "Bene, Jack, dov'è tua zia Deborah?" Gli chiese, sforzandosi di sorridere.

Lady Mary lanciò un'occhiata risentita al cugino e si affrettò a uscire nell'atrio. Aveva la testa che pulsava e il cuore che martellava. Sentiva l'inizio di una terribile emicrania. Doveva tornare a casa al più presto per dirlo a suo marito. Non riusciva veramente a credere che Sir Gerald potesse aver partecipato a uno schema ingannevole così orribile contro la sua stessa sorella. Doveva fare qualcosa per salvare Deborah dal suo spregiudicato cugino.

"Mary? Pensavo ve ne foste andata," disse Deb, scendendo le scale con un abito dalle molte sottogonne di seta azzurro chiaro, ricamato alla cinese sul corpino aderente e all'orlo con fiori e uccelli canterini. Il corpetto dalla bassa scollatura quadrata era reso più rispettabile dalla sistemazione esperta di uno scialle di seta sottile con le frange, drappeggiato sulle spalle nude. Si guardò in un grande specchio dalla cornice dorata nell'atrio e sistemò i capelli raccolti, con diversi riccioli lasciati cadere su una spalla. Si accigliò guardando il riflesso di sua cognata.

"Siete sicura di star bene, Mary?"

"Ho il mal di testa!" Annunciò Lady Mary con voce acuta, sentendosi uno straccio, ancor più perché Deborah sembrava positivamente radiosa nella sua ignoranza, e si precipitò nella portantina che la stava aspettando.

Deb la seguì.

"Spero che non siano state le marachelle di Nero che vi hanno dato il mal di testa, mia cara," disse Deb allegramente al finestrino della portantina, con uno sguardo sospettoso rivolto a Jack, al cucciolo ribelle e per ultimo al suo duellante ferito, tutti nell'atrio. Quest'ultimo scrollò le ampie spalle, negando ogni coinvolgimento nella declinante salute di Lady Mary. "Se vedremo la signora Dawkin-Smythe nel parco, devo dirle di farvi visita con una delle sue gelatine ricostituenti?"

"No, non potrei sopportarlo! Non ora!" Esclamò Lady Mary con la voce rotta e con un singhiozzo batté sul lato della porta con le bacchette chiuse del ventaglio, impaziente che i due robusti portantini alzassero la sedia sui lunghi pali. Poi si gettò contro la tappezzeria di damasco e fu poco cerimoniosamente sballottata via per strada.

"Povera Mary," disse Deb con una smorfia di preoccupazione,

facendo roteare il cappellino di paglia tenendolo per i nastri. "Gerry è arrivato in città e ora non avrà un momento di pace."

"La zia Mary si lamenta in continuazione del mal di testa," commentò Jack.

"Non mi ricordo di aver chiesto la tua opinione, ragazzo maleducato," gli disse severamente Deborah, ma con gli occhi talmente ridenti che Jack sorrise. Si rivolse a Julian, dicendo: "Non volevo farvi aspettare più di un minuto, ma Brigitte ha minacciato di gettarsi dal secondo piano se fossi uscita senza prima cambiarmi per mettermi questo adorabile vestito e permetterle di raccogliermi i capelli." Guardò suo nipote. "Bene Jack, pensavo che avessi promesso di aiutare Joseph?"

Suo nipote guardò ansiosamente il marchese.

"Ho acconsentito a permettere al signorino Cavendish a venire con noi al parco," disse Julian, prendendo il braccio di Deb e portandola un po' avanti nella strada dove li aspettava la sua carrozza aperta con quattro cavalli. "La sua ricompensa per avermi tolto il vostro maggiordomo dai piedi," si guardò sopra la spalla per assicurarsi che il ragazzo fosse con loro. "Sì, puoi portare con te quel piccolo bruto. Ma tu e lui dovete sedervi davanti con Thomas e comportarvi bene. Il che significa lasciare in pace me e tua zia. D'accordo?"

"Wow! Grazie signore! Non vi daremo fastidio, promesso!"

Deb si appoggiò ai cuscini di velluto rosso e si legò il cappello, con un'occhiata con la coda dell'occhio a Julian mentre si sistemava accanto a lei.

"Non pretendo di capire come siate riuscito a ottenere la fiducia di Jack, ma è chiaramente e saldamente dalla vostra parte, oramai."

"Come, Miss Cavendish, credo che mi pensiate capace di sotterfugi. E al solo scopo di ottenere la vostra eterna devozione. Quel fiocco proprio non va. Venite qua," le disse e procedette a legare nuovamente i nastri del cappellino. "In alto la testa! Brava ragazza."

Con un cenno al suo cocchiere, partirono da Milsom Street a un lento trotto.

Non avevano fatto molta strada quando un gentiluomo a cavallo tirò le redini accanto a loro a si mise ad accompagnare la carrozza.

Era Robert Thesiger.

"Miss Cavendish! Che bello vedervi fuori di casa!" Le disse Robert Thesiger, in sella a un magnifico stallone nero.

Aveva un frustino con il manico di madreperla, che usò per trattenere la sua cavalcatura accanto alla carrozza aperta. Inclinò la testa verso entrambi gli occupanti ma, mentre Deb gli restituì il saluto, Julian continuò a guardare diritto davanti a sé, come se l'uomo non fosse nemmeno lì.

La carrozza si fermò a un incrocio affollato, dove un carro e una carrozza omnibus si contendevano lo spazio.

"Serviva solo l'incentivo adatto, signor Thesiger," gli disse scherzosamente Deb.

Il sorriso di Robert Thesiger era tirato. "Devo parlare con voi, Miss Cavendish," chiese, con un'occhiata al marchese. "È una questione di estrema urgenza."

Deb lo guardò attentamente e vide il velo di sudore che gli imperlava la fronte. "È successo qualcosa? Lady Mary sta veramente poco bene? L'avete appena vista nella sua portantina?"

"No, Miss Cavendish. Non ho visto Lady Mary!" Rispose secco Robert Thesiger, con una nota di disperazione che filtrava dalla sua voce normalmente pacata. "Questa faccenda riguarda voi e me!"

Deb respirò più liberamente sapendo che Mary stava bene e si sistemò contro i sedili di velluto.

"Sarò molto lieta se verrete a trovarmi questo pomeriggio, signor Thesiger," gli disse con un sorriso. "Ma avevo già deciso di fare un giro nel parco prima di pranzo."

Quando Julian mise un braccio dietro il sedile e lasciò che le dita giocassero con uno dei riccioli di Deb, lei guardò Robert Thesiger, che cavalcava ancora accanto alla carrozza, e fu sorpresa dalla sua espressione minacciosa. Deb non capiva che cosa lo stesse mandando in collera di più: essere ignorato dal suo compagno di viaggio che continuava a guardare dalla parte opposta della strada o il fatto che il suo compagno di viaggio avesse segnalato il suo possesso giocherellando con i suoi capelli.

"Miss Cavendish! Devo insistere!" Pretese Robert Thesiger, facendo muovere il cavallo, con un occhio alla strada e ansioso di stare al passo con cavalli del marchese, mentre la carrozza si muoveva per immergersi nel flusso del traffico. Non ricevendo risposta da lei, si rivolse al cocchiere, gridandogli per essere sentito sopra il rumore delle ruote della carrozza sui ciottoli. "Signorino Cavendish! Dico, signorino Cavendish, ordinate al cocchiere di fermarsi!" Chiese a Jack, a cassetta accanto a Thomas. "Vostra zia deve ritornare a casa immediatamente. Signorino Cavendish? Mi sentite?"

Jack si voltò per prendere istruzioni, non da Robert Thesiger ma dal marchese. Julian scosse leggermente la testa, e Jack annuì. Alzò le spalle, rivolto a Robert Thesiger, come a dire che non poteva farci niente, e guardò davanti.

Robert Thesiger era così infuriato che diede un forte strattone a sinistra alla sua montatura e galoppò intorno al retro della carrozza per tirare le redini di fianco, dove sedeva il marchese.

"Godetevi la vostra ora di trionfo," ringhiò in francese. "Sarà l'ultima! Gli avvocati sono arrivati da Parigi con un mandato per il vostro arresto." Quando Julian continuò a guardare fisso in avanti come se non avesse nemmeno parlato, accavallando tranquillamente le gambe, Robert Thesiger si chinò talmente in avanti sulla sella che il bordo del suo cappello quasi solleticò l'orecchio di sua signoria. "*M'sieur* Lefebvre è deciso a far sì che la giustizia francese vi dichiari al mondo per il mascalzone che siete. *Nostro padre* non potrà proteggervi questa volta."

Questa frase fece voltare Julian. Fissò in volto Robert Thesiger, come se avesse parlato una lingua che non capiva, ma poi ammiccò e gli sorrise radioso, dicendo in francese: "Meglio uno spregevole mascalzone di un bastardo mal nato. *Foutez le camp*."

Un colpetto sulle assi con lo stivale e il cocchiere di Julian allentò le briglie e la carrozza partì, girò intorno a due ufficiali a cavallo, passò a filo tra un carro carico di botti di birra e un calesse aperto con tre anziane signore, ed era a metà della strada prima che Robert Thesiger si fosse completamente raddrizzato sulla sella, mentre Julian lo salutava, senza girarsi, con un cenno della mano guantata in alto sopra la testa.

NOVE

Deb restò in silenzio, pensierosa, per parecchio tempo dopo che Robert Thesiger era stato lasciato al palo, ma fu solo quando la città fu alle loro spalle e la carrozza procedeva rumorosamente lungo la strada di Wells che Deb si accorse di dov'era.

"Dove mi state portando?" Gli chiese, sedendosi di colpo diritta.

"Vi ho rapito, Miss Cavendish." Quando la battuta fece fiasco, Julian sorrise mestamente. "Cioè, solo se vi fa piacere essere rapita."

"Beh! È stato decisamene poco romantico invitare Jack, per non parlare del demonio nero a quattro zampe." Lo guardò di traverso. "Oppure avete intenzione di scaricarli alla prossima locanda con una richiesta di riscatto?"

Julian rise e la tensione lasciò le sue spalle.

"Come fate a conoscermi così bene? E naturalmente la vostra convinzione che sarei tornato a Bath per voi non è vacillata, vero Miss Cavendish?"

"Posso sapere perché siete stato così scortese con il signor Thesiger, poco fa?" Gli chiese, ignorando la sua domanda. "Sembravate deciso a ignorare la sua esistenza."

Julian accennò appena una risatina.

"Cerco di farlo da quando eravamo a Eton, Miss Cavendish, ma l'individuo rifiuta di sparire."

Deb cercò di sembrare disinteressata. "Eravate a Eton insieme? Interessante."

"No, è stata una noia mortale," rispose decisamene e cambiò bruscamente argomento e la lingua, con una domanda in francese.

"Da quanto tempo vi occupate di vostro nipote?"

"Da quando Jack aveva sei anni," gli rispose nella stessa lingua, seguendo il suo esempio. "Gerry non voleva occuparsene, povero piccolo. Vedete, la mamma di Jack, Rosa, era una gitana... Beh, questa è storia vecchia, ora. Ho portato Jack da Parigi e abbiamo messo su casa a Bath."

"Dovevate essere molto giovane per occuparvi di un ragazzino."

"Avevo diciotto anni," rispose, poi, in tono più tranquillo: "E questo succedeva tre anni fa e io preferirei..."

"Posso sapere perché stavate vivendo con la famiglia di Jack a Parigi," la interruppe, "e non sotto la protezione di Sir Gerald, qui in Inghilterra?"

Deb si morse il labbro. La conversazione aveva preso una piega pericolosa e non sapeva come distrarlo da un argomento che preferiva non discutere. Eppure era molto meglio che sentisse la storia da lei piuttosto che sentirne una versione distorta da qualche estraneo. Si prese un attimo per riflettere su cosa dire, conscia che lo sguardo del suo duellante ferito era fisso su di lei. Un miglio dopo, alzò lo sguardo e disse, in tono misurato: "Quando avevo diciotto anni sono scappata a Parigi per curare mio fratello Otto, che era molto malato. Otto era partito per il Grand Tour appena dopo il mio decimo compleanno e non è mai tornato a casa. Preferiva un'esistenza *bohémienne* come musicista e, dato che si era sposato in maniera totalmente inadeguata, non avrebbe potuto tornare a casa nemmeno se avesse voluto; anche se non lo desiderava perché lui e Rosa avevano una vita meravigliosa insieme, nella comunità musicale di Parigi. Rosa era incinta e la gravidanza era avanzata, e non poteva curare il marito malato, un ragazzino e se stessa tutta da sola. Lei-lei e il bambino morirono durante il parto poco dopo il mio arrivo a Parigi."

"E dopo la morte di Otto voi e Jack e il signor Jones siete tornati a casa senza incidenti?" Chiese Julian dolcemente, sapendo perfettamente che non era così ma sperando che lei avrebbe confutato la sua dichiarazione senza il suo aiuto.

Deb fece un respiro profondo e guardò i campi che scorrevano veloci. "Mi piacerebbe che fosse così..." Lo guardò apertamente negli occhi e sorrise mestamente. "Il miglior amico di Otto, Evelyn, che è anche lui uno splendido musicista, voleva sposarmi ma aveva bisogno del permesso di suo padre e di suo zio il duca di Roxton, dato che il vecchio libertino è il capo della casata. Gliel'hanno rifiutato."

"Comprensibile. Eravate entrambi troppo giovani per pensare al matrimonio."

"Troppo giovani?" Deb sembrò pensierosa. "No, non credo che fosse quello il motivo. Molti bambini vengono dati in matrimonio dai loro genitori a un'età molto meno matura."

"Forse il duca e il padre di Evelyn ritenevano che i vostri sentimenti non fossero completamente consolidati?"

"Non *consolidati*? È evidente che non avete idea di come vengano trattati questi affari. Il carattere e l'indole sono irrilevanti, esattamente come le opinioni dei futuri sposi. Quello che conta per i nobili come il duca di Roxton è l'unione legale: il trasferimento di denaro e di proprietà; il collegamento di una famiglia all'altra, il consolidamento di potere e prestigio. I sentimenti non hanno nessun ruolo in questi accordi contrattuali."

Julian fissava la punta dei suoi lucidi stivali, con un sorrisetto privato che gli incurvava le labbra.

"Ma visto che voi ed Evelyn non siete stati uniti per contratto *a sangue freddo* l'uno all'altro, forse la famiglia di Evelyn non era persuasa che sareste stata una moglie adatta a lui?"

Deb voltò la testa verso di lui, a bocca aperta.

"Non adatta? Un'ereditiera Cavendish non *adatta* a sposare il figlio di un visconte?"

Julian scosse la testa tristemente.

"Ah, mia cara Miss Cavendish, nonostante le vostre proteste, vedo che la ricchezza e il titolo sono importanti per voi."

Deb voltò la testa dall'altra parte, mortificata per essere stata così presuntuosa da gettargli in faccia il suo nome e la sua fortuna. Dandogli un'occhiatina si rese presto conto che nonostante l'espressione severa stava effettivamente ridendo di lei. Guardò a cassetta, dov'era seduto Jack, con le redini in mano e Nero che gli leccava la faccia. Eppure non vedeva niente. Evelyn le aveva offerto di sposarla e lei lo aveva rifiutato. Lui aveva protestato il suo amore e che non le stava offrendo il suo nome solo per lealtà verso Otto. Ma Deb lo aveva respinto perché non lo amava abbastanza da fuggire con lui.

Alla fine, il duca di Roxton aveva scoperto i piani di Evelyn e aveva proibito al nipote di sposarla. Deb era stata sollevata, ma si era vergognata pensando che il duca e il padre di Evelyn l'avevano respinta nonostante fosse una notevole ereditiera. Aveva dovuto concludere che la sua inadeguatezza era dovuta al fatto che era considerata di carattere volubile; fuggire a Parigi e lasciarsi coinvolgere da Otto, la pecora nera della famiglia e dalla sua moglie gitana, certamente ne era una prova. Eppure riteneva ancora di non aver fatto niente di male, anzi, aveva dato retta al suo cuore nel solo modo che conosceva. Quindi, perché si vergognava ogni volta che pensava alle conseguenze della sua fuga a Parigi?

"Non c'è bisogno che vi occupiate di me," gli disse imbronciata. "La proposta di matrimonio di Evelyn non ha avuto seguito. Questo è tutto, quindi."

Julian si spostò per sedersi davanti a lei e le prese entrambe le mani ma lei non riusciva a guardarlo. L'uomo si accigliò.

"Mi permettete di baciarvi eppure dite che non devo lasciarmi coinvolgere?"

"Desideravo che mi baciaste", rispose sinceramente Deb, con lo sguardo fisso sulle mani di Julian che tenevano le sue. "Ma non voglio che vi lasciate coinvolgere nei miei problemi. C'è una bella differenza."

"Avete l'abitudine di permettere ai gentiluomini che avete appena conosciuto di
baciarvi?"

Deb lo guardò a bocca aperta e sentì le guance in fiamme.

"Solo perché non ho intenzione di confidarmi con voi eppure vi ho permesso di baciarmi non vuol dire che io sia… che io abbia… Come! Sì!" Disse, cambiando tono quando vide il sorriso che si allargava sul volto di Julian. "Dozzine! Non dozzine, ma abbastanza da non poterli contare. E in pubblico. Quindi potete cancellare quel sorrisino compiaciuto!"

"Sto cominciando a simpatizzare sempre di più con il povero Gerry," le disse Julian scuotendo tristemente la bella testa. "Ed Evelyn non sa com'è stato fortunato. Meglio che si concentri sulla sua musica piuttosto di avere per moglie una donna che ha l'abitudine di baciare dozzine di uomini in pubblico. Gli avete risparmiato un matrimonio che avrebbe solo potuto finire in un disastro."

Deb cercò di liberare le mani, ma lui non gliele lasciò andare.

"Non sapete assolutamente niente di me o di lui, per quello, per poterci giudicare! Che abbiate l'audacia di dirmelo in faccia… Fermate la carrozza, subito!" Quando Julian sorrise e ignorò la sua richiesta di far fermare la carrozza, disse: "Siete un mascalzone e un bruto! Dopo una simile lavata di capo non ho intenzione di dirvi nient'altro."

"No? Posso aspettare che vi decidiate. Thomas ha ricevuto ordini precisi. Continuerà a guidare finché i cavalli non ce la faranno più, se serve, oppure finché gli darò l'ordine di fermarsi. E non preoccupatevi per il benessere di Jack. C'è un cestino pieno di cibo sotto la cassetta. Lui, almeno, non morirà di fame."

"Non riuscirete a costringermi in questo modo," dichiarò Deb, ma non sembrava particolarmente convincente, perché stava cercando con tutte le sue forze di non ridere. "Non c'è niente da dire. Dico e faccio le cose più sorprendenti per alleviare la noia, nient'altro."

Julian incrociò le braccia, appoggiando i riccioli neri contro il velluto dei cuscini e chiuse gli occhi.

"Potete svegliarmi quando vi sentirete pronta per le confidenze."

Passarono cinque minuti.

Deb faceva finta di godersi la vista della campagna e Julian mantenne la parola, aprendo gli occhi una volta sola per sbirciare il suo ostaggio, per richiuderli in fretta quando lei guardò dalla sua parte. La strada cominciava a salire e i cavalli rallentarono ma non c'era segno di una locanda o di una fattoria e Jack stava allegramente addentando una mela.

"Perché dovrei confidarmi con voi quando sono sicura che voi avete molti più segreti da raccontare?" Chiese Deb, decisa. "Non so assolutamente nulla di voi."

Quando incontrò solo silenzio sospirò esasperata, si spostò sul sedile e si voltò per guardare i boschi fitti che ora scorrevano da entrambe le parti della strada tortuosa. Capiva che lui sarebbe stato testardo e che avrebbe dovuto concedergli qualcosa se non altro perché tornasse abbastanza di buonumore da riportarla a casa. Fu sorpresa quando fu lui a interrompere il lungo silenzio tra di loro.

"Vi siete innamorata, Miss Cavendish?"

La gola di Deb si strinse e le guance bruciarono. Gli rivolse una breve occhiata e poi distolse immediatamente lo sguardo, desiderando negare la realtà ma incapace di farlo perché era vero. Si era innamorata, inesplicabilmente e senza una buona ragione, di lui, ma non riusciva a dirlo. Si sentiva stupida, non sapendo cosa sentisse lui, se la contraccambiava e se gli importava abbastanza di lei da sfidare le convenzioni e non tenere conto dell'opposizione di Sir Gerald e della censura della società per sposarla in segreto.

"Miss Cavendish," le disse fermamente, "siete innamorata di Robert Thesiger?"

"Robert Thesiger?" Deb era così sconcertata che il colore sulle guance si scurì a un suggerimento così franco. "Perché mai credete che io possa essere innamorata del Sig. Thesiger?"

"Vi ho visto insieme al ballo."

Deb alzò il mento.

"Non credo proprio che ballare un minuetto con un gentiluomo costituisca un rapporto amoroso, non credete, signore?"

"Ma lo spettacolo che ha dato poco fa, a cavallo... Era piuttosto insistente che parlaste con lui...?"

Deb abbassò gli occhi sulle mani guantate, imbarazzata.

"Non posso ricambiare la considerazione del signor Thesiger. E lui è un gentiluomo piuttosto insistente... Ma mi avete chiesto se sono innamorata di lui e la risposta è no, non sono innamorata di lui."

"Sono sollevato di sentirvelo dire. Non ho nessuna voglia di mettermi in mezzo a una relazione amorosa."

"Il signor Thesiger e io siamo amici. Solo perché non sono innamorata di lui non significa che non apprezzi la sua amicizia. Mi rifiuto di essere preda dei pregiudizi riguardo ai suoi natali."

"Mia cara ragazza, lasciate che vi assicuri che i suoi motivi sono molto più dubbi dei suoi natali," disse lentamente Julian, saltando giù dalla carrozza, che si era fermata in uno stretto sentiero tra i boschi.

Aiutò Deb a mettere piede a terra e si voltò prima che lei potesse reagire, per osservare Jack che correva lungo il sentiero che portava nel bosco, con Nero che lo seguiva da vicino. Dopo un ordine al suo cocchiere, scortò Deb lungo lo stesso sentiero, con un cesto in una mano e nell'altra, di tutte le cose che avrebbe potuto portare, una mazza da cricket!

Capì presto il perché. Più avanti, c'era una radura in mezzo alla foresta. Oltre la radura, il fiume e oltre il fiume, ondulati terreni coltivati. Oltre la prima collinetta, un ricciolo di fumo saliva lentamente verso le nuvole che si stavano addensando.

Jack era intento a raccogliere pezzi di legno per formare un wicket che aveva già segnato sul terreno, mentre Nero era occupato a scovare tane di coniglio ai bordi della radura. Stesero una coperta, appoggiarono il cesto, trovarono la palla da cricket in mezzo al cibo e Julian si rivolse a Deb con un piccolo inchino.

"Se volete essere così gentile da sistemare il contenuto del cesto, io cercherò di intrattenere vostro nipote: parte dell'accordo, temo."

Deb fece una smorfia mentre si toglieva il cappello. "Non avrete intenzione di giocare a cricket nelle vostre condizioni, vero? Non sono poi tante settimane da che vi hanno ricucito."

"Sono tre settimane, cinque giorni e diverse ore da quando ci siamo incontrati la prima volta," le disse e fu contento quando la vide arrossire e guardare ovunque eccetto che verso di lui. "Sono guarito meglio di quanto vi rendiate conto e sono perfettamente in grado di lanciare una palla. Ma non lo farò. Lascerò il divertimento a Jack. Io mi limiterò alla mazza e lascerò che sia Jack a lanciare. Scusatemi. Troverete una bottiglia di eccellente borgogna e due calici nel cestino."

Jack si dimostrò competitivo al massimo e non volle lasciar perdere il gioco finché non ebbe battuto Julian per la terza volta. Una volta riuscì a catturare la palla e a batterlo e scoppiò in un tale eccesso felicità che Nero si mise ad abbaiare forte e a lungo, credendo che il suo giovane padrone stesse per morire. Deb dovette blandirlo a lungo con un succulento pezzo di agnello, prima che Nero dimenticasse il pericolo e pensasse al suo stomaco. Trotterellò da Deb, con le orecchie basse e obbedì al suo comando di essere un bravo cagnolino e mangiare la sua cena senza tante storie. Per la sua obbedienza ricevette una carezza sul fianco. Julian e Jack lo seguirono in fretta, mazza e palla lasciati cadere in mezzo alle foglie accanto al banchetto steso sulla coperta.

"Ben fatto, Jack. Magnifica presa." Disse Deb con un sorriso. "Tuo padre sarebbe stato fiero. Otto giocava a scuola," spiegò a Julian, porgendogli un calice di borgogna. L'intervallo di gioco era servito a farla sentire molto più a suo agio. "E prima che si trasferisse sul continente io passavo il sabato pomeriggio al campo del villaggio a guardarlo giocare a cricket con i figli dei contadini del luogo."

"Tua zia è impagabile, Jack. Suona la viola, mi dice di essere un asso con la pistola e non solo le piace il cricket, ma lo capisce anche." Julian affondò i denti in una fetta di pasticcio, ammiccando al suo giovane amico. "Ti dispiacerebbe molto dividerla con me?"

Jack sorrise.

"Ho visto zia Deb staccare l'angolo di una carta da gioco da dieci passi. Joseph una volta l'ha fatta imbufalire e lei gli ha fatto tenere alzato il re di quadri nel salotto sul retro e…"

"Jack! Basta così!"

"E cosa, Jack?" Chiese Julian passando al ragazzo una fetta di pasticcio di cervo e funghi.

Jack mangiò avidamente il pasticcio ma esitò a rispondere a

Julian, poi ricevette un tale sorriso di incoraggiamento da lui che non riuscì a resistere a una piccola slealtà familiare. "Il tiro ha colpito esattamente nel segno ma ha mandato in pezzi il grande specchio sopra il camino. Alice stava ancora raccogliendo i pezzi due settimane dopo."

"Grazie tante, John George Cavendish," disse Deb, senza scaldarsi. "Hai dimenticato di aggiungere che il predetto specchio aveva la cornice più orribile che si possa immaginare. Nessuno è stato dispiaciuto di vederlo sparire, eccetto Sir Gerald."

"Solo perché lo zio entrava sempre di nascosto in quel salotto per guardarsi allo specchio," confessò Jack, aggiungendo, a beneficio di Julian: "Lo zio Gerald si sistema sempre la parrucca. Ma è tutto inutile. Sembra comunque un uovo con sopra un copriteiera!"

Deb aprì la bocca per riprendere suo nipote per quella mancanza di rispetto ma riuscì solo a ridacchiare dietro la mano. "Sembra proprio un uovo, vero? Oh, mio Dio! Non riuscirò più a guardarlo allo stesso modo! Po-povera M-Mary."

"Beh, io non voglio assomigliare a un uovo," confidò Jack, ricadendo sulla coperta e fissando le nuvole che si stavano raccogliendo. "Io terrò sempre i miei capelli, sempre. Il mio amico Harry dice che suo fratello *e* suo padre portano sempre i loro capelli naturali." Guardò Deb attraverso la tovaglia. "Harry, beh, in realtà non si chiama proprio Harry, è Lord Henri-Antoine, ma gli piace essere chiamato Harry e non gli piace che si sappia che parla il francese meglio dell'inglese di Shakespeare. Beh, Harry dice che il suo papà ha sempre portato i suoi capelli e che è *vecchio*. Harry dice che il suo papà ha portato la corona nobiliare nella processione per l'incoronazione di Re Giorgio secondo. Io non ci avrei mai creduto se me l'avesse detto qualcun altro, ma Harry non dice mai bugie."

"Forse Harry intendeva dire suo nonno?" Suggerì Deb.

Jack si appoggiò a un gomito. Scelse un pezzo di formaggio dal piatto che gli porgeva.

"No, zia Deb. Ma lui sembra un *nonno*. Si veste sempre di velluto nero con i bordi d'argento e i suoi capelli sono bianchi come la neve fresca e porta al dito il più grosso smeraldo che io abbia mai visto…"

"Capelli bianchi come la neve e un grosso smeraldo al dito…" Ripeté Deb, con un ricordo che, improvviso, si faceva strada nella mente, di un sogno di quando era bambina, di un vecchio gentiluomo con vividi occhi neri, capelli bianchi e un lungo dito con uno smeraldo quadrato che brillava alla luce del fuoco. Era qualcuno molto importante ma era molto triste. "Sembrava che avesse cent'anni..." Mormorò tra sé e sé.

"È venuto a scuola con il più eccezionale tiro a sei," stava dicendo Jack, senza quasi tirare il fiato, tanta era l'eccitazione di raccontare a sua zia del papà di Harry. "I cavalli erano tutti neri, e danzavano trottando e la carrozza era tutta laccata di nero con foglia d'oro *dappertutto*, e c'erano *sei* stallieri di scorta in livree scarlatte e argento! Eravamo tutti alla finestra mentre avremmo dovuto essere alla lezione di latino, ma chi poteva pensare alla grammatica in un momento simile?"

"Chi, davvero?" Commentò Julian in un tono che non incoraggiava Jack a continuare. Frugò nel cesto per cercare un coltellino da frutta per tagliare una mela e ne offrì qualche fetta a Deb. "Pioverà entro un'ora..."

"Sei certo che fosse uno smeraldo, Jack?" Chiese Deb a voce bassa, prendendo distrattamente le fette di mela che Julian le offriva sulla lama del coltello.

Il ragazzo annuì. "Era una gemma verde, verde come i vostri occhi, signore. Scusate, signore. È smeraldo, vero, zia Deb?"

Deb annuì, distratta, mentre si voltava per guardare negli occhi di Julian. Sapeva che erano verdi ma non si era resa conto quanto fossero effettivamente verde smeraldo. Erano occhi bellissimi, occhi che le ricordavano un ragazzo triste in uno dei suoi sogni. Era su un'altalena e c'era Otto lì con lei. E poi c'era il ragazzo, che singhiozzava incontrollabilmente e Otto non c'era più. La bambinaia le aveva detto che era solo un brutto sogno, causato dalla medicina che le avevano dato, per qualche piccolo disturbo che ora non riusciva a ricordare, e le aveva detto di dimenticarlo...

"Sei sicuro che questo vecchio gentiluomo sia venuto a prendere Harry? Che non stesse solo visitando la scuola per qualche altro scopo?" Insistette Deb.

"Perché quest'improvvisa passione per i vecchi con i capelli bianchi, Miss Cavendish?" Chiese Julian in tono leggero. "Alcuni uomini usano portare i loro capelli, che siano bianchi, castani o neri. O forse stiamo confondendo i capelli bianchi con i capelli incipriati o una parrucca?"

Jack scosse la testa e rispose prima che sua zia potesse parlare.

"No, signore. Erano i suoi capelli. Harry mi ha detto che il suo papà ha sempre i suoi capelli naturali. E il papà di Harry era venuto a prenderlo a scuola perché Harry aveva avuto una delle sue crisi."

"Crisi?" Lo pungolò gentilmente Deb, con un occhio a Julian

che stava rannuvolandosi, fermandosi a metà mentre affettava una mela.

Jack era a disagio a parlare della malattia del suo amico, solo perché sapeva che Harry odiava che se ne discutesse. Ma voleva spiegarsi a sua zia e questo gentiluomo era stato tanto gentile con loro. "Harry soffre di mal caduco. Non sa mai quando succederà. A volte gli viene un terribile mal di testa e poi sviene di colpo. Così! Dice che è nato così. Ed è per quello che il suo papà è venuto a scuola, per portarlo a casa dopo uno dei suo attacchi. E ha sempre un medico con sé e la sua mamma…"

"Mio Dio, Jack, ti sei auto-nominato confessore di Lord Henri-Antoine?" Lo interruppe freddamente Julian, alzandosi dalla coperta e spazzolandosi i calzoni. "Chi ti dà il diritto di condividere dettagli così intimi con noi, quando evidentemente ti sono stati rivelati nella più stretta confidenza?"

"No, signore", rispose Jack a bassa voce, arrossendo mentre si alzava in piedi in fretta. "Voglio dire, sì, signore, me l'ha detto in confidenza. È solo che Harry è il mio migliore amico al mondo."

Quando Julian si voltò per raccogliere la bottiglia vuota di borgogna, Jack guardò sua zia, chiedendosi che cosa aveva detto per offendere il gentiluomo.

Deb sorrise dolcemente al nipote.

"Perché non porti Nero a fare una corsa prima che torniamo?" E appena fu fuori dalla portata d'orecchio si rivolse a Julian piena di rabbioso imbarazzo per Jack.. "Come vi siete permesso, signore! Jack è un ragazzo sensibile, premuroso. Non stava certo trattando con disprezzo la malattia di Harry. Chiunque abbia gli occhi avrebbe potuto vedere che il dolore di Harry lo colpisce profondamente. Come abbiate potuto vederlo in modo diverso…"

"Vostro nipote non ha il diritto di parlare di cose di cui non sa niente, e che non dovrebbero interessarvi!"

"Davvero?" Esclamò, Deb, scuotendo le gonne e afferrando il cappello. "Non so niente di voi, chi sia la vostra famiglia, i vostri parenti, o che cosa fate del vostro tempo, a parte farvi coinvolgere in duelli con le probabilità a vostro sfavore, però vi aspettate che vi permetta di interessarvi degli affari miei? Vi aspettate che io vi faccia un pieno resoconto della mia storia, senza che offriate in cambio la stessa cortesia…"

"Se mi amaste…"

"Amarvi?" Deb lo fissò. "*Amarvi?*" Ripeté in un sussurro, con il colore che defluiva dalle guance. "Come osate presumere…"

Julian sorrise imbarazzato. "Ah, ho superato i limiti." Si inchinò. "Perdonatemi la mia arrogante presunzione." "Dio, come vorrei non aver mai posato gli occhi su di voi!" Disse ferocemente, schiacciando il cappello di paglia tra le mani. "La vita era molto più semplice prima che vi fasciassi. Vorrei che non foste mai tornato a Bath. Accidenti a voi! Non pensate che abbia passato le mie giornate languendo. Non è così. No! Non vi permetterò di abbracciarmi," disse, cercando di spingerlo via. "Voi presumete che mi sia innamorata di voi solo perché... Oh! non riesco a credere che abbiate avuto la sfrontatezza di… di..."

Julian la avvicinò a sé e la tenne finché Deb non smise di dimenarsi e cadde contro il suo petto.

"Vi voglio, Deborah," mormorò, alzandole il mento per poterle baciare dolcemente la bocca. "Non ho mai desiderato tanto una donna. Vi voglio come moglie, in ogni senso. Mi capite? *Sì?*"

Deb annuì, fissando il suo bel volto con il naso elegante, la testa di riccioli nero-blu che ingrigivano alle tempie, e il verde profondo dei suoi adorabili occhi. Era l'uomo più bello su cui avesse mai posato gli occhi. Così simile al ragazzo dei suoi sogni che rabbrividì, ed era tra le sue braccia e lui la voleva. *Lei*. Come sua moglie. Sapeva di amarlo. Lo sapeva dal momento in cui l'aveva visto nella foresta di Avon. Era stato amore a prima vista per lei. Finché non si era imbattuta nel suo duellante ferito nella foresta non era per niente sicura di credere che fosse possibile innamorarsi di qualcuno in un batter di ciglia. Per Otto e Rosa era successo. Rosa le aveva detto che quando lei e Otto si erano incontrati la prima volta, ciascuno dei due aveva saputo immediatamente che volevano stare insieme per il resto della loro vita. Ma Deb aveva sempre pensato che suo fratello e sua moglie fossero un caso particolare.

Quindi, se lei lo amava e lui la voleva in moglie, perché esitava al pensiero di darsi a lui corpo e anima? Era vero che non sapeva praticamente nulla di lui. Aveva l'aspetto e parlava e aveva gli atteggiamenti di un gentiluomo di mezzi e posizione, ma aveva evitato di dirle qualsiasi cosa oltre al suo nome. Ma la sua ricchezza e la posizione sociale le interessavano veramente? Certamente non erano importati a Otto e lui e Rosa erano stati infinitamente felici. Perché allora la sensazione che lui le stesse nascondendo qualcosa di fondamentale per la loro felicità futura la tormentava così? Ma certamente, se lei lo amava e lui amava lei avrebbero potuto superare qualunque ostacolo avessero trovato sul loro cammino...?

Deb si mosse e lui la lasciò andare e fece un passo indietro, aspettando la sua risposta. Cercando qualcosa da fare e sentendosi imbarazzato e goffo, in piedi sopra una coperta, il suo abbraccio respinto, Julian cominciò a rimettere nel cesto le cose del picnic.

Deb si inginocchiò per aiutarlo, dicendo, sopra al cesto: "Non dovete sentirvi obbligato verso di me perché vi ho salvato la vita nella foresta."

"Vi sarò eternamente grato per la vostra assistenza, ma quell'episodio non ha niente a che fare con il fatto di essere marito e moglie."

Deb lo guardò in volto.

"Mi volete anche se sono scappata da casa, sono quasi fuggita con un musicista, suono la viola e so usare una pistola bene come qualunque uomo?"

Julian sorrise. "Sono fermamente deciso, Miss Cavendish."

Deborah si appoggiò alle ginocchia. "E se accetto? Forse sono io quella che sta facendo un cattivo affare?"

Julian scoppiò a ridere. "Dipende, volete l'uomo o il suo status sociale?"

Con una risata argentina, Deb si rilassò: "Oh, datemi l'uomo!"

Julian sorrise impacciato e piegarono insieme la coperta.

Deb gli lanciò un'occhiata.

"Siete fermamente deciso ad avermi."

"Piuttosto deciso."

"E se Gerald facesse obiezioni?"

Julian prese la coperta piegata dalle sue mani e la lasciò cadere sopra il cesto, dicendo, tranquillamente: "Se sposate l'uomo e non la sua importanza sociale, l'opposizione di Gerry non dovrebbe avere molto peso, no?"

"È vero."

"Ho riflettuto sulla situazione di Jack," dichiarò, cambiando argomento, con un occhio al ragazzo, sul bordo della radura che giocava a riporto con Nero. "Naturalmente vivrà con noi quando non è a scuola. Ed Evelyn dovrà fargli da insegnante, se possiamo indurlo a tornare in Inghilterra. Però, forse Jack potrebbe aver voglia di passare una parte dell'anno con Har… Venite, prima di inzupparvi fino alle ossa!" Disse, afferrandole la mano mentre cominciavano a cadere grosse gocce di pioggia. "Jack! La mazza e la palla, per piacere."

Corsero verso la carrozza. Thomas, previdente, aveva rialzato la capote e chiuso i finestrini. Questo non impedì loro di prendersi una bagnata o a Nero di mettere le zampe fangose sopra i calzoni di daino del suo padroncino. A Deb sembrò che si fossero appena sistemati quando la carrozza attraversò un cancello di ferro e risalì un viale di ghiaia, per fermarsi davanti a una casa in stile Queen Anne: la residenza di Martin Ellicott.

Prima che Deb potesse fare la domanda, Julian si scusò. "Devo confessarvi un piccolo inganno. Il nostro picnic era a non più di mezzo miglio da qui. Ho fatto girare in cerchio Thomas per la campagna."

"Pensavo che l'avreste scoperto, zia Deb!" Rise Jack, scambiando un'occhiata d'intesa con sua signoria.

"Traditore", disse amorevolmente Deb. "E per quanto riguarda voi," disse a Julian, che guardava fuori la pioggia battente, "non sono così sicura che dovrei permettere a Jack di passare il suo tempo con qualcuno che ha un'influenza così corruttiva."

"Zia Deb!"

"Non prenderei troppo sul serio le parole di tua zia; le sue azioni la dicono lunga," commentò Julian, aprendo la portiera della carrozza. "La pioggia sta diminuendo," aggiunse e scese offrendo la mano a Deb. "Jack, assicurati di cambiarti quei vestiti bagnati quando arrivi a casa." Consegnò al ragazzo un pacchetto sigillato che aveva preso dalla tasca della redingote. "Dallo al signor Jones. Lui saprà che cosa fare."

Deb restò ferma sotto la pioggia, senza sapere che cosa fare. Dalla casa uscì di corsa un cameriere che prese in consegna due portmanteau dal cocchiere. Deborah li riconobbe, erano suoi. Era ammutolita. Julian stava impartendo le istruzioni dell'ultimo minuto a Jack e lo invitava alla segretezza più assoluta, che il ragazzo promise prontamente. Con un'ultima carezza a Nero, diede l'ordine e Thomas incitò i cavalli. La carrozza partì senza di lei.

Deb indicò i portmanteau mentre il cameriere spariva in casa con loro. "Quelli sono i miei bagagli!"

Julian alzò gli occhi dall'orologio d'oro da taschino che stava controllando. Lo rimise nel taschino del panciotto ricamato. "Sì. Comodo che fossero già pronti ad aspettarmi nell'atrio. E ci stiamo bagnando," le disse, tirandola poco cerimoniosamente verso la casa. "Senza dubbio contengono tutto quello di cui avrete bisogno."

"Tutto quello di cui avrò bisogno? Per che cosa?" Gli chiese, dimenticando la pioggia e l'afflosciarsi del cappello. "Ma le avevo preparate per il mio viaggio a…"

"Non potete andare in luna di miele senza bagagli. Ora venite!"

Deb ignorò l'inchino di benvenuto del maggiordomo.

"*Luna di miele?*"

"Vi farà piacere sapere che Brigitte era completamente d'accordo e mi ha augurato buona fortuna."

Deb si guardò attorno concitata. "D'accordo su che cosa?"

"Abbiamo già fatto aspettare il vicario per venti minuti."

"Vicario?" Deb stava quasi squittendo.

Si fermò di colpo. Julian teneva aperte le porte del salotto. In fondo alla stanza si sentiva conversare a bassa voce e un tintinnio di bicchieri. Qualcuno rise. Deb restò con i piedi piantati nell'atrio. Guardò curiosa la porta, poi Julian, senza dire niente.

Julian le sorrise comprensivo.

"Nessuno morde" le assicurò. "Il vicario, la sua brava moglie, sua sorella come damigella d'onore, e Frew, ovviamente. Purtroppo niente Martin, lui passa sempre questo periodo dell'anno con i miei genitori. Ho una licenza speciale in tasca e il vicario ha accettato di rinunciare a una cerimonia in chiesa come favore, visto il mio radicato bisogno di assoluta intimità. Andiamo...?"

Deb rabbrividì e si tirò lo scialle bagnato intorno alle spalle. Si sentiva girare la testa. "Io-io... E Gerry e Mary e la vostra famiglia e..."

Julian rise. "Mio padre aveva cominciato a disperare di diventare mai nonno, e visto che ho ricevuto la benedizione di vostro fratello, è tutto quello che conta, in realtà, no?"

"Come avete fatto a ottenere che Gerry..."

"Non roviniamo questo momento parlando del vostro servile fratello." Le sorrise rassicurante e le baciò la mano. "Entriamo? Il vicario sta aspettando..."

"Ma i nostri vestiti," argomentò Deb, "siamo bagnati e-e... Oh! Sono sicura che potrei trovare un centinaio di altre obiezioni se non fossi sull'orlo di un collasso nervoso! Non potete essere serio!"

Quando Julian non le rispose, ma restò fermo, in trepida attesa, con le dita sulla maniglia della porta, Deb lasciò cadere le spalle. "Deve essere proprio adesso?" Chiese con la voce flebile.

"Se vi può aiutare ad affrontare più facilmente la cerimonia, io sono altrettanto nervoso."

Deb si torceva le mani. "Non sono vestita! Siamo completamente fradici! I miei capelli..."

"Prima partiremo per la nostra luna di miele prima potremo continuare con le nostre vite."

Lentamente, Deb si tolse i guanti inzuppati, si tolse il cappello fradicio e li lasciò cadere, insieme allo scialle bagnato su una sedia nell'atrio. Non si preoccupò di fare un passo indietro per controllarsi nello specchio. Sapeva di avere i capelli scomposti, che le labbra avrebbero avuto bisogno di un po' di colore, che gli stivali erano infangati e il corpetto umido, come la seta azzurra delle sue sottane, che avevano anche una grossa macchia d'erba all'altezza delle ginocchia.

Dettagli così insignificanti e il vicario che aspettava...

DIECI

DEB SI SVEGLIÒ AI SUONI LIEVI DELL'ALBA; UN UCCELLO acquatico in mezzo alle alte canne avvolte nella nebbia ai bordi del fiume e oltre al fiume la brezza che faceva frusciare le cime dei faggi nella foresta che si stava svegliando. Era ancora abbastanza buio perché la luce della luna piena brillasse attraverso le tende aperte e sopra il pesante copriletto del letto a baldacchino. Era stesa in mezzo al mucchio di cuscini di piuma e ascoltava insonnolita i rumori lontani fuori dalla finestra, godendo il calore delle coperte e sentendosi supremamente felice. Sposata da tre giorni eppure si sentiva così a suo agio e senza imbarazzo nel suo nuovo ruolo di moglie che era quasi come se fosse sposata con Julian da anni e anni.

La cerimonia nuziale sembrava lontana una vita. Il vicario e i partecipanti erano sembrati nervosi, come lo era stata lei. Julian le aveva tenuto stretta la mano, come se avesse paura che fuggisse. E, nervosissimi, né la sposa né lo sposo si erano guardati intorno, né si erano guardati in faccia fin dopo lo scambio di voti. Era stato solo con l'inchiostro asciutto sul registro della parrocchia e un brindisi alla coppia con il miglior champagne di Martin Ellicott che la tensione era calata abbastanza da permettere una conversazione superficiale.

Deb era stata troppo sopraffatta dal procedere degli eventi, dal picnic alla cerimonia nuziale al ritrovarsi sposata, da aver dimenticato i dettagli più minuti di quel pomeriggio di pioggia. Non riusciva a ricordare le chiacchiere senza importanza con lo champagne e la torta, solo che c'era un'atmosfera di inquieto riserbo. Il vicario, la sua brava moglie e gli altri partecipanti non cominciavano mai una conversazione, né sembravano a loro agio e sorseggiavano appena le bollicine nei loro bicchieri di cristalli. Eppure, quando parlava suo marito, si animavano e pendevano dalle sue labbra, rispondendo a monosillabi.

Ricordava a Deb un re circondato dai suoi cortigiani che, acutamente consci della loro bassa condizione, sapevano di non essere degni di impegnare il signore del castello in una conversazione seria. Se Julian era conscio di questa situazione non lo dimostrava. In effetti, faceva di tutto per mettere gli altri a loro agio, anche lei, perché quando il vicario annunciò che era ora di lasciare da sola la giovane coppia, Deb sapeva di essere arrossita. Julian le aveva fatto l'occhiolino con un sorriso dolce e aveva accompagnato tutti in fretta fuori dalla stanza per salutarli sul portico.

Avrebbe voluto che vi fossero stati Otto e Rosa al suo matrimonio, per condividere la sua felicità, e Rosa aveva avuto ragione riguardo al talamo nuziale. Deb aveva seguito il suo consiglio, dato molto tempo prima e non completamente capito a quel tempo. L'amore doveva essere alla pari, aveva detto: onestà, mutuo rispetto, piacere, tutto doveva essere dato e ricevuto in egual misura e dalla prima notte da soli come marito e moglie. E così, alla sua prima notte di nozze, in quello stesso letto, Deb aveva seguito il consiglio di Rosa.

Ovviamente aveva avuto un po' paura dell'ignoto e temeva che sarebbe stata goffa e imbarazzata. Ma non era una mammoletta. E chi si era preoccupato della sua virtù virginale quando aveva curato Otto? Aveva fatto tutto per lui, lo aveva nutrito, gli aveva somministrato le medicine, lo aveva lavato e vestito. Sapeva che aspetto aveva un uomo nudo. Cioè, un uomo malato, morente. Un uomo sano, muscoloso e atletico, di cui era innamorata era tutta un'altra cosa.

Da soli, insieme, nella stanza da letto quella prima notte, aveva dimenticato il suo imbarazzo per la sua nudità appena aveva visto suo marito. Aveva fissato Julian, affascinata dalla sua virilità ed era stata momentaneamente sbigottita quando era apparso intimidito dalla sua franca occhiata di ammirazione. La portò a chiedersi se fosse mai stato studiato così apertamente in tutta la sua gloria, prima di allora. Il suo sorriso timido le fece capire che, nonostante tutta la sua esperienza, in quel momento, nudo e solo con lei, si sentiva nervoso tanto quanto lei. Le fece dimenticare la sua inesperienza e capire che, se fosse stata se stessa, fare l'amore con suo marito per la prima volta sarebbe stato l'inizio di un'unione meravigliosamente felice. E l'aveva raggiunto sul grande letto a baldacchino senza paura e alla pari.

Voltò la testa sul cuscino, sorridendo al ricordo di quella prima volta, desiderando il tocco e il calore del suo corpo, solo per scoprire di essere sola. Si mise immediatamente seduta, scostandosi dal volto le ciocche scomposte, guardando preoccupata la luce che usciva da sotto la porta della stanza accanto. Si gettò una vestaglia di seta ricamata sul corpo nudo, allacciandola negligentemente e a piedi nudi andò in silenzio verso il calore e la luce del piccolo spogliatoio.

Julian era seduto alla scrivania dorata accanto alla finestra adiacente al fuoco acceso nel camino di marmo. Indossava un'elaborata banyan di seta ricamata, aperta al collo e un paio di calzoni di seta senza calze. Si teneva lontano dalla fronte con una mano la massa di riccioli neri mentre la penna si muoveva in fretta su un foglio di pergamena, completamente assorbito dalla scrittura. Quando la pagina fu piena della sua elegante calligrafia inclinata la mise da parte, per asciugarla con un velo di sabbia e scelse un altro foglio per continuare la sua corrispondenza.

In piedi a un lato della scrivania ingombra c'era Frew, il suo valletto, con gli occhi insonnoliti ma comunque vestito in modo impeccabile per essere così presto; l'espressione completamente impassibile mentre aspettava pazientemente di prestare il suo aiuto con il sigillo di cera per chiudere le pergamene. C'era una piccola pila di corrispondenza già evasa su un vassoio d'argento a sinistra del valletto e restava solo una lettera cui rispondere.

Deb guardava dalla porta, non vista, aspettando che suo marito finisse quella lettera prima di entrare. Ma ci metteva parecchio e quando arrivò alla fine della seconda pagina, i suoi occhi vagarono verso le fiamme tra i ceppi che bruciavano nel camino. Uno dei ceppi all'improvviso scoppiettò, si divise e cadde nella cenere, mandando una pioggia di fiocchi grigiastri su per il camino. Julian gettò le pagine restanti di una lettera aperta sul ceppo caduto che stava bruciando e le guardò arricciarsi su se stesse, l'espressione del volto talmente intensa che alla luce tremolante sembrò un estraneo. Le venne da pensare in quel momento, come era già successo in numerose occasioni nelle due settimane precedenti, che aveva appreso ben poco riguardo a suo marito dal giorno in cui era inciampata in lui, sanguinante per un colpo di spada nella foresta di Avon.

Il pensiero le restò fisso nella mente mentre Julian voltava la schiena al camino e ordinava a Frew di far arrivare un bricco di caffè e alcuni panini per sostentarlo mentre scriveva la risposta all'ultima lettera, che si doveva inviare immediatamente, con un dispaccio speciale, a Sua Grazia a Parigi. Quando il valletto vide Deb ed esitò, facendo chiedere freddamente al suo padrone, che non aveva alzato gli occhi, perché restasse lì fermo come una statua in mezzo alla stanza, Deborah si annunciò, facendo alzare di colpo la testa a Julian. La sua espressione era talmente preoccupata che Deb fece un passo indietro per la sorpresa di essere ricevuta così freddamente. Eppure l'attimo seguente Julian si era alzato con un sorriso caldo, si era stretto la banyan intorno alle spalle e aveva congedato il valletto con una parola secca, che fece immediatamente capire al valletto di aver fatto un *faux pas* sociale.

Deb guardò la superficie ingombra della scrivania con il suo insieme di pergamene, il calamaio Standish d'argento con le penne e l'inchiostro, la cera fusa e il sigillo d'oro con la sua catena, tutti bagnati dalla luce delle candele gocciolanti di un candelabro a sei bracci.

"Siete sveglio da un po'," commentò con un sorriso timido, prendendo la mano che le tendeva.

"Lettere che non potevano aspettare," le rispose mentre le baciava dolcemente il palmo della mano destra. "Ne ho ancora una da scrivere... a Martin."

"Che è con i vostri genitori?" Gli chiese in un tono che sperava suonasse indifferente.

"Sì".

"Voi e lui siete molto vicini," dichiarò, avvicinandosi al camino per allargare le mani fredde verso il suo calore. "Più vicini di quanto sia solito tra padrino e figlioccio. Io non ho mai incontrato i miei padrini. Mi mandavano un regalo al mio compleanno, finché non sono fuggita a Parigi per stare con Otto. Immagino di essere caduta in disgrazia."

Julian la seguì, raccogliendo il sigillo d'oro e facendoselo scivolare in una tasca della vestaglia prima di mettersi tra Deb e la scrivania.

"Frew sta preparando il caffè turco..."

"Caffè turco?"

"Sì, ho acquisito il gusto per quella robaccia quando Martin e io vivevamo a Costantinopoli."

"Costantinopoli? Affascinante," disse, chiedendosi che cosa l'aveva portato in una città così esotica. Il Grand Tour, forse? "Voi e Martin siete vissuti là per un po'?"

"Ci siamo rimasti tre anni," le rispose, restando fermo di fronte alla scrivania. "Abbastanza a lungo da apprezzare la meravigliosa architettura degli infedeli, i profumi unici ed esplorare i cimiteri che sono sorprendentemente molto più vasti della città stessa. State tremando, mia cara. Una cioccolata calda vi scalderebbe."

Deb scosse la testa, con le dita che giocavano con una lunga ciocca di capelli del colore dell'autunno, decisa a restare sull'argomento che lui evitava costantemente. "Strano, voi e *M'sieur* Ellicott avete vissuto in una città così lontana. Oserei dire che avete condiviso molte avventure interessanti, eppure durante tutte le mie visite qui non ha mai menzionato il suo figlioccio."

Julian sorrise e scrollò le spalle imbarazzato.

"Martin è una creatura molto discreta e leale. Accompagnare un ragazzetto ribelle nel Grand Tour non era la sua idea di un riposante pensionamento, eppure non si è mai lamentato. E oserei dire che le ragazzate del suo figlioccio non erano un argomento appropriato per una conversazione in francese con una giovane signora." Alzò un sopracciglio. "Voi avevate capito il carattere rigido del mio padrino, e non avete mai menzionato la vostra abitudine a suonare la viola nella foresta."

"Ah! Ma io cercavo di assicurarmi che non lo sapesse per paura che mi chiedesse di suonare, perché avrei dovuto essere maleducata e rifiutare," gli rispose in tono canzonatorio. "Sono abbastanza brava e mi piace suonare per il mio piacere, ma ho una morbosa paura di esibirmi in pubblico."

Julian sorrise. "Allora siamo in due! Vi ho detto una volta come detesti essere al centro dell'attenzione. Anche a me non piace mettermi in mostra. Non lo direste mai vedendomi in società." La prese tra le braccia e le baciò la testa. "Questo, però, mia cara moglie," le sussurrò in un orecchio, "deve restare tra noi."

"Andate spesso in società?" Insistette Deb, rannicchiandosi al caldo del suo abbraccio vicino al camino.

"Quando lo richiede…"

"… la vostra famiglia?" Gli chiese troppo in fretta e desiderò di aver tenuto la bocca chiusa, perché Julian la lasciò andare e si spostò sul sofà.

In quel momento imbarazzante Frew entrò dalla porta di servizio con il vassoio del caffè. Il valletto lo mise sul tavolo e uscì in silenzio.

Deb guardò Julian sistemare il servizio da caffè, riccamente decorato e laccato con un disegno orientale, un ricordo del suo soggiorno a Costantinopoli, le disse. Il bricco a forma di pera di fine porcellana con decori dorati era appoggiato a un sostegno d'argento lavorato che aveva alla base uno scaldavivande a candela per tenere a temperatura il contenuto. C'erano due ciotole di fine porcellana, in una delle quali Julian versò un liquido così denso e nero che sembrava avere la consistenza della melassa. Versò una quantità precisa di zucchero nel caffè, mescolandolo con un cucchiaio d'argento dal lungo manico, poi lo appoggiò sul sostegno laccato a forma di cucchiaio, prima di alzare la ciotola e sorseggiare la bevanda turca per verificare la corretta proporzione tra dolce e amaro.

"Il vino dell'Islam," commentò, assaporandolo. Tese la ciotola. "Gradireste assaggiarlo?"

Deb non rispose subito. Lo stava guardando intenta, come le sue lunghe dita si avvolgevano al manico ricurvo del bricco, il modo in cui spargeva lo zucchero nella ciotola e lo mescolava adagio prima di portarla all'adorabile bocca per il più piccolo dei sorsi. Movimenti meticolosi, così in contrasto con la mancanza di vestiti e i riccioli neri che ricadevano in disordine sulle spalle. Si trovò a chiedersi per l'ennesima volta come era finita a sposare un uomo simile, che le ricordava il ragazzo di cui una volta aveva sognato. Era un pensiero folle e assurdo, che avrebbe voluto che se ne andasse ma che continuava a tormentarla.

Quando Julian ripeté la sua offerta, prese la ciotola, sentendosi le guance in fiamme per essere stata distratta da pensieri assurdi. Sorseggiò cautamente il liquido scuro e fu tale il sapore amaro sulla lingua che strinse le labbra e gli restituì in fretta la ciotola. Julian rise alla sua espressione di disgusto e bevve, dandole un colpetto sotto il mento per premiare il suo coraggio. Lei gli afferrò scherzosamente la mano. Poi si sentirono entrambi impacciati a essere così vicini e rimasero in silenzio.

Deb tornò al camino per riscaldarsi le mani, mentre Julian la osservava sopra l'orlo della ciotola di porcellana. Gli occhi verdi andarono dai suoi piedi nudi alla curva del seno succulento sotto la vestaglia, e capì che se non fosse tornato immediatamente alla scrivania per completare la corrispondenza avrebbe ceduto al desiderio intenso nei suoi lombi e fatto l'amore con lei, subito.

Quando aveva deciso di rivendicare sua moglie aveva creduto che la consumazione del loro matrimonio gli avrebbe portato un senso di chiusura e di liberazione. Il matrimonio solo di nome sarebbe finalmente stato legalmente vincolante e, a Dio piacendo, sua moglie sarebbe stata presto incinta e avrebbe fornito un nipote al duca: segno tangibile della continuazione della sua stirpe. Appena fosse stata incinta, aveva avuto intenzione di ritornare a Parigi, alla sua vita là, e alla faccenda in sospeso con un *Fermier Général* troppo ambizioso, che aveva complottato per intrappolarlo e fargli sposare la sua bella ma intrigante figliola.

Quello che non aveva preso in considerazione era tornare in Inghilterra e scoprire che la ragazza cui era sposato era sbocciata in una donna bella e desiderabile. Non poteva negare di essere stato immediatamente attratto da lei. L'aveva desiderata dal momento in cui si era messa cavalcioni sulle sue gambe nella foresta, così aveva pregustato la consumazione del suo matrimonio. Ma la prima notte come marito e moglie, quando avevano cavalcato insieme verso il paradiso e ritorno, per ben tre volte, era risultata essere ben diversa da come l'aveva immaginata. Ben lungi dal fornire un senso di chiusura e di liberazione, si era trovato intossicato, con il desiderio che cresceva più acuto invece di attenuarsi. Si sentiva come doveva sentirsi un alcolizzato che assaggiasse il vino per la prima volta e ne diventasse immediatamente schiavo.

Deb l'aveva sorpreso e ammaliato con il suo franco apprezzamento della sua eccitazione e il modo in cui il suo corpo caldo e fragrante reagiva senza riserve alle sue carezze. Nessuna donna era mai stata così onesta con lui, prima. Gli sforzi delle cortigiane più esperte ora sembravano dozzinali in confronto all'inesperta sincerità di sua moglie. Facendo l'amore con Deb aveva scoperto che l'onestà era importante e che la sincerità fisica era l'afrodisiaco più potente.

Si costrinse a distogliere le sguardo e a ritornare alla scrivania. Appoggiando la ciotola vuota, sfogliò senza necessità alcune pagine di corrispondenza.

"Questa lettera non può aspettare," si scusò. "Deve arrivare a destinazione in tutta fretta, altrimenti ci troveremo due avvocati parigini davanti alla porta."

Deb si avvicinò di un passo. "Avvocati parigini, *qui*?"

"No, se la mia lettera arriva prima," disse, tenendo lo sguardo sul foglio. "Ma non riuscirò a posticiparli indefinitamente. Ho degli affari in sospeso a Parigi."

Deb avrebbe voluto avvicinarsi a lui ma Julian alzò gli occhi, sentendola vicina, e la allontanò dalla scrivania. Deb fece una smorfia, chiedendosi che cosa c'era che non voleva che lei vedesse; ma la menzione di Parigi era il pensiero dominante.

"Parigi? Avete intenzione di andare a Parigi?"

"Sì, per chiarire una fastidiosa faccenda legale di cui non dovete preoccuparvi."

"Ha a che fare con il vostro duello nella foresta?" Quando Julian annuì, Deb aggiunse: "Verrò con voi."

"No! Non voglio sottoporvi a quella prova assurda."

Deb gli mise la mano sul petto e fissò il suo volto preoccupato. "Prova? Parigi sarà una prova per voi, Julian?"

Lui le sorrise rassicurante ma non riuscì a risponderle con una bugia. Il calore che irradiava da lei, il gradevole profumo dei suoi capelli, il tocco della mano sulla sua guancia ruvida, tutto si unì per dissolvere quel poco di determinazione che si era assicurato andando alla scrivania. Le scostò la massa di pesanti riccioli rosso scuro che erano caduti sopra la spalla per accarezzare il seno pieno e rotondo.

"Parigi è l'ultimo posto dove desidero andare," mormorò, godendo della deliziosa sensazione del pollice che accarezzava leggermente il capezzolo attraverso la seta. "Vi voglio per me ancora un po'... Tre giorni non bastano..." Si chinò e la baciò dolcemente. "Tornate a letto. Verrò presto. Oggi partiamo per un vero viaggio di nozze."

Deb gli mise le braccia al collo, cercando un altro bacio. "Dove mi porterete?"

Lui la baciò di nuovo, questa volta appassionatamente, causando un'immediata erezione, una mano a coppa sul seno e l'altra che sollevava la seta per sentire la rotondità del sedere nudo sotto.

"Dove non ci troveranno."

"Avete intenzione di scrivere molte lettere mentre saremo in viaggio di nozze?" Lo stuzzicò, mentre gli faceva scivolare la banyan dalle spalle verso le braccia muscolose.

Julian le baciò la fossetta della gola.

"Questa lettera... Questa è l'ultima per un mese, ve lo prometto."

Deb sorrise abbassando le ciglia, beandosi della sensazione della turgida erezione che tendeva la seta dei suoi calzoni mentre lui si strofinava contro la sua pancia, sapendo che la stesura dell'ultima lettera avrebbe dovuto aspettare finché avessero fatto l'amore.

"Dovranno essere le lettere l'unico mio conforto mentre sarete a Parigi senza di me?"

"Ogni notte senza di voi sarà terribilmente fredda e solitaria."

"Sono contenta di sentirlo, perché ho intenzione di proteggere quello che ora è solo mio. Devo ricordare a mio marito che sono un'ottima tiratrice?"

Julian ridacchiò mentre la portava senza sforzo verso la stanza da letto e cadeva con lei tra le coperte in disordine.

"Meritereste una bella lezione per questi pensieri poco caritatevoli, signora moglie!" Lei fissò gli splendidi occhi verde smeraldo nella luce grigia del mattino e si chiese, non per la prima volta, se non fosse tutto un magnifico sogno da cui si sarebbe svegliata da un momento all'altro per trovare la sua bambinaia che le sorrideva, con un piccolo vassoio d'argento in mano e sopra una tazza di cioccolata calda dolce. Ma non era un sogno. Quest'uomo era suo marito, era carne e ossa, e lei era sua moglie e ne divideva il letto. Era un fatto indisputabile.

"Fate l'amore con me, Julian," sussurrò, cercando la sua bocca, con le dita sui bottoni dei suoi calzoni.

Julian rabbrividì al suo tocco e gemette cercando di liberarsi dagli stretti confini della seta, assaporando la sua carezza provocante, mentre lei slacciava i bottoni d'argento dei calzoni con deliberata lentezza. Il corpo si tese per il puro piacere mentre si chinava a baciarle il seno. Che il desiderio di Deborah per lui non fosse minore del suo desiderio per lei, che gli si offrisse sinceramente e senza riserva, godendo con lui, eccitava in lui una passione ben oltre qualunque cosa avesse mai sperimentato.

"*Buon Dio*, Deb," profferì con voce roca, mentre i suoi baci passavano dal seno sodo allo stomaco piatto e giù fino al centro umido del piacere tra le sue cosce appetitose, "mi avete completamente rovinato."

UNDICI

FREW LUCIDAVA LO STESSO PAIO DI SCARPE DA DUE SETTIMANE. Aveva ben poco altro da fare per occupare il tempo. Una volta al giorno andava a Bath a cavallo, per passare il tempo in una delle taverne, fare una passeggiata nella Pump Room per vedere se c'erano facce nuove in città e poi andava all'Hotel Barr in Trim Street per ritirare la posta di sua signoria re-indirizzata lì. Dopo aver mangiato un boccone e un'altra passeggiata tornava nella casa Queen Anne di Martin Ellicott. Se aveva ritirato qualche lettera o cartoncino di invito, li metteva con gli altri che si stavano accumulando in una pila sulla credenza nello studio. E queste erano le sue giornate.

Era ritornato a Bath dal Distretto dei Laghi con la notizia che il marchese di Alston e la sua sposa erano solo a un giorno di viaggio dietro di lui. E questo era successo due settimane prima. Frew si era aspettato che l'anziano gentiluomo gli facesse qualche domanda riguardo al suo soggiorno di una settimana al maniero elisabettiano sulle sponde del lago Windermere. Martin Ellicott non chiese niente della luna di miele del suo figlioccio, negando così la possibilità a Frew di confidargli quello che era successo durante il suo soggiorno. Un episodio in particolare lo faceva sorridere da un orecchio all'altro...

Il marchese e sua moglie avevano portato un cestino da picnic in riva al lago, dove avevano passato il pomeriggio nuotando e pescando. Erano tornati a casa, completamente fradici e in conversazione così animata riguardo ai meriti della pistola nei confronti della spada come arma da preferire per i duelli, che la governante e Frew erano restati a guardarsi a bocca aperta quando la coppia li aveva superati sulle scale. Avevano lasciato una pozza d'acqua sulla soglia e bagnato il tappeto sulle scale. E se questo non fosse stato sufficiente a lasciare esterrefatto Frew, Deb aveva indosso una camicia che apparteneva al suo padrone. Questa manifesta mancanza di rispetto per il guardaroba del suo padrone aveva scandalizzato il valletto più di ogni altra cosa ed era in tale stato di shock, pensando che aveva osato indossare un indumento maschile, che non aveva quasi sentito i rumori che erano seguiti sopra la sua testa, le risate non trattenute, le corse e lo sbattere delle porte. Ma non il forte, quasi assordante, colpo di pistola.

Frew si era precipitato nella stanza con i pannelli di legno, senza annunciarsi. Quello che vide lo inorridì. Pensava che sarebbe svenuto. Avrebbe voluto appoggiarsi a qualcosa per riprendere l'equilibrio ma i piedi non ne volevano sapere di muoversi. Le mani tremavano tanto che se le ficcò nelle tasche della giacca, stringendo forte i pugni. Non riusciva a sbattere le palpebre.

La marchesa era in piedi in mezzo alla stanza, con il fianco verso la finestra, i piedi nudi leggermente allargati, la massa dei lunghi capelli bagnati appiccicata alla camicia bagnata, resa trasparente dall'acqua. Il braccio destro era teso, puntato verso la porta aperta che conduceva nello spogliatoio e più avanti nel guardaroba. In mano una pistola fumante. Frew riconobbe la pistola dal calcio d'argento intarsiato di madreperla. Apparteneva al suo padrone.

"Accidenti", aveva detto Deb con una smorfia. "Un colpo non proprio perfetto," disse, lasciando cadere il braccio con l'arma.

L'ha scoperto! Le aveva finalmente detto la verità? Oppure uno dei servitori... Ma no, nessuno dei servitori di quella casa conosceva la vera identità del marchese, ecco perché erano venuti al nord. Per loro, come per la sua sposa, lui era semplicemente Julian Hesham, Esq. Ma lei doveva averlo scoperto in qualche modo e si era vendicata per essere stata ingannata. E ora gli aveva sparato! Urlava la mente di Frew. Ma non riusciva ad aprire la bocca per dirlo a voce alta.

Poi il mondo reale si era intromesso nei suoi pensieri disordinati e si era sentito stranamente calmo. Accanto alla cornice intagliata del camino c'era una pila di vestiti bagnati, scartati; sarebbe stato necessario lavarli. Si guardò intorno in fretta, evitando accuratamente di guardare le coperte in disordine sull'enorme letto a baldacchino. Non c'era niente che non andasse nei pesanti mobili elisabettiani. Nessun segno di lotta. Un istante dopo soffriva di un acuto attacco di imbarazzo, molto peggiore della sensazione di svenire o del panico.

Il marchese si era precipitato scalzo nella stanza, venendo dallo spogliatoio, con indosso solo i calzoni, i capelli bagnati tirati indietro dalla fronte e lasciati ricadere sulle spalle nude. Ridendo, aveva afferrato la mano della moglie e l'aveva tirata nel guardaroba attraverso lo spogliatoio. Senza rendersene conto, Frew li aveva seguiti.

"Non proprio perfetto?" Aveva dichiarato il marchese. "Siete troppo dura con voi stessa, mia cara! Vi avevo avvertito che tirava un po' a destra e avete compensato splendidamente. Guardate! Non un segno sulla tela e solo una lieve spelatura della cornice. Nessuno se ne accorgerebbe, se non fosse per la tacca nel rivestimento di legno."

C'era un piccolo foro nella parete del guardaroba; aveva creato una fenditura nel pesante rivestimento di noce. La cornice dorata del quadro se l'era cavata meno bene, la pallottola aveva asportato una lunga scheggia di legno prima di impattare nel muro. Il quadro dei giardini topiari del maniero elisabettiano era intatto. Il danno alla parete dimenticato in fretta nell'ammirazione di Frew per l'accuratezza della mira della marchesa con la pistola. In un duello, sarebbe stata mortale.

Ma Deb continuava a non sembrare soddisfatta.

"Intendevo mancare il quadro e certamente non volevo colpire la cornice." Poi sorrise in modo impertinente, dicendo con le ciglia abbassate, mentre ispezionava la pistola: "Forse, se potessi fare un secondo tentativo...?"

"No, assolutamente no, piccola volpe!" Il marchese aveva sorriso e le aveva tolto la pistola. "Una tacca nel rivestimento si può rappezzare, un secondo colpo richiederebbe spiegazioni ai Dunnes che non mi sento di dare."

Poi aveva preso in braccio sua moglie e l'aveva portata a letto, mentre ridevano entrambi.

Frew era rimasto sulla soglia finché era stato quasi troppo tardi per uscire con il rispetto di sé intatto. Alla fine aveva chiuso la porta dietro di sé, scendendo lentamente le scale e scuotendo la testa, con un sorriso che si allargava, ancora evidente quando la cuoca gli aveva teso un bicchiere di birra.

E ora era tornato a Bath, mandato avanti con i bagagli per preparare la casa Queen Anne per l'arrivo della coppia. Il valletto aspettava, insieme al mucchio di corrispondenza, una lettera in particolare. Era del duca ed era arrivata con un corriere in livrea tre giorni prima. Martin Ellicott aveva mandato una risposta senza conoscerne il contenuto. Ad aspettare il marchese c'erano anche due avvocati che erano approdati alla loro porta, anch'essi inviati dal duca.

Frew li aveva incontrati venendo dalla scuderia, di ritorno da Bath con la posta del giorno. Aveva pensato che fossero viaggiatori che avessero perso la strada per andare a Bath, ma il più alto e il più anziano dei due era smontato e si era tolto il mantello da viaggio, rivelando una redingote riccamente ricamata con una spuma di pizzo bianco molto fine alla gola. Aveva lasciato cadere il mantello nelle mani di Frew e si era tolto i guanti, mostrando delle mani che non avevano mai fatto un giorno di lavoro manuale, coperte di anelli con incastonate pietre preziose. Si era poi rivolto al suo compagno e aveva commentato in francese sulla qualità pittoresca dell'architettura inglese. Il suo compagno, che aveva l'aspetto del portaborse, con la sua parrucca a borsa che gli calzava male e un completo senza infamia e senza lode di lana pettinata, si stava occupando delle borse da sella. Rispose che l'amore degli inglesi per il pittoresco era superato solo dalle loro generose porzioni di cibo insipido. Sperava di poter avere un buon goccio di vino quando fossero entrati, diversamente dal loro alloggio a Marlborough, dove il cibo era stato immangiabile e il vino scipito. L'uomo più anziano aveva risposto con un grugnito di pessimismo.

"*M'sieur* Muraire, lui è qui per vedere *M'sieur le Marquis d'Alston*," disse il francese vestito in modo sobrio, tenendo in equilibrio una bracciata di carte legate con un nastro. "Glielo direte subito: siamo arrivati."

Frew consegnò in fretta i mantelli pesanti a Fibber, che era apparso alla porta d'ingresso, e salutò i due francesi con un piccolo inchino. Cominciò a spiegare che sua signoria non era in casa ma fu bruscamente interrotto dall'avvocato, che disse con una smorfia altezzosa:

"*Moi*, lui mi vedrà!" Accompagnando l'ordine con un gesto di congedo del fazzoletto pesantemente profumato e bordato di pizzo. "È necessario."

Dopo questa dichiarazione i due uomini camminarono a passettini oltre il maggiordomo, per essere salutati da Martin Ellicott che parlò con loro nella loro lingua e che li accompagnò nello studio, dove rimasero per tutta la giornata, riempiendo ogni spazio con montagne di documenti, carta, penne e inchiostro, e chiedendo dei vassoi di rinfreschi. Martin Ellicott sopportò tutto senza fare una piega, come sempre, e Frew poté solo meravigliarsi della calma del vecchio, dicendosi che era dovuta alla sua assoluta e indiscutibile lealtà nei confronti del duca di Roxton.

IL MAGGIORDOMO DI MARTIN ELLICOTT STAVA PORTANDO VIA i rimasugli della cena dal salotto, una sera sul tardi, quando sentì le ruote di una carrozza che sferragliavano sul vialetto di pietra. Fu tale la sua fretta di arrivare al vestibolo piastrellato che si scontrò con il suo padrone, che era sceso con indosso una vestaglia ricamata e berretta da notte intonata, con il fiocco, cero in mano.

Il vecchio consegnò il cero al suo maggiordomo, mentre un valletto apriva la porta, e mandò Fibber fuori nell'aria della notte a salutare una carrozza polverosa e coperta di fango, con cavalli esausti e assetati dalla velocità del viaggio piuttosto che dalla sua lunghezza. La portiera si spalancò e saltò fuori il marchese di Alston, con un cappotto dalle molteplici mantelline e gli stivali. Alzò una mano guantata per salutare Martin, che aspettava nel portico illuminato, poi si voltò per aiutare sua moglie a scendere.

Martin si inchinò a entrambi, con gli occhi vivi e lucenti, ma con un'espressione volutamente di educato interesse.

"Sono veramente contento di avervi finalmente entrambi qui sani e salvi, anche se un po' in ritardo...?"

"Siamo in ritardo?" Chiese retoricamente Julian, afferrando la mano del vecchio e sorridendo radiosamente. "Spero che Frew non vi sia stato fra i piedi in queste ultime due settimane?" Chiese, con un'occhiata al valletto dagli occhi insonnoliti che era appena uscito al freddo, mezzo svestito, per vedere che cos'era tutto quel trambusto.

"Per niente", fu la tranquilla risposta, mentre il vecchio si chinava sopra la mano tesa di Deb. "Bentornata a Moranhall, mia cara. Dovete essere stanca e affamata dopo il vostro viaggio."

Deborah sorrise timidamente, sentendosi un po' impacciata a questo primo incontro con il vecchio da quando aveva sposato il suo figlioccio, ma si riprese abbastanza da dirgli: "Grazie, signore. Stanca, sì, ma per nulla affamata. Vi sarei grata se potessi fare un bagno caldo. Siamo stati per strada tutto il giorno."

"Appetito scarso," disse allegramente Julian.

"Scarso? *Scarso!*" Esclamò Deb e rise. "Solo perché non me la sono sentita di sedermi a banchettare quando ci siamo fermati per la cena, dopo essere stata sballottata per miglia e miglia senza fine."

Julian sorrise. "Sembravate un po' verdognola quando mi hanno messo davanti il manzo."

Deb ridacchiò e afferrò affettuosamente il braccio di Julian. "Davvero? Che cosa terribile per voi."

Il marchese prese a braccetto sua moglie e il suo padrino ed entrarono insieme in casa.

"Dopo l'episodio verdolino", spiegò a Martin, "abbiamo viaggiato per il resto della giornata a un passo più tranquillo."

"Ecco perché siamo arrivati alla luce della luna," aggiunse Deb. "E ve ne chiedo perdono." Guardò il valletto che si inchinava, dopo essersi spostato per permettere alle tre persone di entrare in casa. "Povero Frew. Siete rimasto a girarvi i pollici in nostra assenza? Lo abbiamo mandato avanti con la maggior parte dei nostri bagagli, aspettandoci di arrivare solo un giorno o due dopo di lui." Guardò suo marito con un sorriso timido: "Ma la giornata si è allungata a due settimane..."

"L'abbiamo tenuto occupato, mil..."

"Ora che ci penso, io ho una fame da lupi," lo interruppe Julian, impedendo al vecchio di continuare mentre gettava il cappotto e i guanti al suo valletto insonnolito. "Dovete mangiare qualcosa," disse sottovoce a Deb, ma con una rapida occhiata a Martin, che si era girato per dare istruzioni a Fibber perché si occupasse delle borse e dei bauli e perché facesse preparare un bagno per la marchesa. "Non avete mangiato nulla per tutto il giorno," aggiunse, guardandola preoccupato.

"Ho mangiato. Un pezzo di pane al Duckpond Inn," sussurrò Deb in risposta, con un sorriso. Si tolse i guanti e mise una mano nei capelli in disordine. "Voglio veramente fare un bagno, quindi andate pure avanti e io augurerò la buona notte a *M'sieur* Ellicott."

Julian le baciò la mano e la lasciò a Martin, mentre Fibber lo seguiva in sala da pranzo e Martin portava la marchesa nell'appartamento che lei aveva occupato la prima notte di nozze, scusandosi perché non poteva offrirle i servizi di un'assistente donna; ma, come sottolineò Deb, dato che non aveva potuto usufruire dei servigi della sua cameriera per oltre due mesi, eccetto una ragazza del villaggio locale che veniva tutti i giorni per aiutarla a vestirsi e a pettinarsi, era piuttosto abituata a fare da sola la maggior parte delle cose.

Quando Martin entrò nella sala da pranzo, trovò il suo figlioccio che fissava fuori dalla finestra verso le ombre create dalla luna, con una smorfia di preoccupazione sul bel volto e il cibo sulla tavola negletto. Fibber andava e veniva con i piatti coperti e bicchieri di vino e una bottiglia di borgogna, ma Julian restava alla finestra, indifferente all'attività alle sue spalle e al fatto che il suo padrino lo stesse guardando intento.

Martin chiuse la porta.

"Non gliel'avete ancora detto, vero Julian?"

Il marchese si prese qualche momento prima di rispondere. Non si voltò: "No".

"Pensate che sospetti qualcosa?" Quando il suo figlioccio si limitò a scrollare le spalle, il vecchio si sedette con un sospiro e versò il vino in due bicchieri di cristallo. "Ragazzo mio, non c'è stato un singolo momento, mentre eravate via, in cui confidarle la verità sul vostro status sociale?"

"Siete mai stato nella tenuta in Cumbria?" Chiese Julian alla finestra, come se Martin non avesse parlato. "La casa è un maniero elisabettiano che ha bisogno di essere modernizzato ma i Dunnes, gli affittuari attuali, hanno fatto un buon lavoro per la manutenzione delle stanze e dei terreni. In effetti, i giardini topiari si mantengono splendidamente, considerando che sono stati piantati dal giardiniere di Giacomo secondo. Ho dato il permesso ai Dunnes di restaurare l'ala sud e voglio che venga costruito un pontile. Harry e Jack si divertiranno a pescare."

"Dilazionare la rivelazione l'ha solo resa molto più difficile per voi. Specialmente," aggiunse Martin con un sorriso gentile, "considerando che vostra moglie è così innamorata di voi."

Julian si voltò e fissò il vecchio, con il volto pallido e la gola secca. Si sentiva male.

"Cristo, Martin. Non mi serviva che me lo diceste anche voi!"

Tornò a guardare il cielo notturno, lasciando cadere la fronte sul braccio appoggiato allo stipite della finestra.

"Non avrebbe dovuto andare in questo modo. Non mi sarei mai aspettato che io... che lei... Ho immaginato mille volte come sarebbe andata, ma è... *Lei* è diversa da tutte le donne... Oh Dio..." Deglutì e disse, impaziente: "È impossibile da spiegare!"

Martin si avvicinò a lui, con una ruga profonda tra le sopracciglia bianche.

"Il tempo passato lontano non è andato per niente... bene?" Chiese gentilmente, porgendogli un bicchiere di vino.

Con meraviglia di Martin Ellicott, Julian scoppiò in una risata ben poco allegra. "Mi state chiedendo si mi sono divertito a pescare e se ho apprezzato la natura della Cumbria, oppure se sono stato in grado di compiere il mio dovere coniugale con mutua e soddisfacente regolarità? Devo rispondere di sì a tutti i quesiti. Se Deborah non è ancora incinta, il duca farà meglio a rivolgersi a Harry perché gli fornisca un erede!" L'espressione di sorpresa e di imbarazzo sul volto del suo padrino che accompagnò questo discorso franco lo fece immediatamente pentire. "*Excusez-moi, mon parrain.* Sono stato scortese," mormorò in francese. "Voi, più di chiunque altro, comprendete la mia moralità morbosa. Perché mi sia costretto a-ad… *aspettare.* Perché sono così ansioso che lei ora mi dia un figlio, e presto."

"*Oui, mon filleul,*" mormorò il vecchio, con il volto ancora imporporato per la franca confessione del suo figlioccio.

Il marchese annuì impacciato e, cercando qualcosa per coprire l'imbarazzo di aver detto a voce alta quello che il suo padrino aveva sempre saputo di lui, finse di notare per la prima volta l'ordinata pila di corrispondenza sulla credenza. "Qualche lettera che richiede la mia immediata attenzione?" Chiese e prese il pacchetto in alto, rompendone il sigillo. "Quando è arrivato questo da Sua Grazia?"

"Tre giorni fa."

Julian scorse l'elegante calligrafia inclinata, poi piegò il foglio e lo mise da parte per dare un'occhiata veloce alle altre lettere.

"Sono stato convocato a Parigi," disse in tono pacato e alzò una lettera imbevuta di profumo, annusandola appena prima di gettarla da parte con una smorfia.

"Il duca non è molto… *contento,* che abbiate scelto di ignorare i suoi precedenti inviti," gli disse Martin. "Avreste dovuto essere a Parigi sei settimane fa."

"Per dirla in parole povere, è arrabbiatissimo con me," disse Julian, continuando a cercare tra le lettere e i cartoncini, scegliendo qui un invito, là una lettera, conscio che il suo padrino lo stava guardando con un occhio critico.

"Due avvocati parigini, mandati da Sua Grazia, sono arrivati questa mattina," dichiarò Martin. "Hanno passato la giornata nello studio a consultare le loro carte e domani mattina vi ragguaglieranno sulle faccende di Parigi. Devo avvertirvi che il tenente di polizia di Parigi ha emesso un mandato per il vostro arresto. *M'sieur* Lefebvre, per conto di sua figlia, vi ha accusato di rottura della promessa di matrimonio."

Quando Julian alzò le spalle, sembrando tranquillo, il vecchio si irritò. Lo faceva arrabbiare che il suo figlioccio fosse così *nonchalant* riguardo a un'accusa così grave. Si aspettava che il marchese fosse almeno preoccupato per come le pubbliche accuse di *M'sieur* Lefebvre stavano sconvolgendo i suoi genitori, specialmente sua madre. La duchessa poteva anche fingere con il mondo, col suo bel volto tranquillo, un completo disinteresse per il fatto che suo figlio fosse così diffamato e fatto oggetto di satira dai giornali francesi, che ne avevano fatto l'epitome del peggior tipo di aristocratico inglese, ma in privato sembrava così preoccupata dell'effetto che quest'accusa stava avendo sulla declinante salute dell'anziano duca, che Martin si sentiva spezzare il cuore. Gli fece dimenticare anni di autocontrollo e disse bruscamente:

"Direte voi alla marchesa perché due avvocati francesi hanno invaso lo studio, o dovrò farlo io?"

"Mia moglie non è affar vostro," la risposta secca arrivò da dietro le pagine di una lettera scritta fitta.

"Vorrei ricordare a vostra signoria il ruolo considerevole che ho avuto nel sorvegliare vostra moglie negli ultimi anni," rispose Martin Ellicott con voce decisa. "Le mie lettere al duca riguardo il suo stato mi hanno messo in una situazione estremamente imbarazzante. La mia lealtà è, e sarà sempre, per la casata dei Roxton ma non posso fare a meno di sentire una certa responsabilità nei confronti del suo benessere e... della sua *felicità*."

Julian gettò da parte la lettera e guardò fisso negli occhi il vecchio.

"Che siate stato il servitore più fidato e devoto di mio padre per oltre trent'anni vi dà una certa discrezionalità, ma non il diritto di fare la predica a suo figlio sui suoi doveri di marito. Lo ripeto, mia moglie non è affar vostro."

I due uomini restarono fermi a fissarsi e il vecchio fu il primo a distogliere gli occhi. Inclinò la testa grigia con estrema cortesia.

"Il dovere verso il nome e il rango di un uomo è sicuramente un grave peso, Julian, ma non dovrebbe mai essere fine a se stesso, né dovrebbe arrogantemente escludere tutto o tutti. Il duca vostro padre ha imparato questa lezione quando si è innamorato di vostra madre. Buona notte, *M'sieur*."

Si inchinò e uscì dalla stanza e, mentre chiudeva la porta, sentì Julian che imprecava forte e a lungo in francese vernacolare, picchiando il pugno sul tavolo, facendo tintinnare le porcellane e i piatti con il coperchio d'argento e rovesciando i bicchieri di vino.

. . .

NELLE PRIME ORE DELLA MATTINA SEGUENTE, FIBBER condusse Deb sulla terrazza, dove Martin sedeva con il caffè del mattino, sfogliando un giornale londinese. Quando vide Deb in piedi accanto al tavolo che aspettava di essere notata, piegò in fretta il giornale e si alzò. Pensò che sembrava ancora più adorabile di quanto ricordasse dalle sue visite settimanali a casa sua. Era vestita molto semplicemente con un abito da giorno di seta giallo crema e scarpine coordinate. Un solo nastro le teneva la massa di riccioli rosso scuro dietro il sottile collo bianco e su una spalla. Ma non era solo la sua scelta di abito che completava la sua naturale bellezza. C'era una radiosità in lei, di buona salute e felicità, che servì a deprimere ancor più il vecchio. Notò l'unico gioiello che portava: un unico lungo filo di squisite perle lattee. Lo conosceva bene. Erano le perle Alston, passate di generazione in generazione, e donate alla sua sposa dall'erede del ducato di Roxton nel giorno delle nozze.

"Avete dormito bene, bambina mia?" Chiese Martin, riuscendo a sorridere.

Le prese la mano che gli tendeva, offrendole la sedia davanti a lui con il calore del sole alle spalle, poi mandò Fibber a prendere la colazione.

"Molto bene. Tanto bene, in effetti, che stamattina mi sento di nuovo io," gli rispose con un sorriso. "Potrei perfino riuscire a mangiare qualcosa."

"Bene, sono lieto di sentirlo. C'è frutta fresca di stagione e croissant appena sfornati."

"Sapete, non ricordo che, con tutte le volte che sono venuta a cavallo per la nostra conversazione in francese, abbiamo mai parlato in inglese," gli disse con una risata. "Ed eccoci qui! Nemmeno una parola in francese! E voi non avete nessun accento. Ho sempre creduto che foste francese."

"Mia madre era francese. E nella mia vita precedente, prima di ritirarmi qui a Bath, il mio padrone e io conversavano più che altro in francese. Anche sua madre era francese, come sua moglie. Ma no," disse Martin con un sorriso caloroso, "il mio inglese non ha accento, anche se non si può dire lo stesso di quello della madre di Julian, che non ha mai pronunciato due parole in inglese in mia presenza in più di vent'anni."

Deb prese la tazza di cioccolata che le offriva. "La madre di Julian è francese?"

Martin si maledì per non essere stato più attento. "Sì".

"Credete che mi approverà?"

Il vecchio vide l'apprensione nei suoi occhi castani e sorrise gentilmente. "Con assoluta certezza, bambina mia."

Deborah non era così sicura ma le brillarono gli occhi. "Forse quando ci presenteranno sarà meglio che non accenni al fatto che suono la viola o che sparo meglio di quanto ricamo?"

"Per niente, mia cara. Penso che sarete voi a essere piacevolmente sorpresa da sua... la madre di Julian. È, a dir poco, una signora molto *affascinante*."

"E il padre?"

Martin appoggiò la sua ciotola di caffè. "Ah, *Monseigneur* è un gusto acquisito."

"*M'sieur* Ellicott," disse Deb, con le guance che colorivano, "potrete trovarlo strano e incredibile, ma sono sposata al vostro figlioccio da quasi dieci settimane e ancora so così poco della sua famiglia. Oh, ha parlato di loro in senso generale ma non so niente di preciso e mentre eravamo in Cumbria non ho sentito la necessità di fargli domande; in realtà la mia felicità mi ha impedito di fare domande per paura di scoprire qualche orribile impedimento al nostro matrimonio. Era come se il solo fatto di chiedere avrebbe potuto mandare in frantumi le mie speranze per il futuro." Fece una risatina. "Oh, santo cielo, mi state guardando come se fossi un'oca sciocca, che è come mi sento!"

Prese un croissant dal piatto che Fibber aveva messo in mezzo al tavolo e divise delicatamente gli strati di pasta friabile, eppure il pensiero di mangiarlo le faceva inesplicabilmente venire la nausea. Aveva provato la stessa spiacevole sensazione al Duckpond Inn, e prima di allora durante gli ultimi giorni del suo soggiorno in Cumbria. Spinse via il piatto.

"Perdonatemi se vi ho messo a disagio con le mie confidenze. Mi sto comportando come una di quelle donnicciole che disprezzo tanto e non riesco a capire perché."

Il vecchio le sfiorò la mano ma non riuscì a guardarla negli occhi.

"Mia cara, se in qualunque momento sentirete il bisogno di un *sostegno*... Quello che sto cercando di dirvi è," si affrettò a concludere, "che ci conosciamo da qualche anno oramai, e vi considero quasi una nipote. Dovete sapere che vi sono affezionato e che la vostra felicità per me è importante. Quello che sto cercando di dire è che io... Io sono qui se mai avrete bisogno di me."

Deb fissò la sottile mano bianca e poi i chiari occhi azzurri, rannuvolandosi. Il cuore le batteva forte in petto.

"Grazie. Il vostro sostegno vuol dire molto per me, *M'sieur*" disse, grata e poi diede voce, in un sussurro, alla sua paura più profonda: "Sono veramente sposata con Julian?"

Il sorriso del vecchio fu rassicurante.

"Decisamente sì. E prima che lo chiediate, sì, Julian è veramente il mio figlioccio; un onore conferitomi dai suoi genitori. Questi due fatti sono indisputabili." Le strinse la mano prima di mettersi comodo. "E visto che siete sposata con il mio figlioccio, mi piacerebbe che mi chiamaste Martin."

"Mi piacerebbe molto. Grazie." Giocherellò nervosamente con i riccioli che le ricadevano in grembo. "Sarebbe ingenuo da parte mia credere che Julian non abbia parlato di me con voi, quindi forse mi offrite il vostro sostengo perché siete preoccupato che i suoi genitori obiettino alla sua scelta della moglie. Dopo tutto, ho sfidato mio fratello per vivere a Parigi e non sono tornata a casa finché non mi ha obbligato. Le donne di buona famiglia non si comportano così." Il volto le si riempì di colore. "Né si sposano in segreto."

"Mia cara ragazza, i genitori di Julian non potranno fare altro che imparare a volervi bene come ho fatto io. So in effetti qualcosa dell'episodio di Parigi e vi fa onore che vi siate sentita obbligata a sfidare Sir Gerald per stare al capezzale del vostro fratello malato. Voi, una ragazzina, l'avete curato e vi siete presa cura di sua moglie e del suo giovane figlio quando altri membri della vostra famiglia, che ne avrebbero avuto l'obbligo più di voi, non l'hanno fatto. Siete da lodare, non da condannare, e sono sicuro che questa sarà anche l'opinione della famiglia di Julian."

Martin riempì la ciotola di caffè, chiedendosi come spiegare la sua preoccupazione più pressante senza essere sleale con il suo figlioccio.

"Suo padre può essere opprimente. In effetti, Julian si è sentito sopraffatto da lui quando era giovane, tanto che ha trovato quasi impossibile vivere sotto la lunga ombra gettata dal prestigio di suo padre. Non esagero dicendovi che l'adolescenza del mio figlioccio è stata tempestosa e in qualche modo malfamata." Alzò gli occhi su Deb. "Nei prossimi mesi, sentirete, senza dubbio, molti racconti contraddittori. Alcuni potranno essere veri, altri mere invenzioni di quelli che cercano di danneggiare Julian, per punirlo di quelli che credono essere torti passati. Io non scuso il suo comportamento, né lo giudico. Tutto quello che vi chiedo è di ricordare che lui è stato sagomato da quello che è destinato a diventare. Ho fiducia che sarete in grado di venire a patti con questi fatti inalterabili. Se non riuscirete…" Si fermò e si sforzò di sorriderle e cambiò completamente argomento prima che Deb dicesse una sola parola. "Non sono mai stato a Crewehall ma mi dicono che la posizione sulle rive del lago Windermere è qualcosa di spettacolare…"

Deb stava ancora elaborando il suo suggerimento e questa domanda irrilevante sulla destinazione della sua luna di miele non le entrò subito in testa. Voleva continuare a interrogare il vecchio sulle origini di Julian ma furono distratti da un cavallo con il suo cavaliere che galoppavano attraverso il prato tra la terrazza e il fiume e si dirigevano alla scuderia. Era suo marito.

Il marchese riapparve sulla terrazza, con un velo di sudore e di polvere. I folti riccioli neri erano umidi, come la camicia bianca e i calzoni beige. Sembrava avesse spinto se stesso e il cavallo oltre i limiti e come se non avesse dormito la notte precedente. Deborah e il vecchio si alzarono lentamente in piedi. Aspettarono che parlasse. Julian si tolse i capelli dagli occhi stanchi e si concentrò sul croissant spezzato ma non mangiato sul piatto di Deb.

"Dovete mangiare, e più di quello soltanto," dichiarò, poi si rivolse a Martin, passando al francese. "Ho messo una pila di corrispondenza sul tavolo nell'atrio. Potreste provvedere a farla portare a Bath, oggi?"

"Certamente", rispose Martin senza esitare e senza battere ciglio.

"*M'sieur* Muraire si è alzato?"

"Sì, *M'sieur.*"

"Non lo farò aspettare. Devo solo fare il bagno e cambiarmi."

"Farò in modo che Fibber informi *M'sieur* Muraire che lo vedrete tra… diciamo, un'ora?" Chiese educatamente il vecchio, come se non ci fosse nulla di strano.

Deborah guardò Martin e poi Julian, senza riuscire a capire la formalità nel tono della loro conversazione in francese, né perché entrambi gli uomini si dessero tanta pena per evitare di dichiarare l'ovvio. Fu troppo per lei.

"Buon Dio, Julian, siete esausto!" Esclamò in inglese. "Siete stato alzato tutta la notte. Avete bisogno di dormire."

Il marchese si inchinò verso di lei, senza guardarla negli occhi.

"Vi ringrazio per la vostra premura, mia cara," rispose. "Ora dovete scusarmi entrambi," ed entrò in casa, con Deb che lo guardava mordendosi il labbro, ed erano mesi che non lo faceva.

DODICI

"*Monseigneur* capisce che se non riusciremo a persuadere *Mademoiselle* Lefebvre a cambiare la sua oltraggiosa accusa dovrà essere interrogato da *M'sieur* Sartine, il tenente di polizia di Parigi?" Spiegò pazientemente *M'sieur* Muraire, il celebrato avvocato francese. "Io vi dico, suo padre è fermamente deciso a portarvi davanti al giudice. Se non possiamo convincere Sartine che la ragazza è una bugiarda, allora i nostri sforzi sono sprecati. Mi dispiace, *Monseigneur*, ma Sartine, lui non avrà altra scelta che accusarvi di rottura della promessa."

"Questo è molto brutto per voi, *Monseigneur*, molto brutto davvero," mormorò Auguste Pothier, il portaborse dell'avvocato, con qualcosa di simile al compiacimento.

"Pothier! Stupido! State zitto!" Esclamò secco l'avvocato e fissò con uno sguardo così duro il portaborse che Pothier si inchinò profondamente alla larga schiena diritta del loro nobile cliente e si ritirò dietro a un fascio di carte stropicciate, brontolando tra sé e sé che la sua affermazione era giusta.

M'sieur Muraire si schiarì forte la gola. "Mi scuso se la stupidità di Pothier vi ha allarmato, *Monseigneur*."

"La minaccia di Lefebvre non mi spaventa proprio," disse pacatamente il marchese, riempiendosi il bicchiere di chiaretto. "Una volta che avrò fatto la mia dichiarazione a Sartine, questa accusa assurda sarà lasciata cadere."

M'sieur Muraire guardò il suo cliente con diffidenza.

"Forse c'è un modo che potreste considerare valga la pena di portare avanti con il padre della ragazza. *M'sieur* Lefebvre, lui è un uomo molto orgoglioso e molto ricco. Questa stupidaggine della rottura della promessa potrebbe essere superata se *Monseigneur* dovesse… dovesse...” L'avvocato si diede coraggio con un'opulenta annusata del suo fazzoletto profumato. Pothier fissava il suo padrone trattenendo il fiato.

“… Se *Monseigneur* accettasse di *sposare Mademoiselle* Lefebvre.”

La proposta rimase sospesa in un silenzio assordante, con entrambi i francesi che si fissavano con il fiato sospeso.

“Sposare? Sposare una *putain*?” Ringhiò Julian, con furia incredula. “Avete perso la testa? Questa è l'esatta ragione per cui quella puttana mi ha accusato di averla sedotta, imbecille! Cristo, preferirei tentare la sorte con un giudice con la mania dell'impiccagione!”

“Naturalmente! Naturalmente!” Borbottò Muraire. “Un imbecille. Pothier siete un imbecille per averlo suggerito!” Ammonì il suo portaborse sventolando vigorosamente il fazzoletto. “Perché vi do retta? È assurdo suggerire che *Monseigneur* possa mai contemplare il matrimonio con una puttana borghese! È il suo scopo, no? Non ve l'ho forse detto? Quello che dobbiamo fare è arrivare alla ragazza e interrogarla,” continuò con voce più normale, facendo un giro frettoloso intorno allo studio con le scarpe dal tacco altissimo. “Ma la sua casa è una fortezza impenetrabile! Suo padre non lascia né entrare né uscire nessuno senza un suo ordine preciso. Il posto è pieno di ruffiani che fingono di essere servitori.”

“Con il dovuto rispetto a *Monseigneur*, la ragazza ha dato un'intima descrizione del suo… ehm, *équipage* al tenente di polizia,” disse Auguste Pothier con una specie di grugnito nervoso, rivolgendosi esclusivamente al suo stimato collega, non osando guardare nella direzione del nobiluomo. “Mi rendo conto che questo in sé non è una prova che *Monseigneur* abbia offerto il matrimonio alla ragazza per dividere il suo letto, ma è comunque una prova schiacciante.”

“Non fate il somaro, Pothier!” Lanciò sdegnoso *M'sieur* Muraire al portaborse, con un'altra annusata al fazzoletto dal forte profumo. “Vi comportate ancora una volta come un idiota! Perché vi sopporto? Allora questa stupida sciacquetta, questa *Mademoiselle* Lefebvre, è in grado di descrivere a Sartine il considerevole *telum* di *M'sieur*. Ma che cosa prova, eh? Prova, Pothier, che è una piccola *putain* calcolatrice. E questo è tutto quello che prova. *Enfin*.”

Si voltò sugli alti tacchi delle scarpe rivestite di damasco con le enormi fibbie e si allontanò dalla finestra, dove il marchese restava immobile a fissare il gruppo di alberi dall'altra parte del viale. Continuò.

"Una giovane donna che dichiara di aver permesso al suo amante piena libertà con sua persona solo dopo che le ha promesso il matrimonio, e poi descrive con evidente chiarezza i ragguardevoli genitali del suo amante al tenente di polizia, non è un'innocente sedotta ma una puttana esperta, che ha volontariamente aperto le gambe a un nobiluomo sperando di intrappolarlo in un matrimonio."

"*Touché*!" Dichiarò Auguste Pothier, pieno di ammirazione per il ragionamento toccante del suo collega, ma l'apprezzamento morì nei suoi occhietti quando il loro nobile cliente parlò dalla finestra, senza voltarsi.

"Non mi interessa, comunque sia," disse Julian con annoiata indifferenza. "Quello che voglio è che questo disgustoso episodio venga chiuso."

"Naturalmente. Naturalmente," mormorò nervosamente Pothier il portaborse e si rivolse al suo stimato collega. "C'è una voce, non comprovata, capite, che *Monseigneur* abbia messo incinta *Mademoiselle* Lefebvre. Lasciando da parte la sua accusa di rottura della promessa, la penetrazione può portare a una gravidanza. Una *Mademoiselle* Lefebvre incinta attirerebbe sicuramente la simpatia di un giudice." Fece un'altra serie dei suoi versi nervosi. "*Enfin*. Anche questo è un problema che vale la pena di prendere in considerazione, no, *M'sieur* Muraire?"

L'avvocato scambiò un'occhiata significativa con il suo nobile cliente prima che il marchese si voltasse di nuovo verso la finestra. Muraire si chinò e sussurrò al grosso e florido orecchio di Auguste Pothier un'informazione intima che il marchese gli aveva confidato ma che era fino a quel momento stata negata al portaborse. L'imbarazzo fece venire a Pothier un accesso soffocante di tosse.

"Povero Auguste! Le sue rudimentali abilità nel ricevere piacere da una puttana non includono avere molta immaginazione." Lo derise *M'sieur* Muraire, scuotendo la testa incipriata. "Forse, se *Monseigneur* potesse essere così gentile da scrivergli un biglietto di presentazione per il bordello di *Madame* Celeste a Saint-Germain, una delle sue seguaci di Saffo dalla bocca di miele sarebbe lieta di ampliare la sua educazione?"

Appena l'avvocato ebbe pronunciato quelle parole, si pentì immediatamente del suo modo libero e franco di parlare, perché fu subito evidente dalla rigidità dell'ampia schiena del gentiluomo alto che questo commento sconsiderato aveva superato il profondo solco sociale che li separava. Ma prima che l'avvocato potesse correggere questo passo falso sociale, colse una visione di grazia sulla soglia. Che Auguste Pothier l'avesse vista anche lui e avesse smesso di soffocare per la tosse convinse Muraire che non era testimone di una apparizione eterea.

DEB ESITÒ IMBARAZZATA E INCERTA SULLA SOGLIA, DIMENTICA dello spettacolo che offriva a questi estranei. Senza i servigi di una cameriera e non aspettandosi di ricevere visitatori, si era vestita per essere comoda. Senza il grande cerchio d'obbligo, gli strati di seta giallo crema cadevano naturalmente intorno alle curve della sua alta figura voluttuosa e in modo tanto rivelatore da invitare un'aperta ammirazione. I suoi capelli rosso scuro ricadevano in onde sciolte fino alle cosce, il volto era delicatamente rosato e il filo di lucide perle intorno al collo attirava l'attenzione su una profonda e invitante scollatura. Ai due francesi apparve come la statua di una dea greca che avesse preso vita.

Entrambi i francesi si piegarono in due immediatamente. Pothier scompigliando la pila di documenti sparpagliata sul tavolo, mentre faceva un inchino affrettato a Deb, e Muraire inchinandosi finché i pizzi ai polsi non spazzarono il tappeto. C'erano sorrisi di apprezzamento per una simile bellezza, ma il loro apprezzamento non era improntato al rispetto per la sua legittima posizione, perché presumevano che fosse l'ultima e quasi certamente la più fresca, della lunga fila di belle amanti del nobiluomo inglese.

Il silenzio innaturale fece voltare Julian verso la stanza e vide immediatamente il motivo della distrazione dei francesi. Fissavano sua moglie a bocca aperta, in silenzio, con i loro stupidi, lascivi sorrisi che si allargavano mentre osavano spogliarla con gli occhi. A disagio e imbarazzata per essere ammirata così apertamente e carnalmente, la normale sicurezza di sé abbandonò Deb e Julian fu testimone della macchia rossa di imbarazzo che si diffuse sul seno bianco e sul collo; prova evidente che aveva capito che questi francesi la ritenevano una puttana.

Fu però l'espressione sul viso cereo del marito che la spaventò del tutto. Perché, nonostante si fosse fatto il bagno e si fosse rasato dopo l'estenuante cavalcata di quella mattina e fosse elegantemente vestito con una camicia di lino bianca, calzoni beige e panciotto di seta color ostrica, gli occhi verdi erano opachi e vuoti, cerchiati dalle ombre profonde di una notte senza sonno. La bocca era tirata in una linea sottile, sparito il sorriso amichevole e c'era qualcosa di freddo e di completamente distante in lui. Per Deb, avrebbe tranquillamente potuto essere un attraente sconosciuto.

La rabbia di Julian verso questi francesi che osavano valutare apertamente la sua bella e giovane moglie era così intensa da accendere una gelosia e una rabbia cupa che erano nuove per lei e per niente benvenute. Eppure, non gli venne in mente di correggere la supposizione dei francesi, il suo orgoglio non gli avrebbe permesso di offrire una spiegazione che lui non riteneva meritassero. Il suo unico pensiero fu di togliere Deb il più presto possibile da una situazione imbarazzante. Si fece avanti, spingendo da parte entrambi gli uomini. Prima che potesse agire, però, Deb entrò nella stanza, parlando in francese con la sua voce chiara e forte, con le lunghe dita che giocherellavano con i fili di perle che le ricadevano sul seno: l'unico segno del nervosismo imbarazzato.

"*Monseigneur,*" disse, prendendo esempio dal modo in cui i francesi si rivolgevano a suo marito, "pensavo che forse avreste voluto presentarmi ai nostri ospiti prima che ci chiamino per il pranzo?"

Poteva essere imbarazzata ma Julian vide in fretta la scintilla di sfida nei suoi occhi marroni e seppe immediatamente che doveva essere rimasta sulla soglia per parecchio tempo. Si rivolse a lei in inglese.

"Mi dispiace, mia cara. Questa fastidiosa faccenda legale sta prendendo più tempo di quanto avessi pensato."

"Oh? Forse posso aiutarvi?"

Julian si rannuvolò. "Non vi deve preoccupare minimamente."

"No?" Rispose in fretta Deborah, cercando di evitare che la voce tremasse. Diede al marchese un'occhiata furiosa mentre si avvicinava alla finestra e fuori dalla portata d'orecchio dei due avvocati, dicendo in inglese: "Non mi deve preoccupare che mio marito e i suoi avvocati considerino corretto discutere i punti più delicati del suo... del vostro... Discutere di voi come se foste un toro da monta!" Fece un'incerta risata noncurante ma dentro di sé stava andando a pezzi. "Pensare che il più intimo dei dettagli personali sia oggetto della deposizione scritta di una puttana francese. È questo che definite una fastidiosa faccenda legale che non dovrebbe preoccupare vostra moglie? Forse gradirebbero prendere anche la mia dichiarazione, o preferiscono misurare da soli *l'offensivo strumento di Monseigneur?*"

"*Madame* non ha il diritto di parlare di cose di cui non sa nulla!"

Deb diede un sospiro teatrale e abbassò lo sguardo in un gesto di finta umiltà, apparentemente concentrandosi sui lunghi fili di perle.

"Proprio vero, signore. Dopo tutto io sono solo la vostra ignorante mogliettina e come tale incapace di fare i necessari confronti. Senza dubbio le puttane di Saint-Germain saranno entusiaste di fare un elogiativo resoconto del vostro-vostro... *telum.*"

"Basta," ringhiò Julian facendo un passo verso di lei.

Deb fece un passo indietro, una mano alla gola bruciante e si obbligò a guardarlo in faccia. Sentiva le lacrime calde dietro gli occhi ma si sforzò di non piangere. Se avesse cominciato a piangere, i singhiozzi sarebbero seguiti subito. E non voleva piangere, voleva dare un senso a quello che aveva sentito per caso. Voleva che Julian glielo dicesse, che la rassicurasse, che si sbagliava, che questi francesi stavano parlando di qualcun altro, chiunque altro, ma non suo marito. Ma lui non la rassicurò, né parlò. Si limitava a fissarla ammutolito dalla rabbia. Deborah fece una risatina che si fermò di colpo e disse, sdegnosa:

"Oh? Non avevo idea che fosse perfettamente accettabile discutere di questi intimi dettagli con dei portaborse e non con vostra moglie, che ha potuto apprezzarvi in tutta la vostra gloria."

Proprio mentre Julian allungava la mano verso di lei, con il volto livido per l'imbarazzo, lei si rivolse ai due francesi, dicendo in tono leggero nella loro lingua, mentre tendeva loro la mano:

"Non avete intenzione di presentarmi a questi due affascinanti gentiluomini?"

Il marchese si voltò verso i due avvocati che guardavano avidamente, felice che ignorassero l'inglese, e disse con una voce gelida, che spazzò via i lascivi sorrisi di apprezzamento dalle loro facce olivastre: "*M'sieurs* Muraire e Pothier, vi presento mia moglie, *Madame la Marquise d'Alston.*"

Muraire fu così sbalordito che si chiese se aveva sentito bene, barcollò all'indietro e lasciò cadere il fazzoletto profumato, ricomponendo velocemente il volto per assumere un'espressione di rispetto mentre eseguiva un inchino degno di un'udienza reale a Versailles. Pothier era altrettanto stupito; e pensare che aveva apertamente valutato il magnifico seno della ragazza di fronte al suo nobile marito! Si inchinò finché cadde in ginocchio per raccogliere i documenti che aveva fatto cadere e che si erano sparpagliati sul tappeto, cercando di fare qualcosa per coprire il suo stato di acuto imbarazzo. Entrambi gli uomini distolsero rispettosamente lo sguardo. "*Madame la Marquise d'Alston?*" Ripeté Muraire con manifesta sorpresa mentre si piegava sulla lunga mano bianca tesa verso di lui. "Certo, naturalmente! Affascinante! Incantevole!" "Affascinante! Incantevole!" Lo scimmiottò Auguste Pothier, con il naso bulboso ficcato in una bracciata di pergamene spiegazzate.

L'avvocato guardò ansiosamente il suo nobile cliente, come se avesse diritto a un'ulteriore spiegazione, ma Julian lo ignorò.

Stava guardando fisso Deb, che aveva strappato via la mano e si era voltata a guardarlo come se fosse un'apparizione. La sua sorpresa era infinitamente maggiore di quello che potevano aver provato i due francesi per il loro *faux pas* sociale. Il misto di disgusto e incredulità rabbiosa sul volto pallido non lo sorprese.

Aveva paventato l'arrivo di quel momento per mesi, aveva pensato al modo migliore di dirle la verità ed era riuscito a convincersi che forse, dopo due mesi e mezzo di matrimonio, ora non le sarebbe importato che Julian Hesham e il marchese di Alston fossero la stessa persona. Ma le importava, si vedeva che le importava, e molto. Il suo acuto disagio e l'amara delusione lo resero altezzoso.

"Vedo che non siete molto contenta di scoprire che siete la marchesa di Alston."

Deb era talmente paralizzata dall'incredulità che non riuscì a muoversi o a parlare per qualche momento. Era intorpidita dalla testa ai piedi.

"Questo è uno scherzo crudele!" Esclamò alla fine, guardandolo, disperatamente ansiosa che Julian stesse solo recitando a beneficio dei francesi o che lei avesse sentito male il suo annuncio che lei era la marchesa di Alston, moglie dell'erede del ducato di Roxton.

Ma lui non la guardò, ammiccando, per farle passare le sue peggiori paure. In effetti, non la stava guardando del tutto ma stava alla finestra, fiutando una presa di tabacco con tutta la *nonchalance* di un gentiluomo a una partita di carte. Julian fece un cenno ai due avvocati francesi mentre rimetteva in tasca la tabacchiera d'oro e si avvicinò a lei, dicendole all'orecchio mentre le prendeva il braccio:

"Suggerisco di continuare il nostro *tête-à-tête* senza un pubblico."

E la spinse verso la porta.

Deb cercò di liberarsi di lui tentando di mantenere un po' di dignità mentre subiva l'impatto della sua situazione con un'ondata di diniego e furiosa incredulità. No. Suo marito non poteva essere il marchese di Alston! Suo marito era Julian Hesham. Era del tutto assurdo pensare che lei si fosse sposata di nascosto con un libertino senza coscienza. Ma i sordidi dettagli che aveva sentito in quella stessa stanza confermavano le voci sulla reputazione malfamata del marchese. Perché si era fidata di cose così intangibili come l'istinto e l'intuito? Perché lui era fuggito con lei? La testa le girava e le venne l'orribile pensiero che Julian l'avesse sposata per ragioni che conosceva solo lui ma che l'amore non era certamente una di quelle. Riflettendoci, si rese conto di un'altra cosa straordinaria, che le fece venire la nausea: non una volta, in nessun momento del tempo che avevano passato insieme, lui le aveva dichiarato il suo amore per lei.

La sua vita matrimoniale crollò su se stessa e divenne polvere.

Cercò di restare diritta, di non far capire ai due francesi, che la osservavano con gli occhi bassi, e a questo aristocratico che lei non conosceva per niente e che la spingeva verso la porta, che stava male ed era vuota e nel panico. Le ossa le sembravano fragili come carta bruciata e il cuore le faceva male, come se l'avessero calpestato. Poi l'enormità della situazione fu troppo. Le ginocchia cedettero e il tappeto le venne incontro.

QUANDO DEB APRÌ GLI OCCHI E CERCÒ DI SEDERSI, un'ondata di nausea la obbligò a restare ancora un po' tra i cuscini. Era sul sofà accanto al camino, gli avvocati erano usciti dallo studio e Martin Ellicott la fissava preoccupato. Deb voltò via la testa, con un singhiozzo che le moriva nella gola secca, e là a fissare il fuoco, con le mani nelle tasche dei calzoni, c'era l'alta figura cupa del marchese di Alston: suo marito.

Il marchese di Alston era *suo marito*.

Parte di lei non credeva ancora che il gentiluomo che aveva sposato e con il quale aveva diviso i momenti più intimi, fosse il famigerato erede del ducato di Roxton. Come aveva potuto essere così stupidamente ingenua e fiduciosa? Come aveva potuto seguire il suo cuore? Dov'era finito il suo senno? Perché la testa non aveva messo in guardia il cuore? Che pazzia l'aveva posseduta per sposarlo, senza nemmeno pensarci? Era stata la stessa impetuosità che l'aveva vista scappare per curare Otto? Ma Otto era suo fratello e il loro amore reciproco era incondizionato. Aveva pensato che il suo amore per quest'uomo e il suo amore per lei fosse dello stesso tipo. L'amore doveva veramente essere cieco. Non solo cieco, pensò, ma completamente ottuso!

Si disprezzava per essere svenuta in quel modo. Non aveva idea di cosa le avesse preso per reagire in quel modo assurdo e da persona debole. Non era più lei ultimamente e, anche se aveva un sospetto, non ne aveva ancora parlato perché voleva esserne assolutamente certa prima di dare a suo marito la meravigliosa notizia. Ora, la notizia non era più così meravigliosa e la terrorizzava. E non sarebbe svenuta di nuovo. Doveva essere forte. Doveva dare un senso a questa situazione stupefacente nella quale si trovava. Era da quando si era imbarcata sulla nave per attraversare la Manica verso la Francia per stare con Otto che non si sentiva così sola al mondo.

"Non ero mai svenuta in vita mia," disse a voce alta, incredula, mentre si raddrizzava lentamente e metteva i piedi sul tappeto.

"Non mi sorprende," disse apaticamente Julian, parlando alle fiamme. "Non fate un vero pasto da tre giorni."

Deb fissò la sua larga schiena, con la nausea che lasciava il posto a una pesantezza di cuore e di mente. Si rivolse a Martin. "Vi sarei grata se mi deste un bicchiere d'acqua."

Il vecchio le portò l'acqua con un'espressione afflitta. "Ero sincero questa mattina, milady," mormorò in fretta. "Se mi fossi reso conto che lo shock avrebbe... Io-io, mi dispiace tanto."

Il marchese girò la testa. "Martin, lasciateci soli."

"No!" Deb si alzò e barcollò.

Con una falcata Julian l'afferrò per il braccio, ma Deb lo scrollò via, non volendo che la toccasse, e si tenne in piedi con una mano sullo schienale del sofà.

"Ho bisogno di qualcun altro qui, oltre a voi, per dare un senso a tutto questo... questo *incubo* nel quale mi trovo. Per favore, *M'sieur* Ellicott, ditemi: quest'uomo è veramente il marchese di Alston?"

"Sì, milady."

"E noi siamo veramente marito e moglie?"

"Sì, milady."

Deb si prese un momento per riprendersi, respirando a fondo mentre lottava contro il panico. Non servì molto che le risposte brevi di Martin fossero seguite da un pesante silenzio. Nessuno dei due uomini parlò e lei sapeva che la stavano guardando e aspettavano. Si lasciò sfuggire un piccolo singhiozzo isterico ma represse il desiderio di scoppiare in lacrime, con una mano tremante sulla bocca.

"Com'è ironico! Non mi sarebbe importato nulla che mio marito fosse il figlio bastardo di qualche illustre nobiluomo," confessò. "Eppure trovarmi sposata all'erede del più importante ducato del regno mi riempie di terrore nauseante." Si rivolse a Julian. "Londra deve essere piena di ereditiere dal cervello di gallina desiderose di sposarvi nonostante la vostra sordida reputazione. Perché io?"

"Dozzine," rispose amaramente Julian. "Ma nessuna tanto stupida da osare insultare il mio lignaggio!"

"Che cosa dovevo pensare quando non avete mai parlato una volta della vostra famiglia, anzi, avete fatto di tutto per non rendere nota la loro identità?" Gli rispose Deb. "Eppure *M'sieur* Ellicott è il vostro padrino, un uomo che è stato il valletto di un vecchio aristocratico, che ora mi rendo conto era il duca di Roxton. Quanti gentiluomini di vostra conoscenza hanno nominato il loro valletto padrino dei loro figli legittimi?"

"Milady, questo grande onore mi è stato concesso perché…"

"Martin! Non dovete giustificarvi!" Lo interruppe rabbiosamente Julian.

"Eppure sua signoria ha ragione," rispose con calma il vecchio, aggiungendo, con un sorriso al suo figlioccio: "Vostra moglie ha dovuto tirare le proprie conclusioni sui vostri natali, eppure vi ha sposato lo stesso."

Julian alzò furiosamente una mano, con il rossore che gli illuminava d'imbarazzo le guance magre. "E supponete che questo debba placarmi, che mia moglie mi abbia creduto di sangue bastardo, il vile prodotto di un momento di *lussuria*?"

"Il vostro orgoglio è intollerabile!" Esclamò Deb rabbiosa. "Mi meraviglia che vi siate abbassato a prendere per moglie una donna che dà più importanza al carattere di un uomo che al suo impeccabile pedigree. Un titolo nobiliare non fa un gentiluomo, né dà il diritto a un nobile di guardare dall'alto in basso quelli che non dovrebbero essere biasimati per i peccati dei loro padri!"

"La mia sposa è stata scelta per me quando avevo *quindici* anni," dichiarò Julian senza preamboli, fiutando una presa di tabacco e, quando Deb batté le palpebre senza capire, aggiunse, freddamente: "L'ultima cosa che volevo fare su questa terra era subire una cerimonia nuziale nel bel mezzo della notte, con una ragazzina ossuta ancora nella nursery ma mio padre, nella sua infinita saggezza, aveva deciso che era la cosa migliore per un erede ribelle sul punto di partire per il Grand Tour e che avrebbe raggiunto la maggiore età in terre straniere. Chi sa che cosa sarebbe potuto succedere in quegli anni di esilio? Avrei potuto ritornare a casa con una sposa completamente inadatta."

Deb lo guardò sbattendo gli occhi, con una ruga tra le sopracciglia.

"Nel mezzo della notte? *Quindici*?"

Inghiottì il groppo che sentiva in gola, con la mente che girava intorno alle sue parole, poi spalancò gli occhi con l'improvvisa consapevolezza, e si voltò in fretta a guardare Martin.

Julian fece un sorriso sghembo.

"Eravate una scialba cosina marrone quando avevate dodici anni," le disse, strascicandole parole. "Fortunatamente per me siete sbocciata in una rosa di rara sensuale bellezza. Rende il nostro matrimonio molto più… *accettabile*."

"Ma… come? No. *No*. Era un sogno, un *sogno* vivido indotto dall'oppio. La bambinaia me ne aveva dato una dose prima di andare a letto. Non ricordo per che cosa. Aveva detto che mi avrebbe fatto dormire. E quando il giorno dopo le ho raccontato il sogno mi ha detto di dimenticarlo," sostenne Deb, con le dita strette nelle pieghe della seta crema. "Ha detto che era il laudano. Ero su un'altalena e Otto stava suonando la viola ed eravamo nella foresta e il momento dopo ero in piedi davanti a un-un grasso vescovo e c'erano questi due vecchi uomini e un ragazzo triste con gli occhi verdi. In effetti, tutti sembravano tristi e hanno rattristato anche me. Era tutto troppo fantastico per essere vero. Doveva essere un sogno. Per me era *perfettamente logico* che fosse un sogno."

Scosse la testa, cercando di cancellare il ricordo. Ma un'occhiata al marchese e ai suoi occhi verde smeraldo e seppe che le stava dicendo la verità.

Si mise una mano gelata sul girocollo di perle che circondava la gola chiusa e lentamente si lasciò cadere sull'orlo di una poltrona.

"Ero semiaddormentata… Era mezzanotte. Io-io non ricordo nemmeno la metà di quello che mi hanno detto. Essere sposata nel mezzo della notte in quel modo barbaro… È assolutamente *feudale*."

Si rivolse a Martin.

"Voi eravate là," dichiarò meravigliata. "Voi e il… *duca*? Sì, il duca, *suo* padre e Gerry e il vescovo. Otto non c'era per niente, no? Quella parte era un sogno…" Chiuse gli occhi per toglierne le lacrime. "Gerry non ha mai detto una parola. Deve aver ordinato alla bambinaia di darmi l'oppio per garantirsi la mia complicità. Molto più facile darmi in sposa da *drogata*! E poi dirmi che era tutto un sogno? Mio Dio che spregevole *codardo*. Come-come ha potuto farlo?" Chiese con la voce flebile. L'incredulità lasciò il posto alla rabbia e le dita scavarono e stropicciarono la seta delle gonne mentre grosse lacrime le cadevano in grembo e macchiavano il tessuto. "Come ha *osato* darmi in sposa in quel modo ingannevole, subdolo. Ero solo una bambina, sua *sorella*. Non un animale di fattoria da portare ciecamente al mercato e vendere a miglior offerente!"

"Mia cara ragazza, sapete bene quanto me che nella nostra cerchia le donne non hanno diritto di decidere per conto loro," la interruppe Julian, senza mezzi termini. "Non ha importanza che abbiate avuto dodici o vent'anni." Le rivolse un sorriso a mezza bocca. "Eppure, lasciando perdere il mio insopportabile orgoglio, potendo scegliere, mi avete sposato lo stesso. Certamente non ci avete pensato due volte a fuggire con uno sconosciuto che avete trovato sanguinante per una ferita di spada nella foresta. Qual è la differenza? Meglio approfittarne."

Deb restò a bocca aperta davanti alla sua sublime arroganza.

"Mi avete portato a credere che avevo *scelta* perché mi avete permesso di innamorarmi di un essere falso: un gentiluomo di buoni sentimenti e pensieri elevati che mi amava per me stessa; tutte cose che non siete! Tutto quello che vi interessava era portarmi nel vostro letto!"

Il marchese fiutò una presa di tabacco, con un'occhiata di traverso al suo padrino, che si era educatamente ritirato nell'angolo più remoto della stanza.

"Ovvio che vi volessi nel mio letto, stupida ragazza. Siete mia moglie. Non potevo permettere che vi lasciaste sedurre e finire in un legame bigamo con i tipi come Robert Thesiger. Voi appartenete a me, anima e corpo, e a nessun altro."

"È così che la pensate?" Ribatté Deborah, alzandosi di nuovo in piedi. "Posso essere una donna ma ho un cervello e una volontà mia. Non accetterò un matrimonio a sangue freddo stipulato per la vostra auto-conservazione dinastica! E non lascerò che mi ostentiate in società come vostra moglie, un semplice accessorio per il vostro status sociale. È un'esistenza vuota, senza sostanza. Potete anche possedermi legalmente, per ora, ma non mi avrete mai."

Il marchese chiuse la tabacchiera con uno scatto, con un sorriso a metà tra l'imbarazzato e il lascivo. La fissò, alzando le sopracciglia.

"Ma vi ho già avuto, mia cara, due, spesso anche tre volte al giorno."

"Come osate degradare i nostri più intimi..."

"Oh, non mi lamento. Tutt'altro. Sono stato deliziosamente sorpreso di scoprire che i nostri appetiti fisici sono simili. Anche se... un tale entusiasmo carnale non è quello che ci si aspetterebbe da una vergine..."

Deb lo schiaffeggiò, un forte colpo doloroso che lo fece arretrare per la sorpresa.

"Mi *disgustate*. Lo stallone sperava di mettere incinta la giumenta? Era quello lo scopo di *montarmi* ogni giorno per dieci settimane? Che lavoro faticoso per voi! Oh? Il mi linguaggio volgare vi *offende*? Ah! O forse è la nuda verità che vi dà fastidio? Ringrazio Dio di aver scoperto la verità prima che si sia realizzata l'*orribile* prospettiva di concepire vostro figlio. Non avrò *mai* i vostri figli!"

Julian le prese il polso e la tirò contro il suo petto, torcendole il braccio dietro la schiena e tenendola così stretta da non potersi muovere.

"Nel bene e nel male, *amore mio*, siete mia moglie," le sussurrò malignamente in faccia. "Montarvi, come avete poco delicatamente detto, è un mio diritto. E, per Dio, quando vorrò montarvi voi allargherete quelle adorabili lunghe gambe quanto vorrò e mi farete posto. Mi avete capito?"

Deb fissò il volto di Julian distorto dalla rabbia e tremò per la ripugnanza.

"Posso facilmente credere che un-un *mostro* capace di un inganno a sangue freddo sia anche capace di fare violenza a sua moglie. Non verrò mai più volontariamente nel vostro letto. Se sperate di mettermi incinta dovrete *violentarmi*."

Julian la spinse via con una sbuffata di furioso imbarazzo, con la guancia ben rasata ancora rossa per lo schiaffo. Si voltò verso la finestra.

"Vi conforti il fatto che prima mi darete un figlio prima finiranno i nostri rapporti. Poi potrete andare per la vostra strada, per quello che mi importa."

Una simile prospettiva gelò Deb fino al midollo e si sedette sul sofà con la testa china, con le lacrime di rabbia, frustrazione e incredulità che scendevano liberamente lungo le guance bollenti. Raccolse le poche riserve di dignità che le restavano e fece un respiro profondo. Doveva fargli capire la ragione, per il bene di entrambi.

"Se non avete nessun riguardo per me, pensate al figlio di una

simile detestabile unione," gli disse con calma. "Sicuramente non
vorrete che vostro figlio cresca per scoprire un giorno che suo padre
è un libertino che mette al mondo dei figli con le puttane francesi e
poi li abbandona al loro fato? Non vorrete che vostro figlio viva
sapendo che è un privilegiato mentre i suoi fratelli e sorelle bastardi
sono marchiati per sempre dalla società come reietti sociali, senza
possibilità di un buon matrimonio, senza poter entrare in questa
società cui appartiene vostro figlio, affrontando chissà quali avversità
e tutto a causa della lussuria incontrollata del loro nobile padre? Che
cosa succederebbe se un giorno un fratellastro o una sorellastra
affrontassero il vostro erede con la verità sui costumi libertini del
loro padre? Che cosa penserebbe vostro figlio di voi, del padre che
gli è stato insegnato a rispettare, emulare un giorno, di come avete
trattato con spregio e disprezzo il letto coniugale diviso con la sua
paziente madre? Quali che siano i vostri sentimenti per me, potreste,
in coscienza, essere un tale mostro per vostro figlio ed erede?"

Si sentì Martin ansimare. Poi attraversò la stanza con qualche
passo veloce e mise la mano sulla spalla di Deb, con gli occhi spalancati in segno di avvertimento, con un dito sulle labbra e un'occhiata
preoccupata al suo figlioccio. Ma Deb non si lasciò zittire.

"Non importa che come vostra moglie io dovrei tenere la testa
alta e ignorare le vostre sgualdrine e la vostra prole mal nata, perché
come marchesa di Alston sono solo polvere sotto i miei piedi," alzò
il mento. "Vi sbagliate di grosso se pensate che io accetterò docil-
mente un matrimonio a sangue freddo, come quello dei vostri
genitori…"

"*Basta*. Ho sentito *abbastanza*," ringhiò Julian, tornando
improvvisamente all'erta e voltandosi verso Deb con il volto imporporato dal una furia assoluta. "Dieci. *Dieci* settimane in mia compagnia e non avete imparato niente, *niente*, di me?" Sputò le parole,
incredulo, e si prese qualche momento per controllare le sue
emozioni, i brillanti occhi verdi fissi sul volto arrossato di Deb.
"Avete insultato i miei stimati genitori più di quanto sia umana-
mente possibile perdonare," continuò con gelida formalità. "Sap-
piate questo, signora. Siete mia moglie nel bene e nel male e, come
mia moglie, siete anche la marchesa di Alston. Imparerete a control-
larvi e le maniere adeguate al vostro stato. Avete un mese per
mettere in ordine i vostri beni, prima che vi mandi a prendere per
raggiungermi a Parigi. E verrete a Parigi quando lo chiederò, anche
se dovessi tornare per portarvi di peso attraverso la Manica io stesso.
È chiaro?"

Deb lo guardò coraggiosamente negli occhi, decisa a restare padrona delle sue emozioni, ma non poté evitare la nota di tristezza nella sua voce.

"E voi, milord, mi avete usato e così crudelmente abusato della mia fiducia e del mio amore che farò *tutto* il possibile per separarci per sempre."

Perché il mio cuore è irreparabilmente a pezzi, avrebbe voluto aggiungere, ma si sentiva troppo emotivamente svuotata e indifferente per continuare. La sua vita, la vita che non aveva visto l'ora di dividere con Julian, ora si era capovolta, tanto che le faceva male la testa solo a pensarci. In una nebbia di incredulità e di tristezza infinita guardò quell'estraneo, quell'aristocratico cui era irrimediabilmente sposata, voltarle le spalle senza un'altra parola e parlare in rapido francese con il vecchio. Poi uscì dalla stanza e sbatté la porta tanto forte che vibrò sui cardini.

"Milady, sono stato incaricato di prendermi cura di voi fino..."

"Per favore, Martin. Non riesco più a pensare oggi."

Il vecchio la guardava con tanta tristezza e pietà nei suoi occhi preoccupati che Deb avrebbe voluto scoppiare in lacrime un'altra volta e scappare dalla stanza. Invece andò lentamente alla porta, fermandosi solo quando l'uomo la chiamò. Voltò la testa, sperando che i suoi lineamenti non tradissero le sue emozioni disordinate.

"Milady, le rivelazioni di oggi sono state uno shock enorme," disse Martin a bassa voce. "Avrei voluto che la faccenda fosse stata trattata diversamente. Non mi scuso per il mio figlioccio, salvo dire che ha il carattere senza freni della gioventù. Non posso dire altro. Spero solo che col tempo, quando conoscerete la verità dietro le voci che circolano intorno al marchese di Alston e finalmente incontrerete i suoi illustri genitori, forse avrete una conoscenza più profonda dell'uomo con cui siete sposata... e troverete nel vostro cuore la capacità di perdonarlo."

"Io non ho un cuore, Martin," gli rispose piano. "Il vostro figlioccio me l'ha appena strappato dal petto."

PARTE II

LA FRANCIA DI LUIGI XV

TREDICI

PARIGI, FRANCIA, 1770

Sir Gerald e Lady Mary Cavendish ospitavano una *soirée* per parenti e amici appena arrivati a Parigi per festeggiare il matrimonio del Delfino con la giovane principessa austriaca, Marie-Antoinette. Il matrimonio regale era in corso nella capitale francese e, per segnare un evento così fausto e storico, tutta Parigi stava festeggiando. Erano stati organizzati balli, feste, concerti all'aperto, commedie, opere, fuochi d'artificio e centinaia di divertimenti gratuiti per la società parigina, che fossero aristocratici o gente comune. L'intera città era in festa. Cartoncini di invito si incrociavano nei salotti dorati dell'alta società. Tutti gli inviti erano accettati, per mostrare la faccia dipinta e l'ultima pettinatura incipriata torreggiante, anche se solo per mezz'ora in un salotto affollato, prima di essere portati via in fretta su una portantina verso l'atmosfera troppo profumata della *soirée* seguente.

Eppure, nonostante l'ambiente tipicamente francese di mobili rivestiti di foglia d'oro, pavimenti in lucido parquet e pareti rivestite di pannelli bianchi e blu, la serata dei Cavendish era un affare marcatamente inglese. Gli ospiti venivano dall'ambasciata inglese oppure erano giovani inglesi, a Parigi per un breve soggiorno all'inizio del Grand Tour; gente con cui Sir Gerald, che non aveva orecchio per le lingue e quindi non conosceva il francese, poteva sostenere una conversazione decente. Diversamente dai cinguettanti, effeminati aristocratici francesi dipinti, gli ospiti della piccola riunione di Sir Gerald conoscevano il suo valore come uno dei parenti preferiti del duca e della duchessa di Roxton; inglesi verso i quali poteva sentire un naturale senso di superiorità.

Si congratulò con se stesso per il tranquillo svolgimento della serata mentre guardava fuori attraverso il grande cortile con i suoi viali di alberi di castagno, sentieri di ghiaia, fontane e cespugli illuminati da *flambeau* tremolanti, e in fondo, a sud, gli imponenti cancelli neri e oro che tenevano fuori il mondo che scorreva nella Rue Saint-Honoré.

Sua moglie era stata una padrona di casa perfetta e gli ospiti debitamente impressionati dalla sua nobile parentela e dall'ambiente. Dopo tutto i duchi di Roxton non permettevano a tutti i parenti l'uso di uno dei grandi appartamenti all'interno del complesso dell'Hôtel Roxton: un insieme di edifici a quattro piani del diciassettesimo secolo con i tetti a mansarda, dimensioni e aspetto imponenti perfino per gli standard parigini.

Ma mentre Sir Gerald beveva l'eccellente chiaretto del duca e ispezionava il paesaggio aristocratico con il suo solito pomposo senso di importanza, i suoi pensieri erano turbati dallo spettro della sua recalcitrante sorella e delle sue richieste folli.

Ogni mattina si svegliava aspettandosi che Deborah tornasse in sé e accettasse il suo matrimonio combinato. Ma ogni giorno veniva amaramente deluso. Non aveva creduto ai suoi occhi quando aveva letto la lettera in cui lo malediceva per averla data in moglie al marchese di Alston. Si era aspettato, come minimo, gratitudine e, per il suo disturbo, aveva ricevuto parole che grondavano rimprovero e ingratitudine. E quando gli aveva chiesto di contattare i suoi avvocati per scoprire un qualche impedimento al suo matrimonio, in modo da poterlo annullare immediatamente, le sue viscere si erano aperte per conto loro.

Non la capiva. Un giorno sarebbe stata una duchessa. E non una duchessa qualunque ma la duchessa di Roxton, moglie dell'uomo più potente e nobile in Inghilterra. Quale migliore incentivo le serviva per restare sposata a Lord Alston, oltre a quello? Lo stile di vita nefando del gentiluomo, il fatto che fosse stato accusato di rottura della promessa di matrimonio da parte di un *Fermier Général* e che fosse oggetto quotidiano di satira sui giornali parigini, aveva poca importanza; bazzecole che sua sorella, se avesse avuto un po' di cervello, avrebbe scartato come non degne di nota, come qualunque altra brava moglie obbediente.

Fortunatamente, aveva evitato uno spiacevole confronto a faccia a faccia con Deb perché si era rifiutata di venire a Parigi a raggiungere suo marito. E questo aveva l'ulteriore vantaggio che i suoi stimati suoceri non sapevano ancora niente del suo folle capriccio di chiedere l'annullamento e, così facendo, scoprire che lui aveva ceduto alle sue richieste di contattare i suoi avvocati. Dopo tutto, doveva mettersi al riparo da eventuali sorprese.

Lasciar credere a Deborah che le stava dando retta per tutto il tempo che ci fosse voluto a ingraziarsi il duca in modo che, quando la tempesta generata dai progetti di annullamento di sua sorella avesse gettato un torrente di acqua fredda su qualsiasi annuncio nuziale parigino, lui avrebbe potuto tagliare i ponti con lei senza essere socialmente ostracizzato dalla distinta famiglia con cui si era imparentato.

E poi il momento che aveva temuto arrivò. Un cameriere gli sussurrò all'orecchio che aveva un visitatore nella piccola sala di ricevimento accanto al salone. Il visitatore era sua sorella. Un fremito di disagio gli fece formicolare la schiena e la sua testa calva cominciò a sudare sotto l'aderente parrucca incipriata mentre si scusava con suoi ospiti.

DEB GUARDAVA DALLA FINESTRA LO STESSO PAESAGGIO DI SUO fratello, ammirando i viali di castagni. Scarmigliata per il viaggio, alcune ciocche di capelli rosso scuro erano sfuggite dalla cuffietta a punta bordata di velluto e le ricadevano sul volto. Nonostante la serata calda, indossava un mantello di lana foderato di seta sopra l'abito da viaggio. Era stanca e aveva bisogno di una buona notte di sonno in un letto decente, dopo tre giorni di viaggio da Dover ma era decisa a parlare con suo fratello prima di presentarsi riluttante all'ingresso principale dell'Hôtel Roxton.

Quando suo fratello entrò nella stanza e chiuse la porta, Deb ebbe appena il tempo di voltarsi dalla finestra prima che lui attraversasse il parquet e le prendesse le mani guantate. La guidò a sedersi con lui su un divano di velluto rosso dallo schienale rigido, con il volto arrossato dal troppo vino e un sorriso imbarazzato che mise in guardia Deb.

"Che magnifica sorpresa, mia cara! Non posso evitare di chiedermi se era proprio il momento giusto per fare un tale difficoltoso viaggio quando, secondo gli ultimi rapporti, eravate ancora a letto, assistita dal dottor Medlow. Un episodio molto angosciante. Speravo accettaste il mio saggio consiglio e restaste a Bath. Un viaggio così lungo può solo aver messo a dura prova le vostre riserve di energia."

"Medlow mi ha assicurato che ora non sono più in pericolo," lo interruppe Deb. I pomposi discorsi di suo fratello non mancavano mai di darle sui nervi. "In effetti, Gerry, sto tanto meglio che sono più paffuta perfino di quanto si aspettasse Medlow." Sir Gerald chiuse la bocca a quel punto, poco convinto.

"Comunque non capisco, nonostante le rassicurazioni di Medlow, perché abbiate sentito il bisogno di venire, quando avevo specificato nella mia ultima lettera che dovevate restare a Bath e ricevere il vescovo Ramsay."

Deb scoppiò involontariamente in una risata. "Gerry, Ramsay non può aiutarmi a uscire da questa terribile situazione. Né credo che lo vorrebbe. Dopo tutto, è stato lui a celebrare la cerimonia nuziale originale."

Sir Gerald scosse tristemente la testa incipriata.

"È una faccenda estremamente dolorosa. Ovviamente io incolpo me stesso…"

"Oh, è solo giusto e corretto che vi prendiate la colpa! Che possiate restare qui seduto a chiedere della mia salute quando so che non dareste un penny per me… Ma non sono venuta fin qua per rimuginare sulle vecchie storie. La mia lettera era abbastanza franca e, se non fosse per la detestabile situazione in cui mi trovo adesso, starei volentieri ovunque eccetto che qui con voi!"

"Deborah? Come potete comportarvi così con me quando ho a cuore solo i vostri interessi?" Rispose, rivolgendole un'occhiata ferita. "Naturalmente la vostra lettera offensiva e poco signorile non mi è piaciuta e le accuse e il linguaggio volgare rivolto al vostro fratello maggiore erano tali che ho seriamente dubitato del vostro stato mentale." Inspirò col naso e allungò il collo nella cravatta di seta legata stretta. "Eppure, quando sono stato informato che eravate malata e costretta a letto, vi ho perdonato e ho creduto che aveste scritto quella lettera a causa della sofferenza della malattia. Non siete mai stata malata in vita vostra e quindi, essere costretta a letto, significava…"

"Avete fatto quello che vi ho chiesto e scritto ai vostri avvocati?" Chiese decisa Deb, l'unico segno di frustrazione era evidente nelle mani strette l'una all'altra.

"Naturalmente! I miei avvocati hanno ritenuto prudente mettere al corrente il vescovo Ramsay di questa faccenda estremamente angosciante, per ottenere il suo sostegno, se possibile, per un annullamento. Il vescovo era disposto, nonostante l'età e le sue infermità, a fare il viaggio a Bath. Pensavo che forse avreste apprezzato le parole di consolazione di un uomo di Dio."

"Avete un'idea molto particolare di quello che può consolarmi!"

"Non riesco a capire perché dovete trattare con tanta leggerezza questa faccenda molto seria e piuttosto sconvolgente!" Predicò Sir Gerald a denti stretti. "Ammetto che speravo che l'unione tra la nostra famiglia e i Roxton sarebbe stata un grande successo e di aver provveduto a che voi, la mia sola sorella, aveste un enorme successo nella vita. Eppure avrei dovuto sapere che cosa ne sarebbe derivato. Sia voi sia Otto siete stati una triste delusione ma ho cercato di fare del mio meglio come vostro tutore e come Cavendish e qual è la mia ricompensa? La totale disobbedienza e stupidità di Otto e la vostra ingratitudine! Deborah, mi sono inchinato al vostro desiderio di ottenere un annullamento, perché voglio il meglio per voi. Pensate che sia facile tenere alta la testa quando Otto ha ritenuto giusto contrarre matrimonio con una gitana e ora il matrimonio della mia unica sorella a un futuro duca deve essere annullato sulla base della follia di suo marito?"

Deborah ascoltò sospettosa il veemente discorso di suo fratello. Era rimasta diffidente davanti al suo zelo nell'aiutarla da quando aveva ricevuto risposta alla sua richiesta di dissoluzione del matrimonio. Si era aspettata un rifiuto netto ed era pronta a chiedere l'aiuto degli avvocati che le erano stati raccomandati da Lady Cleveland. Dopo tutto, Sir Gerald non faceva niente per gli altri, a meno che potesse guadagnarci qualcosa. Eppure quando aveva afferrato al volo la possibilità di utilizzare gli avvocati di famiglia in una controversia che certamente avrebbe creato un enorme scandalo pubblico, del tipo che Sir Gerald deplorava, era rimasta così sorpresa da essere certa che avesse qualche asso nella manica. Ragione sufficiente per lei per venire fino a Parigi. Ma non era l'unica ragione del viaggio.

Colse la parola *follia* e alzò le sopracciglia.

"Pensate che Lord Alston sia folle, Gerry? Questa è un'idea nuova, o sapevate che era instabile di mente quando mi avete dato in moglie a lui?"

"I miei avvocati mi hanno informato che ci sono solo due strade percorribili per poter annullare un matrimonio," rispose Sir Gerald, ignorando la domanda sarcastica della sorella, ma sentendo un acuto disagio sotto il suo sguardo freddo. Non era un uomo perspicace, ma c'era qualcosa di diverso in sua sorella che non riusciva a identificare esattamente. Si era aspettato che questa circostanza l'avrebbe trasformata in un pozzo di lacrime, invece avrebbe potuto essere fatta di pietra, tanto erano gelide le sue maniere. Lo innervosiva, e più del solito.

"Una è la non consumazione del matrimonio," biascicò, schiarendosi la voce ed evitando il sorriso che si allargava sul volto di Deborah. "Nel caso in cui il marito sia-sia... incapace del... uhm, del... uhm, *dell'atto*, il tutore della sposa ha tutti i diritti di chiedere l'annullamento per suo conto."

"Incapace dell'atto? Ah! Come potranno dirvi tutte le puttane di Parigi, Alston è più che in grado di soddisfare una donna tra le lenzuola."

"Deborah! Per favore! Parlare di cose così... è-è..."

Deborah scrollò indifferente le spalle e Sir Gerald non si accorse del velo di lacrime che copriva gli occhi castani, che smentiva il suo tono freddo.

"Smettetela con queste pretese di sensibilità offesa, Gerry. Sono una donna sposata e, come tale, ho imparato una cosa o due sul talamo nuziale. Qual è la seconda ragione di annullamento?"

Sir Gerald si passò una mano sudata sulla fronte lucida davanti a un discorso così franco e continuò a stento.

"È una ragione più complicata e più difficile da provare. Una sentenza passata in giudicato nel '42 ha disposto l'annullamento di un matrimonio perché il marito era insano di mente nel momento in cui si sono scambiati i voti. Se si può provare, il matrimonio è nullo."

"E Lord Alston era folle la notte in cui ci siamo sposati?"

Sir Gerald vagò verso la finestra. Di colpo, la vista maestosa dei castagni illuminati e delle fontane aveva perso il suo fascino.

"Voi potete anche non ricordare quella notte, ma io sì, vividamente. Sono stato molto a disagio per il modo in cui fu celebrato. C'era un'intesa di lunga data tra le nostre famiglie, da quando eravate ancora nella culla, che voi e Alston vi sareste sposati ma non riuscii quasi a crederlo quando Sua Grazia ordinò una cerimonia più che affrettata. E quando vidi le condizioni instabili del ragazzo, ero riluttante a procedere."

"Non abbastanza per annullare tutta la faccenda!" Rispose secca Deb. Si avvicinò a suo fratello alla portafinestra. "E io ricordo alcuni aspetti di quella notte, *vividamente*, nonostante fossi drogata. Oh, potete fare la faccia da pesce, Gerry, ma non potete negare che ordinaste alla balia di darmi una dose di laudano per assicurarvi che fossi docile. Non mi meraviglia di aver pensato di sognare! Riuscivo a malapena a mettere insieme due idee. Da quello che ricordo, Alston era estremamente angosciato e c'era un gentiluomo anziano con i capelli bianchi che sembrava molto triste."

"Il duca." Sir Gerald annuì, deglutendo. "Sì, una faccenda molto triste, in effetti. E se le voci sono veritiere, fu anche una faccenda molto scioccante."

Deb guardò il volto contrito di suo fratello con il sospetto che meritava.

"Gerry, perché siete così ansioso di far annullare il mio matrimonio quando significherà certamente perdere il favore dei Roxton?"

"Non basta dire che voglio vedere mia sorella divisa da un uomo che non è sano di mente?"

"No, non vi credo. Ma ditemi perché credete che Lord Alston fosse insano di mente la notte che ci siamo sposati."

"Sarà meglio che vi sediate, mia cara, perché è una faccenda agghiacciante."

Deb si morse il labbro e fissò il cortile deserto, le torce che tremolavano nella brezza di una serata tiepida.

"No, resterò in piedi. Parlate."

"Pochi giorni prima che vi sposaste, Alston aveva aggredito sua madre."

"Quando dite *aggredito*, che cosa intendete dire?"

Sir Gerald fece un gesto impaziente con la mano, infuriandosi. Dov'era la sensibilità femminile di sua sorella? Se avesse raccontato la stessa storia a Mary, lei si sarebbe accontentata della parola, senza chiedere dettagli. Perché sua sorella doveva sempre essere così fastidiosamente pronta di spirito?

"Beh, Gerry? Per favore, adesso non cercate di assumere l'atteggiamento da fratello maggiore che cerca di proteggermi dalle spiacevolezze. Quello è finito la notte in cui mi avete dato in sposa in quel modo."

Gerry emise un sospiro sconfitto e raccontò.

"Aggredito, nel senso che ha trascinato la duchessa nel mezzo di Hanover Square, davanti a tutti, e ha dichiarato che era una puttana, una sgualdrina e una strega."

Deborah decise che doveva sedersi, dopo tutto, e crollò su una sediolina dalle gambe sottili, con una mano sul bracciolo intagliato. Fece un profondo respiro e accennò al fratello di continuare.

"Questo in sé sarebbe già strabiliante ma la duchessa a quel tempo era in stato di avanzata gravidanza. Lei e il piccolo non ancora nato furono vicini alla morte. Le folli azioni di Alston causarono la nascita prematura di suo fratello. È opinione dei medici più esperti che Lord Harry soffra ancora oggi di mal caduco perché sua madre ha avuto un parto prematuro."

Deb guardò Sir Gerald, con un pensiero nauseante in petto, rendendosi conto che non aveva abbastanza immaginazione per inventare una storia del genere.

"Harry soffre molto per il mal caduco?"

"Sì, un medico è la sua ombra."

"Povero piccolo."

Si ricordò quello che aveva detto Jack quel giorno nella foresta e la rabbia di Alston, incomprensibile in quel momento, per le confidenze di Jack riguardo al suo miglior amico Harry. Nessuna meraviglia che il marchese si fosse sentito a disagio alla menzione della malattia di suo fratello. Si prese qualche momento per ricomporsi e chiese:

"Come avete ottenuto queste informazioni? Certamente Mary non…"

"Buon Dio, no!"

"Se non Mary, allora chi?"

"Che importa dove abbia sentito…"

"Importa e molto! Davvero *molto*, specialmente se spero di convincere un giudice sullo stato mentale di Alston nel momento del nostro matrimonio."

"Sono sicuro che crederete ai fatti quando vi dirò che mi sono stati confidati da qualcuno che è stato testimone dell'intero sordido episodio e che ha molto a cuore il vostro benessere. In effetti, vi ha chiesto in moglie."

"In moglie? Ma io sono già sposata."

"Avete già dimenticato quanta stima ha di voi Robert Thesiger?"

"Robert Thesiger?" Deb non fu solo sorpresa, ma, nuovamente, i suoi sospetti crebbero. "Date più peso alla parola di Robert Thesiger, un gentiluomo per cui avete a lungo provato repulsione a causa dei suoi bassi natali, a spese dei vostri illustri parenti per matrimonio? Gerry, vergogna! Quando mai non avete considerato la nascita superiore a qualunque altra considerazione?"

"Dovrei lavarmene le mani di voi! Restate sposata a un folle!" Sir Gerald ringhiò frustrato, con ogni sembianza di comprensione e pazienza che evaporava. "Ho fatto tutto quello che potevo per assistervi e voi ripagate la mia lealtà e il mio impegno con sarcasmo e ingratitudine. E c'è Robert Thesiger, un gentiluomo di mezzi e ottima educazione, che desidera ancora avervi come moglie, fuggirebbe con voi, prima ancora dell'annullamento, se glielo permetteste."

Deborah si alzò lentamente e fissò suo fratello socchiudendo gli occhi castani. "Fatemi capire: auspicate che Robert Thesiger fugga con me *prima* che il mio matrimonio sia annullato?"

Il fatto che Sir Gerald distogliesse in fretta lo sguardo fu una prova sufficiente per Deb che c'era un ulteriore motivo nascosto da qualche parte nei recessi della sua mente. Sotto il suo sguardo penetrante, Gerry alla fine esclamò, irritato: "Se vi fosse rimasta un po' di comune decenza, fareste il nobile gesto."

"*Nobile* gesto? Vi chiedo scusa? Di che cosa state blaterando?"

"Dovete aver capito che qualunque giudice sano di mente vi concederebbe l'annullamento che cercate, vista la malvagità di Alston nei confronti della sua stessa madre. Ma volete veramente che questa scandalosa e vergognosa rivelazione sia sciorinata in un tribunale, perché ne sia al corrente tutto il mondo? Volete sinceramente spezzare il cuore del vecchio duca, vedere il crepacuore della duchessa, e che il suo figlio più giovane venga al corrente della follia del fratello? Potete essere veramente così senza cuore e calcolatrice?"

"Devo quindi credere che volete che io fugga con Robert Thesiger, piuttosto che seguire i corretti canali legali e chiedere l'annullamento di un matrimonio che voi mi avete imposto, sì, *imposto*?" Quando negli occhi del fratello brillò per un attimo una luce di speranza, Deb distolse gli occhi, nauseata. "Sarebbe molto meglio, per voi, che le azioni scandalose di vostra sorella fossero causa della sua stessa caduta, piuttosto che la verità causasse la vostra." Lo guardò dura. "Ed è questo che considerate il nobile gesto? Per me, vostra sorella?"

Sir Gerald fece un passo verso di lei, speranzoso.

"Allora, prenderete in considerazione l'offerta di Thesiger?"

"State lontano da me, codardo piagnucoloso!"

Gerry la colpì, uno schiaffo istintivo sulla guancia sinistra con il dorso della mano. Deb rimase talmente sbalordita che ricadde sulla seggiola, con una mano sulla guancia dolente. Gerry si pentì immediatamente e cadde in ginocchio per afferrarle le mani, ma Deborah lo spinse via.

"Siete stata voi a obbligarmi a colpirvi. È colpa vostra!" Singhiozzò senza fiato. "Non avreste dovuto chiamarmi co-codardo. Non capite che se continuate con questo annullamento, se sciorinate i panni sporchi dei Roxton in pubblico, io sarò *completamente* rovinato. Mi toglieranno dal registro del White. Non sarò mai, mai più in grado di rimettere piede in questa casa. Alston mi volterà le spalle. Se non per me, almeno fatelo per mia moglie. Pensate a Mary."

"Siete patetico, Gerry. Alzatevi, prima che entri Mary e vi veda per quello che siete veramente! Mary! Che bello rivedervi!"

Il nome della moglie spinse Sir Gerald a frugarsi in fretta nella tasca della redingote per trovare un fazzoletto e asciugarsi il volto florido. Lasciò cadere la tabacchiera sul pavimento, come se fosse in ginocchio per recuperarla, la prese e si rimise in piedi, sempre voltando la schiena a sua moglie.

Ma Lady Mary aveva occhi solo per la cognata: nonostante fosse esausta per il viaggio, sembrava godesse di una salute eccellente, tanto da sembrare radiosa.

Invece di restituire il caloroso abbraccio di Deb, fece una rispettosa riverenza, conscia che ora Deb era la marchesa di Alston e come tale il suo rango era superiore al suo.

Deb fece una smorfia e la sollevò.

"Ero così sicura che sareste stata lieta di vedermi, Mary," disse Deb con un sorriso nervoso, con il manto di indifferenza che aveva coltivato sin da quando aveva scoperto che era sposata con il marchese di Alston che scivolava via appena un po'. L'accoglienza fredda di Mary la feriva più di quello che le piacesse credere. Che Dio l'aiutasse a mantenere il controllo quando avesse rivisto Jack!

"Perdonatemi per aver disturbato la vostra piccola riunione," si scusò. "Forse verrete a vedermi domani, quando mi sarò riposata dal viaggio. Credo di dover mangiare qualcosa presto, altrimenti starò male di nuovo e non sarebbe proprio il caso, il dottor Medlow insiste che mi nutra ogni poche ore, per la salute del bambino. Scusatemi, il signor Ffolkes mi sta aspettando."

Senza aspettare una reazione alla notizia epocale, Deb lasciò il fratello con la bocca aperta e la sua altrettanto ammutolita moglie e trasferì se stessa e i suoi *portmanteau* di sopra, nello spazioso appartamento occupato dall'onorevole Evelyn Gaius Ffolkes, musicista e compositore, nipote del duca di Roxton e amico intimo del cugino, il marchese di Alston.

QUATTORDICI

IL COMPOSITORE ERA SEDUTO AL SUO CLAVICORDIO DORATO con una viola in equilibrio sulle ginocchia nei calzoni di seta, una pergamena distesa sui tasti d'avorio. Era occupato a scrivere notazioni, la musica nella sua testa scorreva più veloce di quanto riuscisse a scarabocchiarla; i fini pizzi dei volant ai polsi strisciavano sulla pergamena mentre scriveva. Alle sue spalle, attraverso la porta aperta dell'appartamento assegnatogli da sua grazia, una cena rumorosa continuava senza sosta nella sala da pranzo.

C'erano risate e rutti, e i tre musicisti a tavola continuavano a mangiare e bere come se non fossero sicuri dove avrebbero trovato il prossimo pasto. Tra bocconi di fagiano arrosto, volatili imbottiti di paté, verdure di stagione che nuotavano in salse cremose, il tutto mandato giù con i migliori vini che le cantine del duca potevano offrire, gridarono al loro ospite e compagno musicista di unirsi a loro.

Erano le prime ore del mattino e un'occhiata distratta all'orologio sulla mensola del camino disse a Evelyn quello che le palpebre cascanti già sapevano. Il sole sarebbe sorto presto e lui e i suoi musicisti avevano lavorato per tutta la notte. Prese il suo bicchiere di vino e tornò a sedersi a tavola.

"Che le avventure amorose del marchese di Alston possano continuare a fornire materia di divertimento per le masse parigine e soffocare i nostri salotti con ciance senza importanza!" Dichiarò Georgio, un baritono ben piantato con una redingote lisa che una volta era appartenuta al valletto del *Duc d'Orleans*. Quando i due compagni musicisti guardarono Evelyn con l'aria di chi la sa lunga e poi tornarono ai loro piatti sporchi, il baritono se ne uscì con un grugnito di fastidio. "Che c'è? È meglio che brindi al nobile cugino di Evelyn alle sue spalle e non in faccia? Lo scandalo che coinvolge il marchese continua a impazzare nei salotti parigini, più veloce di un incendio a Saint-Germain, e voi pensate che non ne dovrei parlare? Io per primo vorrei conoscere la verità di prima mano."

"A essere sincero, non prendo in mano un giornale da tre anni," confessò Evelyn, allungando la mano per prendere una bottiglia di champagne aperta.

"Allora che ne dici di questo?" Continuò Georgio sbattendo sul tavolo uno dei pamphlet sparpagliati in mezzo al cibo. "Li distribuiscono dappertutto. Finanziati dal *Fermier Général* Lefebvre, così si dice, anche se lui nega di essere al corrente della loro esistenza."

Evelyn prese un pezzo di pergamena, accartocciato e macchiato di vino, e gli diede un'occhiata indifferente. Non si prese la briga di leggere il testo. Il disegno era sufficiente. Ritraeva un gentiluomo, nudo dalla vita in giù, con un'enorme erezione, le braccia intorno ai fianchi di una donna aristocratica, con i capelli festonati da nastri e fiocchi impilati oltraggiosamente in alto sulla testa, le molte sottogonne rialzate in vita. L'uomo le sorrideva lascivo mentre lei lo guardava con abbietto terrore. La dicitura sotto diceva: *Il Grand Tour di un gentiluomo inglese: saccheggiare opere d'arte straniere e la castità di virtuose vergini della classe media francese.*

Evelyn strinse le labbra e mise da parte il pamphlet come se fosse qualcosa di sporco. Si rendeva ovviamente conto che il disegno raffigurava il marchese di Alston e *Mademoiselle* Lefebvre, e lo sconvolse quanto i parigini stessero diffamando suo cugino.

"Casimir," disse a bassa voce a un musicista tubercolotico con una brutta carnagione, "sii cortese e raccogli tutto questo spreco di carta e inchiostro e dallo alle fiamme."

"Ho sentito che c'è un verbale d'inchiesta con scritto il nome di *M'sieur le Marquis*," aggiunse Casimir, mentre dava fuoco alle carte.

Georgio rivolse gli occhi iniettati di sangue a un uomo di mezz'età e dall'aspetto un po' sbiadito che aveva una *mouche* all'angolo della bocca dipinta.

"Sasha! Ecco! Se Casimir ha sentito parlare di un verbale d'inchiesta, allora le voci non sono più solo voci e la situazione è molto seria per *M'sieur le Marquis*."

"Non direi che sia serio che il suo nome sia menzionato su un memoriale, Georgio," disse languido Sasha. "Tre quarti di quello che viene scritto è provocatorio, e il resto? Non è da credere. Questo verbale d'inchiesta è una commedia, carta straccia, adatto al palcoscenico e non a un tribunale."

"E tu come fai a saperlo, eh, Sasha?" Disse sprezzante Georgio, sporgendo il grasso labbro inferiore e guardando i suoi amici come a chiedere sostegno. Nessuno glielo offrì.

Prima che Sasha potesse rispondere, parlò Casimir.

"Dovrebbe saperlo. Sasha ha rinunciato alla pratica legale per seguire la sua passione, la musica. Non è così, Sasha? Suo padre e suo nonno prima di lui erano principi del foro e membri del prestigioso *Ordre des Avocats*. Sasha..."

"Basta, Casimir", ordinò Sasha, con un sorriso di approvazione per la lode, e ignorò la bocca aperta di Giorgio. "Anch'io ero un grande avvocato ma..." Scrollò le spalle. "Musica! Ah questa è la forma più pura di intrattenimento, vero?"

"Allora forza, oh grande avvocato, qual è la tua dotta opinione legale a proposito dell'imbroglio nel quale si trova *M'sieur le Marquis*?" Ordinò Georgio.

Quando Evelyn alzò una spalla imbottita, quasi a dire che era decisione di Sasha accettare o meno la sfida, il musicista si mise comodo, con un braccio sullo schienale imbottito e prese la parola.

"Gli avvocati assunti da entrambe le parti, e che hanno esaminato i fatti, naturalmente dovevano tirare l'acqua al proprio mulino," cominciò Sasha. "Gli avvocati di *M'sieur* Lefebvre hanno dipinto *M'sieur le Marquis d'Alston* come un tipico esemplare della sua classe, la cui ricchezza, fascino e maniere cortesi sono solo una patina per coprire una natura sinistra, fatta di arroganza, orgoglio insopportabile e potere di intimidazione. *M'sieur le Marquis* simbolizza quello che c'è di più repellente nell'aristocrazia di questo paese, e non importa se è inglese. La mamma del suo nobile genitore, il duca di Roxton, era la figlia del conte di Salvan e la divinamente bella mamma di *M'sieur le Marquis* è francese fino al midollo. Non parla forse la nostra lingua in modo più elegante, fluido e grazioso di qualunque altra duchessa francese?

"Quindi, *M'sieur le Marquis* è francese quando conviene loro, o inglese, quando agli avvocati di Lefebvre invece conviene metterlo all'indice come un eretico che si è approfittato di una buona femmina cattolica della borghesia francese, allevata in convento. *Mademoiselle* Lefebvre è l'innocente vittima di un nobile senza scrupoli, che ha usato l'arroganza della sua nobiltà per approfittarsi dell'innocenza e fiducia della ragazza. Si dice che le abbia offerto il matrimonio per entrare nel suo letto e che una volta assaggiate a sufficienza le sue delizie l'abbia abbandonata, incinta, al suo fato. *Voilà, ecco fatto!*" Fece segno a Casimir di passargli il decanter del porto e se ne versò un goccio prima di continuare.

"Gli avvocati di *M'sieur le Marquis*, capitanati da quell'eccentrico avvocato eccezionalmente dotato, *M'sieur* Linguet, che ama esibirsi alla luce di dozzine di candelieri, ha dipinto il suo cliente come la vittima innocente di un complotto borghese, asserendo che *M'sieur* Lefebvre ha progettato di fare di *M'sieur le Marquis* suo genero. Si è accertato che, a ogni opportunità, la sua graziosa e *coquette* figliola, che conosceva bene le ambizioni di suo padre per lei, danzasse nell'orbita di *M'sieur le Marquis*. La si vedeva dove c'era lui. Vestita con le più mirabolanti creazioni, i giovani seni spinti in alto dal corsetto e le labbra dipinte in modo invitante. Passeggiava in carrozze dipinte per intonarsi ai suoi vestiti. Si pavoneggiava nel parco ogni volta che c'era *M'sieur le Marquis*. Lasciava cadere il suo grazioso ventaglio dipinto ai suoi piedi all'opera e si accertava che danzasse con lei a ogni ballo in maschera. Non ci sono volute molte settimane perché *M'sieur le Marquis* fosse stregato da questa ninfa seducente! E c'è voluto ancor meno perché lei gli permettesse di dividere il suo letto. *Enfin*! Lui è intrappolato. O così voleva credere Lefebvre nel profondo del suo cuore."

Fece una pausa, sorseggiò il porto dal bicchiere di cristallo, con uno sguardo soddisfatto ai volti assorti dei suoi amici.

"Per riassumere: quello che Lefebvre non ha capito è l'enorme arroganza degli aristocratici che li porta a sposarsi solo all'interno della loro stessa classe. Ignorando il tentativo di intrappolarlo, e poi scoprendo che le lusinghiere attenzioni della piccola *demoiselle* e la sua magistrale civetteria non erano rivolte alla sua persona ma solo al suo titolo, suo obiettivo da sempre il matrimonio, *M'sieur le Marquis* ha voltato le sue larghe spalle, lasciando la piccola *demoiselle* al fato che lei e suo padre si erano creati.

"Questo è il succo della difesa di Linguet. E, diversamente dall'incendiaria e altamente emotiva accusa nella dichiarazione di Lefebvre, gli argomenti portati avanti da Linguet sono allettanti e credibili proprio perché sono così sobri. Quindi, a chi dobbiamo credere?" Fece un sorriso a mezza bocca e alzò un polso coperto di pizzo. "Voi, miei cari amici, dovrete decidere da soli."

Ci fu un momento di silenzio reverenziale e poi applausi entusiasti da Casimir, che si alzò sui suoi tacchi altissimi e batté forte le mani. Perfino Evelyn alzò il bicchiere per lodare l'eloquenza del suo amico. Sasha chinò la testa incipriata in segno di ringraziamento e per un momento si chiese se avesse preso la decisione giusta tanti anni prima, rinunciando alla pratica della legge per il suo amore per la musica. Toccò al baritono ben piantato disilluderlo. Georgio riportò la conversazione nella fogna dei pettegoli dicendo, con un enorme rutto:

"Tutto bello, Sasha, ma Eve, dicci: è vera la voce che il tuo ben dotato cugino non ha mai penetrato una femmina, fosse o meno una puttana, per paura di generare bastardi?"

La domanda oltraggiosa rimase senza risposta perché la porta esterna si aprì con uno scricchiolio e sulla soglia apparve un cameriere insonnolito, che poi fece un brusco dietrofront e corse via, lasciando la porta spalancata. I tre musicisti si guardarono l'un l'altro, prendendolo come il segno che era ora che se ne andassero, benché riluttanti, ai loro miseri alloggi sulla *rive gauche*. Avevano sperato che la generosità di Evelyn si estendesse a permettere loro di farsi qualche ora di sonno sui sofà e sulle poltrone nel suo studio, evento consueto quando provavano fino a tardi prima di uno spettacolo.

Ma Evelyn non stava prestando loro attenzione. Era francamente annoiato per le incessanti e insensate ipotesi sulle avventure amorose di suo cugino, vere o immaginarie che fossero. Sorseggiava un bicchiere di champagne, con lo sguardo azzurro che vagava sulla fila di portefinestre con le tende aperte che guardavano sul grande e curatissimo cortile erboso rettangolare dell'*hôtel*, i viali lastricati e le fontane ruscellanti. I suoi pensieri non erano rivolti a suo cugino ma alla sua bella moglie e a come se la cavava con lo stress di un matrimonio combinato con un nobile accusato di rottura della promessa. Almeno Deb aveva avuto il buon senso di restare nella lontana Bath.

Non solo aveva sfidato suo marito restando dall'altra parte della Manica, ma aveva anche apertamente sbandierato il suo totale disprezzo per l'autorità del duca di Roxton, respingendo il segretario del duca e sei uomini di scorta inviati per portarla a Parigi. Sorrise tra sé e sé per una simile audacia. Nessuno aveva mai sfidato l'autorità di suo zio, mai.

Evelyn desiderava moltissimo rivedere il volto ovale sorridente di Deborah, con i franchi occhi castani e la criniera di capelli rosso scuro. Ma perché i suoi occhi erano così brillanti? Aveva pianto? E certamente non l'aveva mai vista con quel particolare mantello da viaggio di velluto, con il colletto e i polsi bordati di pelliccia di volpe. E perché il suo valletto, Philippe, saltellava sulle punte dei piedi blaterando qualcosa sul licenziamento immediato se il suo padrone veniva disturbato per qualunque motivo che non fosse che l'*hôtel* stava bruciando.

Philippe? Perché il suo valletto era entrato in uno dei suoi sogni a occhi aperti? Evelyn doveva essere più stanco di quanto immaginava. Bere champagne a stomaco vuoto non aiutava... Mise da parte il bicchiere e si strofinò gli occhi. Buon Dio! Era ancora lì. Deborah era lì nel suo appartamento, proprio nella sua sala da pranzo e gli sorrideva, mentre il suo valletto continuava a dirle delle stupidaggini. Diede un'occhiata veloce ai suoi tre ospiti, che si erano alzati come un sol uomo e si stavano inchinando alla visitatrice inaspettata.

Evelyn balzò fuori dalla poltrona imbottita, mandando di traverso la parrucca e imbiancandosi di cipria l'alta fronte.

"Deborah?" Sussurrò con timore reverenziale, come parlando a un'apparizione, e fece un esitante passo avanti. "*Deborah.*"

"È meraviglioso rivedervi, Eve," gli rispose lei in inglese, con un cenno ai tre uomini disordinati che si agitavano e sorridevano impacciati, anche perché Deb aveva raccolto dal bracciolo di una poltrona rivestita di seta uno dei pamphlet di Lefebvre, accidentalmente lasciato cadere dal musicista tubercolotico mentre andava verso il camino. "Eve... ho bisogno... ho bisogno del *vostro* aiuto."

Il compositore sorrise con simpatia e le baciò la fronte, togliendo gentilmente il pamphlet accartocciato dal suo pugno. Gettò l'offensivo pezzo di carta nel fuoco scoppiettante dietro si sé.

"Sì, *ma chérie*, penso proprio di sì."

QUINDICI

EVELYN ERA SEDUTO AL TAVOLO DELLA COLAZIONE ACCANTO
alle alte finestre, con la vista sul cortile rettangolare, quando Deb
apparve dalla sua stanza vestita con un grazioso abito da giorno di
mussolina e i capelli in una lunga treccia lungo la schiena. Si sentiva
molto meglio dopo una buona notte di sonno. Evelyn aveva insistito
che lei prendesse il suo letto e aveva dormito come meglio poteva
sulla dormeuse nel suo spogliatoio. Non si erano scambiati più di
una mezza dozzina di frasi la notte prima, lasciando per il mattino le
cose importanti.

Deb sapeva che lo sguardo di Evelyn non aveva lasciato un
attimo il suo profilo mentre sorseggiava il *café au lait*, ma finse di
interessarsi al viale lastricato bordato di castagni e alla squadra di
giardinieri che lavorava nelle aiuole fiorite. Prese un panino caldo,
sollevata di non sentire più la nausea alla prospettiva di mangiare,
con la cameriera un passo dietro di lei con una bacinella in mano. E
questo nei giorni buoni, quando si sentiva abbastanza bene da prendere un po' d'aria nel giardino posteriore della sua casa di Bath. Poi
un giorno, dopo quattro mesi di nausea mattutina, come le aveva
assicurato il dottor Medlow durante le sue frequenti visite, la nausea
era scomparsa, in fretta come era arrivata.

Aveva tanto da dire e discutere con Evelyn che non sapeva da
dove cominciare. Che non vedesse il compositore da tre anni
rendeva la conversazione parecchio più stentata. In particolare
quando oramai lui doveva essere al corrente del suo matrimonio

combinato con suo cugino. Si chiese quanto e cosa sapesse. Il suo matrimonio e le conseguenze della sua consumazione l'avevano costantemente divorata da quell'orribile giorno nella casa Queen Anne di Martin Ellicott, e tutto era ancora così penosamente vivo che evitò del tutto di parlarne. Gli chiese invece del nipote, che le era terribilmente mancato e che era vissuto con i Roxton da quando il loro figlio maggiore aveva orchestrato la finta fuga d'amore.

"Avete visto spesso Jack?" Gli chiese in tono leggero, poi aggiunse, in fretta, davanti allo sguardo immobile di Evelyn: "Sta bene? È felice? Lo fanno sentire benvenuto? Chiede mai di sua zia?"

"Sì, ma chérie. Sta bene, è felice e sì, il duca e la duchessa lo fanno sentire più che benvenuto. E Henri-Antoine gli è affezionato, e questo la dice lunga su Jack, dato che è poca la gente che piace al mio altezzoso cuginetto." Rispose Evelyn con un sorriso, leggendo l'apprensione negli occhi castani di Deborah. "E sì, ha chiesto spesso di voi, ha fatto molte domande riguardo al vostro arrivo. Ma ovviamente è un ragazzo che vuole apparire un uomo, quindi non rivela a nessuno che gli mancate terribilmente. La duchessa lo capisce e fa del suo meglio per metterlo a suo agio."

"Sua Grazia è molto buona," mormorò Deb con gli occhi bassi.

"Sì, mia zia è, come sempre, molto buona."

"La mia casa… La mia casa era vuota senza Jack." Ammise Deb a bassa voce. "Ma una zia con le nausee mattutine non è una buona compagnia per un ragazzo di nove anni... Dite che ha suonato per voi? Datemi onestamente la vostra opinione su come suona. È all'altezza delle lodi di sua zia?"

Evelyn alzò le sopracciglia alla franca dichiarazione del suo stato ma per il momento la ignorò, dicendo, pacatamente: "Quando suona mi ricorda Otto."

Deb sentì la nota di tristezza e tese la mano sopra il tavolo.

"Non ve l'ho forse detto nelle mie lettere? C'è la stessa grazia naturale nel suo stile e sente la musica come io non sono mai riuscita e…"

"Deb, carissima. Ha l'abilità di suo padre, certo, ma non la sua passione," le disse seriamente Evelyn. "A Jack piace suonare solo per il gusto di farlo ma è innanzitutto come tutti i ragazzi della sua età. E questa non è una brutta cosa."

Deb si morse il labbro. "Capisco, gli ho fatto troppa pressione."

"Per niente, ma chérie. Penso che vi manchi Otto; a me manca, tantissimo. E quando Jack suona, è come se Otto fosse di nuovo con noi. Jack è il figlio di suo padre e ha il suo talento ma voi dovete permettergli di decidere se comporre e suonare musica è quello che vuole nella vita. Si può amare la musica e amare suonare uno strumento musicale senza farne il solo scopo nella vita come faceva Otto. Guardate me. Io fingo di essere un compositore..."

"... ma lo siete!"

Evelyn rise.

"Io compongo musica ma non sono né il compositore né il grande musicista che era Otto. Lui viveva per la sua musica. Ha sacrificato i suoi agi e i suoi bisogni, il suo buon nome e perfino la sua famiglia, sì, perfino Rosa e Jack venivano al secondo posto, dopo le composizioni. Io, d'altra parte, non potrei mai sacrificare tutto me stesso per la musica."

Tenne la mano di Deb attraverso il tavolo ingombro.

"Per dirlo senza mezzi termini, *ma chérie*, io indulgo nelle mie eccentricità musicali perché ho la ricchezza e il sostegno della mia famiglia per poterlo fare. Le mie composizioni musicali sono viste dalla mia famiglia e dai miei amici quasi come un interesse passeggero, da assecondare, ma da non prendere sul serio."

Scrollò le spalle e si appoggiò allo schienale.

"Così sia. Almeno la musica è un modo per sfuggire alle banalità della posizione sociale. Essere imparentato con una casa ducale è un affare stancante: ogni mossa è controllata da migliaia di occhi, la maggior parte di noi non fa molto altro che fare sfoggio di sete preziose e passare da un evento sociale all'altro, con i nostri simili, per il divertimento degli inferiori. E se si è abbastanza sfortunati da essere il figlio maggiore, si passa la vita in un limbo, in attesa di ereditare il titolo, i beni e il seggio alla Camera dei Lord. Io sono sfuggito a una simile esistenza immergendomi nella musica. Alston ha passato parecchi anni girovagando per l'Italia, la Grecia e l'Impero ottomano e quindi anche lui è riuscito per un po' a sfuggire al soffocamento sociale. Comunque non può più farlo, né ritardare l'inevitabile. Suo padre, il potente e anziano duca di Roxton, è malato. Si mormora che stia morendo di una malattia ai polmoni."

"Morendo?" Ripeté piano Deb. "Terribile..." Si alzò, con una mano dietro la schiena indolenzita, e fissò fuori dalla finestra, verso il velluto verde dei prati dove un'orda di lacchè stava creando un gran trambusto erigendo un padiglione a righe. "I medici sanno quanto gli resta?"

"Abbiamo sentito opinioni diverse da parecchi medici. I più

pessimisti dicono che è solo questione di mesi; quelli che vogliono restare nel libro paga del loro nobile cliente gli dicono fiduciosi che ha ancora parecchi anni davanti a sé di piaceri terreni, poi ci sono quelli che vedono la tristezza negli adorabili occhi di mia zia e mentono, predicendo che *M'sieur le Duc* vivrà fino a settant'anni."

"Allora capisco perché Lord Alston aveva tanta fretta di mettermi incinta," disse amaramente Deb.

Evelyn andò da lei, le prese le mani e la fissò apertamente negli occhi.

"Non scuso la condotta di mio cugino più di voi, *ma chérie*. Ma forse io la capisco un po' meglio, conoscendo il duca e l'ombra arrogante che getta sulla famiglia e i servitori. Ditemelo onestamente: amate vostro marito?"

"Non posso rispondervi," disse, gli occhi castani che incontravano il suo sguardo fermo, "perché non so con chi sono sposata."

Evelyn era più in sintonia con i suoi sentimenti confusi di quanto lei si rendesse conto, perché la sua risposta la stupì.

"Forse potete non conoscere il marchese di Alston, e certo i vostri sentimenti per lui devono essere di ripugnanza, dopo un simile inganno, ma che ne dite dell'uomo con il quale siete volontariamente fuggita e che avete sposato, l'uomo che conoscete come Julian Hesham? Quali sono i vostri sentimenti per lui?"

Deb fissò Evelyn con un velo di lacrime che la accecava, sopraffatta da una tale tristezza mentre riandava con la mente ai ricordi della sua luna di miele con l'uomo che amava e che conosceva solo come Julian Hesham. La dura corazza carica di emozioni che aveva coltivato e mostrato a suo fratello andò in frantumi e cadde.

"Avete ragione", rispose piano. "Non conosco il marchese di Alston, assolutamente, eccetto sapere che è detestabile e arrogante e tutto quello che è odioso e spregevole, come è scritto in quel disgustoso pamphlet."

Prese il fazzoletto di pizzo che le porgeva e gli rivolse un sorriso lacrimoso mentre si asciugava gli occhi.

"Eve, è come se avessi sposato due uomini. Uno è amorevole e alla mano e ama i semplici piaceri della vita. Tengo moltissimo a quest'uomo, lo amo. L'altro, il marchese, è questo insopportabile arrogante essere, che è stato bandito da suo padre per le sue innominabili azioni e che si dice sia irrimediabilmente depravato. Quello lo detesto."

"A volte mi chiedo se lui stesso sappia chi è veramente," disse

Evelyn con un sospiro e, quando sentì Deb che ansimava, la rassicurò in fretta.

"Ma no, non credo che sia irrecuperabile. E i pettegolezzi si sono mischiati ai fatti reali. Mia madre mi ha parlato una volta di un fatto scioccante che è successo poco dopo il matrimonio dei duchi. Un giovane nobiluomo, folle, figlio naturale del duca, aggredì e cercò di rapire la duchessa. Lei era incinta, di Alston in effetti, e quasi le tagliò la gola."

Evelyn strinse le mani di Deb e sorrise mestamente.

"Quando mio cugino fu visto ripetere, in modo diverso, la follia di questo suo folle fratellastro, ci sono stati quelli pronti a ingigantire l'orribile errore di giudizio di un giovane ribelle in qualcosa di molto più sinistro. La storia si ripete, si potrebbe dire."

"Allora mio fratello non ha mentito... perché Julian ha veramente aggredito la sua stessa madre... Eve, perché?"

"Potete biasimare Robert Thesiger per l'accesso d'ira sfrenata e sconvolgente di mio cugino. Lui conosceva molto bene la triste storia del giovane nobiluomo pazzo e l'ha usata a sua vantaggio..."

"Robert Thesiger?"

"Sì". Il sorriso di Evelyn era tirato. "Robert era a Eton con Alston e me, e si diede la pena di informare mio cugino del loro legame di sangue; che il duca era anche suo padre, cosa che Alston non sapeva e che lo sbigottì veramente. Non aveva idea del passato nefando di suo padre, né che la sua esistenza debosciata avesse prodotto un frutto bastardo. Basti dire che Robert usò il suo legame di sangue a scopi sinistri."

La mente di Deb era sottosopra per tutte quelle novità.

"Ma che cosa poteva dire Robert Thesiger perché Julian accusasse sua madre di essere una sgualdrina e-e una strega?"

Evelyn guardò le balze di pizzo che gli coprivano le lunghe mani.

"Non è compito mio dirvelo e ho già parlato troppo, *ma chérie*. Dovete chiedere la verità a Alston. Lasciatemi solo aggiungere che i motivi di Robert sono sempre stati molto trasparenti. È divorato da un'amara invidia, invidia perché, se non fosse stato per la grazia di Dio, sarebbe stato *lui* l'erede del ducato di Roxton e non Alston. Sua madre, che sperava di sposare il duca ed è stata respinta, ha insegnato al figlio fin dalla più tenera età a odiare la duchessa." Accarezzò la guancia di Deb. "La cosa importante è che ad Alston si può perdonare il suo unico atto di follia giovanile."

"Posso facilmente perdonare gli accessi emotivi da ubriaco di un ingenuo ragazzo di quindici anni mal consigliato," disse Deb con un sorriso stanco, "ma l'ingenuità della gioventù non può spiegare le azioni di un uomo adulto, che non solo è accusato di rottura della promessa di matrimonio, ma che ha fatto di tutto per ingannare la sua stessa moglie sulle sua identità e sulle sue intenzioni!"

Evelyn afferrò forte Deb per le spalle e la guardò negli occhi.

"Se c'è una cosa sicura che so di mio cugino è che non avrebbe mai offerto il matrimonio a Lisette Lefebvre, né a nessun'altra donna, se è per quello, solo per entrare nel suo letto! Credetemi, Deborah. Io lo so. *Io lo so*. Non dovete credere agli scritti incendiari di uno sporco pamphlet. Sono cose insignificanti e putride, scritte per infiammare una popolazione che muore di fame, da scribacchini disinformati che non conoscono le vere circostanze o i motivi dietro le accuse contro mio cugino. Mi capite?"

"Capisco quello che state dicendo, Eve," rispose pacatamente Deb. "Ma come posso credervi quando gli avvocati di Lefebvre hanno istituito un procedimento contro mio marito?"

Si liberò e fece un passo indietro.

"Eve, Lefebvre e mio marito hanno combattuto un duello! Un uomo non ne segue un altro oltre il mare in una terra straniera per incrociare le spade se non è convinto che sua figlia sia stata grossolanamente offesa e che come padre ha il diritto di difendere il suo onore."

Evelyn scosse il polso coperto di pizzi.

"Ovvio che Lefebvre creda che sua figlia abbia subito un torto ma… ma ci sono sempre due facce in un imbroglio!"

"Oh? Non volete dirmi che la ragazza ha intrappolato Alston con il suo fascino e che lui non ha potuto resisterle, perché è una scusa fiacca cui non ho proprio intenzione di credere!"

"Alston è uno stupido testardo!" Esclamò con violenza. "Gli avevo detto come sarebbe andata quando fosse tornato dall'esilio, ma no, lui segue la sua strada e non si adegua ai dettami della società! Ecco che cosa l'ha precipitato al centro di questo assurdo scandalo."

Mise un braccio intorno alle spalle di Deb, vedendo il suo dolore e la sua confusione e disse, in tono molto più calmo: "Perdonatemi, *ma chérie*. Alston e io siamo ottimi amici ma non la vediamo alla stessa maniera su questa faccenda. Voi e io dobbiamo aiutarlo a essere più Julian Hesham e meno il marchese di Alston, vero?"

Deb non desiderava altro. Ma le confidenze di Evelyn erano ben lungi dall'essere rassicuranti. Dopo tutto, non aveva offerto scusanti per il fatto che il marchese l'avesse ingannata per consumare il loro matrimonio, né aveva adeguatamente spiegato la sordida storia con Lisette Lefebvre. Certo, Evelyn poteva assicurarle che suo cugino non aveva sedotto la ragazza con la promessa di matrimonio, ma dov'erano le prove? E finché non avesse ricevuto la stessa rassicurazione da suo marito, non poteva semplicemente credere a Evelyn.

"Vedervi, sapere che cosa pensate, mi ha fatto decidere, *ma chérie*," dichiarò Evelyn mentre si metteva la viola sotto il mento quadrato. Diede a Deb un fascio di spartiti e poi cominciò a suonare un pezzo grazioso che aveva composto. "Seguite le notazioni. Datemi la vostra opinione di questa piccolezza che ho scritto per Dominique. È un regalo di fidanzamento che le suonerò domani pomeriggio al concerto nei giardini delle Tuileries. Jack ha accettato di far parte del mio piccolo ensemble d'archi. Far suonare il ragazzo darà un po' di brio all'occasione, non credete?"

Deb soddisfece il suo capriccio e si stese sulla chaise longue di seta a righe accanto al clavicordio con gli spartiti della composizione musicale, mentre Evelyn saltellava intorno alla stanza sui suoi tacchi alti, fingendo di essere preso dalla musica, ma in realtà facendo il clown per lei, facendo di tutto per distoglierle la mente dai suoi problemi. Deb non riuscì a evitare di ridacchiare alle sue buffonate.

"È un pezzo grazioso," ammise con una risata mentre il compositore piroettava davanti a lei, con la seta delle falde della redingote che si allargava intorno a lui. "Ma come potete pensare che mi concentri sulla musica quando parlate di fidanzamento, di una ragazza di nome Dominique e di Jack che suonerà con voi alle Tuileries, tutto nella stessa frase? Suonerà veramente nel vostro ensemble?"

Evelyn finì di suonare la sua composizione con un gesto plateale e si inchinò.

"Sì, *ma chérie*. E sua zia deve essere là per applaudire i suoi sforzi e aiutarmi a persuadere il ragazzo a esibirsi davanti a un pubblico. Il suo talento non deve restare chiuso in un armadio, e glielo ho detto."

Gli occhi castani di Deb si illuminarono e batté le mani.

"Sapevo che avreste visto il talento del mio Jack! E Dominique...?" chiese, chinando la testa di lato. "Chi è Dominique?"

"Ah, Dominique! Vi racconterò un segreto, *ma chérie*. Sto per incorrere nell'ira del duca e dei miei genitori. Sto per sposarmi in segreto!"

"*Sposarvi* in segreto? Con questa Dominique? Ma, Eve, non avete mai parlato di questa ragazza nelle vostre lettere. Chi è? Perché dovete fuggire insieme? Perché i vostri genitori non dovrebbero approvarla?" Le sopracciglia arcuate di Deb si contrassero di colpo quando Evelyn sorrise mestamente. "Ovviamente vi auguro di essere felici ma... Siete *veramente* felice, Eve?"

Evelyn mise da parte la viola, scosse le falde ricamate del suo panciotto italiano e si sedette sullo sgabello di seta a righe accanto alla chaise longue.

"Avete sempre avuto un grande intuito! Sì, sono *deciso* a essere felice."

"Ma non la amate?" Disse Deb gentilmente e sentì le dita di lui che si contraevano nelle sue, dicendole più di quello che le avevano detto le sue spiegazioni.

"Non è *une grande passion*. Ma forse è meglio così," le confessò con un sorriso di rassegnazione. "Ho il temperamento distratto e ossessionato di un musicista e lei, nonostante la sua giovinezza, ha i piedi ben piantati per terra. Non potendo vincere il primo premio, ha magnanimamente accettato una diluizione del nobile sangue e una parentela per mezzo del matrimonio."

Deb gli sfiorò la guancia ben rasata con il dorso della mano.

"Oh, Eve, ma se vi sposa solo per le vostre nobili parentele, perché fuggire con lei?"

Evelyn le baciò la mano.

"*Ma chérie*, vi assicuro che, prima ci sposeremo, prima si risolverà il pasticcio in cui ci troviamo tutti e potremo tornare a una parvenza di normalità. Anche se temo che il duca mi manderà in esilio, se non altro per impedire ad Alston di strangolarmi. Povera mamma, non si riprenderà mai dalla vergogna di avere Dominique come nuora."

"Non mi avete detto niente di lei, a parte il suo nome."

"Fidatevi di me. Presto sarà tutto chiaro. Per ora è semplicemente Dominique. Ero il suo insegnante di pianoforte."

"Insegnante? Quando mai il figlio di un visconte, nipote di un duca, ha avuto bisogno di abbassarsi a guadagnarsi da vivere usando il suo talento?"

Gli occhi azzurri di Evelyn erano pieni di malizia e sorrise.

"Otto non vi ha mai detto che farsi passare per un genio musicale che deve mantenersi facendo l'insegnante è un modo facile per entrare nelle migliori case, e le case migliori hanno le figlie più carine!"

Deb gli pizzicò scherzosamente il mento con la fossetta.

"Siete esecrabile. Che cosa penserà mio marito..."

"Se teneste alla mia opinione, signora moglie, ci avreste pensato due volte prima di dormire nel letto di mio cugino!"

SEDICI

Un'ora prima Joseph Jones stava ciondolando nella scuderia dei Roxton, aspettando il ritorno del marchese di Alston da Versailles. Non aveva dovuto bighellonare a lungo prima che un tiro a quattro entrasse nel cortile, scatenando un'attività frenetica nell'armata di lacchè, e si fermò vicino a dove era Joseph, appoggiato a un basso muretto di pietra coperto d'edera, mentre fumava un sigaro turco.

Il primo nobile a scendere fu il marchese. Era rimasto fermo sui gradini portatili che due camerieri in livrea si erano affrettati a sistemare sui ciottoli sotto la porta della carrozza, e aveva parlato con i suoi occupanti.

Dal rumore e dalle risate, Joseph aveva immaginato che ci fosse almeno mezza dozzina di aristocratici nella profondità dell'interno imbottito e rivestito di velluto. Una donna graziosa e dipinta, con i capelli incipriati raccolti in una creazione di piume colorate, nastri di satin e fili di perle, era riuscita a far spuntare la testa e il braccio dal finestrino e aveva preteso che Alston le baciasse la punta delle dita. Il marchese lo aveva fatto con un gesto plateale e lei era scomparsa all'interno con una risatina, per essere sostituita da un'altra donna, con una pettinatura altrettanto complicata e assurda. Al marchese era stato chiesto di baciarle il polso paffuto, appena sopra un filo di perle. Lui aveva obbedito e poi era sceso dai gradini, mentre tre nobiluomini imparruccati emergevano dall'interno buio e lo seguivano sui ciottoli. La portiera che rimaneva aperta aveva fatto capire a Joseph che gli amici del marchese non avevano intenzione di restare.

"Non potete rifiutare così bruscamente l'invito di *Madame*, Julian, non è carino da parte vostra. Dovete venire a Chaillot per qualche giorno. Se lo aspettano, no?" Aveva chiesto il giovane visconte di Chaillot, chiedendo ai suoi due compagni di sostenerlo. "Henriette e Marguerite vi aspettano. La loro delusione sarà insopportabile." Aveva indicato il finestrino della carrozza. "Avete visto come mancate già a entrambe."

"Ahimè, Sebastian, le vostre care sorelle dovranno rinunciare alla mia compagnia in questa occasione."

Il visconte aveva fatto una smorfia. "Questo assurdo processo vi sta preoccupando più di quello che dovrebbe, amico mio."

"Sebastian ha ragione su questa cosa," aveva confermato il fratello più giovane del visconte, Bertrand. "Quel puzzolente pescivendolo non merita un solo pensiero. È assurdo. Questa faccenda è assurda. Ah! Non capisco perché non vi limitate a ignorarlo, ecco fatto. *Voilà!*"

"È il fatto che non vi limitiate a ignorarlo, ecco quello che alimenta i pettegolezzi. Ma perché, dico io? Non è la verità che conta, è che questo esattore delle tasse abbia avuto la sfrontatezza…"

"*Excusez-moi*, Frederic," lo aveva interrotto il marchese con un sorrisino imbarazzato, rivolgendosi al terzo nobiluomo, un certo cavaliere di Charmond. "Consentitemi di dissentire, la verità è molto importante per me."

"*M'sieur le Duc*, vostro padre, sistemerà tutto, ne sono certo," aveva aggiunto in fretta il visconte, sperando di evitare di offendere l'amico inglese. "Questa *putain* della classe media che vi ha aperto le gambe e il suo ridicolo padre verranno comprati e tutto ritornerà alla normalità."

"Sì! Sì, Sebastian ha proprio ragione," Aveva annuito Bertrand, offrendo il tabacco agli altri. "Tutti gli esattori delle tasse sono corruttibili. Non è in quel modo che hanno ammassato la loro ricchezza, tanto per cominciare? Non è un crimine che siano così ricchi?"

"*M'sieur*, visto che sono innocente del crimine di cui mi accusano, non vedo la necessità di ricorrere alla corruzione," aveva detto semplicemente Julian, ignorando il trambusto nella carrozza. "E se vi ricorressi, che cosa direbbe della mia innocenza?"

I tre aristocratici avevano riflettuto sulla sua dichiarazione come se l'idea fosse nuova per loro, e il cavaliere aveva aggiunto, benevolo, dopo aver infilato una buona quantità di tabacco su per la narice sottile:

"Ma... Alston! Questo vuol dire essere testardo su un'inezia. La corruzione di cui parlate è una cosa comune. Avviene ai livelli più alti. Funziona, no?"

Dall'interno della carrozza avevano chiamato i gentiluomini perché si sbrigassero o sarebbero stati in ritardo per il recital. Henriette doveva cambiarsi d'abito e quanto a Marguerite, i suoi capelli necessitavano di più cipria. Perché i loro fratelli erano così sconsiderati? Bertrand? Sebastian? *Frederic*? I tre nobiluomini si erano scambiati commenti e gesti di disperazione per le eccessive pretese delle sorelle, si erano inchinati al loro amico con un gesto plateale e si erano ammucchiati nella carrozza per andarsene.

Julian li aveva salutati con la mano e un sorriso, mentre il visconte di Chaillot gridava fuori dal finestrino che lui e i suoi fratelli lo avrebbero visto quando fossero venuti a prenderlo per andare all'Opera.

Ma quando aveva attraversato il cortile, Joseph aveva visto che il volto del nobiluomo era tutt'altro che ridente. Aveva tirato la cravatta come se non vedesse l'ora di liberarsene e aveva camminato più in fretta che poteva con le scarpe alte da corte, adatte per zampettare in giro, non per camminare a grandi passi.

Non aveva fatto molta strada prima di essere perentoriamente fermato. Lo shock di sentirsi apostrofare in quel modo rude lo aveva fatto voltare con un'espressione minacciosa che aveva messo in fuga gli stallieri verso i quattro angoli del cortile della scuderia.

Joseph era rimasto impassibile e aveva aspettato che il marchese andasse da lui. Non era quello il momento di mostrare nervosismo. Aveva delle preoccupazioni serie riguardo a Deb da discutere con sua signoria ed era per lei che doveva mostrarsi risoluto. Eppure, quando Alston si era avvicinato, con un tirapiedi in livrea che lo inseguiva, Joseph aveva spento in fretta il sigaro sotto la punta dello stivale ed era rimasto per un momento senza parole sotto lo sguardo altezzoso, arrabbiato eppure stupito di un paio di occhi verde smeraldo.

"Joseph? Perché siete a Parigi? Pensavo foste tornato in Inghilterra?"

"Sono stato a Bath e sono tornato, milord," aveva risposto impassibile Joseph e in inglese, con un'occhiata al cameriere che era arrivato a metà del cortile aspettandosi che Joseph ricevesse una dose di frustate per la sua insolenza. "Sono andato a vedere Miss Deb per conto mio."

Alston era trasalito e, sentendo il cameriere alle spalle, si era voltato verso l'esterrefatto lacchè, che non riusciva a credere che il suo padrone stesse conversando tranquillamente con questo zotico inferiore, e gli aveva ringhiato di andarsene. Poi si era rivolto a Joseph con un cipiglio.

"Potrete anche essere un servitore con privilegi particolari per entrambe le famiglie," aveva dichiarato in inglese, "ma userete il titolo che è dovuto a mia moglie, è chiaro signor Jones?"

"*Aye*," aveva risposto Joseph con contegno. "Chiedo scusa a vostra signoria, ma sono la sua salute e la sua felicità che mi preoccupano, non il suo status sociale."

Julian aveva fatto un passo avanti. "Dannata impertinenza…"

"Perché a me importa di lei, milord!" Aveva sostenuto Joseph, allontanandosi nervosamente di un passo. "Non è mai stata malata un sol giorno in vita sua e quando mi dicono che si è messa a letto ed è così debole che non riesce a mangiare niente, allora mi preoccupo. Non è da lei. Allora decido che devo vederla io stesso. Non mi interessa accettare la parola di un segaossa e lasciar perdere! Chiedo scusa a vostra signoria, ma… non dovreste farlo nemmeno voi."

"Non posso lasciare Parigi in questo momento," aveva borbottato Alston, con le guance che si imporporavano. "Il processo…"

"Beh, io posso e l'ho fatto!"

"E mia moglie è malata come dichiara Medlow?"

Joseph aveva sentito una nota di sarcastica incredulità.

"Non è da lei far finta di essere malata, milord. E Medlow non è il tipo di uomo che esagera. Non è uno i quei ciarlatani che assecondano le malattie immaginarie della gente."

"Allora, soddisfate la mia curiosità. Qual è la malattia di cui soffre sua signoria che le ha reso impossibile raggiungermi?"

"Medlow non ha voluto dirmelo. Dice che va contro il suo giuramento ipocritico."

"Ippocratico, giuramento ippocratico," lo aveva corretto Alston. "Molto comodo. Ora mi scuserete. Devo togliermi questi abiti di corte."

Si era voltato e si era diretto verso l'imponente arco che annunciava l'entrata del cortile interno e gli edifici principali dell'*hôtel*, dove potevano entrare solo camerieri in livrea dal passo felpato.

"Io so che cosa l'ha tenuta a letto, milord!" Aveva annunciato

Joseph, correndo sui ciottoli per stare al passo delle lunghe gambe dell'uomo, e meno male che aveva i tacchi. Quando il marchese non si era fermato, aveva aggiunto: "E so dov'è!"

Questo aveva fermato immediatamente Julian. Si era voltato dalla tromba delle scale.

"Allora ditemi: che cosa ha tenuto a letto sua signoria?"

Joseph aveva deglutito a vuoto sotto lo sguardo minaccioso.

"Non credo che tocchi a me dirvelo, milord."

"*Per l'amor del cielo*! Parlate o lasciatemi in pace!"

"So che Miss Deb, *sua signoria*, preferirebbe dirvelo lei."

Julian aveva guardato dall'altra parte del cortile interno e poi i suoi lunghi piedi sui tacchi ridicoli prima di fissare apertamente negli occhi il vecchio servitore. "Joseph, credetemi se vi dico che se fosse stato in mio potere farlo, sarei andato volentieri a Bath a prendere io stesso sua signoria. Ma non posso lasciare la Francia. Ci hanno pensato gli avvocati di Lefebvre."

Joseph aveva annuito e non era riuscito a trattenere un sorriso.

"Pensavo che fosse così, allora appena è stata abbastanza bene da viaggiare sono andato a prenderla per voi, milord."

Julian gli aveva afferrato il gomito.

"È qui, a Parigi? Ditemi, dove?"

Joseph aveva indicato le nuvole. Le parole erano appena uscite dalla sua bocca che il marchese aveva girato sui tacchi e aveva salito le scale a due gradini per volta.

"Di sopra, l'appartamento di *M'sieur* Ffolkes."

IL MARCHESE ENTRÒ NELL'APPARTAMENTO DI SUO CUGINO dopo aver grattato piano e si fece strada verso il melodico suono della viola, ignorando il valletto con gli occhi fuori dalla testa che saltellava sulla punta dei piedi, sussurrando con voce acuta che non c'erano donne nell'appartamento del suo padrone e, se c'era, era una signora, nonostante avesse una pistola che teneva in una fondina cucita nello stivale. Lui, Philippe, l'aveva vista mentre riordinava la camera dove la signora *non* aveva certamente dormito e non aveva fatto il bagno. Quindi sua signoria poteva gentilmente andarsene prima che la giovane signora gli facesse schizzare le cervella su tutta la parete.

Il valletto poi indietreggiò, con un'occhiata nel salotto, in tempo per vedere il suo padrone baciare le dita della bella giovane signora e dire qualcosa che la fece ridere. Lei gli pizzicò scherzosamente il mento in risposta. Philippe diede un'occhiata veloce all'espressione cupa sul bel volto impassibile del marchese e corse indietro attraverso le stanze dell'appartamento e giù per le scale di servizio più in fretta che poteva con le sue corte gambe grassocce. Non voleva proprio essere lui a pulire il sangue dalle pareti!

Il marchese si fermò appena dentro la porta, con il piede alzato. Stesa su una chaise longue, con i piedi verso il calore del fuoco, c'era sua moglie. Era più bella del ricordo che aveva di lei; i liquidi occhi castani pieni di allegria, la pelle luminosa e una folta treccia di capelli che lui sapeva brillare come vino rosso al sole; capelli che una volta aveva accarezzato e spazzolato e che gli piacevano di più quando scendevano liberi fino alle cosce. Sembrava risplendere di vitalità.

In effetti, era tanto l'epitome della più generosa buona salute che la sua felicità nel vederla diventò rabbia, per essere stato imbrogliato dalle assicurazioni scritte di Medlow che sua moglie era troppo sofferente per viaggiare; per essersi preoccupato inutilmente della sua salute; per aver passato notte dopo notte desiderandola, desiderando il suo tocco e il suo calore e aveva cercato sollievo nell'attività fisica per alleviare il costante dolore di non averla, e nel frattempo lei aveva finto di essere malata per prendere tempo, in modo che i suoi avvocati trovassero un mezzo per dissolvere il matrimonio.

Al diavolo l'annullamento!

Era rimasto senza di lei per dodici lunghe settimane. Erano stati divisi per più tempo di quanto avessero diviso il letto nuziale e gli sembrava una vita.

Così le prime parole che le rivolse furono fredde e cattive, alimentate dalla gelosia e completamente ingiustificate, e servirono a far sobbalzare la coppia accanto al fuoco.

Evelyn si affrettò ad alzarsi in piedi, inciampando con le scarpe con i tacchi alti, e Deborah si mise seduta, infilando i piedi sotto le spumeggianti sottane di mussolina e, così facendo, mandando a finire gli spartiti della composizione musicale per tutto il tappeto turco.

Il marchese ignorò il cugino, con un occhio bruciante su sua moglie che stava arrossendo furiosamente.

"Bene, signora, com'è gratificante trovarvi in buona salute. Ora posso aspettarmi di riprendere i miei diritti coniugali." Guardò suo cugino. "Ovviamente non c'è bisogno di ricordarvi che il vostro principale dovere di moglie è di restare casta finché mi avrete dato un figlio. Non voglio bastardi, anche se dai parenti."

E con questo discorso esplicito girò sui tacchi e attraversò la stanza prima che la reazione di Deb lo facesse tornare accanto alla chaise longue.

"Che. Cosa. Avete. Detto?" Le chiese con la voce appena sopra al sussurro, sperando che il suo udito non lo avesse ingannato.

Il marchese era stato nella stanza almeno una trentina di secondi prima che Deb capisse che il gentiluomo in abiti da corte era suo marito. Il volto era incipriato, aveva i nei, le scarpe avevano alti tacchi rossi ed enormi fibbie incrostate di diamanti, e i suoi riccioli neri ribelli erano impastati allo scalpo con cera e pomata. Fu solo la voce profonda e melodiosa che le fece capire che sotto tutta quella vernice unta e il filo d'oro c'era Julian Hesham, l'uomo di cui si era innamorata. Ma dato che appariva prima di tutto l'epitome del cortigiano francese, fu facile per Deborah apparire altrettanto fredda e senza sentimenti.

Alzò il mento in atteggiamento di sfida alle sue prime sprez-zanti parole e si afferrò le mani dietro la schiena, arricciando i metri di mussolina leggera così che le sottane fossero tirate sullo stomaco, a esporre la crescente rotondità della pancia e non lasciando dubbi al nobile marito che fosse in stato di avanzata gravidanza.

"Vi assicuro, milord, che prego tutti i giorni di avere un figlio maschio," ripeté quando lui tornò verso di lei, aggiungendo con una gelida calma che non sentiva assolutamente: "Perché *niente* mi indurrà a condividere di nuovo il vostro letto!"

Per quella che sembrò un'eternità, il marchese la fissò e fu tale il cambiamento di espressione, la dolcezza che apparve sui suoi bei lineamenti, che per un angoscioso momento fu di nuovo Julian Hesham. Il suo sguardo finalmente incontrò quello di Deb e c'era un'espressione nei suoi occhi, difficile da leggere, mentre le tendeva cautamente la mano, ma Deborah lasciò andare la mussolina arric-ciata e si allontanò in fretta, fuori dalla sua portata.

"Allora è per questo che non siete venuta a Parigi, il motivo per cui stavate male?" Chiese Julian con la voce piena di meraviglia e, quando lei annuì senza guardarlo, aggiunse dolcemente. "Quando… quando l'avete saputo?"

"Al nostro ritorno dalla Cumbria."

"Già allora?" Era sorpreso, sorrise dolcemente. "Di quanti mesi siete?"

Deborah si morse il labbro e si concentrò sulla sua cravatta dal nodo elaborato, con una singola spilla di diamanti.

"Cinque mesi e mezzo."

"*Cinque mesi e mezzo?*" Ripeté nello stesso tono meravigliato. Sorrise apertamente e sbuffò una risata. "Allora avete concepito quasi dalla nostra prima notte insieme..."

Deb esitò, confusa. Quest'uomo, ricoperto di sete e cipria, sembrava certamente l'arrogante marchese di Alston, ma il tono gentile e profondo della voce e la luce morbida negli occhi verdi erano puro Julian Hesham. Si chiese a quale uomo dovesse rispondere. Ma quando alzò gli occhi e vide quel sorriso presuntuoso, quando colse il movimento con la coda dell'occhio e si rese conto che Evelyn, che si era abbassato per raccogliere gli spartiti dal tappeto turco, stava condividendo la gioia del cugino, impallidì per l'imbarazzo, perché il marchese stava discutendo dettagli intimi che dovevano restare riservati tra marito e moglie.

"Mettere incinta una sposa alla prima monta deve essere un fatto degno di essere sbandierato ai vostri compagni maschi." Disse amaramente. "Ed Evelyn certamente condivide questa presunzione. Che vergogna che vostra signoria abbia dovuto sprecare due faticosi mesi in Cumbria. Se mi fossi resa conto delle mie condizioni un po' prima, avreste potuto ritornare in Francia e alle vostre puttane."

"Scusate?"

Julian sembrava talmente sbalordito e offeso che Deb non riusciva a credere che potesse restare lì, fingendo di essere moralmente oltraggiato. Invece si voltò e cadde nelle braccia di Evelyn nascondendo il volto nella seta del panciotto con un singhiozzo squassante.

"Deborah, *ma chérie*," mormorò lui in tono rassicurante, sospirando e guardando suo cugino con uno sguardo implorante: "Julian, devi capire... la sua condizione..."

"Capisco fin troppo bene, cugino," dichiarò amaramente Julian, con uno sguardo significativo alla mano del compositore che accarezzava la schiena di sua moglie. Girò sui tacchi, dicendo alla porta, prima di uscire in fretta dalla stanza: "Quando avrai finito di confortare la mia mogliettina incinta, sii tanto cortese da mandarla in biblioteca. Il duca sarà a casa tra un'ora."

Evelyn lo richiamò ma Julian continuò a camminare, senza guardare né a destra né a sinistra, finché raggiunse la scala che portava al suo spazioso appartamento al secondo piano. Qui si fermò ed esitò a salire. Era come se tutta la resistenza emotiva fosse di colpo svanita. Si lasciò cadere contro la parete e lentamente scivolò lungo il rivestimento fino al primo gradino, dove si coprì il volto con le mani e cominciò a singhiozzare.

DICIASSETTE

SIR GERALD CAVENDISH INCIAMPÒ NEL MARCHESE DIECI
minuti dopo e fece un discorso sconclusionato, pieno di complimenti verbosi e osservazioni fatue sul tempo, perché lo innervosiva
avere una conversazione in privato con il suo nobile cognato. Ma a
rendere ancora più impacciato il suo eloquio fu il fatto che non si
era aspettato di trovare sua signoria accasciato sul pavimento con la
testa china, specialmente vestito di tessuto dorato e diamanti.

Non capiva proprio e si chiese se il marchese non fosse ubriaco o
stesse avendo un attacco di qualche tipo, dato che il volto del nobiluomo era arrossato e gli occhi iniettati di sangue e vitrei, come se
avesse singhiozzato come una ragazza. Certamente non era il tipo di
comportamento che Sir Gerald riteneva normale per il figlio di un
duca.

Julian si passò le mani sul volto umido e arrossato e, con un
pesante sospiro di rassegnazione, invitò il fratello di sua moglie a
entrare nel suo salotto.

Nel salotto Frew teneva un bel fuoco acceso. Il valletto emerse
quasi subito dalla camera ma siccome il suo padrone sembrava
distratto e non era solo si ritirò, lasciando aperta la porta di collegamento e permettendo a Sir Gerald di cogliere un'occhiata del sancta
sanctorum di sua signoria. Vide il valletto che continuava in silenzio
a svolgere i suoi compiti. Con lui c'erano due lacchè, uno che
portava un secchio di rame con acqua fumante e profumata che
versò in un enorme semicupio in mezzo alla stanza, l'altro che sten-

deva una banyan ricamata di seta rossa sul bracciolo intagliato di una sedia dorata.

Il fatto che questi preparativi per il bagno del nobiluomo continuassero senza sosta fece capire a Sir Gerald quanto fosse malaccorta la scelta del momento della sua visita. Si sentiva non gradito e questa sensazione divenne un acuto disagio sapendo che il marchese era appena tornato da Versailles e ovviamente voleva togliersi l'abbigliamento di corte.

Quando Julian restò fermo accanto al camino senza offrire a Sir Gerald di sedersi su nessuna delle sedie nella stanza, ma si limitò a prendere una presa di tabacco da una tabacchiera d'oro e smalto, Sir Gerald tossì per schiarirsi la gola dal nervosismo.

"Devo dirvi quanto sia grato ai vostri stimati genitori e a voi, milord, per aver concesso a mio nipote l'onore di passare del tempo in compagnia di Lord Henri-Antoine."

Sir Gerald finì con un sorriso il discorsetto provato e riprovato ma il marchese restò impassibile. Era come se guardasse direttamente attraverso di lui, con gli occhi verde smeraldo tanto penetranti e chiari da innervosirlo. Il palmo delle mani di Sir Gerald cominciò a sudare, ma andò avanti comunque.

"Nessuno è stato più sorpreso di me quando ho saputo che Jack aveva un tale esimio compagno di scuola. È sempre stato un ragazzino impetuoso, qualche volta ribelle e spesso portato a dire la sua…"

"Una conseguenza di aver vissuto con sua zia, forse?"

"Sì, sì. Non la situazione ideale per mio nipote."

"Eppure l'unica opzione che aveva?"

"Mm… ehm… beh, ho fiducia che il tempo passato nell'elevata compagnia di vostro fratello, che è un giovane gentiluomo di valore, sarà di enorme beneficio per il temperamento incostante di mio nipote."

"Credete? Io spero che Jack insegni a Harry una cosetta o due."

"Oh no, no, milord," gli assicurò Sir Gerald scuotendo la parrucca incipriata. "Spero che l'estrema e spiacevole esuberanza di Jack sarà contenuta mentre è sotto questo nobilissimo tetto. E grazie alla superiore compagnia di Lord Henri-Antoine i suoi modi non possono che migliorare. Mio nipote ha avuto un'educazione piuttosto *provinciale*," si scusò, mostrando il suo disgusto. "Non posso dire di più per paura di offendere sua signoria. Se conoscesse le circostanze, vostra signoria potrebbe solo essere d'accordo con me."

"Non sono d'accordo con voi."

Sir Gerald sbatté gli occhi. "Chiedo scusa a vostra signoria?"

"Sono felicissimo che Jack abbia fatto amicizia con mio fratello. La sua influenza ha considerevolmente migliorato la visione cupa di Harry sulla vita. In effetti le loro opposte personalità si completano a vicenda."

"Da-davvero?" Balbettò Sir Gerald, senza capire.

"Vostro nipote è un ottimo ragazzo."

"Davvero? Beh, sì, suppongo che sia così. Sì, sono sicuro che lo sia!"

"Dà credito a sua zia, che l'ha allevato da quando aveva, quanti... sei? Sì, sei anni. Ma sono sicuro che non mi state facendo tardare il mio bagno solo per discutere i meriti del vostro stimato nipote."

"Io... io... No! In effetti no, milord. No. Ho chiesto questo colloquio per farvi sapere che Lady Mary, Lady Mary e io, noi... voi... avete il nostro sostegno incondizionato riguardo a questa... ehm, faccenda spiacevole e fastidiosa. E il fatto che siano arrivati a pubblicare libelli diffamatori dimostra che porci opportunisti siano questi esattori delle tasse francesi. Che osino pensare di poter abbattere un membro della nobiltà sfida l'immaginazione," continuò imperterrito Sir Gerald, con un'occhiata al volto del marchese che restava dannatamente imperscrutabile. "Questo esattore delle tasse merita di essere messo in prigione! Sua figlia messa alla gogna per il suo comportamento licenzioso e oltraggioso. Ovviamente, quelli di noi che vi conoscono..."

"Ma voi non mi conoscete."

"... non prenderebbero mai seriamente in considerazione l'idea del marchese di Alston preso all'amo dalla figlia di un esattore delle tasse," concluse Sir Gerald con un verso di ampolloso disprezzo. "E come ho detto a mia sorella, come marchesa di Alston deve ignorare queste chiacchiere senza importanza, che contengano o meno della verità."

"Detto a vostra sorella?" Ripeté Julian.

Lo disse a voce così bassa che Sir Gerald si chiese se avesse veramente parlato e continuò come se non fosse così, senza accorgersi della fredda e dura luce che rendeva foschi gli occhi verdi normalmente amichevoli ed espressivi.

"Prima che Lady Mary e io ci imbarcassimo per Parigi, ho ritenuto che fosse necessario andare da Deborah a Bath."

"E come avete trovato mia moglie, durante la vostra visita?"

Sir Gerald sbatté di nuovo gli occhi. "Trovato, milord?"

Il marchese si avvicinò un po'.

"La sua salute. La sua persona. Come vi è sembrata?"

"A dire la verità, milord, non aveva proprio voglia di vedermi. Ha mandato la sua cameriera con la scusa fiacca che stava troppo male," disse confidenzialmente Sir Gerald. "Ma, poiché so che non è mai stata malata un giorno in vita sua, ho pensato che la dichiarazione della cameriera che mia sorella era troppo debole o troppo malata per vedere altri che quel ciarlatano di medico fosse un po' difficile da ingoiare e la mia insistenza ovviamente è stata ricompensata. Ma naturalmente Deborah ha recitato la sua parte fino in fondo e quando sono entrato nel suo boudoir l'ho trovata stesa sulla chaise longue, con una copertina e una bacinella pronta!" Emise una risatina forzata ma quando il marchese non lo imitò, cancellò in fretta il sorriso e aggiunse, in tono serio: "Riflettendoci, devo dire che, in effetti, Deborah sembrava verdognola e che ha ascoltato i miei consigli senza ribattere, cosa un po' inconsueta per lei."

"Consigli?"

"Ho chiarito che era assurdo considerare la situazione più grave di quello che è," dichiarò fiducioso Sir Gerald. "Che quando un aristocratico cerca i favori di una sgualdrina francese, la cosa non dovrebbe avere nessuna importanza, niente più di una quisquilia per la moglie di un nobile. Ho sottolineato che non era degno di lei perfino riconoscere l'esistenza di queste donne. Le ho detto che era ora che la smettesse con le sue pretese di dignità oltraggiata, e che restare a Bath a fingere di essere malata avrebbe solo rimandato l'inevitabile. Le ho fatto sapere che non poteva aspettarsi nemmeno una briciola di simpatia da me e che era suo dovere stare a Parigi al vostro fianco." Sorrise soddisfatto. "Sono molto lieto di riferirvi che Deborah ha accettato il mio suggerimento, perché è arrivata a Parigi ieri sera."

"Voi, miserabile verme," mormorò Julian, fissando quel pomposo bacchettone del fratello di sua moglie con una tale smorfia di disgusto sul volto da apparire l'immagine esatta del suo anziano genitore. "Voi avete l'audacia spudorata di dirmi che vi siete preso la briga di fare la predica a Deborah sui suoi doveri come mia moglie e che le avete parlato di una sudicia faccenda di cui non sapete assolutamente nulla?"

"Milord? Non era mia intenzione offendervi", si scusò Sir Gerald, fraintendendo completamente la direzione della rabbia del marchese. "In effetti, se sapeste fino a che punto sono arrivato per sostenervi in questa faccenda."

"Vostra sorella non è più affar vostro. Lei è affar mio. Capite? State lontano da lei!" Ringhiò Julian e si voltò per andare nello spogliatoio.

Il dolce profumo invitante dell'acqua calda lo fece respirare a fondo mentre si toglieva la spilla di diamanti dalle pieghe della cravatta di pizzo e poi tirava nervosamente il nodo complicato.

"Frew? Frew!"

Il valletto accorse da una delle stanze interne, portando un paio di scarpe con il tacco alto appena ricevute dal calzolaio. L'umore nero del suo padrone non lo sorprese. Era ponderata opinione di Frew che i frequenti malumori del marchese e le sue notti insonni fossero da addebitare ai rapporti tesi con sua moglie; prima la coppia avesse risolto le proprie controversie e avesse condiviso ancora una volta il letto nuziale, prima la vita sarebbe tornata alla sua placida normalità. Ma Frew tenne per sé i suoi pensieri e mostrò al padrone un volto completamente distaccato.

Julian fissò con disgusto le scarpe con il tacco.

"Per il ballo di questa sera, milord," spiegò il valletto.

"Rimandate queste ridicole caricature di scarpe da dove sono venute!" Ordinò e si tolse scalciando le scarpe con i tacchi alti che portava. Tirò di nuovo la cravatta legata stretta come se stesse soffocandolo. "Portatemi delle scarpe adatte ai piedi di un *inglese*, non qualche effeminata creazione sopraelevata adatta solo a un nano!"

"Scarpe adatte a un inglese," ripeté Frew. "Molto bene, milord."

"In effetti, gettate tutte le scarpe che abbiano il tacco più alto della larghezza del mio pollice."

"Non più alte della larghezza del vostro pollice. Molto saggio, milord."

Il marchese si avvicinò a grandi passi al tavolo da toilette ingombro e si sedette sullo sgabello rivestito di velluto con le sole calze ai piedi.

"E, Frew, niente cipria questa sera."

"Niente cipria, milord?" Disse il valletto con accenti di sdegno, inorridito al pensiero di un tale solecismo sociale. "Ma il ballo..."

"Allora? Ne ho avuto abbastanza di questo unto e della cipria che mi fa prudere lo scalpo! Basta cipria! Per sempre."

"Basta cipria... *per sempre?*"

Julian alzò bruscamente gli occhi. "Per l'amor del cielo, Charles, cosa siete, un pappagallo?"

"No, milord. Non un pappagallo," borbottò Frew, si voltò per scappare e si ritrovò a faccia a faccia con Sir Gerald, fermo come una statua accanto al semicupio.

Se il valletto stava vacillando per l'ordine del suo padrone di abolire il cono da cipria dallo spogliatoio, gli uscirono gli occhi dalla testa scoprendo l'intruso in questo rifugio privato. Ma non tanto come quella volta che era entrato scoprendo il marchese che divideva il bagno con la sua sposa. Da quando aveva accompagnato il suo padrone nel suo viaggio di nozze in Cumbria, Frew era deciso che niente e nessuno sarebbe più riuscito a sorprenderlo. Quindi non fece una piega vedendo Sir Gerald, si inchinò e uscì, lasciando il gentiluomo dalla faccia tonda ad affrontare da solo l'ira del marchese.

L'ira fece ammutolire Julian. Non riusciva a credere che Sir Gerald avesse avuto l'idiozia di continuare la discussione e, peggio, l'inettitudine sociale di seguirlo nel più privato degli ambienti, il suo spogliatoio. Sir Gerald prese il suo silenzio come permesso di parlare; tale era il panico che lo sopraffaceva e la preoccupazione egoista.

"Milord, devo dirvi che nessuna lusinga da parte mia ha persuaso Deborah a cambiare idea su una linea d'azione che sarà la rovina del nome della sua famiglia!" Dichiarò Sir Gerald con un verso nervoso, sentendosi stranamente accaldato sotto lo sguardo fisso del marchese. "Vi sorprenderà sapere che ha avuto la sfrontatezza di chiedere il mio aiuto per cercare di far annullare il vostro matrimonio!" Quando questa drammatica dichiarazione non ebbe altro riscontro che un gelido silenzio, aggiunse: "Quando ha espresso questo desiderio, sono stato tanto disgustato da ammutolire, proprio come voi ora."

"Bugiardo," mormorò a denti stretti Julian, alzandosi dallo sgabello. "Siete stato voi a metterle in testa l'idea dell'annullamento."

"No, milord! S-sono stati i miei avvocati! I miei avvocati l'hanno informata che non c'era altro modo per uscire da un matrimonio combinato," disse Sir Gerald con voce flebile, indietreggiando sul tappeto mentre Julian avanzava. "Non avevo idea, assolutamente nessuna idea, dell'esistenza dell'Atto del '42 finché non me ne hanno parlato gli avvocati. Dovete credermi, milord!"

Inciampò nel fianco di una poltrona e barcollò per rimettersi in piedi, si sistemò la parrucca sghemba e inciampò immediatamente di nuovo nel tappeto mentre indietreggiava verso la porta.

"Deborah cercherà di usare quell'Atto per persuadere un giudice a concederle l'annullamento. È questo che sono venuto a dirvi; per assicurarvi il mio assoluto sostegno. Ho avvertito Deborah che non c'è un giudice in tutto il regno che si metterebbe contro la vostra famiglia per concederle l'annullamento."

"Spregevole essere immondo!" Julian ribolliva di furia, tanto da avere le labbra bianche, e afferrò Sir Gerald per gli stretti risvolti della sua redingote di velluto. "Dio sa che inutile tensione le avete causato con le vostre prediche pompose e spocchiose e la vostra interferenza!" Lo lasciò andare con una spinta e aprì la porta che dava sul corridoio, dicendo seccamente: "Domani tornerete, non a Londra, ma nella vostra tenuta, e resterete là."

Gli occhi di Sir Gerald si spalancarono per l'incredulità mentre usciva sul corridoio di servizio, senza nemmeno rendersi conto di essere stato relegato al rango di un lacchè. Si sentì un rombo lontano, come di tuono, da qualche parte lungo il labirinto di stretti corridoi. Un campanello lontano cominciò a suonare. Sir Gerald riconobbe il rumore, non era il tuono ma il passo veloce di centinaia di servitori attenti appartenenti alla casata del duca. Il campanello che suonava segnalava che la carrozza del duca e il suo entourage avevano attraversato il cancello nero e oro dell'*hôtel* Roxton.

Sir Gerald sbatté gli occhi, la distrazione causata dagli avvenimenti domestici evaporò quando si rese conto dell'enormità dell'ordine del marchese.

"Domani, milord? Nella mia tenuta? Devo essere *esiliato*?"

"Non voglio vedere mai più la vostra faccia da pusillanime. Frew? Frew!"

Chiamò forte Julian, sbattendo la porta in faccia a Sir Gerald, così forte che un piccolo acquerello di Costantinopoli in una grande cornice dorata si staccò dal muro e si infranse sul parquet.

DICIOTTO

Un cameriere in livrea dal volto impassibile scortò Deborah in una grande anticamera e le chiese educatamente di aspettare a entrare nella biblioteca finché l'avessero convocata. Deborah si sentiva malissimo e tremava per il nervosismo. Anche se aveva provato e riprovato quello che intendeva dire al duca e alla duchessa, più e più volte mentre era confinata a letto a Bath, temeva di dimenticare il suo discorso attentamente studiato ora che si sarebbe trovata a faccia a faccia con i genitori di suo marito. Continuava a ripetersi che aveva lei la carta vincente, che qualunque cosa dicessero o con qualunque cosa la minacciassero, la notizia della sua gravidanza era sicuramente tanto importante che avrebbero ascoltato le sue richieste e alla fine acconsentito a una formale separazione da loro figlio. Il suo comportamento nell'appartamento di Evelyn aveva solo confermato che non gli interessava nulla di lei come persona, solo quello che lei gli poteva dare. Andava bene così, ma il suo desiderio più caro avrebbe avuto un prezzo.

Mentre camminava avanti a indietro, si vide riflessa in uno specchio dalla cornice dorata sopra un camino spento e notò con una smorfia che i suoi capelli, nonostante il tempo passato a sistemarli da sola, sembravano sul punto di sciogliersi e caderle sulla schiena. Risistemò in fretta un certo numero di forcine con le perle prima di rivolgere l'attenzione alla posizione della scollatura quadrata del nuovo corpetto di velluto bordato di piccoli fiocchi che già le tirava sul petto. Avrebbe fatto meglio a tenere l'abito di mussolina *à la française* che aveva indosso nell'appartamento di Evelyn, ma forse era meglio non sentirsi troppo comodi alla presenza del duca e della duchessa; dopo tutto doveva restare sul chi vive.

Era tale la sua preoccupazione nervosa di sembrare presentabile che, quando le porte della biblioteca si aprirono e apparve un cameriere per accompagnarla in silenzio all'interno, fu il riflesso del cameriere alle sue spalle che fece sobbalzare Deb e la fece allontanare dallo specchio. Lo seguì, con i piedi nelle pantofoline che tardarono un po' a reagire e le mani strette davanti a sé.

La lunga stanza rivestita di libri, con le pesanti tende di velluto tirate sulle finestre, risplendeva di luci nonostante fosse pieno giorno. Ogni applique aveva una candela accesa e, quando il cameriere la portò più avanti nella stanza, Deb sbirciò nervosamente i mobili dorati e le tre pareti coperte dal pavimento al soffitto dipinto di scaffali stipati di volumi rilegati in cuoio. Passò accanto a una grande e pesante scrivania di mogano e diede un'occhiata alla sua superficie, dove erano aperti diversi libri illustrati che mostravano le cartine e schizzi colorati di paesi esotici. Nel grande camino decorato al centro di una parete bruciava un fuoco invitante. Sulla mensola c'erano diversi cartoncini d'invito bordati d'oro.

Al posto d'onore sopra questa mensola di mogano intagliato c'era un ritratto di famiglia del duca e della duchessa con i loro due figli e quattro fedeli cani. Era un ritratto recente perché Lord Henri sembrava vicino ai suoi nove anni di età, eppure la duchessa era ritratta come una giovane donna, più vicina in età al figlio maggiore e questo non era possibile. Deb suppose che l'artista fosse un adulatore, perché certamente la duchessa era più vicina all'età del duca?

Due profonde poltrone, un sofà con alti cuscini e un poggiapiedi rivestito di tappezzeria erano sistemati su un tappeto di Aubusson accanto al calore del camino. Sul poggiapiedi era posata un'antica tavola da backgammon con i suoi pezzi d'avorio ancora in gioco, un piccolo volume rilegato in pelle con un nastro di seta tra due pagine come segnalibro e diverse lettere aperte erano infilate sotto la tavola da backgammon.

Il nervosismo lasciò il posto alla curiosità mentre Deb assorbiva la curiosa scena domestica, così estranea alla magnificenza mascolina della biblioteca che la circondava, e fu solo quando sentì il fruscio delle gonne arrivare dal divano che si rese conto di non essere sola nella biblioteca.

In effetti, il cameriere l'aveva annunciata formalmente e poi se n'era andato prima che Deb tornasse in sé e facesse una rispettosa riverenza alle due persone che si erano alzate insieme dal sofà. Sentì una mano sul gomito mentre si raddrizzava e un bacio profumato che le accarezzava una guancia e poi l'altra, mentre una piacevole voce femminile esprimeva parole di benvenuto in francese.

Deb colse il bagliore e il luccichio di diamanti e smeraldi intorno a un collo bianco e snello prima che tornasse a esserci dello spazio tra lei e le sottane di seta con il cerchio, squisitamente ricamate, di Antonia, duchessa di Roxton.

Una voce maschile un po' strascicata le offrì la poltrona davanti al sofà e, quando lei rifiutò di sedersi, il duca e la duchessa restarono in piedi. Ci fu un momento di silenzio impacciato che portò colore e calore alla gola di Deb, che teneva gli occhi fissi sul tappeto. Fu solo quando, riluttante, si sedette dove le avevano indicato che i suoi illustri ospiti la imitarono.

"Viste le… ehm, *circostanze*, non insulterò la vostra intelligenza con vacue parole di benvenuto nella nostra famiglia," disse lentamente il duca. "Siete venuta da noi quando lo avete scelto voi, quindi forse farete alla duchessa e a me la cortesia di dirci come possiamo aiutarvi?"

Lo sguardo di Deb si fissò furioso sul volto del duca.

La stava guardando con un sorriso tirato di comprensiva insolenza, eppure gli occhi scuri avevano una scintilla di malizia, come se si stesse godendo il suo disagio. Era proprio come Deb lo ricordava: una massa di capelli bianchi come la neve, occhi neri come il carbone, un viso lungo, inciso da profonde rughe di dissolutezza. Era impossibile indovinare la sua età, solo che era anziano. E fragile. Sembrava che respirare fosse uno sforzo per lui, adesso. Distolse lo sguardo, per non sembrare maleducata e, cosa ancora più importante, per non perdere il filo dei suoi pensieri.

"Spero sinceramente che possiate aiutarmi, *M'sieur le Duc*," rispose dopo essersi leggermente schiarita la voce, poi continuò diretta. "Mi trovo in questa situazione difficile senza colpa. Il mio matrimonio con vostro figlio serviva alla vostra politica e alla continuazione dinastica e, anche se ragioni così fredde per un matrimonio siano comuni tra la nobiltà, non è il tipo di matrimonio che volevo per me."

La duchessa si chinò in avanti, con le mani giunte in grembo tra le sottane gonfie.

"*Ma belle-fille*, che tipo di matrimonio avevate in mente?" Le chiese gentilmente. "*Madame la Duchesse*, è molto difficile spiegarlo a qualcuno che non può in nessun modo capire che trovo abominevole l'idea dei matrimoni combinati. Perdonatemi se il mio discorso franco vi offende, non è questa la mia intenzione, ma avevo sperato di sposarmi per ragioni che vi apparirebbero sconsiderate e incomprensibili."

"Speravate di sposarvi per amore, *ma petite*." Non era una domanda e la tristezza nella voce piacevole fece deglutire Deb e le fece stringere le mani in grembo. *Devo restare forte*, si disse, *non devo lasciarmi vincere dalle emozioni*.

Eppure le sue convinzioni non fermarono la sua curiosità e rubò un'occhiata al volto cui apparteneva quella voce così dolce e triste. Il suo shock fu evidente perché non riuscì a evitare di fissarla apertamente, finché la duchessa non le sorrise gentilmente. Solo allora Deb sbatté le palpebre e distolse in fretta lo sguardo. Questa nobildonna non poteva assolutamente essere la madre del marchese di Alston! Era decisamente troppo giovane. Eppure, Julian aveva i suoi stessi occhi verde smeraldo. Deb aveva pensato che la duchessa fosse bella, il ritratto di famiglia sopra il camino ne era una prova, ma vedendola di persona la parola *bella* sembrava piuttosto inadeguata e vuota come descrizione per questa creatura con la grazia di un elfo. La duchessa di Roxton era bella da togliere il fiato, era abbagliante. E, cosa ancora più strabiliante, se possibile, doveva essere più vicina per età a suo figlio che al duca.

Doveva essere stata una sposa bambina, si disse Deb, e fu rivoltata dal pensiero di lei, bellissima ragazzina, forzata a un matrimonio combinato con un vecchio libertino, rassegnata a una vita di privilegi come moglie e madre devota, per soffrire in silenzio gli eccessi di suo marito e le sue infedeltà. Senza dubbio il duca si aspettava lo stesso da lei. Come si sbagliava!

"Mi auguro che vi siate ripresa dalla malattia che vi ha tenuto a letto e... ehm, prigioniera di casa vostra addirittura per dodici settimane?" Chiese il duca, con quella traccia di insolente incredulità che Deb trovava irritante.

Servì a interrompere le sue riflessioni e a infiammare ancor più la sua rabbia.

"Malattia o no, *M'sieur le Duc*, sono stata prigioniera in casa mia finché non ho accettato di venire a Parigi," rispose Deb con voce ferma. "Gli unici visitatori che ho avuto il permesso di ricevere sono stati mio fratello e Martin Ellicott, quest'ultimo senza dubbio inviato per confermare che ero effettivamente indisposta come riferito."

Il duca inclinò la testa bianca, dicendo con un sorrisetto: "La visita di Sir Gerald è stata una deplorevole svista. Per quanto riguarda Martin, io… ehm, presumevo che non avreste obiettato alla sua compagnia. Vi è molto affezionato."

"Gli sono affezionata anch'io," rispose piano Deb e fissò il duca diritto negli occhi. "Ma questo non spiega perché la mia casa fosse spiata da servitori che sembravano criminali, *M'sieur le Duc*. Non è che stessi per scappare. Non avrei potuto neanche se avessi voluto. Quei buffoni mi avrebbero trovato in fretta."

Il duca alzò le sopracciglia bianche, come sorpreso.

"Vi pensavo più intelligente, signora. È stato mio figlio che ha chiesto che la casa fosse sorvegliata, per la vostra stessa protezione. C'è chi cercherebbe di farvi del male, ora che siete intimamente imparentata con la mia famiglia."

"La preoccupazione di Lord Alston è lusinghiera ma dubito che esista un fato peggiore di essere intimamente imparentata con la vostra famiglia per matrimonio!" Ribatté Deb in inglese prima di riuscire a fermarsi.

"Il sarcasmo insolente non vi dona!" Disse roco il duca con una voce talmente gelida che Deb involontariamente deglutì e poi abbassò gli occhi sulle mani strettamente giunte.

"Il medico, Medlow, ci ha assicurato che la vostra salute è completamente ristabilita, *ma petite*?"

Deb annuì. "Sì, *Madame la Duchesse*, sto bene." Diede un'occhiata al duca. "Immagino che le rassicurazioni di Medlow siano arrivate in risposta a una vostra domanda, *M'sieur le Duc*, e non viceversa?"

"Se vi preoccupa che Medlow abbia infranto il suo giuramento ippocratico, potete stare tranquilla," rispose il duca con l'ombra di un sorriso. "Quello è un medico… ehm, incorruttibile. Comunque mi dispiace informarvi che gli avvocati di Sir Gerald non lo sono."

Deb fu sorpresa per un attimo, ma riprese in fretta la compostezza.

"Non dovete biasimare mio fratello, *M'sieur le Duc*. Ha contattato i suoi avvocati su mia richiesta, e anche con molta riluttanza."

"La vostra onestà è lodevole. Forse vorreste informare la duchessa del motivo per cui Sir Gerald ha contattato i suoi avvocati?"

Deb aggrottò la fronte e trattenne una rispostaccia. Allora voleva umiliarla di fronte a sua moglie. Ma non ci sarebbe riuscito!

"Dato che conoscete bene le mie ragioni, Vostra Grazia, mi sorprende che non abbiate informato voi stesso la duchessa," scandì con calma in inglese, con gli occhi coraggiosamente concentrati sul duca. "Già, ma non avete consultato vostra moglie nemmeno riguardo al matrimonio di vostro figlio, no? È stato perché considerate le donne poco più che bambine e quindi incapaci di pensiero razionale e comprensione, o perché non volete sconvolgerla con la notizia che il matrimonio di suo figlio sarà dissolto usando l'Atto del '42, che garantisce l'annullamento per infermità mentale?"

Gli occhi scuri del duca brillarono di rabbia e le sue labbra sottili si divisero per risponderle ma qualcosa lo fermò, e in quell'istante di esitazione lo sguardo di Deb si spostò dal suo volto rugoso al ginocchio rivestito di seta, dove c'erano due mani, con le dita intrecciate.

Il duca e la duchessa si tenevano per mano!

Ma la sorpresa maggiore fu il fatto che la duchessa doveva capire l'inglese per poter avere una reazione così immediata a un discorso che sapeva avrebbe fatto infuriare il duca.

"Perdonatemi, *Madame la Duchesse*," si scusò Deb in fretta, tornando al francese. "Se avessi saputo che capite l'inglese non sarei stata così franca."

Gli occhi verdi della duchessa brillarono di malizia.

"Capisco che non volevate sconvolgermi, sì? Molto premuroso da parte vostra, *ma belle fille*. Ma io non sono una di quelle donne che desidera essere trattata come una bambina. Mi capite?" Quando Deb annuì e assunse un'espressione debitamente contrita, aggiunse: "E devo dirvi, *ma petite*, che mio figlio Julian ha un brutto carattere testardo come la sua *Maman* e un po' dell'enorme arroganza di *Monseigneur*, il che può non essere una brutta cosa per un uomo nella sua posizione, ma non è certamente pazzo."

"Vostro figlio non è pazzo, *Madame la Duchesse*," confermò Deb, continuando coraggiosamente a guardare il bel volto della duchessa. "Ma, da quanto ho capito, perché un matrimonio possa essere annullato, è necessario solo provare che una delle due parti era mentalmente instabile *al momento del matrimonio*. La notte in cui siamo stati sposati a forza, lui era ubriaco. Penso che avesse bevuto fino a essere in stato confusionale per dimenticare il suo stupefacente comportamento nei vostri confronti, *Madame la Duchesse*."

Guardò il duca. I suoi occhi erano tutti per sua moglie e alzò la sua mano portandosela alle labbra. Deb deglutì di nuovo.

"Non so perché ha fatto quello che ha fatto, ma è così ed è questo che conta per un giudice. Un'azione simile prova senza dubbio che la sua mente in quel momento era sconvolta. Secondo gli avvocati di mio fratello, quell'atto di pazzia è tutto quello che serve per far dichiarare nullo il mio matrimonio."

Quando la duchessa abbassò gli occhi e voltò la testa, con gli occhi verdi pieni di lacrime, fu il turno del duca di stringere le dita della moglie e Deb continuò, desiderosa di far finire quel colloquio penoso, dicendosi di non lasciarsi prendere dalle emozioni, di non lasciar scorrere le lacrime.

"Mi dispiace veramente parlare di eventi che sono ancora penosamente vivi per entrambi voi, ma certamente non potete biasimare me perché voglio porre fine a un matrimonio basato sull'inganno e sulle false promesse? Sono stata derubata della possibilità di sposarmi per amore e per la compagnia. Eppure," disse con un profondo sospiro di rassegnazione, "le cose hanno cospirato contro di me. Il mio desiderio di avere un annullamento deve essere messo da parte per il momento e ho chiesto agli avvocati di Sir Gerald di fermare le pratiche..."

Ci fu un lungo silenzio prima che il duca parlasse nella sua peculiare parlata lenta e insolente.

"Questo impone la domanda, signora: gli avvocati di Sir Gerald hanno ricevuto istruzioni di continuare quelle pratiche in un altro momento? Un momento, forse, in cui potrete nuovamente infliggere altro dolore a *Madame la Duchesse*..."

La duchessa interruppe suo marito.

"*Ma belle fille*," disse francamente Antonia, "ditemi sinceramente che non amate mio figlio e farò in modo che Julian non vi dia mai più fastidio."

Deb scoppiò in una risata che si ruppe a metà, con una mano tremante che saliva a coprirle la bocca.

"*Madame la Duchesse*, temo che le vostre rassicurazioni non mi possano aiutare, adesso. Sono incinta di cinque mesi e mezzo."

Si sentì la duchessa ansimare forte e poi parlare rapidamente in francese al duca, qualcosa che Deb non riuscì a cogliere. Il silenzio del duca riportò gli occhi di Deb sul suo volto e fu sbalordita dal sorriso di tenerezza che rivolgeva alla duchessa, un sorriso che doveva riservare unicamente a lei, perché trasformava i suoi duri lineamenti aquilini in qualcosa di quasi umano e avvicinabile. Il marchese aveva lo stesso sorriso. Suo padre era fatto di carne e sangue, dopo tutto.

Questa scena intima fu troppo per Deb che si alzò e cominciò a camminare avanti e indietro nello spazio tra il sofà e la poltrona, con i pensieri che diventano parole mentre le lacrime le rigavano le guance, sperando che prima fosse riuscita a dire tutto quello che aveva in mente, e prima avessero accettato i suoi desideri, prima avrebbe potuto fuggire dalla loro presenza e tornare alla solitudine delle stanze che le erano state assegnate.

Che fossero estasiati dalla notizia la faceva solo sentire peggio perché in qualunque altra circostanza anche lei avrebbe condiviso la loro gioia per quella gravidanza.

"Manterrò la facciata di un matrimonio amichevole fino alla nascita. Ma dopo la nascita del bambino voglio una separazione legale e poi il divorzio."

"E se non fossi d'accordo?" Chiese il duca.

"Se non mi darete la vostra parola che potrò andarmene per la mia strada una volta che sarà nato il bambino, allora non avrò altra scelta che forzarvi la mano, *M'sieur le Duc*."

"E quale metodo di perfida coercizione intendete usare, signora?"

Deb continuò il suo andirivieni, senza guardare la coppia sul sofà.

"Sarebbe facile mettere in dubbio la paternità del bambino, visto che il nostro matrimonio non è ancora stato annunciato pubblicamente e che le circostanze dell'inganno di vostro figlio nel legalizzare la nostra unione non sono universalmente conosciute."

Il labbro superiore del duca si arricciò per il disgusto.

"Fareste una cosa del genere al vostro stesso figlio? Mettere in pericolo il suo futuro, rendere incerta la sua vita e tutto per ottenere la vostra vendetta?"

"Vendetta? Io non cerco vendetta, *M'sieur le Duc*," disse semplicemente Deb. "Io desidero riavere la mia libertà. Con tutto il dovuto rispetto, siete stato voi a obbligare vostro figlio e me a questa unione intollerabile e quindi siete voi che dovete accettare il mio desiderio se non volete che vostro nipote nasca in circostanze eccezionali."

"Se io sanziono la separazione legale, voi rinuncerete a tutti i diritti sul bambino."

Deb si fermò con la schiena rivolta al fuoco e li guardò in faccia.

"Sì, *M'sieur le Duc*. Sarebbe per il meglio."

La duchessa passò ansiosamente lo sguardo dal duca a Deb, con gli occhi spalancati per l'orrore di un tale esito.

"*Quoi*? Un bambino ha bisogno della sua *maman*, *n'est-ce-pas*?"

"Un bambino ha bisogno di genitori amorevoli, *Madame la Duchesse*." Replicò tristemente Deb. "Se continuassi in questo matri-

monio senza amore diventerei una moglie risentita, piena d'odio e
non potrei essere il tipo di madre che mio figlio merita. Inoltre,"
scrollò le spalle, lasciando ricadere le mani sui fianchi, con lo
sguardo sul tappeto dove le ombre delle fiammelle saltellanti del
fuoco che scoppiettava giocavano sui disegni orientali del tappeto,
"una volta che il nostro matrimonio sarà finito, sono più che sicura
che Lord Alston farà tutto quanto in suo potere per tenere nostro
figlio lontano da me."

La duchessa si alzò e il duca la imitò. Antonia si avvicinò a Deb
e le prese le mani.

"Se pensate che Julian potrebbe fare una cosa così orribile alla
madre di suo figlio, vi sbagliate di grosso sul carattere di mio figlio,
ma petite."

"Pensavo di conoscere molto bene vostro figlio," replicò Deb,
con un singhiozzo che le si rompeva in gola e lo sguardo umido
sulle piccole mani che tenevano le sue. "Ma, sì, avete ragione,
Madame la Duchesse, ho scoperto che non conosco assolutamente
Lord Alston."

Un educato colpetto di tosse fece voltare tutti e tre gli occupanti
della biblioteca verso le porte a due battenti. Il maggiordomo aveva
attraversato in silenzio tutta la stanza e stava aspettando di essere
notato. A un cenno del duca annunciò che il pranzo era pronto e
che la famiglia e gli ospiti erano riuniti. Deb avrebbe voluto fare le
sue scuse e rifiutare il pranzo quando il maggiordomo uscì,
lasciando la porta aperta.

Entrò un ragazzo alto, snello con riccioli neri come il carbone
legati dietro con un lungo nastro bianco, vestito con panciotto e
calzoni squisitamente ricamati. La pelle era così pallida da essere
traslucida e gli occhi neri erano cerchiati da ombre scure. Non ci si
poteva sbagliare su chi fosse suo padre. Era l'immagine del duca e
cominciava a mostrare l'inizio del suo naso forte. Lo seguivano
quattro whippet con i collari di diamanti che, vedendo il loro
padrone, zampettarono verso il duca per ricevere le sue coccole.

Per ultimo, nella stanza si precipitò Jack, con i riccioli color del
rame sugli occhi, gli abiti un po' stropicciati e le scarpe segnate,
tutto quello che Deb si aspettava da un ragazzo vivace di quasi nove
anni. Completamente diverso da Lord Henri-Antoine che era tutto
precisino e si muoveva con una sorta di rigida e languida insolenza,
l'antitesi dell'andatura dinoccolata di Jack e della sua espressione
apertamente amichevole.

Alla vista del nipote, tutte le emozioni represse di Deb vennero a galla e corse da Jack per stringerlo in un abbraccio. Tra le lacrime gli disse quanto le era mancato e che se avesse potuto venire a Parigi prima per stare con lui l'avrebbe fatto. Jack poteva perdonare la zia per averlo trascurato?

Jack sopportò le lacrime e gli abbracci di Deb con buona grazia, perché gli era veramente mancata ma era imbarazzato davanti a un comportamento così apertamente femminile di fronte al suo migliore amico. Ma a Lord Henri-Antoine non sembrava importare. Quando gli presentarono Deb come la moglie di suo fratello, si inchinò educatamente, mostrò un leggero interesse per il fatto che quella donna alta fosse anche la zia di Jack e poi tornò prontamente al problema che gli occupava i pensieri.

"Bailey dice che devo fare un sonnellino questo pomeriggio," si lamentò Lord Henri, inserendo la mano in quella del suo anziano genitore. "Non ho voglia, papà. Ha avuto l'impertinenza di dirmi che mi proibirà di partecipare al ballo per il matrimonio di mio fratello, stasera, se non faccio un sonnellino. È ingiusto!"

"Ma è un male necessario," rispose il duca, facendo accucciare i whippet con uno schiocco delle lunghe dita. Baciò la mano sottile del figlio. "Se volete restare sveglio per il ballo, seguirete il consiglio di Bailey e farete un sonnellino. Vi siete stancato troppo a Versailles."

"Penso che sia una notizia straordinaria che voi e Alston vi siate sposati!" Stava dicendo Jack a Deb, compiaciuto. "Mi permette di chiamarlo Alston, zia Deb. Dice che è giusto che lo faccia, ora che è mio zio. Alston dice che vivrò con voi due e che Harry potrà restare con noi quando lo desidera. Potrà farlo, zia Deb?"

Guardò il duca e la duchessa, come per chiedere conferma, e si sentì rincuorato quando la duchessa gli sorrise. Gli fece aggiungere in fretta, dimenticando il suo francese, perché sua zia lo guardava come se stesse per scoppiare di nuovo in lacrime: "Harry e io abbiamo passato dei momenti bellissimi a Versailles. C'è una grande sala degli specchi e tutto, dico *tutto*, è coperto d'oro e marmo e ci sono fontane che spruzzano dovunque lungo la camminata di *Sa Majesté* e abbiamo visto il Re! È sempre circondato da centinaia di gentiluomini con degli abiti veramente stravaganti e scarpe dal tacco altissimo! E ha un gran naso a becco, proprio come sulle monete e..."

"Oh Jack. Sono molto lieta che Re Louis non ti abbia deluso e non so dirti quanto mi faccia felice vedere che stai bene e che ti stai divertendo, ma forse sarà meglio che mi racconti il resto dopo pranzo?" Disse Deb tra il sorriso e le lacrime, rendendosi conto che Lord Henri-Antoine era molto pallido e si era appoggiato al braccio del duca. "Devi aver fame dopo la gita a Versailles?"

"Ma Henri e io non abbiamo assolutamente fame. Alston ha fatto preparare un campo da tiro con l'arco sul prato nel cortile. Ci sarà un torneo per noi e i nostri amici questo pomeriggio, prima del ballo. Non ve ne ha parlato? Vi ha mostrato i padiglioni? Ci saranno degli artisti del circo e Alston ci ha promesso un orso! So che ci saranno i premi e la torta e..." Jack si fermò allo sguardo d'intesa di sua zia e, pentito, smise di parlare. Si scusò e si inchinò ai duchi, poi disse con un sorriso: "Vieni, Harry. Sarà meglio che mangiamo qualcosa. Se non mangiamo Bailey..."

Lord Henri-Antoine fece il broncio. "Maledizione a Bailey! Perché deve sempre dire la sua su tutto?!"

La duchessa alzò gli occhi dai cani, verso Jack e suo figlio, che era più pallido del solito, con la pelle quasi grigia e gli occhi spenti e infossati. Era completamente esausto.

"È giusto che dica la sua, quando si tratta della vostra salute, *mon chou*," disse piano la duchessa. Quando Lord Henri-Antoine lanciò un'occhiata furiosa a Jack, aggiunse gentilmente: "Non dovete biasimare Jack. Lui si preoccupa solo per la vostra salute, come tutti noi."

"Ma, *Maman*, Bailey mi obbligherebbe a restare sempre in casa, se potesse fare quello che vuole. Non potete nemmeno immaginare che cosa vuol dire riposare ed essere obbligati a mangiare pappine quando non se ne ha assolutamente voglia!" Disse Lord Henri immusonito. "Perché devo perdermi i divertimenti quando gli altri ragazzi... Jack, non deve fare il sonnellino nel bel mezzo della giornata? Lui non è coccolato e vezzeggiato. È offensivo avere sempre addosso un medico carceriere che non mi lascia nemmeno fare pipì in privato!"

A questo scatto la duchessa non riuscì a nascondere un risatina indulgente ma il duca alzò le bianche sopracciglia, scontento, e fu sufficiente perché Lord Henri-Antoine abbassasse la testa pentito.

"Perdonatemi, papà, ma mi fa infuriare più di qualsiasi altra cosa."

"Sì, dev'essere così," gli disse il duca compassionevole.

"Alston! Dite a papà che guastafeste è stato Bailey a Versailles," Lord Henri-Antoine pregò suo fratello. "Dite a papà come mi ha seguito *dappertutto* come un mendicante! È stato così imbarazzante!"

Si avvicinò al fratello maggiore, che era appena entrato nella stanza, e gli fece scivolare la mano nella sua. "Mi terrete d'occhio voi nel pomeriggio, vero?" Lo implorò, alzando ansioso gli occhi. "Non devo fare un sonnellino questo pomeriggio, altrimenti mi perderò l'inizio del torneo. E non voglio Bailey alle spalle. Non questo pomeriggio e stasera, con Henriette e Paul e René qui. *Per favore*, Alston, *ditelo* a papà!"

Il marchese era entrato quietamente in biblioteca, vestito con calzoni beige, camicia bianca con una semplice lavallière di lino bianca e lucidi stivali da cavallerizzo. I suoi riccioli neri erano lavati di fresco e acconciati semplicemente e si era rasato. Era tanto diverso dal cortigiano impomatato e incipriato, e somigliava così tanto al suo affascinante duellante ferito Julian Hesham, che a Deb mancò il fiato e sentì le farfalle nello stomaco.

Julian abbracciò affettuosamente Lord Henri-Antoine e, con un braccio intorno alle sue spalle sottili, si avvicinò ai suoi genitori. Salutò Deb con un leggero inchino ma quella fu tutta l'attenzione che le dedicò. Dopo aver baciato la mano di sua madre e avere rivolto un cenno di saluto a suo padre, arruffò i capelli di Jack, prima di dire:

"Andiamo, Harry, non puoi pretendere che passi il pomeriggio nei panni di Bailey, seguendoti come un mendicante," ammiccò a Jack. "Ho di meglio da fare che passare il tempo a sorvegliare una coppia di ragazzi scapestrati…"

"Ma, Alston," piagnucolò Lord Henri-Antoine, "avevate promesso…"

"Ti sta prendendo in giro, Harry!" Disse Jack con un sorriso. "Certo che Alston ci terrà d'occhio. Il torneo è stato un'idea sua, dopo tutto. E se vuoi, raccoglierò io tutte le frecce che tirerai, così non dovrai stancarti."

Lord Henri-Antoine sbuffò, appoggiandosi all'alta figura del fratello.

"Non fare il somaro, Jack," disse strascicando le parole, in una maniera molto simile al padre. "Abbiamo dozzine di lacchè per questi umili servizi…"

"Grazie, Jack, per la vostra generosa offerta," lo interruppe la duchessa con un sorriso e uno sguardo di rimprovero al figlio più giovane, mentre infilava il braccio sotto quello del duca. "Con una casa piena di ospiti e il ballo di questa sera, sono sicura che non ci sia nemmeno un servitore che possa dedicarsi a rincorrere i capricci di mio figlio. Non è così, *mon chou?*"

"Sì, *Maman*," confermò riluttante Lord Henri-Antoine.

Quando il marchese gli diede una leggera gomitata si scusò con Jack, che disse benevolo che non era niente e i due ragazzi seguirono il duca e la duchessa mentre andavano a tavola.

Deb si voltò per seguire la piccola processione, osservando il duca che, notò per la prima volta, si appoggiava a un bastone di malacca ogni volta che doveva stare in piedi e che usò il braccio della moglie come sostegno mentre uscivano dalla biblioteca.

"Il bastone è un'aggiunta recente," commentò Julian, avvicinandosi a lei e osservando suo padre. Le offrì l'incavo del gomito. "Solo otto mesi fa andava a cavallo ogni mattina. Ora... fatica respirare solo facendo lo scalone."

"Sua grazia mi sembra cambiato poco da quella notte di nove anni fa," rifletté Deb, camminando con Julian verso la sala da pranzo. Lo guardò pensierosa. "È molto malato?"

"Sì".

"Mi dispiace veramente. La duchessa vostra madre è... è..."

"... molto più giovane di lui," la interruppe Julian, finendo la frase per lei. "E qui sta la tragedia." E aggiunse in un sussurro al suo orecchio, prima di farsi indietro per permettere che presentassero Deb alla famiglia e agli amici che si erano raccolti nell'anticamera: "Oggi è il suo compleanno. Le vostre notizie sono state certamente il regalo più prezioso..."

DICIANNOVE

CRISTALLI, ARGENTO E ORO BRILLAVANO NELLA VAMPA DI LUCE dei due candelieri sospesi sopra il lungo tavolo da pranzo di mogano. Deb era certa che ci fossero abbastanza posate d'argento accanto a ogni posto da confondere perfino gli ospiti più pignoli. C'erano costruzioni elaborate di frutta di stagione in coppe di finissima porcellana e i vasi di cristallo erano pieni fino a traboccare di rose dal forte profumo. Il fuoco che ruggiva nel camino di marmo, sopra il quale c'era un ritratto della duchessa, fatto dal pittore alla moda, Fragonard, teneva al caldo la compagnia, insieme alle varie portate servite a tavola da un esercito di camerieri in livrea dal passo felpato, sotto la direzione del maggiordomo dal volto impassibile.

Al pranzo partecipavano solo la famiglia e Martin Ellicott. Sir Gerald aveva preso la scusa di un raffreddore, ma tutti sapevano che il suo francese era così scarso che non riusciva a restare seduto per tutto un pasto senza sua moglie come interprete e Lady Mary era in visita da amici in un *hôtel* vicino. Il padrino di Julian era arrivato con qualche minuto di ritardo e in tempo per sentire Lord Vallentine dichiarare ad alta voce che doveva ancora incontrare un musicista la cui delicata sensibilità gli permettesse di ingerire più di un brodino leggero. Ignorò convenientemente il piatto del figlio Evelyn che era colmo di cappone, una fetta di pasticcio di piccione e abbastanza verdura da riempire un piccolo orto. Ma la duchessa non ignorò il fatto e difese il nipote a spese del suo genitore, con il loro solito scherzoso sfottò che alleggeriva la formalità di sedere intorno a un tavolo con un padrone di casa illustre che raramente si

univa alla conversazione, salvo fare qualche acuta osservazione
mirata a cambiare argomento, per passare a qualcosa che riteneva
più adatto e che generalmente lasciava famiglia e amici impappi-
nati, finché la duchessa pilotava la conversazione nella giusta
direzione.

La risata causata da una delle battute che la duchessa aveva
rivolto a Lord Vallentine, era appena svanita, quando sua moglie,
una signora affascinante con i capelli grigi, grandi occhi azzurri e
una notevole somiglianza con il fratello maggiore, il duca, si
lamentò a voce alta per le rigide formalità osservate alla corte di
Versailles.

"È decisamente incredibile per me," disse Estée Vallentine con
una sbuffata irritata, "che una vecchia signora debba restare in piedi
per ore e ore alla presenza del re, finché non le vengono i crampi, e
la carissima Antonia, che è abbastanza giovane da essere mia figlia,
può sedersi sul *tabouret*. Ve lo dico io, non c'è giustizia."

"La giustizia non c'entra proprio," si inserì Lord Vallentine,
mordicchiando l'osso di un volatile imbevuto d'aglio. "Non siete un
duchessa e solo le duchesse possono sedersi alla presenza di Louis.
Vi avevo avvertito, ma voi avete insistito per andare. Mai annoiato
tanto in un posto in vita mia!"

"Non vi è piaciuto lo spettacolo della corte, allora, milord?"
Chiese educatamente Martin Ellicott.

"Spettacolo?" Lord Vallentine sbuffò. "Ci sarebbe bisogno di
una lente spessa come un fondo di bottiglia per intravedere la Sua
Maestà francese. Costretto a restare lì a perdere tempo per quasi una
giornata con una stanza piena di uccelli da penna declamanti e
saltellanti, incipriati e infiocchettati, tutti pronti a inchinarsi e stri-
sciare alla schiena di Louis tutte le volte che gli capita di passare,
circondato da un entourage di idioti profumati! Non è la mia idea
di divertimento, ve lo posso dire, Ellicott."

"Non vi abbiamo chiesto di venire con noi," disse altezzosa-
mente la duchessa. "Siete stato voi a non voler essere lasciato
indietro da *Monseigneur*. Che cosa avete detto...? Ah, sì! *A ciondolare
intorno da solo in questo mausoleo infestato dai fantasmi.*"

Lord Vallentine sorrise e guardò gli altri commensali per avere
una conferma della sua intelligenza. "L'ho proprio detto io? Beh, lo
confermo!"

La duchessa spalancò gli occhi verdi. "Ma, Lucian, non mi piace
per niente che chiamate la nostra casa in quel modo, specialmente
visto che è la casa in cui sono cresciuti *Monseigneur* e vostra moglie.

Se questo *hôtel* è infestato dai fantasmi, credo siano unicamente del tipo dei morti-viventi."

Ci fu un accenno di sorriso sulla bella bocca mentre scambiava un'occhiata con il duca e Martin Ellicott, con il padrino del marchese che nascondeva l'ilarità dietro il tovagliolo.

Estée Vallentine fissò il marito attraverso le rose. "Lucian! Mi dovete delle scuse!"

"Eh? Delle scuse?" Si precipitò a dire Lord Vallentine. "Ma io non intendevo dire niente. È lei che mi sta prendendo in giro di nuovo, non lo vedete? E vi dirò qualcosa, gratis. Questo posto è pieno di fantasmi." Diede un'occhiata cupa alla duchessa, notò il suo sorriso e sbatté gli occhi. "Eh, andiamo, *Madame la Duchesse*, chi state chiamando un morto-vivente?"

Deb rise con il resto della famiglia, sentendosi molto a suo agio per la prima volta da molto tempo. Prese immediatamente in simpatia il padre di Evelyn, Lord Vallentine. Le ricordava un insetto stecco, alto e magro, le gambe lunghe e la mascella quadrata; presumeva che la redingote di seta giallo zafferano fosse la moda corrente tra i dandy della nobiltà invecchiata. E la duchessa le piaceva molto. La sua gioventù e la sua bellezza erano veramente sbalorditive, ma vedendola tenere banco a tavola, Deb fu sorpresa e felice di scoprire che la sua bellezza era pari alla sua personalità amorevole. C'era un'aura intorno alla sua personcina, di vitalità e gioia, e di un eterno ottimismo che contagiava tutti quelli intorno a lei. Deb non aveva ma incontrato una coppia così diversa. Il duca certamente era all'altezza della sua reputazione di aristocratico flemmatico e arrogante. Eppure, quando parlava con la duchessa o con uno dei suoi figli, diventava un essere completamente diverso.

Era ovvio che il duca e la duchessa erano molto affezionati l'uno all'altra e, comunque fosse stata la precedente vita del duca come libertino senza scrupoli, Deb era sicura che si fosse ravveduto dopo il suo matrimonio. Si chiese come avessero potuto continuare a circolare bugie così crudeli intorno alla vita privata dei Roxton e giunse alla conclusione che la reputazione di debosciato del duca doveva essere stata veramente brutta. Ma ora non riusciva a immaginarlo se non come un marito e un padre gentile e affettuoso e, ripensando alle critiche senza fondamento che aveva lanciato a suo marito riguardo ai suoi genitori, si sentì depressa e piena di vergogna.

Di colpo, il cibo delizioso nel piatto divenne immangiabile e perse il filo delle chiacchiere che continuavano intorno a lei. Ma mentre si astraeva per rimproverarsi da sola, si accorse di una conversazione separata, che avveniva tra devoto servitore e padrone. Martin Ellicott e il duca avevano deciso di conversare in inglese a una tavola che risuonava di motteggi in francese. Era la prima volta che Deb sentiva il duca parlare la lingua del suo paese di origine e se il suo tono in francese era altezzoso, in inglese risuonava decisamente gelido.

"Posso chiedervi se avete ottenuto il vostro scopo con Sua Maestà Louis, Vostra Grazia?" Chiese Martin Ellicott.

Il duca distolse gli occhi dalla duchessa.

"L'udienza privata è andata bene. Louis, come me, è preoccupato che Antonia possa… ehm, *angosciarsi* inutilmente."

"Allora si può presumere che il processo…?" Disse Martin, lasciando in sospeso la frase perché trovava difficile affrontare con il padre l'argomento dell'imminente processo del suo figlioccio.

Il duca si servì di qualche ostrica dal piatto di portata d'argento appoggiato su un letto di ghiaccio e tenuto da un cameriere impassibile in guanti bianchi.

"È deplorevole ma temo che non solo il giudice del processo sia caduto vittima di una… ehm, sconosciuta malattia contagiosa, che ha ritardato i procedimenti per qualche mese, ma che l'intera confraternita dei giudici abbia preso la stessa malattia. Hanno anticipato le ferie giudiziarie e i casi sono stati rimandati di alcuni mesi." Infilzò l'ostrica con una forchettina d'argento. "La natura precisa di questa malattia resta un mistero…"

Martin Ellicott sorrise e congedò il cameriere. "Sono sicuro che lo resterà, Vostra Grazia." Sorseggiò pensieroso il vino, con uno sguardo lungo la tavola affollata verso il marchese, che stava impilando quaglie cotte nella salsa d'aglio sul piatto di Jack Cavendish. "Eppure, credo che vostro figlio stesse aspettando il giorno del processo. Sarà deluso."

"Sì," fu la risposta pacata.

"Dopo tutto, è benedetto da una qualità rara tra i suoi pari, un forte codice morale, chiamiamolo."

"Sì, è figlio di sua madre."

Martin si asciugò la bocca con l'angolo di un tovagliolo per nascondere un sorriso saputo. "Sì, Vostra Grazia. Questo deve farvi piacere, no?"

Il duca alzò un sopracciglio con finta *hauteur*. "State per caso suggerendo che io non desideri che il mio figliolo ed erede segua il mio… ehm, esempio di libertino?"

"Perdonatemi, Vostra Grazia, ma se anche lo desideraste, e so che non è vero, non lo farebbe. Non è nella sua natura."

"Ah! Il mio declinante prestigio..." Il duca finì le sue ostriche, spingendo da parte il piatto per prendere il bicchiere di vino.

"Difendere il suo onore in un tribunale francese contro un principe-mercante arricchito e quella scaltra sgualdrina di sua figlia non ha scopo," disse acidamente. "Se a mio figlio piacciono i discorsi, potrà sfogarsi alla camera dei Lord dove i suoi... ehm, valori potranno essere messi a frutto; sarà duca abbastanza presto." Fece cenno al maggiordomo di riempire il bicchiere della duchessa e alzò il proprio in un brindisi verso di lei con un sorriso. "Eppure, mio caro Martin, questo vecchio satiro infermo è deciso, se Dio lo vorrà, a restare il più a lungo possibile su questa terra, per lei, voi mi capite."

"Sì, Vostra Grazia, io forse capisco meglio di chiunque altro."

Deb seguì lo sguardo del duca in fondo al tavolo, verso la duchessa, e fu testimone dell'occhiata e del sorriso intimo che si scambiarono. Per un attimo fu come se la coppia ducale fosse da sola al lungo tavolo e non in mezzo alla loro felice, vociante famiglia. La duchessa restituì il brindisi alzando il suo bicchiere e, quando l'incantesimo si infranse, l'attenzione della coppia tornò agli altri commensali. Fu allora che Deb sentì di essere a sua volta osservata.

Guardò attraverso la superficie ingombra del tavolo di mogano, tra due coppe piene di rose bianche, e trovò lo sguardo di Julian su di lei. Era ovvio che la stava guardando da un po', mentre anche lui ascoltava la conversazione tra suo padre e il suo padrino, perché distolse in fretta gli occhi, fingendo di sistemare il coltello e la forchetta d'argento sul piatto vuoto, ma non prima che Deb cogliesse un'infinita tristezza riflessa nei suoi adorabili occhi.

Era troppo per lei e balzò in piedi, tanto in fretta che nessuno dei silenziosi camerieri in livrea allineati alla parete fu in grado di afferrare la sua sedia prima che lo schienale intagliato sbattesse sul pavimento di legno.

All'istante, Julian fu in piedi. Il resto dei gentiluomini, con una signora in piedi, si alzò educatamente ma più lentamente. Il duca, invece, rimase seduto, guardando il figlio e la nuora sopra l'orlo del suo bicchiere, con un'espressione che restava insondabile.

Le conversazioni e le risate si fermarono di colpo.

"Io... Il caldo... Questo abito... Io-io dovrei riposare prima del ballo," si sentì farfugliare Deb nel silenzio assordante. Fece una rive-renza prima alla duchessa e poi al duca. "Vi prego, scusatemi..."

Senza aspettare di essere congedata, corse fuori dalla stanza con una mano tremante alla bocca.

Evelyn gettò sul tavolo il suo tovagliolo per seguirla ma due parole secche del cugino lo fecero restare dov'era.

Julian lanciò un'occhiata bruciante attraverso il tavolo mentre i gentiluomini si sedevano nuovamente, incluso Evelyn.

"Deborah ne ha avuto abbastanza delle buone intenzioni di questa famiglia per una mattina. Harry? Jack? Se avete finito di mangiare, andremo a controllare i bersagli per il torneo di tiro con l'arco prima che arrivino gli ospiti."

E con un inchino ai suoi genitori, Julian lasciò la stanza con i due ragazzi al seguito; con Lord Vallentine che commentava a voce alta:

"Cosa? *Incinta*? La moglie di Alston? Accidenti, che io sia dannato! La piccola è qui solo da cinque minuti!"

LADY MARY TROVÒ DEB SEDUTA AVANTI A UN TAVOLO DA toilette ingombro, con una vestaglia di cotone sopra la sottile chemise e le sottogonne spumeggianti. Stava fissando non il suo riflesso, ma fuori dalla finestra, con il mento appoggiato sulla mano e una massa di capelli rosso scuro che le ricadeva libera sulla schiena. Drappeggiato su una sedia dalle gambe sottili accanto al paravento orientale c'era l'abito da ballo di Deb, di pesante seta ricamata con filo dorato e perle, e un paio di scarpine rivestite dello stesso tessuto con le fibbie di diamanti. La cameriera di Deb, Brigitte, che aveva in mano una spazzola dal dorso d'argento, alzò le spalle all'occhiata interrogativa di Lady Mary, come per dire che aveva fatto tutto il possibile per mettere fretta alla sua padrona perché finisse la sua toilette in tempo per il ballo. Poi fece una riverenza e si allontanò per consentire a Lady Mary di avvicinare una sedia. Deb era talmente distratta dalla vista che fu solo quando si alzò un po' dallo sgabello imbottito per vedere meglio quello che succedeva sotto la sua finestra e poi si voltò per commentarlo con Brigitte che si accorse della cognata.

"Mary, che piacevole sorpresa! Ma come sembrate formale con i capelli così alti e incipriati, le piume e… C'è veramente una barca a vela sopra il cappellino di paglia?"

"È la moda del momento. Vi piace davvero?" Chiese ansiosa Lady Mary, con una mano incerta sull'altissima costruzione. Non notò l'occhiata che si scambiarono Deb e Brigitte, mentre Deb si mordeva il labbro per non sorridere. "Ho detto al mio acconciatore, Bernard, che non volevo i capelli tanto smodatamente alti da farmi venire il torcicollo prima del ballo, com'è successo alla piccola contessa Lowenbrue, che è dovuta restare seduta per tutto il ballo con la borsa del ghiaccio sulla spalla!"

"Davvero?" Commentò Deb, tornando a guardare fuori dalla finestra. "Io non so che cosa fare: portare i capelli sciolti come una principessa medievale o lasciare che Brigitte faccia una delle sue magie. Se fosse per me, farei una treccia e via, ma Brigitte dice che devo portare i capelli raccolti e così sarà. Oh, ben fatto, Jack!" Esclamò e questa volta si alzò in piedi. "Venite a vedere, Mary. Jack e Harry si stanno divertendo moltissimo con gli archi."

Lady Mary si avvicinò alla finestra che dava sul cortile.

In fondo ai prati verdi ondulati erano state erette tende gaiamente colorate, festonate di nastri e bandiere e sotto la loro ombra poltriva la crème de la crème dell'aristocrazia parigina, a loro disposizione un'armata di servitori in livrea, che andava e veniva con pesanti vassoi d'argento carichi di cibo e bevande. A una certa distanza da questi padiglioni, una fila di grandi bersagli era stata inchiodata ai castagni che bordavano il viale lastricato e fu su quei bersagli che Deb attirò l'attenzione di Mary. Un grappolo di bambini, sorvegliati dalle bambinaie e dai tutori, vestiti con i ricchi tessuti e scarpe con fibbie di diamanti che imitavano quelli indossati dai loro genitori alla moda, era stato dotato di archi e di una faretra piena di frecce. Restavano alla distanza prestabilita dai bersagli, a seconda dell'età, e tiravano le loro frecce colorate. Quando la loro riserva di frecce era esaurita, servitori in livrea correvano intorno a recuperare le frecce tirate e le riportavano alle faretre dei loro proprietari.

Lord Henri-Antoine e Jack erano a spalla a spalla in mezzo a questo gruppo eccitato di bambini ridenti e felici e tiravano le loro frecce a turno. Di lato, a una certa distanza, c'erano il marchese di Alston, con le maniche della camicia arrotolate fino ai gomiti, e Martin Ellicott, che sembrava stesse tenendo il punteggio con penna e blocco, ed entrambi gridavano incoraggiamenti ai ragazzini che si sforzavano di colpire i bersagli. Mentre Deb e Mary continuavano a guardare, si avvicinò la duchessa, in un turbinare di gonne di seta ricamata e si fermò in mezzo a loro, afferrando il braccio di Martin Ellicott. Arrivava appena alla spalla del figlio maggiore. Quando il figlio più giovane agitò la mano per salutarla, lei gli mandò un bacio. A quel punto, Lady Mary si girò con una smorfia e si sedette pesantemente con la schiena rivolta alla finestra.

"Non sono mai riuscita a capire perché quel vecchio servitore sia trattato meglio di qualunque parente!" Commentò Mary stizzosamente. "Sir Gerald dice che è perché Ellicott conosce talmente tanti segreti del duca da non poter essere facilmente liquidato. E se non fosse vecchio quanto il suo padrone, ci sarebbe da farsi delle domande sulla vera natura dei suoi rapporti con la cugina duchessa."

Deb si girò sullo sgabello imbottito, con la bocca aperta. "Mary! Com'è orribile sentire voi, tra tutti, ripetere un pettegolezzo così maligno e detestabile, specialmente su una donna che ritengo non abbia una briciola di cattiveria in tutto il corpo."

"Quando sarete stata un membro di questa famiglia quanto lo sono stata io…"

"Mentre sono un membro di questa famiglia, non voglio sentire diffondere nessuna bugia sul duca, sulla duchessa e Martin Ellicott, né, se è per quello, su mio marito."

"Allora intendete restare la marchesa di Alston?" Chiese Lady Mary.

Deb guardò il proprio riflesso, con una mano che si appoggiava protettiva sulla pancia. "Io… Il bambino…"

"Il bambino almeno sarà una consolazione."

"In che senso, Mary?"

"Avrete qualcuno da amare e qualcuno che vi ama. Tutte le bruttezze del matrimonio spariranno e, se sarete veramente fortunata, avrete un figlio maschio e allora, beh…" Mary si guardò le mani bianche. "Non dovrete più sottoporvi a ulteriori… *sgradevolezze.*"

"Sgradevolezze?" Deb scoppiò in un'involontaria risata. "Mary, che sciocca! Questo bambino non è stato concepito in un momento spiacevole. Tutt'altro. Quella prima notte… è stata l'inizio dell'esperienza più meravigliosa della mia vita," disse malinconica e inesplicabilmente scoppiò a piangere. "Dannazione, che cos'ho che non va in questi giorni?"

Lady Mary offrì il suo fazzoletto a Deb. "Le donne nella vostra delicata condizione spesso piangono senza motivo. Lo facevo anch'io nei momenti più strani."

"Beh, io non lo sopporto! Prima sono rimasta a letto con la nausea e ora sono una fontana. Come fa Medlow a dire che la gravidanza è una condizione perfettamente normale… E come fate a restare lì seduta e dire che un bambino può compensare un matrimonio senza amore, proprio non lo capisco." Si asciugò gli occhi e andò dietro il paravento, chiamando Brigitte e dicendo, a denti stretti, con il fazzoletto bagnato attorcigliato in mano: "Come ha osato farmi questo così presto!"

"Non volete questo bambino?"

"Volere?" Esclamò Deb, stupita, come se quella domanda non le fosse mai passata per la testa. "Certo che lo voglio," rispose. "Ne volevo una schiera. Ma ora... Brigitte? Bene, vediamo se riesco a entrare in questo vestito orribilmente pesante. E poi forse potrò andare a fare due passi, perché ho bisogno di un po' d'aria prima di entrare in un salone da ballo pieno di sconosciuti."

"So che siete appena arrivata e speravo di poter passare un po' di tempo con voi," disse a voce alta Lady Mary, osservando la cameriera che andava e veniva dal paravento, prima con il pesante abito di seta e poi tornando a prendere le scarpe, "ma Sir Gerald e io torneremo in Inghilterra domani mattina. Gerald dice che sono restata lontana da Theodora abbastanza a lungo, e sono d'accordo, e che ci sono dei pressanti affari riguardanti la tenuta che richiedono la sua immediata attenzione." Restò in piedi dall'altra parte del paravento. "E con la faccenda del bambino avrete abbastanza da fare senza dovervi preoccupare di un ragazzino di otto anni. Sir Gerald insiste che Jack torni in Inghilterra con n..."

"No!"

"Sir Gerald aveva detto che l'avreste presa male, ma dovete essere ragionevole, mia cara," continuò pazientemente Mary con una voce che cominciava a dare sui nervi a Deb. "Jack non può continuare ad approfittare della gentilezza del duca e della duchessa."

Deb uscì da dietro il paravento e restò di fronte allo specchio a figura intera, prima di lato, per vedere se si notava la pancia che cresceva, sotto tutti quegli strati di sottogonne e la seta pesante della sopragonna, poi di fronte, per controllare la scollatura sul seno gonfio. La linea quadrata dello scollo era indecentemente bassa ma non c'era niente che potesse fare in quel momento. Nel riflesso colse l'espressione di disapprovazione della cognata.

"Il posto di Jack è con me," dichiarò e allargò attentamente le voluminose sottogonne per sedersi nuovamente sullo sgabello del boudoir e permettere a Brigitte di fare la sua magia con la sua massa incolta di capelli con spilloni di perla e nastri di seta.

"Non siete in condizioni di occuparvi di lui, mia cara." Argomentò Mary. "In effetti nella vostra attuale condizione sono certa che dovreste passare le giornate riposando tranquillamente..."

"Mary, per carità, mi fate sembrare un'invalida. Vi assicuro che sono più in salute ora di quanto lo sia mai stata. L'unico problema è che mi ritrovo a scoppiare in lacrime senza motivo."

"… perché portate in grembo l'erede di Alston, dopo tutto," continuò Mary nello stesso tono condiscendente, "quindi non potete permettervi di fare niente di stupido che possa mettere in pericolo il bambino, come rincorrere un ragazzetto particolarmente turbolento che si mette in ogni tipo di pasticcio. Sapete che non solo prende lezioni di viola dal cugino Evelyn, contro l'espressa volontà di Sir Gerald, ma addirittura, queste lezioni si tengono tra il branco di amici musicisti ubriachi e buoni a nulla di Evelyn? Deplorevole compagnia per un ragazzino e, se si considera che orrendo disastro ha fatto della sua vita Otto, associandosi con quella marmaglia di musicisti, vi meraviglia che Sir Gerald si preoccupi che Jack possa seguire le orme del padre?"

"Per l'amor del cielo, Mary, Jack è un bambino!" Reagì Deb, con un'occhiata impaziente a Brigitte per vedere se aveva finito di sistemarle i capelli.

"Sia come sia, Sir Gerald ha la sensazione che Jack stia imponendo la sua presenza sul cugino Alston. Sta veramente diventando una peste, insistendo con Alston con tutti i generi di richieste, per non parlare del fatto di portare sulla cattiva strada Henri-Antoine con partite di nascondino e birichinate la sera tardi. Sir Gerald è convinto che la vivacità di Jack sarà la causa del prossimo attacco di mal caduco di Henri-Antoine."

"Davvero, Mary?" Rispose Deb con una voce ingannevolmente dolce. I suoi grandi occhi castani diventarono due fessure. "Allora, ditemi come mai Julian sta dedicando tanto del suo tempo a quei ragazzi, se Jack è un tale fastidio? E perché Jack e Harry lo cercherebbero costantemente, se non si sentissero incoraggiati a farlo?"

Porse distrattamente a Brigitte l'ultimo spillone. I capelli erano stati espertamente raccolti con pettini di tartaruga, spilloni e nastri di seta intrecciati, con delle perle infilate qua e là. "Come spiegate, voi e Gerry, il coinvolgimento di Julian nel torneo sotto la mia finestra? Pensate che lo abbiano infastidito fino a farlo partecipare contro la sua volontà? Sono quasi due ore che è con quei bambini, ad applaudire i loro sforzi, a offrire incoraggiamenti ai più piccoli e in particolare a suo fratello e a Jack…"

"Oh, è solo perché ha il carattere dolce di sua madre." Disse Mary, come se fosse poco importante. "La cugina duchessa è oltremodo paziente e amorevole e vede del bene in tutti, qualità non particolarmente encomiabili in una duchessa circondata da servili sicofanti."

"Possedere una natura gentile non esclude la capacità di discriminare né significa che la persona sia poco intelligente."

Gli occhi azzurri di Lady Mary si spalancarono all'acuta osservazione di Deb.

"Potrà anche essere vero, Deborah," concesse, "ma rimane il fatto: Alston ha anche ereditato un bel po' dei tratti più disdicevoli di suo padre, che superano di gran lunga le nobili caratteristiche prese da sua madre. Il suo comportamento bizzarro ha causato un parto prematuro alla cugina duchessa e Henri-Antoine è nato con il mal caduco: non è stata una coincidenza. La sua nascita prematura e l'esilio di Alston hanno certamente rovinato entrambe le loro vite."

"E voi adesso sareste la marchesa di Alston se non fosse stato per quell'unico atto di imprudenza giovanile di Julian?" Chiese Deb, dando credito alla sua intuizione, e non si sorprese quando sua cognata impallidì. "Povera Mary," aggiunse con genuina simpatia. "Il vostro cuore è stato spezzato tanti anni fa da un ragazzo di quindici anni. Eravate molto innamorata di lui quando avevate quattordici anni, vero? Non che lui lo sapesse. Come poteva, alla sua età? Ecco perché voi, figlia di un conte, avete respinto tutti corteggiatori, stagione dopo stagione, nella speranza che quando Julian fosse tornato dai suoi viaggi vi avrebbe finalmente chiesto in moglie. Suppongo che il suo matrimonio con un'altra fosse più facile da accettare auto-convincendovi che il suo carattere fosse irredimibile. È stato quando avete scoperto che era già sposato che avete accettato la proposta di Gerry? Eppure, come tutti gli altri vostri corteggiatori, Gerry non sarà mai all'altezza del cugino Alston, vero Mary?"

Lady Mary aprì la bocca per confutare le dichiarazioni di Deb, con il volto rosa acceso per l'imbarazzo, ma dato che Deb aveva detto la verità, non riuscì a trovare il coraggio di mentire. Un colpetto sul rivestimento della parete la salvò dall'ignominia totale e fu grata per l'interruzione, anche se la piacevole parlata lenta alle sue spalle la fece sentire ridicola.

"Che pettinatura incantevole, Mary. Mi ricorda il campanile di una chiesa. Ma non sono interamente convinto del motivo della barca, forse un campanile dopo un'inondazione...?"

Era il marchese di Alston e Deb praticamente saltò giù dallo sgabello, mandando a ricadere sopra la spalla nuda l'ultima ciocca che le mani abili di Brigitte stavano appuntando.

"Vi divertite a spaventarmi, vero?" Disse Deb con asprezza alla sua immagine riflessa.

Julian sorrise. "Naturalmente. Gli uomini non sono altro che ragazzini un po' cresciuti, dopo tutto." Le fece un inchino e arretrò per mettersi accanto al paravento.

"Stavo appunto dicendo a Deb che Sir Gerald e io torneremo in Inghilterra domani mattina," annunciò Lady Mary con la voce asciutta, passando la mano sulle sottogonne di damasco rosa conchiglia. "E Jack verrà con noi."

Julian guardò Deb con un sopracciglio alzato prima di guardare direttamente Lady Mary. Si sedette con lentezza deliberata sulla sedia dallo schienale intrecciato accanto al paravento, allargando le falde rigide della redingote di velluto nero bordata d'oro e incrociando alle caviglie le lunghe gambe nelle calze bianche, in modo da evitare di stropicciare troppo i calzoni di satin nero aderenti. I capelli neri erano acconciati ma senza cipria e il suo unico gioiello era il familiare anello d'oro con sigillo al mignolo della mano sinistra. Prese la tabacchiera dalla tasca e diede un colpetto al coperchio.

"Siete stata stranamente male informata, signora. Jack resterà qui con Lady Alston. Tocca a sua signoria decidere quando suo nipote tornerà in Inghilterra. Ma io certamente non lo affiderò alle cure di vostro marito, mai."

Lady Mary notò l'uso che aveva fatto il marchese del titolo di sua moglie e sapeva quando sottomettersi a un'implacabile autorità superiore. Fece una riverenza.

"Naturalmente informerò Sir Gerald dei desideri di vostra signoria."

Il marchese alzò negligentemente un polso coperto di pizzi. "Informate chi volete, Mary," e aggiunse, ammiccando a Deb, "ma Gerry certamente conosce già i miei desideri. Come avete detto, tornerete in Inghilterra domani..."

Lady Mary lo guardò a bocca aperta ma, dato che il marchese continuava a fissarla con un'aria di insolente divertimento, strinse la bocca; lanciò un'occhiata sospettosa a Deb, che nascondeva un sorriso dietro un ventaglio di avorio intagliato che aveva aperto in fretta afferrandolo dalla confusione davanti a lei. Così Mary raccolse una manciata delle sue gonne di seta e, con un fruscio, uscì dalla stanza battendo i piedi, con un'espressione ribelle, con la barchetta in cima alla sua pettinatura torreggiante che ondeggiava da un lato all'altro, come sorpresa da un vento di burrasca.

VENTI

"PENSAVO CHE POTRESTE AVER VOGLIA DI FARE UNA passeggiata nei giardini prima di essere coinvolti in tutte le assurdità di questo disgraziato ballo," suggerì Julian in quel tono di tranquilla conversazione che aveva usato il giorno in cui era entrato nel salotto di Deb a Milsom Street.

"Sì, mi piacerebbe," rispose Deb con un sorriso timido, aggiungendo, in un tono che sperava suonasse indifferente: "Sarà un'assurdità?"

Julian rimase in silenzio alla finestra, trafficando con il tabacco, con un occhio all'attività sui prati verdi di sotto. Di fronte ai padiglioni, i ragazzini erano tutti seduti in fila, con gli adulti dietro di loro sulle sedie, e guardavano rapiti una troupe di artisti di circo con i costumi coloratissimi, cappelli folli e scarpe esageratamente grandi che facevano i loro esercizi. Un giocoliere in particolare suscitava esclamazioni e risatine lanciando tre palle colorate in alto per aria mentre ingoiava il fuoco da un *baton* infuocato.

Dopo un po' girò la testa guardando il riflesso di Deb nello specchio e la fissò negli occhi.

"No, se sarete accanto a me…"

IL SOLE POMERIDIANO ERA ANCORA LUMINOSO E CALDO MA l'aria era frizzante e una lieve brezza smuoveva le cime del viale di castagni. La coppia passeggiò lungo il viale lastricato, senza dire una parola, Deb con la mano nell'incavo del gomito di suo marito.

Dove finiva il viale e cominciava il prato si stava svolgendo una gara di bocce, con parecchi spettatori intorno che si rilassavano sulle poltroncine e bevevano champagne, serviti da camerieri attenti. Il marchese si fermò a una certa distanza dal gruppo, per non disturbare la partita, ma abbastanza vicino da sentire le canzonature che si scambiavano i giocatori. Sorrise. Deb capì il motivo perché lo scambio di battute tra Lord Vallentine e la duchessa era costante, instancabile e molto divertente.

"*Moi*? Non ci credo!" Dichiarò la duchessa. "Lucian, non riuscite nemmeno a *vedere* la palla, come pensate di poterla colpire?"

"Ora, ascoltatemi, *Madame la Duchesse*. Non ho ancora finito con voi. Riconosco un gioco sleale quando lo vedo," borbottò Lord Vallentine, in piedi alla fine della pista con le ginocchia piegate, la palla in mano, prendendo le misure per un tiro con un movimento di prova prima di lanciare. "Siate pronta a perdere dieci sterline! Ecco! Che tiro! Visto Estée? Che cosa vi avevo detto, *aye*?"

Dalla sua sedia accanto a Martin Ellicott, Estée Vallentine sospirò esasperata. "Non vincerete mai contro Antonia, Lucian."

Vallentine raddrizzò il corpo magro e, con un'occhiata cupa a sua moglie, si tolse dal green. "Lealtà! Ah!"

Antonia lo seguì, gli passò accanto e gli mandò un bacio mentre saltellava avanzando, con le sottogonne di seta ricamata che frusciavano intorno a lei. Alla fine del green, dove si era fermata la palla di Lord Vallentine, batté le mani e chiamò sua signoria perché testimoniasse il suo trionfo con suoi occhi. Dopo parecchi minuti passati a misurare, sua signoria finalmente ammise la sconfitta e, con un gesto plateale, si inchinò alla duchessa, prima di girare sui tacchi e tornare battendo i piedi dove sedeva sua moglie.

"Estée? Mi servono dieci sterline," si lagnò Lord Vallentine e crollò sulla sedia di fianco a lei. Accettò il calice di vino da un cameriere e lo puntò verso la duchessa quando li raggiunse. "Continuo a dire che se non fosse stato per quella buchetta nell'erba vi avrei battuto, piccola strega!"

La duchessa, che aveva scorto Julian e Deb in piedi un po' in là sul viale, li salutò con la mano e sorrise prima di rivolgersi a Lord Vallentine con un luccichio negli occhi verdi.

"No, Lucian," gli disse francamente, "questa è un'assurdità evidente. Martin! Diteglielo: *lui*, Lucian, gioca veramente male a bocce, mentre *moi*, io gioco benissimo."

"Siete veramente una brava giocatrice, *Madame la Duchesse*," confermò contegnosamente Martin Ellicott e ricevette un'occhiata talmente minacciosa da Lord Vallentine, che si era mezzo alzato dalla sedia, che dovette alzare le spalle in segno di totale resa.

"Voi mi darete ragione, vero, Estée?" Ringhiò Vallentine rivolto a sua moglie.

"Ma sarebbe una bugia, Lucian," gli rispose tranquillamente Estée. "Non so perché non mi ascoltate mai. Antonia è sempre stata e sempre sarà la giocatrice migliore."

"Allora perché mi avete permesso di sprecare dieci sterline, se sapevate che non potevo vincere, dannazione?" Si lamentò. "Mi sarei potuto risparmiare la fatica e consegnarle il deca, accidenti!"

"Sì, proprio così." Confermò sua moglie, facendo scoppiare tutto il gruppo seduto intorno al campo da bocce in uno scroscio di risate. Perfino Julian e Deb non riuscirono a evitare di ridere a spese di Lord Vallentine ma si voltarono in fretta per nascondere i loro sorrisi quando sua signoria si rese conto che il fatto di aver perso aveva fornito materia di divertimento a un più vasto pubblico e rivolse loro uno sguardo ostile. Così Julian condusse Deb lontano dal sentiero e dai padiglioni a righe, oltre il campo da bocce che ora era pieno di ospiti, con le bambinaie che prendevano in braccio i bambini più piccoli per portarli in casa.

Dal fiorire dell'attività, Julian capì che non gli restava più molto tempo prima che lui e Deb venissero chiamati a raggiungere gli ospiti per la cena all'interno e cominciassero le formalità di una lunga serata. Ma voleva Deb per sé ancora per un po' e quindi, mentre superavano un gruppo di giardinieri occupati a lavorare nelle aiuole fiorite e Deb si voltava per ammirare una delle numerose statue greche e romane che punteggiavano il viale, Julian la tirò di lato in una cavità ombreggiata formata da alti alberi.

"Deb! Io non sono un mostro," esclamò, lasciandole andare il braccio. "Avete tutti i diritti di pensare a me come a un-un demonio, una bestia, visti tutti i luridi pettegolezzi sul mio passato. E quando penso a quello che vi ho detto nello studio di Martin..." Lasciò cadere pesantemente le braccia lungo i fianchi e sospirò. "Dio, ho già fatto un tale pasticcio del discorso che avevo preparato e ho appena cominciato!"

Deb lo guardava sbattendo gli occhi mentre Julian camminava su e giù davanti a lei, con la sensazione di spensieratezza che ancora indugiava dopo aver osservato le buffonate dei giocatori di bocce che evaporava lentamente. Eppure rimase notevolmente calma, nonostante i battiti accelerati del suo cuore, mentre si lasciava cadere su una bassa panchina di marmo e appoggiava il ventaglio chiuso sulle sottogonne rigonfie.

"Se vi riferite all'incidente che è capitato quando avevate quindici anni, so qualcosa di quella triste storia..."

"Triste storia? Ah! Le mie azioni sono state riprovevoli. Tanto che se ne parla ancora oggi nei salotti. Lasciate che ve lo racconti, poi mi direte se un giudice sarebbe d'accordo con voi, sul fatto che ero pazzo la notte in cui ci hanno fatto sposare."

Deb sussultò, aprì la bocca per dirgli che non era necessario che parlasse di dettagli così dolorosi ma poi altrettanto velocemente si rese conto che voleva sentire che cosa aveva da dire, e molto, quindi strinse le labbra e aspettò.

"Mi ero precipitato nella residenza dei miei genitori a Hanover Square chiedendo di vedere mia madre," disse senza mezzi termini. "Mio padre era ancora al White. Erano arrivati diversi loro amici per una cena. Io ero arrivato da Oxford con Robert ed Evelyn per le vacanze di metà anno. Sì, Robert Thesiger. Lui, Evelyn e io avevamo bevuto per tutta la strada fino a Londra. Fu durante il viaggio che Robert mi chiese come mi sentivo a dividere mia madre con un altro marmocchio. Io non avevo idea di che cosa intendesse. Evelyn sì. Lo potevo vedere scritto sul suo volto. Robert si era già confidato con lui e fino all'ultimo dettaglio salace, a giudicare dall'espressione del suo volto.

"Così Robert me lo disse. Fece una recita degna del Covent Garden. Dapprima mi rifiutai di crederlo: che mia madre fosse incinta del suo amante e che mio padre, per il bene del nome della famiglia e perché la sua arroganza non gli concedeva nessuna alternativa, diceva a tutti che il padre era lui. Ma Robert ed Evelyn mi convinsero ad aprire gli occhi. Una giovane e bella duchessa, dolce e piena di vita, sposata a un vecchio aristocratico dai capelli bianchi che mostrava tante emozioni quanto un iceberg. Perché una creatura così vitale non avrebbe dovuto cercare altrove amore e affetto? Aveva perfettamente senso. Ingoiai l'esca e l'amo, tutti interi."

"Oh, Julian, come avete potuto, quando cinque minuti in compagnia dei vostri genitori sono sufficienti a convincere anche un cieco che sono molto innamorati?"

"Beh, io non ero cieco, ero un bacchettone di quindici anni, tutto preso dalla sua importanza! Non ho cercato di capire il matrimonio dei miei genitori. A quell'età, un ragazzo desidera che i suoi genitori si conformino alla società cui appartengono, per essere accettato dai suoi amici. A Eton mi prendevano in giro senza pietà perché i miei genitori avevano un matrimonio non convenzionale, secondo tutti gli standard. Non era stato un matrimonio combinato, un'unione fredda per il trasferimento di proprietà e ricchezze. I miei genitori avevano fatto marameo alle convenzioni e si erano sposati in segreto."

Deb sembrava imbarazzata, ricordando le parole offensive e totalmente prive di fondamento sul duca e sulla duchessa che aveva lanciato addosso a suo marito.

"Ammetto di essere rimasta stupita dai vostri genitori. Non conosco un'altra coppia di pari rango che si sia sposata per motivi diversi da quelli dinastici, certamente nessuna che si sia sposata per amore. L'ultimo Cavendish a farlo è stato Otto ed è stato bandito dalla famiglia. Per i miei genitori, per Gerry, in effetti per la maggior parte delle persone che conosco il matrimonio è stato combinato da altri. Ma vi ho interrotto..."

Julian smise di camminare e si fermò davanti a lei, stringendo e rilasciando i pugni. Che si prendesse qualche momento prima di parlare, che si schiarisse la gola secca e deglutisse nervosamente e dapprima guardasse dovunque ma non lei, ma che poi trovasse il coraggio di fissarla negli occhi, con le guance che assumevano una sfumatura di colore, fu indicazione sufficiente che trovava ancora difficile parlare di quella notte senza che l'emozione avesse la meglio.

"Mia madre era nel suo boudoir. C'era il medico con lei. La scena che si presentava ai miei occhi da ubriaco era tale che io... Dio, non vidi nemmeno che non erano soli, che le dame di compagnia di mia madre erano con lei! Volli credere, dopo quello che Robert ed Evelyn mi avevano detto, che il medico era l'amante di mia madre. Divenni furioso. Sopraffeci il medico e trascinai mia madre, che indossava solo la chemise e la camicia da notte, fuori di casa e nel freddo della notte..."

Si sedette sulla panchina accanto a Deb, con i gomiti sulle ginocchia, e fissò la siepe, come rivedendo gli avvenimenti che le stava raccontando.

"Ricordo che c'era tanto rumore. Gente che correva con le torce e c'erano urla. Tante urla. Si era formata una folla da un lato della piazza. I nostri servitori impedivano alla gente di avvicinarsi. L'unica persona che non urlava era mia madre. Non emise praticamente un suono. Stava piangendo ma non urlò mai con me."

Voltò la testa e guardò Deb, con gli occhi vitrei.

"La chiamai puttana, dissi che era una strega. La chiamai *putain* e altri nomi osceni con cui non sporcherò le vostre orecchie. Avete afferrato l'idea. La denunciai al mondo come adultera. Proclamai alla folla che il bambino che aveva in grembo non era di mio padre ma il frutto bastardo di un figlio di puttana. E poi ci fu un grande silenzio. Niente più urla, nessuno parlava, nessuno si muoveva. C'era solo mia madre che piagnucolava per il dolore. Era entrata in travaglio in anticipo. Fu allora che vidi il-il sangue sulla sua chemise e tornai in me..."

"E mio padre... Arrivò a casa trovando un incubo, un incubo creato da me. Potevo anche essere intontito per la rabbia alimentata dal chiaretto ma è stato mio padre che ha rischiato la pazzia. Mi ha punito nel solo modo che ha ritenuto giusto e non lo biasimo." Sorrise tristemente. "Un breve momento di follia non dovrebbe spedire un uomo a Bedlam per tutta la vita... o sì?"

Deb prese la mano che le tendeva e si alzò per farsi avvolgere dal suo abbraccio. Istintivamente appoggiò la testa contro il suo petto e si sentì confortata dal forte battito del suo cuore. Con la voce appena udibile, gli disse: "No. Non dovrebbe."

Rimasero nella cavità, in silenzio, abbracciati, ad ascoltare i suoni della festa e, oltre le alte mura che circondavano l'*hôtel* Roxton, il continuo rombare delle ruote dei carri e gli zoccoli sui ciottoli della Rue Saint-Honoré. E quando alla fine Deb alzò gli occhi, chiedendosi qual era la migliore risposta alla sua sincera confessione, per assicurargli che gli credeva, che non lo condannava per la sua follia di gioventù, Julian si chinò e la baciò dolcemente.

"Credete nel destino?" Le chiese, sorridendo e guardandola in viso. "Io non ci ho mai creduto, nonostante la convinzione di mia madre che lei e mio padre fossero destinati a stare insieme. Ma quel giorno, sulla terrazza di Martin, quando avete schizzato il vino sulle vostre gonne e ho capito che eravate la mia suonatrice di viola nella foresta, ho saputo che il nostro matrimonio era destino. L'ho *saputo*." La baciò di nuovo, appoggiandole il volto sul collo, beandosi della fragranza della sua pelle mischiata al suo profumo. "Da che ci siamo divisi in quel giorno terribile, ho passato ogni momento desiderando che foste al mio fianco," le confessò. "Sono solo senza di voi. Ho bisogno di voi per farmi ridere, per farmi dimenticare le mie preoccupazioni e le mie responsabilità, che siate lì solo per me, *Julian*."

Deb voleva tanto credergli e voleva che *Julian* la baciasse di nuovo, più di ogni altra cosa ma lo spettro di *Mademoiselle* Lefebvre e del processo imminente la fece esitare e dubitare della sua sincerità. Pensò al pamphlet osceno che aveva visto nell'appartamento di Evelyn e all'estraneo vestito come un cortigiano francese appena tornato da Versailles e si disse che doveva esserci un fondo di verità nello scandalo, altrimenti perché il *Fermier Général* avrebbe insistito per un processo pubblico? Ma anche un fondo di verità era troppo per lei. Non voleva dividere i suoi giorni, e tanto meno le sue notti, con una creatura come il marchese di Alston.

Si districò dal suo abbraccio e si allisciò le gonne con una mano nervosa. "E mentre Julian passa le sue giornate con sua moglie, dimenticando le preoccupazioni e le responsabilità, con chi passa le sue notti il marchese di Alston?"

"Scusate?"

Sembrava che non avesse idea di che cosa stesse parlando, e quasi la convinse. Ma non abbastanza.

"Io vi perdono la vostra follia di gioventù. Eravate solo un ragazzo, traviato da altri. Capisco che il matrimonio dei vostri genitori non sia comune e li applaudo per questo. Ma non posso perdonare il Marchese di Alston per avermi ingannato per portarmi a letto, come non posso perdonare il marchese di Alston per avermi ingannato per farmi entrare nel suo letto, proprio come non posso perdonarlo per aver ingannato allo stesso modo *Mademoiselle* Lefebvre!"

Julian si tirò indietro di colpo.

"Come osate fare un simile confronto? Voi siete mia moglie, lei non è altro che un'ignobile sgualdrinella francese che farebbe di tutto per catturare un marito titolato."

"E questo vi dava il permesso di sedurla impunemente?"

Julian non batté ciglio.

"Ho continuato a ripetere che non l'ho sedotta. Lo dirò di nuovo. Non ho sedotto *Mademoiselle* Lefebvre. La mia parola dovrebbe essere sufficiente perché mi crediate, perché *mia moglie* mi creda."

La sua arrogante sicurezza le fece esclamare: "Vi sbagliate di grosso se credete che io sia il tipo di moglie che se ne resterà mansueta in una grande casa vicino a un lago ad aspettare la visita occasionale del marito donnaiolo perché possa metterla incinta. Non ho intenzione di essere usata come un-un... *recipiente* per mettere al mondo i vostri figli!"

"Per l'amor del cielo, Deb! Smettetela immediatamente di torturarvi!" Le ordinò e sospirò come se lei stesse facendo una scenata su una cosa da niente. L'ultima goccia fu il fazzoletto che le tese. "Prendetelo e asciugatevi il volto. Ci aspettano al ballo da un momento all'altro. Prendetelo!"

"Ho visto un pamphlet distribuito da *M'sieur* Lefebvre. Lo avete visto anche voi? Vanta un disegno del marchese di Alston con l'organo più grande che non sia alloggiato in una chiesa. Immaginate!" Disse con la voce che era metà una risata isterica e metà un singhiozzo. "Voi e i vostri compagni francesi dovete trovare una simile notorietà estremamente divertente, milord."

Il volto di Julian divenne scarlatto e si accigliò. "Non siate assurda, Deborah."

"Oh? Non ditemi che siete *imbarazzato* per un simile confronto? La maggior parte degli uomini sarebbe lusingata."

"Ora siete irragionevole e isterica."

Era in effetti un po' isterica ma non riusciva a trattenersi. Dava la colpa alla gravidanza per questo desiderio di auto-flagellazione appena scoperto e si gettò a capofitto nelle recriminazioni.

"Oserei dire che dovete sentire una specie di orgoglio maschile nel sapere che vostra moglie ottiene altrettanta soddisfazione dal vostro corpo come ogni altra sgualdrina di vostra conoscenza."

Julian strinse i denti e voltò la testa, come se l'avesse schiaffeggiato. Deb interpretò la sua azione come muta ostinazione, il diritto di un marito nobile a tenere la sua vita sessuale per sé. Bene. Ne aveva avuto abbastanza del marchese di Alston. Raccolse le sottane e si voltò per andarsene, quando Julian le afferrò il gomito e la fece piroettare per guardarla in faccia.

"Se è una confessione che volete, se nient'altro vi può convincere, allora avrete il resoconto franco e completo di tutta la sordida storia sessuale di vostro marito. Ma, per Dio, non direte una parola finché non avrò finito!"

"Chiedo perdono, vostra signoria," mormorò Joseph, con un colpetto di tosse e un inchino. Entrò nella cavità con un mezzo sorriso imbarazzato. "Non vi avrei interrotti per niente al mondo ma... Lord Henri-Antoine è sparito."

"Sparito?" Dissero Deb e Julian all'unisono.

"Nessuno l'ha più visto da quando la gente del circo se n'è andata mezz'ora fa. Jack dice che il signorino voleva vedere un orso e quando la gente del circo non ne ha portato uno con loro, se n'è andato un po' risentito a…"

"… a fare il broncio? Sì, è proprio da Harry," concordò Julian con la preoccupazione per il fratello che mascherava qualunque imbarazzo per l'interruzione del vecchio servitore.

"Stanno frugando la casa e i giardini," continuò Joseph, con un'occhiata di traverso a Deb, "e gli ospiti sono stati tutti accompagnati a cena, senza che se ne siano resi conto. *Madame la Duchesse* è restata sul prato ma dice che non potrà farlo ancora per molto senza sollevare i sospetti del duca. Mi ha mandato lei a cercarvi."

"Andrò da lei immediatamente," rispose Julian e, con un veloce cenno a Deb, sparì attraverso gli alberi.

Un pugno di servitori in livrea stava controllando attentamente i viali alberati quando Deb e Joseph seguirono il marchese fuori dalla cavità. Jack zigzagava tra i servitori e quando vide il marchese, sua zia e Joseph sventolò una mano in alto sopra la testa e corse da loro più in fretta che poteva con le lunghe gambe sottili.

"Alston!" Gridò Jack correndo da loro, senza fiato e con la bocca secca. "Dovete venire, *subito!* Harry *ha bisogno* di voi!"

"Grazie al cielo," mormorò Deb quando il nipote le cadde tra le braccia. Lo strinse a sé, dicendo con un sorriso: "Questa è una buona notizia, Jack. Sapevo che Harry non poteva essere lontano."

Julian si accucciò accanto al ragazzo, rendendosi conto che stava piangendo nelle sottane della zia. "Dov'è Harry, Jack?" Gli chiese gentilmente e, quando il ragazzo gettò un braccio nella direzione del prato, aggiunse: "In una delle tende con sua madre?"

"È accanto al cancello nelle mura," disse Jack tirando su col naso, togliendo la testa dalla gonne della zia e passandosi la manica sugli occhi. "Voleva seguire il circo, per sapere dell'orso. Mi dispiace di non essermi comportato da un uomo, ma mi ha spaventato, vedete. Era per terra, aveva avuto uno dei suoi attacchi. Ma va tutto bene adesso, credo..."

"Andiamo a vedere come sta?" Suggerì Julian con un sorriso, anche se si sentiva tutt'altro che calmo. Tese la mano a Jack. "Non preoccuparti per Harry, Bailey sa sempre che cosa fare."

Jack guardò sua zia e poi Joseph prima di lasciare completamente le braccia della zia per parlare al marchese in tono confidenziale.

"C'è un gentiluomo... È arrivato al cancello proprio mentre Harry stava cadendo. Ha detto che l'avrebbe tenuto d'occhio mentre io andavo a cercare Bailey. Ma io ricordavo quello che dicevate sugli estranei fuori dai cancelli e quindi non volevo lasciare Harry finché fosse arrivato Bailey."

"Che gentiluomo, Jack?" Chiese Deb.

Il ragazzo alzò gli occhi come se lei dovesse conoscere la risposta.

"Lo conoscete. Quello che veniva sempre a trovarvi in casa a Bath e che Saunders mandava sempre via con qualche scusa fiacca. Beh," disse guardando Joseph, "noi pensavamo che fossero fiacche, vero, Joe?"

Quando Deb sembrò non capire, il ragazzo aggiunse: "Dovete ricordarlo, zia Deb, ha una cicatrice sulla guancia."

"*Parbleu. Non!*" Mormorò Julian in francese e partì correndo lungo il viale di castagni verso il prato.

Non dovette andare lontano. All'entrata del padiglione più lontano la duchessa aspettava ferma e silenziosa, con una dama di compagnia che camminava nervosamente alle sue spalle mentre, dalla direzione dell'entrata di servizio, camminando a grandi passi attraverso il cortile e con Lord Henri-Antoine in braccio, arrivava Robert Thesiger. Al suo fianco, il dottor Bailey e cinque camerieri in livrea che cercavano di stare al passo. Il marchese arrivò di fianco alla madre proprio mentre Robert Thesiger entrava nella tenda e appoggiava la figuretta immobile sul divano.

L'attacco era passato e non era stato forte come l'ultimo di qualche mese prima. Quella fu l'opinione di Bailey che sentì il polso del ragazzo, ricevendo un sospiro di sollievo collettivo da quelli intorno al divano. La diagnosi del medico fu confermata dallo stesso paziente, che riuscì a fare un debole sorriso quando la duchessa si sedette sull'orlo del divano e mise una mano fresca sulla guancia incolore del figlio.

"Mi avevano promesso un orso," si lamentò debolmente Lord Henri-Antoine. Voltò la testa e sbatté gli occhi verso Robert Thesiger. "Dice che ci sarà un orso alle Tuileries domani."

"Non ne dubito, *mon chou*. Ci sono tanti spettacoli meravigliosi per tutta la capitale per onorare il matrimonio del Delfino. Ma non possiamo vederli tutti," disse la duchessa con un sorriso e baciò la fronte di Henri-Antoine, con il cuore che si calmava lentamente sapendo che il figlio minore era fuori pericolo.

Fece un passo indietro per permettere al medico di applicare gocce di lavanda sulle tempie del figlio. "Ora devi riposare e io ringrazierò per conto tuo questo gentiluomo per averti riportato da me, *oui*?" E, con una mossa che Julian trovò ammirevole, si voltò e guardò coraggiosamente gli occhi azzurri del figlio la cui madre il duca aveva scartato per sposare lei. "Grazie, *M'sieur* per avermi riportato mio figlio."

Robert Thesiger la fissò negli occhi, con il volto senza espressione, e si voltò bruscamente, uscendo dalla tenda senza commenti e senza accordarle il profondo inchino formale che la sua condizione richiedeva.

"Siete dannatamente impudente a farvi vedere qui!" Ringhiò Julian alle sue spalle.

Robert Thesiger alzò gli occhi, mentre si lisciava le maniche stropicciate della redingote di seta color zaffiro ricamata e, oltre le spalle del marchese, vide Deb che arrivava attraverso il prato con il suo stalliere al seguito.

"Mostrate un po' di gratitudine. Dopo tutto, ho restituito il cucciolo alla cagna... Giù!" Aggiunse con una risata nervosa mentre si allontanava di scatto dal marchese, che aveva fatto un passo verso di lui stringendo i pugni. "Non osereste ammaccare la vostra stessa carne nella casa di nostro padre, vero, Juju?"

Julian trasalì mentalmente all'uso di quel vecchio nomignolo di gioventù ma disse, con la voce perfettamente controllata: "Non si può ammaccare quello che è già marcio fino al midollo... Giù!" Ripeté e sorrise mentre schivava un colpo e poi prendeva il pugno di Robert Thesiger nella mano, stringendolo in una morsa. "Non dobbiamo essere maleducati nella casa di nostro padre, *Bob*."

Robert Thesiger cercò di liberare la mano e la sua incapacità di spezzare la presa di ferro di Julian dissolse la sua facciata di freddezza; imprecò sottovoce prima di dire, a denti stretti: "E se è marcio, di chi è la colpa? Certamente non di mia madre!"

Il marchese scoppiò in una risata sonante, aprì la mano e lasciò andare Robert Thesinger con una piccola spinta sdegnosa.

"State ancora usando quella patetica frottola per ottenere l'ingresso nei salotti della buona società? Che vergogna. Non sarebbe ora di rinnovare il vostro biglietto da visita?"

Robert Thesiger ribolliva di rabbia per la sua incapacità di eguagliare il marchese in forza e agilità, e si tenne nell'altra mano le nocche ammaccate mentre aspettava che Deb e Joseph arrivassero a portata di orecchi.

"E che patetica frottola avete usato per far alzare le sottane di *Mademoiselle* Lefebvre sopra le ginocchia? La stessa che ha usato il duca con mia madre, la falsa promessa di matrimonio?"

"Buon Dio, no! Quella tecnica è stantia come il pane della scorsa settimana," disse Julian in tono sdegnoso. "Oh? Le avete offerto *voi* quell'incentivo? Mamma mia, pensavo che conosceste meglio l'arte della seduzione."

"Voi ridete, ma il mio corteggiamento di *Mademoiselle* Lefebvre era completamente onorevole," rispose rigidamente Robert Thesiger con un'occhiata a Deb, che ora era arrivata al fianco del marito.

Julian fu sinceramente sorpreso. "E lei vi ha rifiutato? Perché?"

"Sapete perfettamente perché mi ha rifiutato!" Disse violentemente Robert Thesiger. "Le avete sventolato un ducato sulla punta del vostro *telum* e lei c'è stata perché pensava che intendeste sposarla."

"Se è questo che vi ha detto, allora non solo è una sgualdrina, ma anche una bugiarda."

"Se è così, è tutta colpa vostra!"

Julian alzò una mano. "Robert, mostrate un po' di intelligenza. Che io sia stato o meno l'amante della ragazza è irrilevante riguardo al fatto che ha rifiutato il vostro corteggiamento. Quindi, se avete finito, uscite dalla porta di servizio da cui siete entrato."

Robert Thesiger riusciva appena a contenere la sua rabbia e la frustrazione per il modo sprezzante in cui il marchese aveva liquidato la sua situazione e gli fece dire, imprudentemente, sapendo che la marchesa lo poteva sentire: "Non è finita qui. Avrò la mia vendetta per i torti fatti a mia madre e perché avete sedotto a sangue freddo la donna che speravo di sposare! Anche se ci volessero cinque, dieci, vent'anni..."

"Sì, sì. Ho già sentito altre volte le vostre stupidaggini melodrammatiche," disse Julian con un languido cenno della mano. Ma la luce nei suoi occhi verdi era dura. "O forse avete dimenticato come avete ottenuto quella cicatrice; che non sareste vivo se non fosse per le vostre sordide pretese sulla feccia del sangue di mio padre."

Robert Thesiger finse di essere offeso. "È colpa mia se sono il figlio di vostro padre?"

Con sorpresa e confusione di tutti, il marchese fece una risata a piena gola, come se gli avessero raccontato una bella storiella. "Ecco, *questa* è una recita da primo premio, e un biglietto da visita migliore!" E quasi nello stesso momento la risata morì. "Siete una spina nel mio fianco, di certo, Robert, ma sopravvivrò. I vostri amari, malevoli tentativi di sconvolgere la mia vita sono solo tentativi e non valgono un attimo del mio tempo. Ma fate del male a un membro della mia famiglia e non vi mostrerò la stessa cortesia che vi ho mostrato ad Atene."

Poi congedò Robert Thesiger con uno sprezzante gesto della mano e si voltò per tornare nella tenda per vedere come stava suo fratello. Che non avesse idea di avere un pubblico si capì dalla sua espressione sconcertata quando si trovò a faccia a faccia con Deb. Ma lei non stava guardando lui. Stava guardando Robert Thesiger e Joseph le mise una mano sul braccio, come per fermarla.

"Chiedo scusa, vostra signoria, ma *M'sieur le Marquis* non vorrebbe che voi…"

"Dannazione, devo sapere!" Mormorò Deb sottovoce e spinse via la sua mano passando davanti al marchese per tendere la mano al suo mortale nemico.

"Signor Thesiger? Oh, scusate, sono stata negligente! *Lord* Thesiger", disse con un sorriso, come se fosse stato solo il giorno prima che si erano lasciati nelle Assembly Rooms di Bath e fu sollevata quando lui si chinò sulla sua mano. "Sono successe tante cose in questi ultimi mesi," gli disse in tono tranquillo. "A entrambi…"

"Proprio così, milady," rispose Robert Thesiger con uno sguardo trionfante al marchese ammutolito che, incapace di nascondere la sua amara disapprovazione per le azioni di sua moglie, se ne andò e scomparve dentro la tenda. Fece un sorrisino e si sistemò i pizzi che gli coprivano le mani, con uno sguardo al palazzo dai tetti a mansarda che dominava il panorama. "Ho acquisito un titolo e ricchezza mentre voi, milady, avete sacrificato la vostra libertà di spirito per vivere in una gabbia dorata."

Deb continuò a sorridere, ignorando l'affronto e disse con una calma forzata: "Una volta abbiamo avuto una discussione nelle Assembly Rooms riguardo a una faccenda a Parigi che vi aveva tenuto lontano…"

"Una faccenda con gli occhi azzurri? Sì, curioso che lo ricordiate."

"Perché siete stato categorico che l'adorabile Dominique era più bella di me."

"Ah! Ricordate il suo nome. Allora vi ha infastidito, dopo tutto!"

"A che serve questa storia?" Mormorò Joseph all'orecchio di Deb.

"Posso sapere se la Dominique dagli occhi azzurri è *Mademoiselle* Lefebvre?" Chiese Deb, ignorando il suo stalliere ma con il sangue che le tamburaggiava nelle orecchie mentre aspettava la risposta di Robert Thesiger.

Robert Thesiger non capiva a che cosa mirasse la conversazione ma fu lieto di rispondere. Inclinò la testa incipriata. "Proprio così."

"Dominique Lefebvre..."

Deb sussurrò il nome quasi con riverenza e in quell'istante la spessa nebbia di incertezza che l'aveva avviluppata per mesi si dissolse di colpo e tutto fu chiaro e semplice. Ora sapeva che cosa doveva fare perché il suo futuro fosse sicuro. Decisa, aprì il ventaglio e tese la mano per salutare Robert Thesiger, dandogli appena una seconda occhiata anche se, quando lui si inchinò sopra la sua mano, non era tanto distratta da non sentire il suo invito.

"Alle Tuileries, domani," le disse sottovoce. "*Mademoiselle* Lefebvre arriva a mezzogiorno. Se desiderate la verità, siate là."

Deb non rispose e lo guardò andare via attraverso il viale lastricato verso l'entrata di servizio, prima di voltarsi e trovare suo marito che la aspettava accanto alla tenda. Era così presa dalle sue strategie mentali, su come meglio uscire dall'*hôtel* per andare alle Tuileries il giorno dopo senza mettere in allarme Brigitte, l'armata di servitori del duca o suo marito, che non si accorse del silenzio insistente di suo marito e dell'espressione sbalordita di Joseph. Tenne per sé i suoi pensieri mentre il marito la scortava dentro per essere presentata alle centinaia di ospiti che aspettavano di conoscere la sua sposa inglese.

VENTUNO

Erano le quattro del mattino quando l'ultimo degli ospiti ritardatari uscì dall'*hôtel* Roxton e fu aiutato a salire in carrozza dai camerieri in livrea che facevano del loro meglio per ridurre al minimo gli sbadigli. Mezz'ora dopo, Julian camminava a piedi nudi verso l'appartamento di sua moglie, attraverso la porta segreta celata dietro a un enorme arazzo che copriva la parete dal soffitto al pavimento. Deb era a letto da ben prima di mezzanotte e lui avrebbe voluto seguirla, tale era la sua avversione per i ricevimenti pubblici nei quali lui e la sua famiglia erano l'attrazione principale.

Avrebbe veramente dovuto informare sua moglie della porta, se non lo aveva già fatto Brigitte. Ma sospettava di avere ragione sulla più che discreta Brigitte: un diamante tra tante pietre false. E comunque, Deb come pensava che fosse arrivato nel suo boudoir, prima... per magia?

Trovò Deb rannicchiata tra i cuscini, con un braccio nascosto dalla criniera rosso scuro che la avvolgeva come una coperta. Appoggiò il candelabro, per coprirla e per tirare le cortine intorno al letto per tenerla al caldo, quando lei si svegliò sbattendo gli occhi alla luce fioca della candela.

"Non sto dormendo," disse insonnolita.

"No, vero," le rispose gentilmente, sedendosi sulla sponda del letto.

Deb si appoggiò su un gomito, aggrottando la fronte, le palpebre pesanti. Julian era ancora vestito. Si era tolto la redingote

di velluto e il panciotto intonato e si era buttato addosso una vestaglia di seta sopra la camicia con il colletto aperto e i calzoni.

"Non siete vestito per andare a letto."

Julian rise per la sua franca delusione.

"Non sono venuto per darvi fastidio. Volevo solo vedere come
stavate dopo una serata così stancante... e non riuscivo a dormire,"
le confessò. "La nostra conversazione, oggi, è stata interrotta da
Joseph."

Deb si svegliò di colpo.

"Vi piacerebbe parlarmene adesso?"

Julian le diede un'occhiata fugace, fingendo interesse per un filo
tirato sul copriletto ricamato.

"Avevo intenzione di dirvi qualcosa di me che avreste dovuto
sapere fin dall'inizio..."

"Posso farvi una domanda prima che parliate voi?" Gli chiese,
colmando il silenzio. Quando Julian annuì, disse francamente:
"Conoscete il nome di battesimo di *Mademoiselle* Lefebvre, Julian?"
Quando lui trasalì, gli afferrò la mano e sorrise. "Per favore, è
importante."

Julian scrollò le spalle e si acciglò. "Non ne ho idea."

"E di che colore sono i suoi occhi?"

"Sono due le domande, ora."

Il sorriso di Deb si fece più radioso. "Prometto che sarà l'ultima
volta che menziono *Mademoiselle* Lefebvre."

Julian alzò di nuovo le spalle, confermando la sua ignoranza.
"Perché vi interessano il suo nome di battesimo e il colore di suoi
occhi?"

Deb si morse il labbro per nascondere un sorriso. "Oh, non mi
interessano per nulla. Ma basta. Ho promesso. Domani. Prima devo
parlare con Eve. Ora, che cosa volevate dirmi?"

Julian scosse la testa vedendo lo sguardo malizioso e le baciò in
fretta la mano. "Domani, allora," e si fermò, senza sapere come
continuare con la sua confessione. Alla fine fece un respiro profondo
e disse a voce bassa: "Forse sarebbe meglio se cominciassi dall'inizio... La notte del nostro affrettato matrimonio di mezzanotte ho
fatto un voto."

"Un voto?" Deb si aggrappò a quella parola, incuriosita e si
affrettò a sedersi in mezzo ai cuscini di piuma.

Il gesto fu abbastanza semplice ma la visione eccitante del suo
seno pieno, che spingeva contro la seta della camicia da notte nella
morbida luce della candela tremolante, lo divorava. Finalmente

riuscì a distogliere lo sguardo, deciso a completare la sua confessione una volta per tutte.

"Un voto sotto forma di promessa ai figli che un giorno sarebbero nati dal nostro matrimonio. Ho sempre voluto una famiglia numerosa..." Guardò Deb negli occhi, con la ruga in mezzo alle sopracciglia nere che si approfondiva un po'. "Sono pochissimi i nobili che si prendono la responsabilità delle logiche conseguenze del loro comportamento immorale. Dopo tutto, si suppone, arrogantemente, che eventuali figli che risultino da unioni così vili siano responsabilità della donna. Ma è stata questa terrificante conseguenza, che c'era la reale possibilità che da qualche parte io avessi fratelli e sorelle bastardi alle prese con una vita difficile, dimenticati e in povertà, mentre a me erano stati dati tutti i vantaggi, mentre tutti i miei desideri e necessità, tutti i miei *capricci*, erano stati soddisfatti senza questioni, che ha avuto un enorme impatto su di me.

"Potete ben immaginare i miei sentimenti, quando ho scoperto che Robert era un mio fratello naturale. Trovarmi a faccia a faccia con un ragazzo figlio di mio padre, che incolpava mia madre per la sua nascita vile, pur essendo fiero della sua ignobile parentela con mio padre... Lo shock... L'idea che un giorno uno dei miei figli potesse sentirsi rivolgere le stesse parole e che la sua innocenza delle cose del mondo, l'immagine che aveva dei suoi amorevoli genitori e di tutto quello che gli era caro, potesse andare in frantumi ed essere corrotta dall'esistenza stessa di un fratellastro bastardo mi ha angosciato a tal punto che ho giurato, in quello stesso momento, che un destino simile non sarebbe mai capitato a uno dei miei figli."

Deb impallidì. "Quello che vi ho detto quell'orribile giorno a casa di Martin..."

"—era l'eco della verità della mia gioventù. Ma non potevate sapere che..." fece un sorrisino. "Eppure sono stato piacevolmente sorpreso di scoprire com'erano simili le nostre idee sulla fedeltà e sull'educazione dei figli."

Il colore sulle guance era un'indicazione sufficiente che trovava difficile e piuttosto imbarazzante fare quel discorso, ma doveva ancora rivelarle la natura esatta del suo voto, anche se a quel punto, Deb aveva un'idea piuttosto precisa di cosa si trattasse. Voleva comunque sentirselo dire da lui. Ma le parole che sentì subito dopo la fecero arrossire fino alle orecchie.

Julian le strinse la mano "A Costantinopoli, avevo un'amante—"

"Preferirei non sapere."

"Aveva dieci anni più di me," continuò Julian in tono misurato. "Apparteneva a un ramo minore della famiglia reale russa ed era la moglie dell'ambasciatore russo. Mi ha dato molte valide lezioni sulla vita e sull'amore…" Sbuffò in una risata. "… e in almeno quattro lingue. Cosa ancora più importante, mi ha offerto le rassicurazioni di cui avevo bisogno, confermandomi che non avevo ragione di scusarmi o di vergognarmi per le mie convinzioni."

Deb teneva gli occhi bassi sulle loro dita intrecciate sopra il copriletto.

"Parlate di un voto per assicurarvi che i vostri figli non siano mai tormentati da bastardi nati fuori dal vincolo del matrimonio e, un istante dopo, ricordate con affetto una donna più vecchia che era la vostra amante."

"Tesoro, ascoltatemi. Lei e io… Noi non siamo mai stati amanti nel senso *stretto* della parola. In effetti, io non ho mai… Cioè, ho *esperienza* in certi particolari del rapporto sessuale ma io-io… *Maledizione!*" Ringhiò per la frustrazione, con il rossore che saliva alle guance che cominciavano a mostrare un filo di barba. Si passò le mani tra i folti riccioli neri. "Perché non riesco semplicemente a dirlo?"

Deb si sollevò dai cuscini e si inginocchiò davanti a lui, con la camicia da notte così oltraggiosamente di traverso che Julian poté apprezzare le cosce appetitose e il sedere rotondo, finendo per avere la bocca secca. Perse completamente il filo del discorso e cominciò a eccitarsi.

"Buon Dio, Deb, non potete farmi questo, non adesso, non in questo momento. Non quando sto cercando di dirvi…"

Deborah gli mise le braccia al collo. "Penso di sapere quello che state cercando di dirmi." Sussurrò e si chinò in avanti per sfiorare la sua bocca con le labbra. "L'astinenza non è niente di cui vergognarsi."

Julian la tenne contro di sé, le baciò la bocca, con il desiderio di completare la promessa contenuta nel suo breve, invitante bacio, poi si tirò indietro e disse onestamente: "Una sposa si aspetta che suo marito sia un amante esperto, per insegnarle a fare l'amore… non un vergine impaziente armato del puro istinto e di lezioni esperte nell'arte dei preliminari!" Aggrottò la fronte, con le guance che bruciavano più che mai. "Sono una frode, Deborah, perdonatemi."

"Frode?"

"Il voto che ho fatto era più importante di qualunque momentanea dozzinale soddisfazione che avrei potuto ottenere da una liaison occasionale, eppure non ho mai corretto le congetture della società nei miei confronti e in particolare sulla mia vita amorosa. Quelli sono solo affari miei... e vostri, ora." Sorrise timidamente. "E quando ho incontrato mia moglie ho deciso che non doveva essere influenzata dalle calunnie e dai pettegolezzi che giravano attorno al Marquis d'Alston, ma che doveva conoscere me, Julian Hesham, come sono veramente, in tutti i sensi."

"E che cosa siete voi, Julian?" gli chiese dolcemente.

"Temo che il vostro nobile marito, il marchese di Alston, sia piuttosto puritano e convenzionale," rispose Julian con un sorriso impacciato.

"Oh? Non siete uno di quegli aristocratici libertini e dissoluti, con una fila di ex-amanti alle spalle?" Finse di essere delusa, aggiungendo con un sorriso incoraggiante quando vide la sua sorpresa: "Questo è un bene perché questa moglie non si aspetta niente di meno dal suo nobile marito e intende anche tenere per sé il fatto di avere un marito che è un amante dotato di una meravigliosa inventiva."

"Davvero?" Disse Julian con un sorriso imbarazzato, le incertezze e l'imbarazzo spazzati via. La semplice sincerità di Deb aveva sbaragliato ogni sensazione di disagio per aver dovuto essere così brutalmente onesto. "Avete idea di qunto vi amo, Deborah? Di quanto siete *necessaria* per la mia salute e la mia felicità?"

"Ditemelo voi."

Julian la baciò, dapprima dolcemente e poi appassionatamente.

"No, tesoro mio, lasciate che ve lo dimostri..."

JULIAN SI ADDORMENTÒ SORRIDENDO, CON SUA MOGLIE TRA LE braccia. Era il sonno più soddisfatto che la coppia avesse da molti mesi. Sarebbero stati molto sorpresi di sapere che non solo avevano goduto di un sonno ininterrotto ma che l'avevano fatto anche il valletto del marchese e la cameriera di sua signoria. Julian non sorrise quando Brigitte lo svegliò cinque ore dopo con l'annuncio che doveva presentarsi immediatamente nell'ala sud. Le chiese di ripetere l'ordine. Non entrava in quella parte dell'*hôtel* da quando era ragazzo. L'ala sud era il dominio privato dei suoi genitori, off-limits sia per la famiglia sia per gli ospiti, ed era servito da una mezza dozzina dei servitori più discreti e fidati del duca.

Ci poteva essere solo una spiegazione per questa convocazione da parte della duchessa e quindi Julian tornò in fretta nel suo appartamento, dicendo a Brigitte di lasciar dormire la sua padrona il più a lungo possibile. Si fece in fretta il bagno nell'acqua tiepida e si vestì velocemente.

Frew non trovò le parole quando il suo padrone rifiutò di essere rasato e se ne andò con l'ombra scura della barba sul volto e in maniche di camicia, infilandosi in fretta solo una redingote di damasco blu scuro mentre saliva la scalinata a due gradini per volta. Prima di arrivare all'ultimo gradino, dove due sentinelle facevano la guardia all'entrata delle stanze private che il duca e la duchessa avevano diviso per oltre un quarto di secolo, la notizia era rimbalzata attraverso la miriade di passaggi di servizio come una ventata di gelida aria novembrina: il duca di Roxton era sul suo letto di morte.

La duchessa era seduta a un tavolo da colazione laccato di nero, vestita in contrasto marcato con la magnificenza orientale dell'ambiente intorno a lei. Il suo semplice abito era di mussolina indiana stampata, la pelle bianca senza cosmetici, senza gioielli e i folti capelli color miele raccolti in trecce e racchiusi in una retina d'argento sulla nuca. Stava leggendo una lettera mentre un cameriere dal passo leggero toglieva dal tavolo i resti della colazione. Dal bricco di caffè si alzava un filo di vapore e sul tavolo c'erano due ciotole di porcellana.

Julian colse tutto con un'occhiata frettolosa mentre si precipitava nella vasta stanza allacciandosi la redingote senza annunciarsi.

"*Maman*?!"

Antonia alzò gli occhi, sorpresa. "Oh, non vi aspettavo così presto."

"Sono venuto immediatamente." Diede un'occhiata al cameriere. "Dov'è mio padre? Che cosa è successo?"

Antonia piegò lentamente la lettera ma non la rimise sul mucchio di corrispondenza e inviti impilati sul vassoio d'argento accanto al suo gomito. La appoggiò invece alla lattiera di porcellana e la fissò come se fosse in grado di leggere dal rovescio la brutta calligrafia inclinata prima di voltarsi a guardare suo figlio.

"*Monseigneur* è in biblioteca."

"Nella biblioteca?" Ripeté Julian sussurrando, lasciando cadere le spalle con la tensione che gli lasciva i muscoli, sapendo che suo padre non stava né meglio né peggio del giorno prima. L'ansia fu sostituita dall'irritazione. "Maman, avete idea di che cosa ha provocato la vostra convocazione in tutta la casa?" Le chiese. "Se mio padre sta bene e non ha chiesto di vedermi, tornerò nel mio appartamento per radermi. Non dovrei trattenermi qui."

La duchessa congedò il cameriere con un gesto della mano, poi si mise le mani in grembo e studiò il volto del figlio maggiore. Sapeva benissimo che l'ambigua convocazione avrebbe prodotto risultati immediati e che era stata di proposito ingannevole. Sapeva che Julian si sarebbe affrettato, sospettando che fosse successo qualcosa a suo padre. Ma aveva bisogno di parlare con lui di un argomento che era rimasto sottaciuto. Ma come farlo con un figlio che aveva scelto di restare distante, perché era più facile che fare i conti con il passato? Sospirò e decise che l'approccio migliore era di apparire più forte di quello che era in realtà.

Allungò una mano per prendere il bricco del caffè dal suo piedestallo ma Julian fu più svelto di lei. Versò il caffè in una sola ciotola.

"Sedetevi se non vi dispiace, Julian", gli chiese. "Non mi importa assolutamente se avete la barba lunga o se non volete bere il mio caffè. Ho intenzione di parlare con voi."

Il marchese rimase in piedi.

"Non c'è molto che possiamo dirci entro queste quattro mura che non avremmo potuto dirci altrove."

La duchessa si sedette con la schiena rigida e arcuò le sopracciglia.

"Davvero? Forse preferireste parlare con vostra madre in mezzo a un campo aperto, circondato da animali di fattoria, *hein*? Si può fare ma, *moi*, non voglio infangarmi le pantofole."

Julian strinse i denti.

"Avrei volentieri sacrificato un paio di pantofole, *maman*, piuttosto che dare il via a pettegolezzi e congetture facendomi convocare nei vostri appartamenti privati."

"Un campo aperto vi avrebbe danneggiato di più, *mon fils*."

Quando Julian alzò una mano ma non la contraddisse, lei seppe che aveva capito. Lo osservò mentre andava alla finestra per guardare il roseto con le sue file di bianchi boccioli fragranti, rose fatte piantare per lei dal duca e amorevolmente curate da una squadra di giardinieri. Dopo un silenzio che sembrò durare minuti, Antonia disse:

"Non ho mai messo in dubbio il giudizio di vostro padre. Ma quando vi ha mandato a fare il Grand Tour così giovane... ho pensato che il mio cuore si sarebbe spezzato. E anche dopo, molto dopo, quando mi ha finalmente detto che vi aveva fatto sposare in quel modo così inumano... Mi sono arrabbiata con lui. Non ero mai stata così arrabbiata con lui, né prima di allora, né dopo. Mi capite, Julian, sì?"

"Ha fatto quello che riteneva necessario."

"Ma... un matrimonio combinato... non era quello che desideravo per mio figlio."

Questa frase lo riportò al tavolo e, cercando qualcosa da fare per riempire il silenzio imbarazzato tra di loro, versò una ciotola di caffè e aggiunse un cucchiaio di zucchero. La fissò negli occhi.

"Ma che scelta aveva mio padre? Permettermi un'unione imprudente sul continente solo per fargli dispetto? O assicurare il futuro dinastico organizzando il mio matrimonio con un'ereditiera Cavendish, sperando che in futuro sarebbero nati dei bambini da quest'unione, prima della sua morte? Non è peggiore della situazione in cui si trova lui: abbastanza vecchio da essere il nonno dei suoi figli e sposato a una donna che ha quasi la metà dei suoi anni e che gli sopravvivrà per trent'anni. So che cosa preferisco."

Quando sua madre distolse in fretta gli occhi, con gli occhi verdi smeraldo pieni di lacrime, avrebbe voluto tagliarsi la lingua piuttosto di ferirla con quelle verità sconsiderate. Avvicinò una sedia.

"Buon Dio, *maman*, non volevo... Volevo solo rassicurarvi..."

La duchessa si schiarì la gola.

"Mi rendo perfettamente conto che vostro padre... Lui e io non invecchieremo insieme," lo interruppe con il suo inglese dal pesante accento. Era la prima volta che la sentiva parlare in quella lingua da molti anni. "Mi rendo conto che questo vi preoccupa e che un giorno, presto, vostro padre, lui... non sarà più con noi, e io dovrò vivere... vivere senza di lui..."

"Non serve..."

"Sì. È veramente necessario!" Disse in fretta. "Potrei non avere più quest'opportunità. Pensate che sia facile per me parlare del fatto che *Monseigneur* mi lasci? Che presto saremo divisi su questa terra? È la cosa più orribile che posso immaginare e cerco di non soffermarmi a pensarci. È solo che devo dirvi come stanno le cose in modo che la smettiate di preoccuparvi per me. E voi vi preoccupate, vero Julian? Ecco qual è la verità." Fissò il muro davanti a lei con la sua carta da parati a fiori di loto e gru. "Non so perché sia così, ma è più facile spiegarvi queste cose in inglese, le rende meno reali per me. Quindi scuserete la mia pronuncia, sono fuori esercizio."

Stava disperatamente tentando di essere forte ma serviva solo a farla apparire ancora più giovane, più fragile e vulnerabile. E i suoi occhi verdi erano talmente pieni di tristezza che Julian non riusciva a guardarla.

"Noi ci capiamo, vero Julian, sì?" Gli chiese. Quando lui annuì con la testa china, si fece forza. "Io considero ogni giorno con vostro padre una benedizione e non mi interessa che cosa dicono quei pazzi, quei medici idioti! Vostro padre vivrà ancora per un gran numero di anni!"

"Certamente, *maman*, un gran numero di anni," la rassicurò Julian gentilmente; ma mentiva, personalmente non aveva la stessa convinzione.

"Voi pensate che poiché vostro padre è in cattiva salute lui non *veda*? Non dimenticatelo mai, Julian: *Monseigneur* è onnisciente come sempre. Lui sa che siete critico sulle conseguenze che il suo passato dissipato ha portato a questa famiglia, che vivete la vostra vita ben diversamente da come faceva lui quando divenne duca."

"Ma io non l'ho mai giudicato, *maman*!"

Antonia coprì le dita del figlio con la sua mano sottile e sorrise.

"Questo è vero, *mon fils*," disse, tornando senza nemmeno accorgersene al natio francese. "Ma lui vede che voi vedete il vostro futuro come duca con trepidazione e riluttanza."

"Certo che sono riluttante! Perché io erediti il titolo lui dovrà essere morto. Pensate che sia una prospettiva che mi attiri? Che perché io mi mostri al mondo come duca, mio padre, un uomo che amo e rispetto, dovrà essere freddo nella sua tomba? Buon Dio, *maman*, voi più di chiunque altro dovreste capire che mi spaventa l'arrivo del giorno in cui sarò salutato come sua grazia il nobilissimo duca di Roxton."

"Sì, lo capisco, Julian", rispose tristemente la duchessa, con le lacrime che brillavano sulle guance, "ma vi chiedo di non *darlo a vedere*. Lui vuole lasciare questo mondo sapendo che accettate la vostra importante posizione con tutto l'entusiasmo e l'energia con cui lui ereditò il titolo da suo nonno. Quello che gli serve ora, alla fine della sua lunga vita, è la rassicurazione che il vostro futuro sia sicuro... e di essere in pace. La gravidanza di Deborah gli ha dato questa certezza ma solo voi potete dargli la pace."

Julian si appoggiò allo schienale, momentaneamente a disagio, strofinandosi la punta delle dita sulle guance ruvide. "Se si preoccupa che l'annullamento possa procedere..."

Antonia si asciugò gli occhi con il fazzoletto bordato di pizzo e scosse la testa sorridendo.

"Non parlo di quella grandissima stupidaggine. Anche un orbo idiota vedrebbe che voi due siete innamorati. E questo ci fa più piacere di quello che riuscirò mai a dirvi."

Suo malgrado, Julian sentì il volto arrossarsi. "Strano," mormorò. "Deb ha capito la stessa cosa di voi e mio padre appena vi ha visti..."

"Perché ha un cuore puro e quindi vede la verità," dichiarò la duchessa. Si sedette china in avanti sulla sedia dallo schienale intrecciato, come temendo che qualcuno potesse sentirla. "Ascoltatemi, Julian. Vostro padre e io non abbiamo mai detto ad anima viva quello che sto per dirvi e dovete promettermi che resterà tra noi, *mon fils, hein?*" Il cenno di assenso di Julian la fece continuare. "Ve lo dico senza che vostro padre lo sappia. Mi fa male al cuore farlo alle sue spalle perché, *moi*, non ho mai fatto niente del genere prima, ma... è importante per il vostro futuro e il futuro dei vostri figli che il passato sia finalmente messo a tacere. Vedete, Julian," disse con la voce esitante e lo sguardo sulla mano appoggiata al polsino risvoltato della redingote del figlio, "la *Comtesse* Duras-Valfons ha sempre sostenuto che suo figlio è figlio di *Monseigneur*; che suo figlio è stato concepito a Fontainebleau, quando *Monseigneur* era a caccia con il Re. Il registro della parrocchia lo avvalora, perché il ragazzo è effettivamente nato nove mesi dopo la caccia del Re, più o meno nel periodo della vostra nascita..." Gli occhi verdi sfiorarono per un momento il volto immobile di Julian e poi si abbassarono ancora con un piccolo sospiro. "Vostro padre e io ci siamo sposati due mesi dopo la caccia e voi siete nato sette mesi dopo. Prematuro, abbiamo detto ma era una bugia di comodo. Eravate un bambino piccolino ed è stato facile convincere gli altri ma voi non eravate prematuro."

Julian la guardò sorpreso. Avrebbe voluto alzarsi e sgranchirsi le gambe perché la conversazione aveva preso una piega intima che non era convinto di voler ascoltare. Si agitò a disagio sulla sedia.

"Qual è lo scopo di questa conversazione, *maman?* Col passato del duca non mi stupisce che si andato a letto con la sua amante e poi abbia deciso di sposarvi all'improvviso. La cosa importante per me è che si sia ravveduto, abbandonando per voi i suoi costumi licenziosi."

Antonia gli strinse il braccio.

"Ascoltatemi, Julian," gli ordinò imperiosamente. "Non capite che se *Madame* Duras-Valfons e io abbiamo concepito nello stesso periodo, vuol dire che vostro padre non andava per niente a letto con quella donna? Io potrò anche essermi innamorata di un libertino ma vostro padre sapeva bene che cosa mi aspettavo prima di darmi a lui."

Julian la guardò sorpreso.

"E voi pensate che io non sappia chi è il capofamiglia?"

La duchessa sventolò una mano per zittirlo.

"Per favore non interrompetemi di nuovo altrimenti non riuscirò a dirvi tutto prima che ritorni *Monseigneur*. Specialmente perché questa è la parte più difficile da spiegare." Sospirò di nuovo. "Ve lo dirò francamente. Vostro padre si è ravveduto per me. Dal momento in cui divenne il mio tutore, intorno al mio diciottesimo compleanno, mentre vivevo qui in questa casa, molti mesi prima che ci sposassimo, respinse tutte le altre donne, e questo succedeva mentre io era ancora fidanzata a un altro. È la verità, Julian!"

"Vi credo, *maman*," la rassicurò, nascondendo lo stupore e il sorriso che si allargava davanti alla sua espressione minacciosa.

"Il giorno in cui *Monseigneur* rinunciò a essere il mio tutore dovevo partire per Londra per stare con mia nonna. Vostro padre andò a Fontainebleau e vostra zia Estée andò con Vallentine a visitare *Tante Victoire* a Saint-Germain, e quindi l'*hôtel* fu chiuso. Ma io non partii subito per l'Inghilterra e *Monseigneur* non andò a Fontainebleau. Tornò al calare della sera... per stare con me. Martin, *lui*, è l'unico che lo sa. Passammo una settimana qui da soli in questo appartamento. E fu allora che siete stato concepito." Lanciò ancora un'occhiata furtiva a suo figlio. "Capite, ora, Julian, sì, perché vostro padre non parla di quel momento? Perché deve restare tra di noi?"

Julian non riuscì più a restare seduto e andò verso la finestra, per poi tornare a guardare sua madre, il colorito acceso sulle sue guance di porcellana e l'esitazione nei suoi occhi. Affondò le mani nelle tasche della redingote.

"Perché se il mondo sapesse che il dissoluto duca di Roxton approfittò di una giovane innocente ragazza affidata alle sue cure, sotto il suo stesso tetto, il suo onore sarebbe macchiato per sempre?"

Antonia abbassò la testa e poi alzò fieramente lo sguardo su suo figlio.

"*Mon fils*, sapete bene quanto me che la società è indulgente verso i modi degenerati di un libertino ma un gentiluomo più in là con gli anni che seduce una-una vergine affidata alle sue cure e alla sua protezione... Se questa ragazza appartiene alla sua stessa classe sociale ed è promessa sposa di un altro, allora questo gentiluomo avrà infranto una regola non scritta tra i suoi pari."

"E i suoi pari non lo considererebbero più un gentiluomo,"

continuò Julian quando lei non riuscì a proseguire. "Gli volterebbero le loro nobili schiene. Lo condannerebbero per sempre come un mostro ripugnante."

"Non è stato così, Julian. Lui non è così! *Monseigneur* e io eravamo innamorati e non abbiamo pensato alle conseguenze delle nostre azioni. Tutto quello che importava, era avere quei pochi giorni insieme da soli prima di doverci dividere per sempre. Il futuro, vivere l'uno senza l'altra, era inconcepibile." Quando Julian rispose con un grugnito, Antonia aggiunse in fretta: "Non dovete pensare a vostro padre in quel modo, *mon fils*. Se dovete pensare male di qualcuno, allora sono io quella da condannare. Lui non avrebbe mai superato il confine che divide il tutore da una pupilla se non lo avessi sedotto io!"

Julian scosse solennemente la testa e fece un giro della stanza ma quando tornò da lei fu con un sorriso sul volto.

"*Maman*! Come se potessi pensare male di voi o di papà sapendo quello che mi avete appena detto. Quindi sono stato concepito fuori dal matrimonio. Beh, allora? Chi sono io per giudicare quando ho ingannato la mia stessa moglie per farle credere che fossi un uomo comune in modo che potesse conoscermi come Julian, non il marchese di Alston? Non ho pensato alle conseguenze delle mie azioni. Chi pensa al futuro quando il cuore comanda la testa?"

La fece alzare e la abbracciò, con un enorme brivido di sollievo che gli attraversava il corpo.

"*Merci, ma mère*. Il vostro segreto è al sicuro con me. E mi ha tolto un enorme peso dalle spalle."

Antonia fece un passo indietro e alzò gli occhi. "Perché quell'uomo non è vostro fratello, sì?"

Julian si chinò sulla mano della madre e la baciò. "Sì."

Il loro momento di intimità finì bruscamente quando la porta della sala della colazione si aprì ed entrò la dama di compagnia della duchessa, fece una riverenza e sussurrò qualcosa all'orecchio di Antonia prima di uscire lasciando la porta spalancata.

"*Madame la Duchesse*, per favore, scusate l'intrusione. Non vi avrei disturbato per niente al mondo ma Alston non è nel suo appartamento e il suo valletto… *Julian?*" Esclamò Martin con notevole sorpresa, vedendo all'improvviso il suo figlioccio accanto alla finestra con le tende aperte mentre si chinava sulla mano tesa della duchessa.

"Che c'è, Martin?" Chiese la duchessa allarmata, il suo primo pensiero fu per il duca.

Il vecchio passò lo sguardo dalla madre al figlio, Julian si allontanò dalla finestra per mettersi accanto a sua madre. Entrambi pallidissimi.

"No, non il duca," li rassicurò, anche se sembrava ancora molto preoccupato. "Si tratta di Henri-Antoine. È scomparso. Bailey pensa che sia andato alle Tuileries con il signorino Cavendish." Fece un sorriso sghembo al marchese, meravigliandosi per la barba lunga sul volto del figlioccio. "Sembra che sia veramente deciso a vedere quell'accidenti di orso."

Julian mise un braccio sulla spalle della madre. "Non preoccupatevi, *maman*. So esattamente dove trovarli." Si passò la mano sulla guancia ruvida e sorrise al suo padrino. Aveva visto lo sguardo di disapprovazione del vecchio. "Suppongo che dovrò aspettare a rasarmi finché sarò tornato dalle Tuileries."

Antonia toccò il braccio di Martin. "Grazie per non averlo detto a *Monseigneur*. Ha già abbastanza preoccupazioni con quello zotico di Sartine che ha osato disturbarlo."

Julian alzò di colpo la testa. "Il tenente di polizia è qui a dar fastidio a papà? Perché?"

"Questo non è importante" disse indifferente la duchessa, spingendolo verso la porta. "Quello che importa è vostro fratello. Quindi, per favore, ora andrete a portarlo a casa in modo che io possa sgridarlo e prima che *Mon… Monseigneur!*" Esclamò con un sorriso radioso, senza perdere il ritmo della frase, mentre andava a salutare il duca, in piedi sulla soglia, leggermente appoggiato al bastone, che guardava la moglie con l'occhialino. "Avete mandato via quell'orribile poliziotto, vero Renard?" Gli chiese in fretta.

"Cos'è questa storia, Antonia?" Chiese il duca, con la sua parlata lenta, facendo roteare l'occhialino appeso al nastro di seta. Aveva un'espressione severa ma c'era un luccichio malizioso nei suoi occhi neri. "Venticinque anni di matrimonio, di… ehm, intimità assoluta nelle nostre stanze, eppure una mattina mi assento per meno di un'ora e trovo mia moglie che intrattiene nostro figlio e il suo padrino senza di me?"

Antonia si mise in punta di piedi e lo baciò, con un sorriso da folletto.

"Ma in quei venticinque anni non mi avete mai lasciato da sola a colazione, quindi mi sentivo sola."

Il duca le rese il bacio e le alzò scherzosamente il mento.

"Povero me, devo cercare di non lasciarvi mai di nuovo sola."

"Signore, se c'era Sartine, perché non mi avete avvisato?" Chiese

Julian irritato, interrompendo lo scherzoso scambio di battute dei suoi genitori.

"Perché, figlio mio, è venuto a vedere *me*," rispose semplicemente il duca. "C'è stato uno sviluppo... ehm, interessante nel caso Lefebvre."

"Cioè?"

Il duca guardò il figlio con un'espressione imperscrutabile. "Correggetemi se sbaglio, ma credo che lo conosciate già."

Julian alzò le sopracciglia sorpreso. "Molto interessante. Così ha finalmente fatto la cosa più onorevole e ha confessato?"

"Le parole *onorevole* e... ehm, *confessato* non sono proprio le prime che mi sono venute in mente."

Julian arricciò le labbra. Martin Ellicott era perplesso. Il duca prese la tabacchiera e diede qualche colpetto al coperchio. Antonia li guardò tutti e tre e disse, francamente:

"*Moi*, io non capisco assolutamente niente. Che cos'è questo sviluppo di cui parlate, Renard?"

"Preferisco che sia Julian a dirvelo, amore mio. Trovo tutto questo imbroglio con Lefebvre molto stancante."

Il marchese aprì la bocca per parlare quando la sorella del duca si precipitò nella sala della colazione senza farsi annunciare. Estée Vallentine attraversò la stanza in un turbine di larghe sottane con il cerchio e una massa di capelli grigi in disordine festonati da nastri arricciacapelli, come se fosse scappata mentre la pettinavano e la incipriavano. Si stringeva al petto ansante una lettera accartocciata e, vedendo suo fratello, la sventolò davanti al duca. Roxton alzò gli occhi al soffitto decorato e si sedette sulla sedia più vicina mentre sua sorella si gettava, singhiozzando, tra le braccia della duchessa.

"Antonia, è scappato! Mio figlio! Il mio *caro* ragazzo. *Evelyn*, è scappato con una sporca *bourgeoise*!"

VENTIDUE

Deb avrebbe preferito fare a piedi il breve percorso fino alle Tuileries. Era una bella giornata. Ma Brigitte, Joseph e due dei robusti camerieri del duca avevano un'altra idea e arrivarono ai giardini formali in carrozza. Alla faccia dell'andarsene in silenzio senza che nessuno sapesse dove! Eppure, si rendeva conto che era meglio avere con lei il suo entourage, piuttosto che lasciarli indietro perché informassero suo marito e suo padre che era latitante. La carrozza fu salutata da Evelyn Ffolkes davanti alle terrazze a gradoni che portavano giù verso l'ampio viale centrale. Aveva con sé Jack, uno strano assortimento di musicisti e tutta una piccola banda di servitori che portavano strumenti musicali e sedie.

Mentre i musicisti e il loro seguito andavano a prepararsi per il recital accanto a una delle grandi fontane, Deb colse l'occasione per passeggiare con Joseph e Brigitte tra gli stand affollati che fiancheggiavano i viali. I due muscolosi servitori che avevano accompagnato la carrozza seguivano la marchesa e i suoi compagni, tenendosi a una distanza discreta, ma stando attenti alla folla.

Il rumore delle carrozze e dei carri che affollavano la strada non era così assordante nella vastità delle Tuileries, dove gruppi di gente in cerca di divertimento passeggiavano per godersi una giornata primaverile di intrattenimenti. I giornalisti si affollavano sotto gli alberi, i vecchi giocavano a scacchi all'ombra, alcuni giocavano ai birilli e gruppi di uomini e donne sorseggiavano *café au lait* in uno dei tanti stand dai colori vivaci. Uomini sui trampoli, burattinai, mimi e perfino ciarlatani finti guaritori fornivano infiniti divertimenti ai passanti.

C'era una tale atmosfera di festa popolare all'interno dei giardini cintati, con tutta la gente intenta a godere dei festeggiamenti che le autorità parigine avevano preparato per celebrare il matrimonio del Delfino con la principessa austriaca Marie-Antoinette, che Deb quasi dimenticò il duplice scopo per cui era venuta alle Tuileries. Sentire Jack suonare nell'ensemble di archi di Evelyn era la cosa più importante ma sperava anche che *Mademoiselle* Lefebvre si sarebbe fatta vedere, come promesso da Robert Thesiger.

Quando Evelyn l'aveva aiutata a scendere dalla carrozza, Deb aveva avuto la distinta impressione che lui non desiderasse confidarsi con lei e non osasse nemmeno guardarla negli occhi. Sperava che *Mademoiselle* Lefebvre sarebbe stata più disponibile.

Uno sguardo casuale alle sue spalle e vide gli uomini del duca non lontani da lei che stavano facendosi largo tra un gruppo di artisti di strada. La loro presenza la fece stranamente sentire a suo agio, come la piccola pistola dal calcio di madreperla che portava in una tasca cucita nello stivale; un regalo di Otto quando era arrivata a Parigi, l'aveva avvertita di portarla sempre quando si avventurava per le strade di Parigi.

Proprio mentre stava cominciando a chiedersi come avrebbe potuto riconoscere *Mademoiselle* Lefebvre o trovare Robert Thesiger in mezzo a quella folla festosa, il gentiluomo in questione si materializzò davanti a lei. Si era staccato da un gruppo di giovanotti incipriati e imbellettati e veniva lentamente verso di lei, con un deciso luccichio negli occhi azzurri. Si inchinò sopra la sua mano tesa.

"La sposa vuole fare una passeggiata con un vecchio amico?" Le chiese pacatamente, con uno sguardo alle sue spalle ai volti impassibili di Joseph e della sua cameriera e ai due bruti con la livrea di Roxton che aspettavano appena un po' discosti dal gruppetto della marchesa. Sfrontato, offrì il braccio a Deb e il suo sorriso si allargò quando vide Joseph trasalire. "Ieri non sono riuscito a farvi gli auguri per il vostro matrimonio, siete felice, milady?"

Deb lo fissò apertamente negli occhi azzurri. "Sì, molto felice."

Le sorrise come se non le credesse e camminarono in silenzio tra i parigini alla moda che si stavano godendo le attrazioni e gli intrattenimenti. Alcune teste incipriate si voltarono ad ammirare quella bella coppia seguita da due servitori dalla faccia acida e da un paio di bruti delle dimensioni di gorilla con una caratteristica livrea argento e rosso. Qualcuno sapeva chi apparteneva quella livrea? Un *duca* dite? Quale?

Tre trampolieri e il loro contorno di acrobati e una piccola banda di musicisti stavano venendo lentamente verso di loro sul viale, sparpagliando i parigini che passeggiavano ai due lati del percorso, scherzando con alcuni e circondandone altri con le loro buffonate. Deb e Robert Thesiger si rifugiarono accanto a una tenda che offriva rinfreschi e *café au lait* per aspettare che la banda di allegri intrattenitori passasse. Il trambusto diede a Robert Thesiger la possibilità di guardare in faccia Deb, dicendo, con la preoccupazione negli occhi e la fronte aggrottata:

"Non posso fare a meno di chiedermi se ora non sareste la moglie di Alston solo di nome se vi avessi confidato fin dall'inizio la triste storia di *Mademoiselle* Lefebvre."

"Ditemi, signore. Mi avete fatto la corte a Bath sono per vendicarvi di mio marito per via della rovina di *Mademoiselle* Lefebvre?"

"Mia cara, siete piuttosto bella e volevo veramente portarvi a letto, per il piacere di farlo, non solo per cornificare vostro marito," disse con un sorriso che fece raggrinzire la cicatrice che gli segnava la guancia sinistra. "Sfortunatamente, la vostra assurda tenacia nel voler coinvolgere i sentimenti prima di finire a letto è stata la mia rovina. Mi ha obbligato a ripensare a come assicurarmi il futuro."

I suoi occhi azzurri ispezionarono il mare di facce che si muoveva lungo il viale e poi la guardò di nuovo, scuotendo mestamente la testa incipriata. "Mi addolora dovervi coinvolgere in questa faccenda tra i Roxton e me. Ma padre e figlio devono pagare per le loro azioni."

"Non riesco a capire come il mio coinvolgimento in questa faccenda possa fare la minima differenza per il padre o il figlio."

"No? Strano che siate così ingenua." Rimuginò. "Ditemi, è giusto che il figlio legittimo del duca riceva tutto quello di cui ha bisogno, che desidera, che gli sia offerto il mondo, tutto perché suo padre ha fornicato con sua madre con la benedizione della chiesa mentre io, il figlio naturale del duca, non vengo riconosciuto come parte della famiglia?"

"E questo è colpa di mio marito? Avete molto opportunamente dimenticato la parte svolta da vostra madre. La contessa vi ha allevato nel risentimento e nell'amarezza, tutto a causa della sua irragionevole e rancorosa gelosia nei confronti di una ragazza di cui il duca si è innamorato e che non le ha mai fatto niente di male." Il sorriso di Deb era triste. "No, non è giusto biasimarvi per le azioni dei vostri genitori, ma vostra madre è da biasimare quanto il duca."

Per la prima volta in sua compagnia, l'apparente calma di Robert Thesiger svanì.

"Cinque minuti di copula e già siete stata convinta a credere alle bugie di quell'arrogate famiglia? Sempliciotta! Mia madre è stata convinta a fare la puttana con la stessa falsa promessa che ha portato alla seduzione di *Mademoiselle* Lefebvre: la promessa di matrimonio!"

"Non nutro il minimo interesse per le vostre opinioni, su di me o sulla nobile famiglia di cui sono entrata a far parte," replicò Deb, guardandosi attorno per trovare la via migliore per tornare da Evelyn e suo nipote, che erano accanto alla fontana grande. Ma tutte le uscite erano bloccate dal contingente di artisti da circo e dal loro attento pubblico. Si avvicinò a Robert Thesiger quanto glielo permettevano le sottane di damasco con il cerchio.

"Siate ragionevole. Certamente vi è capitato di pensare che forse *Mademoiselle* Lefebvre ha inseguito mio marito per il suo rango e la sua fortuna. Che quando lui ha respinto le sue avance lei abbia rivolto le sue attenzioni a un altro che poteva offrirle una sua pallida imitazione, un gentiluomo molto vicino alla famiglia Roxton?"

Robert Thesiger la fissò come se stesse farneticando.

"Buon Dio, signora! Perché diavolo avrebbe dovuto nominare Alston se non era il suo seduttore?"

Deb scrollò le spalle nude. "Perché essere respinta l'ha ferita. Perché non voleva rivelare l'identità del suo vero amante per paura della reazione di suo padre, che l'aveva incoraggiata a cercare di catturare il marchese di Alston. Sono solo due delle ragioni cui posso pensare. Dovete ammettere che, per la vasta maggioranza delle donne, una cosa è farsi sedurre da un futuro duca e un'altra da un comune mortale."

Robert Thesiger aprì la bocca per negarlo, ci ripensò e disse con un sorrisino: "È questo che vi ha persuaso? Che presto sarete la duchessa di Roxton?"

"Perché insistete con questa futile ricerca di vendetta sul duca di Roxton? Un aristocratico il cui orgoglio e arroganza non gli permetteranno mai di riconoscervi come figlio?" Chiese con calma Deb, ignorando Joseph che si schiariva rumorosamente la gola. "Perché presumete che mio marito sia fatto della stessa pasta? È forse perché vi aggrappate all'assurda idea che, per essere all'altezza del duca, il suo erede debba forzatamente essere un debosciato arrogante e depravato come era una volta il duca? Non riuscite a vedere che mio marito è sempre stato l'uomo che suo padre è diventato dopo il suo matrimonio con la duchessa?"

"Signora, vostro marito non merita il rango che la fortuna gli ha regalato alla nascita. Chi può rispettare un aristocratico che preferirebbe vivere nell'oscurità della sua tenuta, circondato da contadini, dai maiali e dalle pecore, invece di prendere il posto che gli spetta di diritto al timone della società? A Eton non si è mai fatto avanti eppure i suoi pari, quei marmocchi idioti che ora compongono l'alta società, lo hanno sempre messo al centro del palcoscenico, come fanno ora, e tutto perché un giorno sarà il duca di Roxton!"

"Voi cercate di ridicolizzarlo solo perché non lo capite," gli rispose Deb con esasperata pazienza. "Vi piacerebbe passare la vostra vita senza mai sapere chi sono i vostri veri amici; se siete stato scelto per i vostri meriti, se vi hanno ossequiato e lodato non per chi siete veramente ma solo per quello che diventerete un giorno? Solo perché Julian non se ne va in giro come un pavone con la coda spiegata, pieno di sé e della sua importanza, a comandare su tutti quelli nella sua ombra, ma ha una deferenza naturale per la sua posizione sociale e le grandi responsabilità che un giorno saranno sue, voi lo giudicate un *debole*? Non c'è niente di meno vero!"

Thesiger ficcò la tabacchiera in una tasca della redingote, liquidando il ragionamento di Deb come sincerità credulona.

"Se il duca si fosse comportato onorevolmente con mia madre, sarei io l'erede del ducato!" Disse ribollendo. "E vi dirò di più, signora, io non sono socialmente un inetto. Io avrei saputo come usare al meglio una simile posizione sociale."

Sì, a vantaggio vostro e senza riguardi per gli altri, pensò Deb tristemente. Suo marito e quest'uomo erano così dissimili, sotto tutti gli aspetti, che era inutile continuare la discussione. Robert Thesiger era così consumato dalla gelosia e dal risentimento da non poter accettare e capire le sue argomentazioni. Niente di quello che gli avrebbe potuto dire avrebbe fatto la minima differenza sulla sua distorta visione della vita. Era ora che mettesse fine a questa discussione insensata prima di perdere del tutto la performance di Jack.

Era anche ragionevolmente sicura che *Mademoiselle* Lefebvre si sarebbe presentata a questo concerto. Se solo avesse saputo che aspetto aveva la ragazza. Un'altra occhiata intorno a sé e fu sollevata di vedere che i viali adesso si stavano svuotando dagli spettatori e che giocolieri e trampolieri si stavano spostando sul viale. Fece segno a Brigitte e a Joseph che era pronta ad andare e, con un gesto di buona volontà, tese una mano guantata per salutare Robert Thesiger.

"Buongiorno, milord. Spero che col tempo l'eredità del barone Thesiger vi porti un po' di conforto e gioia. Ora, se volete scusarmi, devo ritornare da mio nipote dove, spero, troverò *Mademoiselle* Lefebvre tra gli spettatori della performance del signor Ffolkes?"

"Non saprei, signora," le disse a voce bassa, avvicinandosi di un passo, con gli occhi azzurri che controllavano la scena sopra la sua testa. "Sono oltre tre mesi che rifiuta di vedermi."

"Ma… Non avete detto che sarebbe stata qui oggi a mezzogiorno?" Chiese Deb con un'espressione confusa, guardando il mare di facce. "E io sono molto sicura che ci sarà perché…"

"Non mi interessa che ci sia o no," disse compiaciuto Robert Thesiger e, prima che Deb potesse allontanarsi, allungò di colpo la mano e le afferrò il polso.

La tirò a sé e, con un'abile manovra, la costrinse ad appoggiare la schiena contro il proprio petto, torcendole il braccio dietro la schiena. Così uniti, la costrinse a seguirlo lungo il viale verso il gruppo di artisti da circo, riuscendo a catturarla prima che Brigitte e Joseph si rendessero conto di quello che stava succedendo.

"È ora di porre fine a questa sciarada," le sibilò all'orecchio.

Fissò Brigitte e Joseph, che erano rimasti di sasso in mezzo al viale con gli occhi incollati alla sua faccia. Poi guardò i due robusti servitori in livrea e anche loro restarono fermi, come aspettando la sua prossima mossa. Afferrò la mano libera di Deb e, con la sua che la copriva, le passò forte il palmo della sua mano contro il davanti del corpetto di damasco.

"Ha fatto alla svelta a ingravidarvi, vero, il vostro diffidente Adone." All'esclamazione di sorpresa di Deb, sogghignò. "Speravate di tenere nascosta una notizia così importante a me, lo zio del bambino? Che vergogna!"

"Non sono affari vostri!"

"Invece sono proprio affari miei. Avete idea di che cosa significherà la nascita di un nipote maschio per i Roxton?"

Deb cercò invano di liberarsi ma era inchiodata contro il suo torace, con la mano di lui che le stringeva spiacevolmente l'addome.

"Lasciatemi andare prima di trovarvi a penzolare da una corda!"

"Un nipote darebbe al ducato di Roxton un futuro…"

"Ha già un futuro in mio marito! Questo non potete portarg-lielo via."

Thesiger era incredulo.

"Roxton vuole che gli succeda un figlio che preferisce la vita di campagna nelle sue tenute invece dominare la scena? Ah!"

"Non forzerete certo la mano del duca prendendo in ostaggio il mio bambino!"

"Non prendetemi per pazzo, signora," ringhiò, obbligandola a inserirsi in mezzo a un gruppo di acrobati che poi si richiuse intorno a loro, ballando, roteando e facendo capriole e nell'insieme facendo un baccano tremendo. "Non è un ostaggio che voglio. È la *vendetta*."

Un acrobata fece un salto all'indietro, finì a faccia a faccia con Deb e ammiccò, con un sorriso macchiato di tabacco, quasi senza denti e Deb capì, con il cuore che accelerava, che questi artisti erano al soldo di Thesiger con lo scopo specifico di aiutarlo a rapirla. La folla di spettatori felici, inconsapevole del crimine in corso sotto i loro occhi, applaudiva le arlecchinate degli acrobati mentre trascinavano Thesiger e la sua prigioniera lungo il viale in una processione che si dirigeva verso il fiume.

"Guardate diritto davanti a voi," le ordinò Thesiger quando Deb cercò di attirare l'attenzione di Joseph e Brigitte.

La vicinanza degli acrobati che la circondavano, il braccio di Thesiger intorno alla vita e il fatto che a colazione avesse mangiato solo qualche boccone contribuivano alla sensazione di nausea che cresceva in lei e che stava per sopraffarla.

E fu allora che le venne in mente di fingere di svenire.

Certamente Thesiger sarebbe stato obbligato a fermarsi e a rianimarla, se sperava di farla arrivare alla riva del fiume? Così, senza pensarci due volte, si lasciò andare e, mentre la gambe cedevano sotto di lei, si aspettava che Robert Thesiger la afferrasse per le braccia per tenerla in piedi. La realtà fu molto più spaventosa.

Mentre crollava nella polvere del viale di ghiaia, la presa di Robert Thesiger su di lei si allentò e lui fece un passo indietro. Incapace di raddrizzarsi in tempo, Deb cadde in avanti, temendo di essere travolta dagli acrobati, che continuavano a saltare e a fare festa mentre la loro banda di suonatori batteva i cimbali e suonava le trombette di stagno più forte di prima, coprendo le sue grida di aiuto. Si chiese se non fosse così che Robert Thesiger aveva programmato fin dall'inizio di farle perdere il bambino, senza che si potesse incolpare lui. Proprio come nessuno aveva incolpato lui tanti anni prima, quando aveva sussurrato all'orecchio di Julian tutte quelle orribili, schifose bugie sulla duchessa e sul suo bambino non ancora nato.

Eppure, mentre i piedi si impigliavano nei metri di seta delle sottane stropicciate, Deb allungò la mano e afferrò la camicia spumeggiante di uno degli acrobati. I riflessi prontissimi dell'uomo gli permisero di tirare a sé Deb prima che fosse calpestata dai suoi compagni. La prese tra le braccia forti e la portò per una breve distanza lungo un viale che portava al fiume.

Con i piedi per aria, Deb sentì un oggetto duro contro la caviglia dei suoi vecchi stivali di camoscio. Era la piccola pistola a due canne di Otto. Che stupida a non essersi ricordata prima che aveva indossato quegli stivali proprio per poter portare addosso la pistola di Otto! Era così sollevata di sapere che aveva la pistola, e grata all'acrobata dalla faccia scura per averla salvata, che non tentò di dimenarsi o di urlare. Aspettò semplicemente l'opportunità per allungare la mano e togliere la pistola dalla fondina. La possibilità arrivò abbastanza presto.

Il corteo si fermò alla fine del viale, sul bordo dei giardini. Più in là c'era la Senna e una barca in attesa. Troppo fiducioso del loro successo, uno dei rapitori fece un salto mortale per festeggiare la vittoria, perse l'equilibrio e cadde sul sedere in una siepe. I suoi compagni si misero a ridere senza fare nulla per aiutarlo ad alzarsi e l'acrobata che teneva Deb finalmente la rimise in piedi, ora che erano lontani dal viale principale. Il suo momento era arrivato. Mentre la rimetteva per terra, Deb alzò cautamente lo stivale, estrasse la pistola dalla fondina, armò a metà entrambi i grilletti e fece scivolare la pistola tra le pieghe delle sottane schiacciate e in disordine, senza che i suoi rapitori se ne accorgessero mentre continuavano a ridere a spese del compagno per la sua imbarazzante caduta nei cespugli.

Uno degli acrobati esclamò che prima di andare sul fiume potevano divertirsi un po' con il loro ostaggio. Il suo suggerimento fu accolto dalle risate, come il discorso di un ubriaco, da non prendere sul serio, eppure, quando qualcuno osservò che nessuno di loro era mai stato tanto vicino a una dama titolata prima di allora e che quella era un'opportunità unica nella vita di scoprire se la pelle di porcellana di una nobildonna era effettivamente liscia come le sete che indossava, più di uno cominciò a guardare Deb con occhi lascivi.

L'acrobata che era caduto nella siepe si offrì di essere il primo ad assaggiare la ragazza e afferrò una manciata di sottane, cominciando a sollevare i metri di un tessuto tanto fine come non aveva mai toccato, suscitando allegria e grida di apprezzamento da parte dei suoi compagni. Lo spingevano a fare in fretta, ad alzare gli strati di stoffa delicata sulle cosce della ragazza, dove le giarrettiere tenevano tese le calze bianche di seta.

Si sentì un'ovazione, seguita dall'esplosione di un colpo di pistola.

Il rumore del colpo di pistola di Deb fu assordante. Zittì di colpo gli acrobati e i musicisti che la circondavano e poi uno di loro lanciò un urlo da gelare il sangue. L'acrobata ubriaco che aveva osato alzare le gonne di Deb era stato colpito. La palla aveva forato il cuoio del suo stivale. Cadde al suolo, dimenandosi per il dolore e tenendosi la caviglia con entrambe le mani mentre i suoi compagni fissavano Deb in silenzio, inorriditi. Lei era illesa ed ebbe la presenza di spirito di tenere la pistola fumante puntata contro i suoi rapitori: rimaneva una pallottola da sparare.

Lo shock lasciò il posto alla rabbia venata di cautela per un comportamento così oltraggioso da parte di una donna, una dama, addirittura! Più di uno degli artisti voleva abbandonare la ragazza e scappare. Dopo tutto, rapendola, avevano già commesso un reato da forca. Che avesse avuto il coraggio di sparare era sufficiente per mettere fine ai loro piani. Acrobati e musicisti si sparpagliarono, la maggior parte corse indietro verso i giardini, visto che la loro via fuga verso il fiume era impedita dai due robusti servitori in livrea che avevano accompagnato Deb alle Tuileries. Anche l'uomo cui aveva sparato riuscì a zoppicare via, sostenuto da due dei suoi compagni, continuando a maledirla tra un gemito e l'altro.

I servitori del duca non li seguirono. Avevano ricevuto ordini precisi. La sicurezza della marchesa veniva prima di tutto; tutti e tutto il resto non avevano importanza. A questo scopo, uno dei servitori tolse in silenzio la pistola dalla mano di Deb e disarmò il cane. L'altro la prese in braccio, nonostante lei obbiettasse che era perfettamente in grado di camminare, e la portò verso i gradini dove la fece sedere con delicatezza. Il suo gemello con la pistola fece poi un inchino formale di saluto a Deb e le offrì audacemente il contenuto della sua fiaschetta per calmarle i nervi. Deb stava per dirgli che era perfettamente calma quando si rese conto che stava tremando tutta, quindi bevve grata il liquido bruciante.

Si sentiva incredibilmente calma, aiutata dal sorso di brandy, nonostante avesse appena sventato un tentativo di rapimento. Illesa, non si permise di rimuginare sulle possibilità. Eppure, nonostante avesse sventato il rapimento e nonostante la protezione di due servitori delle dimensioni di un orsi russi, sentiva che il suo bambino non sarebbe stato completamente al sicuro finché non fosse tornata da Julian e alla sicurezza dell'*hôtel* Roxton. La sua paura fu giustificata quando alzò per caso gli occhi sulle scale e là, sull'ultimo gradino, c'era Robert Thesiger. Sobbalzò e uno dei servitori che la stavano proteggendo fece un passo verso di lui, pronto ad accogliere qualsiasi sfida. Il compagno armò la pistola e la puntò verso Thesiger.

Thesiger scese agilmente dalle scale, passò davanti al cameriere in piedi davanti a Deb come se non esistesse, senza uno sguardo in direzione di Deb o del cameriere con la pistola. Lei lo guardò seguire la linea dell'antico muro di pietra e si chiese che cosa avesse attirato la sua attenzione. Non guardava né e a destra né a sinistra ma diritto dall'altra parte dei giardini verso la folla che scappava, togliendosi la redingote e i volant e sfoderando la spada. E poi vide il motivo della sua preoccupazione.

Lungo il sentiero di ghiaia stava arrivando suo marito.

Fu mentre attraversava i viali in cerca di suo fratello, torreggiando di tutta una testa sopra quelli attorno a lui, che Julian vide Deb in compagnia di Robert Thesiger. Si fermò di colpo. L'aveva lasciata al sicuro, sotto le coperte, ed era lì che sarebbe dovuta restare, a dormire pacificamente. E poi ricordò qualcosa su Jack coinvolto in una performance musicale e avrebbe dovuto sapere che Deb avrebbe fatto tutto il possibile per non mancare alla prima apparizione pubblica del nipote. Che stesse passeggiando nei giardini delle Tuileries e conversando con la sua nemesi non solo lo fece infuriare ma gli portò anche una sensazione indesiderata di trepidazione per la sicurezza di sua moglie. Non aveva dubbi che fosse stato Thesiger a cercarla e si chiese che malefatta avesse in mente.

Rimase immobile come una statua in mezzo al viale affollato, osservandoli, non seppe per quanto tempo, fissando Robert Thesiger, desiderando che alzasse gli occhi e, quando l'uomo finalmente lo fece, i loro occhi si incontrarono e il volto di Thesiger si aprì in un sogghigno. Fu solo allora che Julian riuscì a muoversi e a correre verso di loro, con la rabbia e la paura che spegnevano ogni pensiero di cercare il suo fratellino. I suoi occhi verdi non abbandonavano sua moglie e, quando Thesiger afferrò Deb, con la schiena contro il suo petto e il braccio intorno alla vita, con lei che si dibatteva inutilmente per liberarsi, per la prima volta nella sua vita, Julian sentì un senso lacerante di impotenza.

Cercò disperatamente di farsi strada tra la folla immobile che sembrava aumentare di numero minuto dopo minuto. Facce scure, senza denti e non rasate cominciarono a rimpiazzare quelle dei gentiluomini e delle dame venuti nei giardini per una piacevole passeggiata. Acrobati, trampolieri e una banda di rumorosi musicisti ostruirono il viale e, quando cercò di passare tra i loro ranghi, fu poco cerimoniosamente e rudemente spinto indietro mentre gli dicevano che quella parte dei giardini ora era chiusa al pubblico.

Al suo secondo tentativo lo buttarono a terra, la promessa dell'oro aveva spento qualunque possibile deferenza al rango perché, anche se gli acrobati che avevano gettato a terra Julian si erano accorti della qualità dei suoi vestiti, delle sue mani bianche e dell'elsa ingioiellata della sua spada, concludendo correttamente che era un gentiluomo, se non un aristocratico, avevano ricevuto ordini precisi. Oltre a tutto, che cosa poteva fare un aristocratico contro una banda di muscolosi artisti di circo?

Quello che non avevano notato era che i pizzi preziosi e la giacca di finissimo tessuto nascondevano un fisico muscoloso la cui forza era alimentata dall'ansia furiosa e dal bisogno di liberare sua moglie e il suo bambino non ancora nato dal pericolo. Si rifiutò di restare a terra e aveva già steso due acrobati e stava per attaccarne un altro quando Joseph si materializzò accanto a lui. Il naso dello stalliere sanguinava e un occhio cominciava a chiudersi ma il suo sorriso fu sufficiente a convincere Julian che l'uomo si stava godendo enormemente la zuffa e che ovviamente sembrava conciato peggio di quanto si sentisse in effetti.

Si precipitò ad aiutare il marchese che stava liberandosi di uno zingaro particolarmente ben piantato e urlò a sua signoria di andare dalla marchesa. Lui, Joseph, si sarebbe occupato di quel cliente ostico.

Julian gli fece cenno di avere capito e partì di corsa lungo il viale. Era quasi arrivato al corteo di acrobati e musicisti quando vide i due servitori nella livrea dei Roxton lasciare il sentiero e correre attraverso le aiuole. Rallentò, chiedendosi che cosa avessero in mente e chi seguire, i servitori o il corteo, e poi, sorpreso, vide Robert Thesiger apparire dal fondo della processione e scomparire tra due stand, da solo.

E poi, non un minuto più tardi, ci fu il suono assordante di un colpo di pistola. L'esplosione risuonò nei vasti giardini e per un attimo scioccante sulle Tuileries scese un silenzio inquietante. Il suono del colpo di pistola portò a galla le peggiori paure di tutti quanti e il panico sopraffece anche i temperamenti più flemmatici. Seguì il pandemonio. Temendo che il colpo significasse che un folle armato scorrazzava per i giardini, i visitatori di ogni parte dei giardini a terrazze si fecero prendere dal panico e cercarono immediatamente di scappare.

La gente scappava in tutte le direzioni. Genitori terrorizzati prendevano in braccio bambini piangenti, commercianti agitati e i loro clienti si tuffavano sotto le sedie e nel retro degli stand, cercando rifugio da un assalitore ignoto e dalle orde in fuga. Burattinai, mimi e artisti di strada, addestratori di animali con le loro scimmie urlanti e i cagnolini che abbaiavano, saltavano via o venivano spinti di lato mentre centinaia di persone calpestavano le aiuole tanto amorosamente curate, si tuffavano negli stagni ornamentali per nascondersi coi pesci o correvano con frenetica determinazione verso l'uscita più vicina.

Si sentì urlare di chiamare la milizia.

Al suono del colpo di pistola il cuore di Julian mancò un battito e il sangue gli rombò nelle orecchie. Aveva il nauseante presentimento che il colpo di pistola fosse collegato al rapimento di Deb e questo diede nuova vita alla sua determinazione di arrivare da lei il più presto possibile. Si fece strada a gomitate attraverso la gente che scappava, resistendo alle spinte e ai colpi dell'assalto furibondo di una folla impazzita. La sua altezza e le sue dimensioni lo salvarono dall'essere calpestato ma significavano anche che risaltava in mezzo a una folla che cercava aiuto per fuggire da un folle fantasma. Gli chiesero aiuto più volte, ma ignorò ogni richiesta di assistenza e continuò a correre.

E poi Julian la vide, la sua bella e coraggiosa moglie, sorvegliata dai due servitori in livrea cui aveva ordinato di essere la sua ombra ogni volta che si avventurava fuori dalle alte mura protettive che circondavano l'*hôtel* Roxton. Era seduta tranquilla sui gradini che portavano verso il fiume, con i vestiti e i capelli in disordine ma viva. Il rumore e la follia che lo circondavano cessarono di essere importanti e le grida e le urla diventarono appena percettibili. Importava poco che da qualche parte nelle Tuileries ci potesse essere un folle armato di pistola. Deb era illesa e niente e nessuno importava più. Respirò a fondo, come se, per la prima volta da quando l'aveva vista insieme a Robert Thesiger, un masso gli fosse stato tolto dal petto.

Si avvicinò a grandi passi, con una mano sopra la testa per farle capire che l'aveva vista. Quando Deb lo salutò con la mano, Julian sorrise per la prima volta da quando era entrato nei giardini. Eppure Deb non sembrava contenta e quando distolse gli occhi pieni di lacrime, la sua felicità evaporò e al suo posto subentrò un peso sul cuore. Gli sembrò di camminare nel fango denso. Si sentiva svuotato pensando che lei o il bambino avessero subito qualche danno, perché altrimenti Deb sembrava così afflitta? Poi seguì per caso il suo sguardo pieno di lacrime e là, in piedi alla fine del viale, con la spada sguainata che lo aspettava, c'era Robert Thesiger.

VENTITRE

Così si era arrivati a questo: un duello alle Tuileries nella piena luce del giorno, ignorando tutte le formalità e con sua moglie incinta come spettatrice. La grottesca realtà portò un sorrisino sulla bocca di Julian mentre guardava Robert Thesiger dare spettacolo flettendo il suo stocco. Le intenzioni dell'uomo non potevano essere più rozze, né i suoi metodi più disonorevoli. Julian non aveva dubbi che Robert Thesiger volesse un duello all'ultimo sangue. E così sarebbe stato.

Julian si tolse la redingote e strappò i volant dalle maniche della camicia, arrotolando gli orli sfilacciati fino al gomito perché non dessero fastidio, poi si tirò indietro i riccioli che gli erano caduti negli occhi durante la lotta con gli acrobati e legò nuovamente il nastro sulla nuca. Preparativi conclusi (non si permise nemmeno una breve occhiata a sua moglie), si avvicinò a Thesiger con la spada sguainata. Fecero un saluto formale e poi l'acciaio sibilò.

Il duello era cominciato.

Thesiger cominciò immediatamente ad attaccare appena le spade si incrociarono, con la sua scherma furiosa che faceva indietreggiare Julian. Thesiger continuò ad attaccare, usando ogni trucco dell'arte dei maestri di scherma, obbligando il suo avversario a spostarsi sulla ghiaia a un passo furioso, sperando di farlo inciampare. Vide un'apertura nella difesa di Julian e sferrò un affondo fulmineo. All'ultimo memento, il colpo fu espertamente deviato. Ma la punta dello stocco di Thesiger si impigliò all'interno della manica arrotolata di Julian, facendo flettere la lama d'acciaio della spada come un arco, poi si liberò di colpo balzando in avanti e verso l'alto. La manica della camicia di Julian si strappò e la punta sottile della lama di Thesiger corse lungo il braccio nudo e aprì la carne tesa dei muscoli duri. Il sangue scorse immediatamente dalla dolorosa ferita e gocciolò lungo il braccio di Julian, mentre le lame si disimpegnavano.

Ma Thesiger non intendeva dare respiro a Julian. Ringhiò *"en garde"* e il combattimento continuò. Lungi dal dare a Thesiger un vantaggio, la ferita fece ben poca differenza nell'abilità di Julian con la spada, lui ignorò il bruciore e il filo di sangue mentre contrastava ogni affondo e parata di Thesiger con il polso fermo.

Le lame si scontrarono ripetutamente con l'acciaio che cantava, con nessuno dei due che riusciva a prevalere. Ciascuno dei due era in grado di contrastare le mosse dell'altro ma Thesiger cominciava a stancarsi, come si vedeva dal sudore che imbeveva la camicia e brillava sulla fronte. A un certo punto saltò indietro e si asciugò il sudore dagli occhi e Julian gli lasciò un momento, abbassando la lama per asciugare il sangue appiccicoso che usciva dall'avambraccio con la camicia umida. La lama di Thesiger si alzò di nuovo e il combattimento riprese, un po' meno frenetico di prima.

Si avvicinarono, con le lame che scivolavano l'una sull'altra, e Thesiger barcollò all'indietro schivando un affondo poderoso. Cadde pesantemente contro il muretto della scala, dov'era seduta Deb, proprio sul gradino sopra la sua testa incipriata e sudata, sorvegliata dal servitore con la pistola in mano. Thesiger si spinse con le spalle contro il muro e si raddrizzò, con Julian che aspettava i suoi comodi. Fu Thesiger che disse nuovamente *"en garde"*. Con un sorriso e un'occhiata di traverso alla marchesa, stuzzicò il marito sperando di scatenare in lui una tale furia al calor bianco da fargli abbassare la guardia. Pompando aria nei suoi polmoni affaticati, Thesiger disse con un ghigno, mentre le spade si disimpegnavano:

"Vostra moglie… Vostro cugino… Quando lei era a Parigi l'altra volta… erano amanti. L'ha avuta lui per primo."

"Bugiardo!" Ringhiò selvaggiamente Julian, con la furia e non il sangue freddo e la tattica radicata nel tempo che il suo maestro di spada gli aveva insegnato, che mandarono a vuoto il suo affondo, dando a Thesiger il vantaggio tattico che cercava.

Era Thesiger ora che forzava Julian contro il muro, piegandogli di lato il polso e torcendo la sua presa tanto che lo stocco si abbassò angolato, permettendo a Thesiger di penetrare la sua guardia. Fece l'affondo finale verso il cuore del nobiluomo ma i riflessi di Julian furono più veloci e la sua spada si alzò per contrastare l'affondo. Riuscì a spingersi lontano dal muro e, usando la sua forza superiore e il polso più fermo, obbligò nuovamente Thesiger ad arretrare, con la spada di Thesiger ben lontana dal suo bersaglio e la punta che colpiva l'aria tra il braccio e il torace di Julian.

Incapace di fermare lo slancio dell'ultimo affondo, Thesiger barcollò in avanti e, mentre Julian si toglieva di mezzo, cadde contro il muretto e poi sulle ginocchia nella ghiaia. Si affrettò a rialzarsi e tese la mano per riprendere lo stocco che era sfuggito dalla sua presa. Ma il marchese era lì, sopra di lui, e afferrò Thesiger per il colletto della camicia bagnata, tirandolo in piedi. Raddrizzandolo, raccolse la spada dell'altro e gliela gettò, facendo un passo indietro e gridando "*en garde*".

Ma Thesiger sapeva di non avere più forze e che, se avesse alzato la spada, Julian lo avrebbe sicuramente ucciso nel breve incontro che ne sarebbe seguito. Si meravigliò per la riserva di energia del nobiluomo e si chiese come riuscire a districarsi da questa situazione senza possibilità di vittoria. Asciugandosi il sudore dagli occhi, guardò prima la marchesa seduta come una statua di marmo, con l'ovale del volto pallido come neve e lo sguardo fisso su suo marito. Poi guardò l'alta figura del marchese di Alston, fiero, con i riccioli neri che gli ricadevano sugli occhi, gli occhi verdi risplendenti così simili a quelli di sua madre la duchessa da far nascere un sogghigno pieno d'odio sulle labbra di Thesiger, con la cicatrice raggrinzita che pulsava per il calore. Fece un debole sforzo per alzare la spada e poi qualcosa di inaspettato. Gettando la spada ai piedi di Julian, corse verso le scale che portavano al fiume.

In due passi fu sopra a Deb.

DEB AVEVA GUARDATO IL DUELLO COME SE FOSSE QUALCOSA uscito da un brutto sogno nebuloso. Quando la lama di Thesiger aveva tagliato il muscolo del braccio di suo marito come un lampo, aveva soffocato un grido dietro le mani tremanti, desiderando di porre immediatamente fine all'incontro. Eppure restò seduta tranquilla sul gradino, come se stesse partecipando a un ballo nelle Assembly Rooms e stesse guardando una coppia ballare il minuetto, come se fosse la cosa più naturale al mondo per suo marito combattere un duello con questo demonio che aveva cercato di distruggerla.

Quando il marchese alla fine ebbe la meglio sul suo avversario, il suo sospiro di sollievo fu abbastanza forte da farsi sentire e la tensione lasciò le sue spalle e la schiena. L'ultimo disperato affondo di Thesiger al cuore di suo marito l'aveva costretta a chiudere forte gli occhi per un attimo, solo per riaprirli e scoprire Julian in piedi sopra Thesiger, che ora era prostrato a terra.

Così, quando l'uomo balzò sul gradino accanto a lei, si stupì, chiedendosi che cosa stesse facendo, perché a tutti sembrava che il duello dovesse finire con la morte di Thesiger. Dietro di lei sentì armare il cane della sua pistola e stava per ordinare al servitore di non fare fuoco quando il marchese gridò all'uomo di abbassare l'arma. Ma, prima che il cameriere avesse la possibilità di obbedire all'ordine, Thesiger cercò di strappargli la pistola.

Tra i due uomini ci fu una breve lotta a distanza ravvicinata.

La pistola sparò.

Il colpo risuonò sinistro nei giardini deserti delle Tuileries.

Il cameriere e Robert Thesiger restarono immobili e poi si divisero. Per un breve attimo non si capì chi fosse stato colpito. Poi il cameriere fece un passo indietro, la pistola ancora in mano e schizzi di sangue sul davanti della sua livrea. Thesiger si voltò lentamente e si trovò a faccia a faccia con Deb, che si era alzata in piedi, e i suoi occhi azzurri erano spalancati e vacui. Si teneva la pancia con entrambe le mani e il sangue stava colando dalle dita aperte. Fece un passo, si chinò in avanti e cadde dalle scale.

In tre passi Julian fu al suo fianco e si piegò sul ginocchio per sostenere la testa dell'uomo morente. Gli occhi di Thesiger si aprirono per un attimo e, riconoscendo il volto sfocato e preoccupato in alto sopra di lui, fece una smorfia, mostrando i denti coperti di sangue.

"Non potevo darvi la… soddisfazione…" Disse con un grande sforzo, emise l'ultimo respiro e morì.

Julian raccolse la redingote del morto e la appoggiò sulla parte superiore del corpo prima di cercare il fazzoletto nella tasca dei calzoni per bendarsi la ferita. Deb scese i gradini, gli prese il fazzoletto e lo fasciò, con le lunghe dita che tremavano mentre faceva abilmente un nodo stretto nel tessuto per fermare il sangue. Julian la ringraziò e ci fu un momento di silenzio imbarazzato durante il quale nessuno dei due fu in grado di formare le parole per esprimere i propri sentimenti. Tutto quello che potevano fare era fissarsi l'un l'altro, finché Deb cadde nelle braccia del marito, che la avviluppò in un abbraccio caldo e protettivo, con il sollievo che portava lacrime e paura per quello che sarebbe potuto succedere.

"Buon Dio, Deb," le sussurrò infine Julian tra i capelli, con la voce bassa e incrinata, stringendola più forte contro di sé, "che inferno vi ho fatto passare?"

"Siamo vivi e siamo insieme. Questo è tutto quello che conta."

Julian sorrise e la tenne teneramente, con il volto sepolto nei suoi capelli in disordine e brividi di sollievo che gli percorrevano il corpo esausto. Dopo quella che sembrò un'eternità, le baciò la testa e alzò gli occhi al suono di voci che si avvicinavano.

Dal viale deserto arrivava suo cugino Evelyn Ffolkes e una banda cenciosa di musicisti scarmigliati, con due poliziotti a cavallo che li seguivano da vicino, senza dubbio per disperdere la piccola folla che si era raccolta per vedere il macabro spettacolo del duellante morto. Dal gruppo di spettatori sbucò una bellezza dagli occhi azzurri, vestita splendidamente di bianco e lavanda che, vedendo il marchese di Alston, corse immediatamente da lui come se la sua vita dipendesse dalla sua protezione. Julian fece un passo avanti, non per salutarla, ma per nascondere sua moglie agli occhi curiosi della folla morbosa. La bellezza dagli occhi azzurri lo prese come un invito a gettarsi contro il suo petto ampio, in un accesso di lieve isteria.

"Dominique! Smettetela immediatamente con queste commedie!" Esclamò Evelyn Ffolkes e traballò sui tacchi alti verso il cugino stupefatto, per staccare la bellezza dal suo petto. La ragazza non fece altro che voltarsi e gettargli le braccia al collo. Evelyn sopportò l'abbraccio soffocante per dieci secondi e poi chiese, con la voce che si usa con i bambini viziati, che lo lasciasse andare immediatamente altrimenti sarebbe stata responsabile per la rovina di una perfetta cravatta di pizzo di Bruxelles e del suo panciotto di seta a disegni cinesi preferito. Aveva già sopportato abbastanza quel pomeriggio da durare tre vite intere e non voleva aggiungere anche la rovina dei suoi vestiti alla lista!

"Avete perso il recital, beh, quello che è stato, e siete molto fortunata a trovarmi tutto di un pezzo," brontolò, ancora così sopraffatto dall'irritazione, perché il suo primo concerto all'aperto si era trasformato in un fiasco musicale quando era stato interrotto da una sparatoria e poi da un tumulto, da non rendersi assolutamente conto della situazione e che a non più di sei metri di distanza c'era il corpo insanguinato coperto dalla redingote di Robert Thesiger. "Se non fosse stato per la mia brillante idea di capovolgere le sedie per formare una specie di barricata romana, dubito che saremmo sopravvissuti all'incontro con quelle bestie che scappavano!"

"Bestie?" Gli occhi azzurri della ragazza si spalancarono mentre si guardava intorno. "Ma, Evelyn, non ci sono mucche, vero?" "Bestie, mucche, *canaille*! Sono tutti la stessa cosa. Filistei!" Ribatté Evelyn, sistemandosi la parrucca e scrollando le spalle infuriato.

Fu allora che, con la coda dell'occhio, colse lo stato dei fatti. Due poliziotti stavano ispezionando il corpo senza vita steso sulla ghiaia, alzando un angolo della redingote ricamata di Thesiger come per verificare che l'uomo fosse effettivamente morto. Altri poliziotti a cavallo stavano disperdendo un gruppo di spettatori della macabra scena.

Il compositore guardò in fretta il cugino, notò i capelli scomposti e la camicia macchiata di sangue, vide la benda improvvisata sul braccio e respirò forte.

"Che cos'è successo qui, Alston?"

"Pensavo fosse ovvio," dichiarò freddamente Julian. "Thesiger ha cercato di rapire mia moglie e mio figlio e ora è morto."

"*Mon Dieu!*" Gridò il compositore e si fece il segno della croce, con una mano tremante alla bocca. "Deborah... è-è al sicuro?"

Allora Deb uscì da dietro il marito, con le gonne composte ma irrimediabilmente stropicciate e con i lunghi capelli rosso scuro disseminati di spilloni e ricadenti liberamente sulle spalle. Guardò incuriosita la bellezza dagli occhi azzurri che si aggrappava possessivamente al braccio del compositore e capì immediatamente chi era.

"Sono al sicuro, Eve. Ho usato la pistola di Otto. Temo sia stato quello che ha dato inizio al tumulto."

Julian squadrò nuovamente sua moglie, le sopracciglia alzate. Non era contento, ma era pieno di ammirazione per il suo coraggio e la prontezza di spirito.

"Davvero. Sparate ai miei fagiani, signora moglie, ma basta portare addosso la pistola. Mi avete sentito?" Quando Deb annuì mansueta ma non riuscì a nascondere il luccichio negli occhi o la fossetta sulla guancia, Julian le mise il braccio sulle spalle e le sussurrò all'orecchio: "Con voi me la vedrò dopo a modo mio, volpacchiotta."

"*Oh la la!* Allora questa è *Madame la Marquise d'Alston?*" Esclamò la bellezza con qualcosa di simile alla venerazione. "Evelyn," gli disse in tono accusatorio, "avete omesso di dirmi com'è bella!"

"Siete Dominique, vero? Ma voi preferite farvi chiamare Lisette?" Chiese con calma Deb e le tese la mano quando la ragazza fece una rispettosa riverenza.

"*Oui, Madame la Marquise,*" rispose diffidente Lisette Lefebvre, con uno sguardo intimidito al marchese che fissava immobile suo cugino.

"Bene, cugino, questa è la tua ultima possibilità di spiegarti," dichiarò freddamente Julian. "Se non a me, almeno a Deborah hai il dovere di dire la verità."

Il musicista deglutì a disagio e passò lo sguardo dall'espressione implacabile del suo nobile cugino a Deborah, che gli sorrideva gentilmente. Ma prima che potesse offrire una spiegazione, Lisette Lefebvre fece un profondo respiro e decise di farsi coraggio.

"*M'sieur le Marquis,* non potete biasimare Evelyn per la... *difficile situazione* in cui vi trovate con il tenente di polizia! La colpa è interamente mia. Non avevo idea che una piccola bugia, detta tanto tempo fa, si sarebbe gonfiata fino a diventare una bugia orribile, molto più grande." Lanciò un'occhiata al compositore e confessò con gli occhi bassi, colpevoli: "Sono stata molto offesa, *M'sieur le Marquis,* quando mi avete ignorato all'Opéra e al ballo del *Duc d'Orleans,* quando non avete voluto ballare con me, che è stata una cosa molto crudele, così ho detto una bugia..."

"Ah! Dominique!" Esclamò Evelyn esasperato. "Ve l'ho detto e ripetuto ma vi siete rifiutata di ascoltare. Alston detesta essere al centro dell'attenzione!"

"Ma, Evelyn, per me è inconcepibile. Perché il figlio di un duca non vuole essere al centro dell'adorazione di tutti? È più che naturale ed è quello che ci si aspetta da un aristocratico..."

"Dominique, per l'amor del cielo, sbrigatevi prima che mia madre obblighi il duca a mandare la polizia a fermarmi e poi non riusciremo più a sposarci," la pregò il compositore, portandosi una mano tremante alla tempia che pulsava.

La ragazza arrossì scarlatta e continuò, con uno sguardo timoroso all'attraente nobiluomo che non era riuscita a catturare con la sua voce dolce e la sua grande bellezza.

"Quando *M'sieur le Marquis* non ha voluto ballare con me, la mia amica Beatrice ha riso perché ero stata ignorata così crudelmente. Ero arrabbiata con Beatrice perché si prendeva gioco di me, quindi le ho detto una bugia, in strettissima confidenza, sapendo che l'avrebbe detto alle altre ragazze: che voi, *M'sieur le Marquis* fingevate solo di ignorarmi e che in verità eravamo amanti."

Al compositore sfuggì un gemito e abbassò la testa.

"Evelyn! Se mi guardate in quel modo orribile mi metterò a piangere e non riuscirò a continuare. Ammetto che non vedevo niente di male ad aggiungere anche me alla sfilza di bellezze che *M'sieur le Marquis* aveva sedotto! Che cosa importava un nome in più quando le voci dicevano che..."

"*Le voci?* Le voci non hanno più sostanza di una meringa, piccola pazza. I pettegolezzi sono solo congetture senza senso! Non sono fatti," la rimproverò furioso Evelyn, aggiungendo, senza riguardi per la presenza di suo cugino, impietrito: "Se volete dei fatti, amor mio, allora lasciate che deluda voi e tutte quelle creature intriganti dagli occhi di cerbiatto che si sono gettate ansanti sul nobile petto di mio cugino, dicendovi che *M'sieur le Marquis* è il puritano più moralista che io abbia mai conosciuto. Non si metterebbe volontariamente tra le gambe di una puttana più di quanto potrebbe calpestare volontariamente una cacca di cane."

Lisette Lefebvre respinse le lacrime e disse permalosa: "Evelyn voi siete solo geloso perché quelle donne non si buttano anche sul *vostro* petto! Ma, come vi ho già detto prima d'oggi, *M'sieur le Marquis* sarà un duca un giorno. Inoltre, quello che ho detto a Beatrice non era molto lontano dalla verità perché voi e io eravamo già amanti all'epoca del ballo del *Duc d'Orleans* e, dato che *M'sieur le Marquis* è vostro cugino..."

"E questo renderebbe accettabile..."

"Permetti a *Mademoiselle* Lefebvre di continuare la sua storia," lo interruppe freddamente Julian.

"Grazie, *M'sieur le Marquis*," rispose Lisette con una vocina timida, quando i due amanti che litigavano si resero conto di dov'erano. "Mentre dicevo questa piccola bugia a Beatrice eravamo sedute nei bei giardini del *Duc d'Orleans*, con le lanterne cinesi sugli alberi e le candele che galleggiavano in tutti gli stagni, ma era troppo buio perché notassimo che *M'sieur* Thesiger, nascosto nell'ombra, stava ascoltando la nostra conversazione. Deve avermi seguito nei giardini. Quando Beatrice è tornata dentro, *M'sieur* Thesiger si è fatto vedere e ha voluto sapere se quello che avevo detto era proprio la verità." Lisette rabbrividì e si appellò al marchese con i grandi occhi azzurri pieni di lacrime. "Conoscete Robert Thesiger, vero, *M'sieur le Marquis?* Voleva sposarmi. Me l'ha chiesto molte, molte volte e io ho detto no, no e no! Non potevo sposare un uomo che si vantava di essere il figlio bastardo di un duca! Quella è una cosa che la mia famiglia aborrisce. E così ho pensato che se avessi confermato a *M'sieur* Thesiger che la mia bugia era la verità, lui mi avrebbe odiato e mi avrebbe lasciato in pace."

Lisette diete un'occhiata a Deb e abbassò la testa, sentendo il calore della vergogna salirle alle guance, e continuò.

"Robert Thesiger mi ha effettivamente creduto e mi ha effettivamente odiato dopo. L'ha raccontato al mio papà e gli ha spezzato il cuore. Io non pensavo che una simile piccola bugia sarebbe diventata un così grande scandalo. Dopo tutto, che cosa avrebbe potuto fare papà contro un aristocratico? Non avrei mai creduto che papà mi rinchiudesse e mi facesse interrogare dai suoi avvocati. Quell'orribile tenente di polizia mi ha fatto firmare una carta che vi accusava, *M'sieur le Marquis*. Io non volevo firmarla ma papà non mi avrebbe permesso di uscire dalle mie stanze finché non l'avessi fatto. E come avrei potuto fuggire con Evelyn se fossi rimasta rinchiusa? Per favore, *M'sieur le Marquis*, vi imploro, se non potete perdonare me, per favore, perdonate Evelyn. Evelyn vi ama come un fratello ma non poteva dire la verità finché la nostra fuga fosse tutta organizzata e il mio papà non doveva scoprire la verità finché non fossimo già in viaggio per l'Italia. Niente di tutto questo è colpa di Evelyn. È solamente colpa mia!"

Scoppiò in lacrime e si aggrappò al compositore, che la abbracciò per confortarla e le sussurrò parole tenere nell'orecchio finché Lisette tirò un sospiro tremolante e rimase zitta. Un silenzio pesante seguì la confessione, interrotto solo quando Julian si rivolse al cugino.

"Ti ho dato tempo e opportunità in abbondanza per chiarire le cose e hai comunque esitato a compiere la cosa giusta e rivelare la verità al duca e tua madre," disse amaramente. "E, per Dio, quando finalmente trovi il coraggio di sistemare le cose è quasi troppo tardi! Che cosa ci voleva, la perdita di mio figlio, forse la morte di Deborah, prima che ti assumessi la responsabilità delle conseguenze delle tue azioni deplorevoli?"

"Julian! Non ti avrei mai permesso di andare in tribunale, ti do la mia parola!"

"La tua parola è diventata senza valore nell'attimo in cui hai assecondato la bugia di *Mademoiselle* Lefebvre. Se ti resta uno straccio di decenza, trova un prete e sposala senza aspettare!"

Evelyn guardò implorante Deb. "Non volevo che questa faccenda andasse per le lunghe com'è successo. È che non volevo che Thesiger venisse a sapere di noi, finché non avessi potuto portare Dominique al sicuro senza che lui…"

"... ti sfidasse a duello?" Lo interruppe Julian sprezzante. "Che il cielo non voglia che tu rischi la tua preziosa vita per la donna che ami!"

Evelyn abbassò gli occhi, non potendo negare la conclusione di suo cugino perché era vera. Era fin troppo contento che fosse stato il cugino e non lui a combattere il duello con Robert.

"Dominique e io stiamo partendo per gli Stati Italiani," disse a voce bassa. "Chissà quando ci rivedremo ancora, se mai il duca mi permetterà di ritornare in seno alla famiglia... Julian, tu e io una volta eravamo grandi amici, vicini come fratelli. Ho bisogno che... No, ti imploro di perdonarmi."

Il marchese fissò gli occhi appassionati del cugino, la sua espressione era implacabile come sempre ma fu la mano di Deborah nella sua e il leggero profumo dei suoi capelli in disordine che addolcirono i suoi lineamenti. Gli fecero dire in tono più conciliante:

"Non ancora. Quando tornerai dal tuo viaggio di nozze, forse. È tutto quello che posso prometterti."

E con quelle parole girò sui tacchi e andò a salutare due ragazzini felici e ridenti che arrivavano sul viale. Accanto a loro Joseph, sanguinante e con un occhio nero, che però non sembrava essere messo poi male dopo aver lottato a mani nude con un branco di sinistri acrobati, e Brigitte, con i capelli scompigliati e le sottane stropicciate; entrambi i servitori sollevati e contenti di vedere Deborah e Julian illesi.

Deborah tese le mani a Evelyn e gli baciò le guance.

"Vi auguro di essere felici, Eve, veramente. Se mai tornerete in Inghilterra, per favore, venite a trovarci. Sono sicura che, col tempo, Julian vi perdonerà..."

Evelyn la abbracciò.

"*Ma chérie*, potrà anche perdonarmi ma, come suo padre prima di lui, sarà un duca molto cocciuto. Ma verrò, non fosse altro che per vedere la vostra nidiata e per vedere i progressi di Jack con la viola. Mi aspetto grandi cose da quel ragazzo."

Lisette Lefebvre fece un'altra riverenza e poi, con la mano di Evelyn nella sua, proseguirono sul viale, senza guardarsi indietro.

Fu solo quando scomparvero dietro a una fila di stand abbandonati che Deb voltò loro la schiena per scoprire che un paio di uomini agli ordini della milizia stavano caricando il corpo di Robert Thesiger su un carro. Distolse lo sguardo e andò dove Julian aveva attentamente diretto Harry e Jack, dall'altra parte dei gradini, da dove non potevano vedere la macabra scena.

Jack e Lord Henri-Antoine stavano intrattenendo il marchese con il racconto delle loro avventure, ritenendo un grande divertimento che la gente fosse andata nel panico e avesse cominciato a correre dappertutto al suono di un solo sparo. E si erano divertiti immensamente ad aiutare a costruire la barricata di sedie con i musicisti, da dietro la quale avevano avuto posti in prima fila per lo spettacolo, specialmente i futili tentativi degli addestratori di animali per riprendere il controllo delle loro bestie in fuga che squittivano e si impennavano. Lord Henri-Antoine ammise magnanimamente che era un peccato che il concerto fosse stato interrotto proprio nel momento dell'assolo di Jack, ma entrambi i ragazzi esclamarono che mai nei loro sogni più sfrenati avrebbero immaginato che un noioso concerto ai giardini si sarebbe trasformato nella giornata più divertente che avessero mai visto. Che ne pensava Alston?

I ragazzi erano talmente eccitati e desideravano tanto che il marchese entrasse nello spirito delle loro avventure che Julian non se la sentì di smontare la loro esuberanza con delle recriminazioni sull'assenza ingiustificata di suo fratello. Ed era così sollevato che entrambi i ragazzi fossero illesi e non avessero risentito degli eventi traumatici di quella giornata, che si limitò ad arruffare i loro capelli con un sorriso e li spedì via con Joseph ad aspettarlo in carrozza. Poi ritornò da Deb, che trovò seduta sul gradino in fondo alla scala, con il volto tra le mani.

Si inginocchiò immediatamente accanto a lei.

"Tesoro, che c'è? Parlate!"

"Niente," rispose Deb con un sorriso tra le lacrime, alzando il volto. "Solo un pensiero, sono sicura che le mie condizioni mi stiano facendo diventare una donnicciola."

Julian si preoccupò. "Pensiero? State bene? Non c'è niente che non va?"

"No, cioè... non credo," disse a voce bassa, guardando preoccupata il suo volto non rasato. "Ma e se più avanti… Se... Julian, se perdessi questo bambino?"

"Stupidaggini!" Le rispose con una sicurezza che non sentiva.

"Ma... E se quello che è successo oggi portasse a un parto prematuro? Allora, Thesiger, lui-lui avrebbe ottenuto il suo scopo..."

Julian si sedette sul gradino accanto a lei, la abbracciò e la baciò.

"Se, e solo per ipotesi, il bambino non dovesse arrivare a termine," disse pazientemente, affrontando l'argomento non perché temesse che potesse succedere, ma solo per assecondarla, "allora sarebbe una perdita tragica per entrambi. Nessuno lo può negare ma... Thesiger non potrà mai vincere perché voi e io avremo sempre l'altro." Quando Deborah gli appoggiò la testa sulla spalla, le sollevò il mento per guardarla negli occhi. "Deborah, che stiamo insieme non riguarda questo bambino. Ammetto che, prima di conoscervi, ero deciso a consumare il matrimonio per dare un erede a mio padre. Ma poi vi ho incontrato e da quel momento ho desiderato che il nostro matrimonio fosse innanzitutto per noi. Da quando mi avete scoperto per caso nella foresta, tutto quello che mi è importato è stare con voi. Voglio questo bambino quanto voi ma, se non è destino, allora supereremo insieme la tragedia e proveremo ancora. Mia cara, spero di avere sei figli, se Dio lo vorrà. Ma, più di tutto, voglio passare il resto della mia vita con voi e nessun altro."

Deb sorrise tra le lacrime. "Allora mi direte qui, alla luce del giorno, quello che mi avete detto la notte scorsa mentre facevamo l'amore; quello che ho aspettato di sentire da quando mi sono innamorata di voi nella foresta?"

Julian rise, capendo immediatamente la sua richiesta, si mise su un ginocchio accanto ai gradini di pietra. Le prese le mani.

"Mia cara Lady Alston... Deb, mio *unico* amore," disse mentre si chinava a baciarle dolcemente una mano e poi l'altra. "Io vi amo. Prometto il mio amore a voi e a nessun'altra. Vi amo così tanto che intendo continuare a ripetervelo per il resto delle nostre vite."

EPILOGO

TREAT, LA SEDE DUCALE DEI ROXTON, HAMPSHIRE, INGHILTERRA

L A   D U C H E S S A   M I S E   I N   T A V O L A   L E   S U E   C A R T E   E   S O R R I S E
maliziosamente a sua signoria. "Rubber e, credo, partita, Vallentine. *Monseigneur* e io vi abbiamo battuto per la terza volta!"

"Quando mai non succede, streghetta," brontolò benevolo Lord Vallentine e si alzò lentamente dal tavolo da gioco di noce, per sgranchire le giunture doloranti delle sue ginocchia ossute. "Accidenti! Non sopporto più questa attesa! Dovrebbero essere qua, oramai."

"Sono tre giorni che ripetete la stessa cosa, Lucian, è piuttosto irritante," si lamentò Estée Vallentine. "Vero, Roxton?"

Il duca, che era seduto nella sua poltrona preferita accanto al camino con una coperta sulle ginocchia, guardò sua sorella. "Quattro giorni, mia cara, e sì, irritante all'estremo."

"Due, tre, quattro giorni! E allora?" Chiese Lord Vallentine, cominciando a camminare su e giù nel salotto privato del duca con la vista sui giardini ornamentali. Tolse l'orologio d'oro dal taschino e fissò il quadrante di madreperla senza notare l'ora. "Sei giorni e ancora niente. Si potrebbe morire nell'attesa!"

"Non vedo assolutamente perché siate voi a essere così teso," argomentò la duchessa, avvicinandosi a sua signoria, con le vaporose sottane di mussolina e pizzo che ondeggiavano, per picchiettare un dito sulla cassa dell'orologio da taschino. "E questo, lo guardate perché vi dica che saranno qui tra quanto? Un'ora, forse due?" Lo prese in giro. "Oppure quest'orologio conta anche i giorni?"

Si sentì ridere alle spalle di sua signoria e questo gli fece chiudere di colpo il coperchio dell'orologio per ficcarlo nella tasca profonda della sua redingote color zafferano. "Potete ridere tutti quanti ma alla fine riderò io quando vincerò la scommessa. Datemi retta!"

Gli occhi verde smeraldo di Antonia si spalancarono fingendo sorpresa.

"Ma, Vallentine, io ho scommesso contro di voi, quindi non è possibile che vinciate. Quando mai mi sono sbagliata? Renard?"

Lord Vallentine girò sui tacchi per puntare il dito contro il duca, prima che potesse commentare.

"Non mi serve che mi elenchiate tutte le volte che ho perso, Roxton! E non vedo nemmeno che cosa voi due ci troviate da ridere! È una faccenda snervante! Diteglielo, Estée."

"Dato che non avete messo al mondo voi nostro figlio, non vedo assolutamente perché pensiate di essere improvvisamente un esperto," lo rimbrottò Estée Vallentine. "Inoltre, Lucian, vi state rendendo ridicolo; dopo tutto, non siete voi che state per diventare nonno."

"Grazie per il supporto, proprio da buona moglie, mia cara," brontolò Vallentine irritato e si sedette sulla poltrona davanti al loro ospite. Quando la duchessa gli porse un bicchiere di chiaretto, la squadrò con affettuosa ostilità.

"Non riuscirò mai a farmi entrare in testa che siete una nonna, streghetta." Alzò il bicchiere. "Alla vostra salute!"

Antonia si appollaiò sul bracciolo arrotondato della poltrona del duca. "Allora, Vallentine, la smetterete con queste stupidaggini e ammetterete che Julian e Deborah avranno una bambina?"

"E perché dovrei?" Chiese belligerante sua signoria. "Siete sicura del risultato?" Quando Antonia alzò le sopracciglia arcuate, Vallentine si sedette di colpo. "Ehi! Cos'è questa storia? Voi lo sapete! Quei due birbanti vi hanno mandato una lettera!"

La duchessa fece mostra di offendersi.

"*Monseigneur* e io non riceviamo notizie da Henri-Antoine e Jack da prima di San Michele. Né mi aspetto notizie finché i due ragazzi arriveranno qua di persona, oggi, domani o il giorno dopo!"

"Allora perché siete tanto sicura che vincerete la scommessa?" Chiese in tono dolce sua signoria. "Le quote al White sono quindici a uno che sarà una femmina, tre a uno che sarà un maschio. Piuttosto chiare, Vostra Grazia. Oltre a tutto, avete una storia familiare di maschi a vostro sfavore."

Antonia alzò una spalla nuda.

"E allora? Ho chiesto a Deborah che, per favore, mi desse una nipotina e lei ha risposto che avrebbe fatto del suo meglio, quindi sarà una femminuccia, lo so."

Dopo questa spiegazione Vallentine la fissò a bocca aperta e poi scoppiò a ridere così forte da schiaffeggiarsi il ginocchio rischiando di versare il vino. Si asciugò le lacrime dagli occhi con uno straccetto di pizzo e scosse la testa incipriata, dicendo, leggermente senza fiato: "Beh, questo è l'argomento migliore che ho sentito a favore della mia scommessa originale. Che ne dite, Roxton?"

"Mio caro Vallentine. Io lascio queste faccende a chi è più esperto."

Quando la duchessa ed Estée si scambiarono uno sguardo trionfante, sua signoria borbottò qualcosa su una cospirazione femminile ma doveva avere l'ultima parola.

"Non potete dirmi, Roxton, che le probabilità non parlino da sole, quando Alston vi ha già dato tre nipoti maschi sanissimi in altrettanti anni. È logico pensare che anche questo quarto figlio sarà un maschietto."

"Lucian, a volte dubito del vostro cervello," sospirò impaziente sua moglie. "Deborah ha dato ad Alston tre bei maschietti, quindi è ragionevole pensare che il quarto sarà una femmina, perché ad Antonia piacerebbe una nipotina."

Vallentine aprì la bocca per confutare questo ragionamento illogico quando il rumore dell'arrivo di qualcuno in anticamera gli chiuse la bocca, facendolo balzare in piedi.

Tutti gli occhi erano sulla porta. Si sentirono delle voci e poi la porta si spalancò ed entrarono a spalla a spalla due giovani dalle gambe lunghe, stanchi per il viaggio. Antonia corse da loro ed entrambi i ragazzi la abbracciarono prima che suo figlio Lord Henri-Antoine la sollevasse tra le braccia. La rimise a terra con una risata, attraversò la stanza per abbassarsi a baciare la guancia del padre, poi sua zia e strinse la mano allo zio, mentre Jack stringeva la mano a tutti. Henri-Antoine si rivolse a sua madre e questa volta le baciò la mano e sorrise alla luce fiduciosa negli occhi verde smeraldo.

"Va tutto bene con gli Alston, *Maman*," la rassicurò. "Ho delle lettere e molte notizie. Madre e *bébé* stanno bene. Deb manda il suo affetto e non vede l'ora di venire a trovare voi e papà alla fine del mese. Anche i ragazzi sono ansiosi di farvi visita, Jack e io abbiamo fatto una fatica d'inferno a farli scendere dalla carrozza. Abbiamo dovuto corromperli, vero, Jack?"

Jack sorrise. "Frederick dice che a *quasi* quattro anni è abbastanza grande da possedere una pistola vera. E i gemelli, beh, Louis e Augustus si accontenterebbero di una trottola ciascuno ma…"

"… Frederick, come fratello maggiore e capo del branco, pretende che portiamo tutti e tre a pescare sul lago," aggiunse Henri-Antoine, con uno sguardo d'intesa al suo migliore amico. "E le nostre giornate sono sistemate."

Prima che potesse prendere piede, la discussione sugli eccezionali talenti di tutti e tre i nipoti Roxton fu interrotta da Lord Vallentine, che fece sobbalzare il maggiordomo e due camerieri che entravano portando un boccale di birra leggera e vassoi di cibo per i due giovani viaggiatori.

"Ehi, voi due birbanti! Adesso basta ciance! Dannazione," chiese rudemente sua signoria. "Non ci avete detto la cosa più importante, quello che ci ha tenuto in sospeso per un mese e più."

Henri-Antoine e Jack sbatterono appena gli occhi davanti allo scoppio, abituati alle sue eccentricità ma sapendo tutto della scommessa di sua signoria con la duchessa, nessuno dei due riuscì a reprimere un sorriso.

"Zio Vallentine?" disse Henri-Antoine sorpreso, parlando lentamente, quasi come il suo anziano genitore, come se la risposta fosse implicita. "*Maman* ha chiesto una nipotina e Lady Alston le ha ovviamente obbedito, con Juliana Antonia."

"Ma dovremo chiamarla Julia," li informò orgogliosamente Jack.

Vallentine tese la mano verso sua moglie.

"Estée, mi servono dieci sterline."

NOTE DELL'AUTRICE

L'ISPIRAZIONE PER L'INSOLITO MATRIMONIO DI JULIAN E DEB viene dall'effettivo matrimonio tra Charles Lennox, secondo Duca di Richmond e sua moglie, Lady Sara Cadogan, nel 1720. La nobile coppia si incontrò per la prima volta il giorno delle nozze, quando Sarah aveva tredici anni e Charles diciannove. A quanto si dice, Sarah si limitò a fissare il suo futuro marito quando la tirarono fuori dalla nursery per la cerimonia nuziale, mentre lui, guardando la tredicenne bruttina dall'alto dei suoi sofisticati diciannove anni, esclamò inorridito "Non avete certo intenzione di farmi sposare questa sciattona?" Dopo la cerimonia il giovane sposo partì per il Grand Tour e passò tre anni sul continente. Al suo ritorno a Londra andò a teatro e intravide una bella giovane donna. Quando chiese chi era, scoprì con sorpresa e delizia che era in effetti sua moglie! La coppia finì per avere un matrimonio felice e dodici figli. Potete scoprire di più della vita reale della famiglia Lennox nel libro 'The Aristocrats' di Stella Tillyard.

Andate dietro le quinte di Matrimonio di Mezzanotte—
esplorate i posti, gli oggetti e la storia del periodo su Pinterest.
www.pinterest.com/lucindabrant

*Dall'idea alla copertina: i costumi, i gioielli e il servizio
fotografico. La realizzazione dall'inizio alla fine:*
www.youtube.com/lucindabrantauthor
www.lucindabrant.com/blog/midnight-marriage-cover-reveal

La storia continua in *Duchessa d'Autunno*

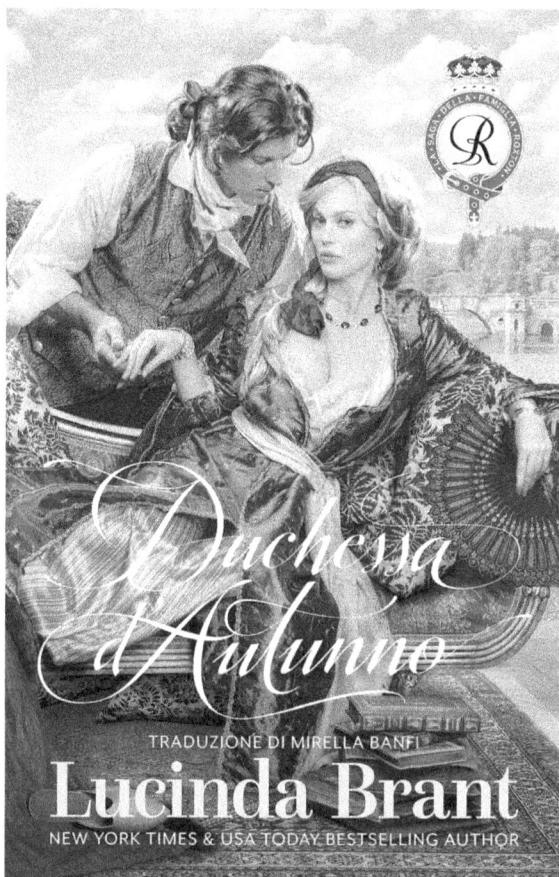

TRADUZIONE DI MIRELLA BANFI

Lucinda Brant

NEW YORK TIMES & USA TODAY BESTSELLING AUTHOR

CPSIA information can be obtained
at www.ICGtesting.com
Printed in the USA
BVHW082126191121
622070BV00002B/8

9 781925 614473